屠场 THE JUNGLE

[美] 厄普顿·辛克莱 著
薄景山 译

四川人民出版社

图书在版编目（CIP）数据

屠场/(美)厄普顿·辛克莱著；薄景山译.
—成都：四川人民出版社，2021.1（2024.7 重印）
ISBN 978－7－220－12050－3

Ⅰ.①屠…　Ⅱ.①厄…　②薄…　Ⅲ.①长篇小说
－美国－现代Ⅳ.①I712.45

中国版本图书馆 CIP 数据核字（2020）第 213340 号

TUCHANG
屠场

厄普顿·辛克莱　著
薄景山　　　　　译

策　　划	黄立新　张春晓
翻译统筹	刘荣跃
责任编辑	唐　婧
封面设计	张　科
版式设计	张迪茗
责任印制	祝　健
出版发行	四川人民出版社（成都三色路 238 号）
网　　址	http://www.scpph.com
E-mail	scrmcbs@sina.com
新浪微博	@四川人民出版社
微信公众号	四川人民出版社
发行部业务电话	（028）86361653　86361656
防盗版举报电话	（028）86361653
照　　排	四川胜翔数码印务设计有限公司
印　　刷	成都东江印务有限公司
成品尺寸	145mm×210mm
印　　张	14.25
字　　数	305 千
版　　次	2021 年 1 月第 1 版
印　　次	2024 年 7 月第 2 次印刷
书　　号	ISBN 978－7－220－12050－3－01
定　　价	69.80 元

译者序

厄普顿·辛克莱（1878—1968）出身于马里兰州巴尔的摩一个没落贵族家庭。父亲是白酒商人，嗜酒成性，并最终醉酒而死。

在辛克莱十岁的时候，他们全家搬到了纽约。父亲白天靠卖帽子为生，晚上则混在酒吧里。辛克莱后来写道："……自打有记忆以来，我的生活就一直像一个命运不断转变的灰姑娘；今天晚上睡在寄宿公寓里一张爬满虱子、跳蚤的沙发上，明天晚上就可能身处豪宅，躺在大床上，身上盖着丝绸被单。这种起伏不定的生活状况缘于父亲不稳定的收入……"十五岁，他开始为一些通俗出版物写文章，并以此供自己读大学。后来，辛克莱为一份社会主义宣传周刊《呼唤理性》写稿，在此期间编辑鼓励他以"工资奴隶制"为主题写本书。为此，辛克莱特意到芝加哥屠场去体验生活，在那里一待就是七个星期。在屠场，他目睹了肉食生产的各个工序，见证了工资奴隶们的悲惨生活际遇，并于1906年写成了《屠场》。

该书描写了一个立陶宛移民家庭——尤吉斯一家的悲惨遭遇。他们满怀憧憬从家乡来到美国寻梦，在芝加哥屠场区找到工作，以为美好生活将从此开始。不料灾难接踵而至，先是尤吉斯工伤失业，接着妻子奥娜被工头奸污，尤吉斯怒打工头而入狱，随后妻子难产死亡，幼小的儿子淹死。亲朋好友中男的流落街头，女的被逼为娼，美国梦演变为可怕的梦魇。更悲哀的是，这个万恶的资本主义机器不仅害得他家破人亡，更毒害了他的心灵。他自暴自弃，干起合伙抢劫的勾当，甚至还在屠场罢工时当上了工贼。所幸的是，在风起云涌的社会主义运动中，尤吉斯终于找到了人生的奋斗目标，他的阶级觉悟被唤醒。小说结尾时，他深信社会主义是唯一的出路，而这也正是辛克莱的信仰。

但是富有戏剧性的是，《屠场》之所以引起轰动并不是因为厄普顿·辛克莱对资本主义工资奴隶制的纪实描述、对垄断资本骇人听闻的剥削行径的血泪控诉，而是因为书中对肉制品质量的描写："……只有那些彻底腐烂的腿肉才能送到伊莎贝塔所在的车间。这样的肉被每分钟两千转儿的旋转刀片绞碎，掺进半吨鲜肉，这样腿肉上的臭味儿、酸味儿就一点也闻不到、尝不出来了。人们从来看不到是什么东西剁进了香肠。在欧洲，已经过了保质期的发霉、变色的香肠会被扔掉，而这里的屠场主们会把它们捡回来，经过硼砂和甘油处理后，倒进绞肉机的漏斗里，这样就重新做成香肠，在国内销售。有些肉就胡乱地堆在地上，地上满是泥土和锯屑，工人们就在这地面上踩踏，并把几百亿个肺结核病菌吐在上面。有些肉一大堆一大堆地堆在库房里，库房的天棚漏水，脏水就滴落在肉堆上，上面有数千只老鼠在尽享美餐。当然，库房里光线昏暗，你是看不到老鼠的，可是工人们只要把手在肉堆上一划拉就能划拉下一捧一捧的干鼠粪。老鼠人人讨厌，于是屠场主们就把老鼠药撒在面包屑里来对付它们。老鼠被毒死了，于是工人们就把死老鼠、面包屑和猪肉一起倒进绞肉机的漏斗里。这绝不是在编造故事，也不是在开玩笑。工人们把库房里的肉铲到推车里，即使看到，工人们也没有心思去捡死老鼠——跟香肠里其他的东西比，死老鼠不算什么。车间里没有洗手的地方，所以吃饭之前工人们就在即将被和进香肠肉馅里的水里洗手……”

令辛克莱没有想到的是，小说对社会现实的影响远远大于其艺术贡献。他后来曾就此调侃，“我想打动公众的心，却不料击中了他们的胃”。这本“扒粪”文学的先驱之作甫一问世，美国国内肉类食品的销售量急剧下降，欧洲削减一半从美国进口的肉制品，整个美国畜牧业陷入一片恐慌。而书中暴露的美国肉品加工行业的种种内幕，引发了公众对食品安全和卫生的强烈反响，直接推动了1906年《纯净食品及药物管理法》的通过。据说当时的美国总统西奥多·罗斯福在白宫边吃早点边读这本小说，读到细节之处，罗斯福大叫一声，跳起来，把口中尚未嚼完的食物吐出来，又把盘中剩下的一截香肠用力抛出窗外。从此，政府加大了对食品安全的监管力度，并设立了美国食品和药品监督管理局。

在厄普顿·辛克莱所生活的那个年代，美国正处于农业社会向工业社会过渡的时期，腐败、贫富分化、道德沦丧等社会问题层出不穷。美国在食品和药品的生产及销售方面如同在其他各经济领域一样，也存在着严重的弊端和问题。制假贩假现象猖獗，不洁食品和有害药品严重威胁着人们的健康和生命安全，而公众则被蒙在鼓里。食品和药品公司铺天盖地的广告宣传谎话连篇，令不明就里的人们放心地享用着盘中的“珍馐美味”和瓶瓶罐罐里的“灵丹妙药”。

在美国食品安全一百年所走过的路程中，三本书扮演了重要角色，《屠场》就是其中之一。有人说，这本书对美国社会所产生的影响丝毫不逊于斯托夫人的《汤姆叔叔的小屋》，它直接推动了美国政府与公众的良性互动，促成美国食品安全状况不断好转。

薄景山

2009 年 3 月于大连

目　录

第一章

下午四点钟，在教堂举行的婚礼仪式结束了，人们坐上马车赶赴婚宴。一路上，玛丽娅·波琴兹卡兴高采烈、手舞足蹈，引来一群人跟在车后面。撑起整个婚礼场面的重担全都落在玛丽娅那宽阔的肩膀上——她要确保所有的环节都进行得有条不紊，尽可能地遵循家乡的传统；她四处飞奔，推推搡搡，整天操着大嗓门儿教训这个呵斥那个，急着让大家守规矩，却顾不上自己的举止。她最后一个离开教堂，吩咐车夫快点儿赶车，希望最先到达礼堂。可是车夫习惯了由着自己的性子赶车，玛丽娅气急败坏地甩开车窗，探出身子，开始数落起他，先是用立陶宛语，他听不懂，后又改成波兰语，他终于听懂了。由于车夫的社会地位比她高，所以他拒不服从，甚至试图申辩；结果双方发生了激烈的争吵，争吵伴随他们走过整个阿什兰大街，又招来一群淘气的孩子加入到马车两旁长达半英里的看热闹的人流中。

不幸的是，宴会厅的门口已经聚集了一大群人。音乐已经奏响，半个街区以外都能听到大提琴那低沉的“隆、隆”声，伴奏的两把小提琴，琴声尖细，互相比试着高难度的演奏技巧。看到人群，玛丽娅哪里还顾得上跟车夫争论关于他祖宗的事，还没等车停稳，她就猛地从上面跳了下来，冲进人群，挤出一条路，直奔礼堂。一进入宴会厅，她又迫不及待地转身往回挤，同时尖叫着“快去！快去！快把门关上”。跟她的叫声比起来，乐队的喧闹声简直就是仙乐。

“Z. Graiczunas，Pasilinksminimams darzas. Vynas. Sznapsas. Wines and Liquors. Union Headquarters”（“兹·戈拉伊楚纳斯酒吧，售葡萄酒和白酒。工会总部”），宴会厅门口的牌子上用立陶宛语这样写道。那些从来没有接触过遥远的立陶宛语的读者也许会乐于听我解释，这地方是一个酒吧的后厅，位于芝加哥一个被称为“屠场后院”的地区。牌子上的消息准确无误，事实也的确如此；但令人遗憾的是，这牌子此时看起来令人感到别扭，因为今天毕竟是上帝最乖巧的一个女儿奥娜·路考大喜的日子，而这里竟然是她举办婚宴、展露一生中最灿烂笑容的地方！

她站在门道里，身边有表姐玛丽娅陪伴着，由于刚从人群中挤进来，所以不停地喘息，不过脸上还是洋溢着幸福，那样子让人看起来心酸。她的眼中流露出欣喜的神情，嘴唇微微发抖，本来苍白、娇小的面庞透着红晕。她穿着一身棉织外套，白得扎眼，一块小小的、僵硬的面纱落在肩上。五朵纸做的粉红色的玫瑰花别在面纱上，十一片叶子绿得发亮。她站在那里，四处张望，由于兴奋双手局促不安地攥在一起，手上戴着一副崭新的白色棉纱手套。她激动得难以自持——由于太过激动脸上的表情看上去有些痛苦，浑身颤抖。她毕竟年纪太小了——还不到十六岁——而且身材比实际年龄还要矮小，完完全全还是个孩子；此时的她已嫁为人妇——而且偏偏嫁给了尤吉斯，尤吉斯·路德库斯。今天，他身上穿了一套崭新的黑色西装，纽扣里插着一朵白花，看上去肩膀宽厚有力，双手巨大。

奥娜长着一双蓝色的大眼睛，皮肤白皙；尤吉斯眼睛黝黑，眉毛浓重，一头鬈曲的黑发掩住了双耳——总之，他俩绝不般配，没有人会想到这样的结合。不过上苍还是常常撮合成这样的姻缘，以此来封住那些预言家们的嘴。体格健壮的尤吉斯能够毫不犹豫地扛起一块二百五十磅重的牛肉，手脚麻利地把它装到车上。而此时的他却躲在一个角落里，神色惊恐，像是一只困兽，每次答谢朋友的祝贺之前不得不用舌头舔舔嘴唇。

渐渐地，宾客和看热闹的人之间分出了一条界线，至少腾出了让工作人员通过的空当。婚宴进行期间，过道上、角落里从始至终会挤满看热闹的人。随便哪位如果靠过来或者看上去饿着肚子，有人就会让一把椅子给他，让他入席。这是立陶宛人婚礼上的一个规矩，那就是不要让在场的任何人饿着。很显然，这一在立陶宛森林里定下的规矩在有着二十五万人口的芝加哥屠场区很难行得通，但是他们还是尽了最大的努力，让那些从大街上跑过来的孩子甚至是狗兴高采烈地离开。随意是整个婚宴场面的一大特点，人们可以戴着帽子，如果愿意也可以摘下，外衣也可以脱掉，吃饭的时候可以在席间窜来窜去，想怎么吃就怎么吃。席间会有人讲话、唱歌，不过没人听，没有人顾得上听。如果你也想上去讲两句或者亮亮嗓子，完全可以。结果是一片嘈杂之声，不过没有人会感到烦躁，也许只有那些婴儿会受到惊扰，在数量上他们不会少于应邀的来宾。没有什么好地方可以安顿这些婴儿，所以在宴会厅的某个角落里放置一些婴儿床、婴儿车就成了婚宴筹备工作的一部分。三四个孩子睡在一起，一个醒了，其他的孩子也跟着一块儿醒来。稍大点儿的孩子，能够够到桌子的，在大人们的大腿之间窜来窜去，大口大口地啃着骨头、嚼着香肠，个个心满意足。

宴会厅大约三十英尺见方，被粉刷过的墙壁空空荡荡，只挂了一本日历、一张赛马图，还有一个镏金画框，里边装裱着族谱。右首一扇门通向酒吧，几个流浪汉正聚在门口，门口的一侧墙角处有一吧台，一个天才的招待站在后面，白色制服污迹斑斑，两撇小黑胡打过蜡，一鬈卷发抹过油贴在额头的一边。对面的墙角放了两张桌子，占了整个房间的三分之一，上面摆放着菜盘和各种冷冰冰的食物，几个看上去饥肠辘辘的客人正在狼吞虎咽。房间的正首位置坐着新娘，面前摆着一块雪白的蛋糕，上面雕着埃菲尔铁塔的造型，塔上边点缀着糖塑的玫瑰花和两个小天使，蛋糕四周慷慨地洒着各种颜色的糖果，粉的、绿的、黄的。她身后一扇敞着的门通向厨房，灶台一眼可见，上面冒着蒸汽，一干老少妇女在里边忙忙碌碌。左边的墙角，三位乐师站在一块小小的台子上，卖力地演奏着，试图在喧闹中引起人们些许的注意。那些婴儿也不甘寂寞，拼命地吵闹着。一扇窗敞开着，一群人趴在窗外，分享着这一视觉、听觉和嗅觉上的盛宴。

突然，一团蒸汽从厨房的门蹿进来，透过蒸汽定睛细看，原来是伊丽莎白阿姨——奥娜的继母，人们都叫她伊莎贝塔大娘，手里高举着一大盘炖鸭。考曲娜跟在她身后，在同样的负重下走路小心翼翼、晃晃悠悠。过了片刻，玛尧兹克尼老奶奶也进来了，端着一大碗热气腾腾的土豆，那只黄色的大碗几乎跟她的人一样大。就这样，婚宴一点点地开始像样子了——火腿、泡菜、煮米饭、通心粉、腊肠、一堆堆的廉价面包、一碗碗的牛奶，还有大杯大杯的冒着气泡的啤酒。身后不足六英尺的地方就是吧台，想要什么就点什么，不必付账。“过来，快来端菜!”玛丽娅·波琴兹卡一边大声喊着一边自己动起手来——要知道厨房炉灶上还有更多的食物，要是吃不掉，岂不是糟蹋粮食?

客人们笑闹着、喊叫着、打逗着、嬉戏着开始入席。一直挤在门边的小伙子们鼓起了勇气，凑了过来。蜷缩在墙角的尤吉斯在长者的唆使和责骂下终于肯走过来，坐在了新娘的右边。两位胸前佩戴着标志身份的纸制花环的伴娘也依次落座，随后是其他的客人，男男女女、老老少少。这喜庆的气氛也感染了那位仪表堂堂的酒吧招待，竟然屈尊于一大盘炖鸭前；甚至那位肥胖的警官——他的职责是驱散晚间可能发生的斗殴事件——也拉了一把椅子坐过来。孩子们喊叫着，婴儿们啼哭着，大人们笑着、唱着、喋喋不休地交谈着——当然，表姐玛丽娅的大嗓门儿盖过了一切，对着乐师发号施令。

那几位乐师，怎样描述才好呢?他们自始至终在这疯狂喧闹的气氛中演奏着——这里所发生的一切都要伴和着音乐，无论是有人在朗读、在讲话，还是在唱歌。是音乐使这场面成为一场婚礼；是音乐把这个位于屠场后院的酒吧后厅变成了一个圣洁的地方、一处仙境，变成了天堂里琼楼玉宇的一角。

这个三人乐队的领队是一个身材矮小但极富音乐灵感的人。他的小提琴已经走了调，弓弦上已没了松香，但这并不能掩盖他的天赋——他受到了缪斯的点化。他忘我地演奏着，有如魔鬼附体，一大群魔鬼。你可以感受到他们就在他周围的空气里，群魔乱舞，用他们看不见的脚踩着步点。领队的头发直竖，暴突的眼球快速地移动着，追随着他们舞动的身影。

他的名字叫塔莫休斯·库斯列卡，他的小提琴完全是自学的，白天在“宰杀台”上干一天活，晚上下班后练琴练到天亮。他穿着衬衫，外套马甲，上面金色的马蹄铁形图案已经褪色，衬衫上粉色的条纹给人以薄荷糖的联想。浅蓝色军裤的裤管侧面镶着一条黄色的杠杠，暗示着作为乐队领队的权威。他的身高大约只有五英尺，但是他的裤管还是高离地面八英寸。你可能会想他是从哪儿淘来这条裤子的呢，当然前提是面对着忘情的他，兴奋的你还有时间思考这样的问题。

他确是一个富于灵感的乐师。他身上的每一个部位都散发着灵感——你甚至可以说每个部位都是一个独立的音乐精灵。他跺着脚、甩着头、身体左扭右晃；他那张枯干的小脸有着不可抵挡的喜剧效果；随着每一次挥手、每一次投足，他或眉头一拧，或嘴唇一翘，或眼皮一眨——甚至领结的两端也跟着上下呼扇。他偶尔把身体转向同伴，急切地点头、热切地暗示、关切地引导——在缪斯的授意下整个身体都在恳求、在呼唤。

至于其他的两位乐师，他们怎么能比得上塔莫休斯。第二小提琴手是一位斯洛伐克人，身材高挑，面容清瘦，戴着一副黑边眼镜，像是一头累垮了的骡子，默不作声，表情木然；在鞭子的驱使下时而警醒，而片刻之后又恢复故态。第三位乐师是个大胖子，红红的圆鼻头看上去让人感伤；他眼望天空，眼神中充满着无限向往。他的大提琴演奏着低音部，激昂的乐章与他无关；无论其他音部发生怎样的变化，他的职责自始至终就是拉出一个又一个悠长而哀伤的音符，从下午四点拉到第二天凌晨四点，为的就是那每小时一美元总收入的三分之一。

宴会开始还不到五分钟，塔莫休斯·库斯列卡就难掩兴奋地站了起来；又过了一两分钟，你看到他开始往桌边凑。他的鼻孔剧烈地开阖着，呼吸急促——那群魔鬼在催促着他。他急切地向同伴示意着，一会儿点头，一会儿摇头，并用力地摇晃着小提琴召唤他们，直到第二小提琴手那瘦高的身条立了起来。最后，三个人都开始动身，一步一步地朝着客人们挪过来，那位大提琴手，瓦伦蒂诺维奇亚，一边走一边拨弄着琴弦。三个人会合到宴席的远端，塔莫休斯登上一张椅子。

现在，他尽显得意之色，因为整个宴会都开始由他掌控。有人在吃，有人在叫，有人在说，有人在笑，——不过，如果你认为有人会对他的音乐听而不闻，那就大错特错。尽管他的琴拉得总是走调，低音嗡嗡作响，高音声嘶力竭，不过没人会在意这个，就如同周围的污秽、肮脏和喧闹，人们置身其中，却全然不觉——因为这些正是构成他们生活的元素，他们以此表达内心的世界。这音乐正是他们所发出的心灵的呼声，或愉悦而兴奋，或忧郁而哀伤，或热烈而放浪。这正是他们自己的音乐，家乡的音乐。这音乐伸出无形的触角，像母亲的臂膀，把他们紧紧拥抱，这让他们感到安然。芝加哥、酒吧、贫民窟离他们渐渐远去——取而代之的是绿油油的牧场、波光粼粼的河面、广袤无垠的森林和白雪皑皑的山峦。家乡的风光、童年的景象在他们的眼前重现，昔日的友谊和爱情在他们的记忆中复苏，故去的喜怒哀乐又变得真切。有人仰靠椅背，闭上双眼；有人敲盆打碗。不时有人跳起来，喊叫着点某支曲子。这时，塔莫休斯的眼神骤然闪亮，他挥了挥着手中的小提琴，向同伴高喊一声，于是三个人突然奏出疯狂的节奏。众人开始和着音乐齐唱，男男女女中了邪似的喊叫起来，有些人手舞足蹈，高举酒杯，相互敬酒。过了一会儿，有人要求乐队演奏一首古老的婚礼乐曲，主题是赞颂新娘的美貌和爱情的甜蜜。要知道，这可是塔莫休斯最拿手的曲子。得意之下，塔莫休斯·库斯列卡开始一边演奏一边走到宴席中间，在酒桌间迂回，朝着宴席的上首走去，那里坐着新娘。客人们坐得甚是紧密，椅子和椅子之间仅有一英尺的空隙，塔莫休斯的身材又是如此的矮小，以至于每次伸长手臂拉出低音的时候，他的弦弓都会戳到旁边的客人；但他还是要挤过去，并且执意要两个同伴跟着他。不用说，这期间人们几乎听不到大提琴的声音。最后，三人终于挤到了新娘的旁边。塔莫休斯在新娘的右手边站定，他开始把灵魂深处对音乐所有的感悟倾注到一首舒缓而柔美的乐曲中。

小奥娜太兴奋了，哪里还吃得下东西。只有当表姐玛丽娅捏一下她的胳膊提醒她的时候，她才偶尔尝一点儿食物，大部分时间里她只是呆坐在那里，眼神惶惑不安。伊莎贝塔大娘则一直没闲着，忙得像是一只蜂鸟；她的那些姐妹们也一直跟在她身后，气喘吁吁，嘴里嘀嘀咕咕。不过奥娜似乎听不到她们的声音——音乐勾起了她的思绪，一种久违了的表情浮现在了她的脸上，她坐在那儿，手捂着胸口，眼里噙满了泪花。要是让人看见她擦眼泪，或者眼泪顺着脸颊留下来，那多难为情。于是她把脸偏向一边，轻轻摇了摇头，可是她发现尤吉斯正注视着她，她害羞地红了脸。这时，塔莫休斯靠了过来，在她头上方挥舞着魔杖，奥娜满脸通红，看样子她急得想要站起来跑掉。

就在这关头，还是表姐玛丽娅·波琴兹卡救了场。原来，她也受到了缪斯的启示，吩咐乐师演奏一首她最喜欢的有关恋人分离的乐曲；乐师说不会，于是她就起身来教他们。玛丽娅身材不高，但长得结实。她在罐头厂上班，整天从早到晚搬运十四磅重的牛肉罐头。她长着一张斯拉夫人宽阔的脸，颧骨突出，脸颊红润。她一张嘴，简直恐怖，让你立刻联想到马。她穿着一件蓝色法兰绒衬衫，挽着袖口，露出粗壮的胳膊，手里拿着一把切肉的餐叉，用力在桌子上敲打着节拍。她一开口，那雄壮的歌声顿时响彻整个宴会厅，充斥着每一个角落，三位乐师跟着她费劲巴力地、一音一顿地伴奏，但节奏上总是慢一拍。就这样，他们辛苦地、一节接着一节地演绎着一个年轻人的相思之苦：

"Sudiev' kvietkeli，tu brangiausis；
Sudiev' ir laime，man biednam，
Matau——paskyre teip Aukszcziausis，
Jog vargt ant svieto reik vienam!"（立陶宛语——译者注）
"再见吧，那摇曳的花朵，
再见吧，那逝去的欢乐，
万能的主，那是你的旨意？
让我过着孤独、贫穷的生活！"

一曲唱罢，该有人为婚礼献辞了，于是安东纳斯老爹站了起

来。尤吉斯的父亲安东纳斯还不到六十岁，但看上去就像八十岁的样子。他来美国只有六个月，可是生活的变化已经影响到了他的身体。年轻的时候他曾在一家纺纱厂工作，后来染上了咳嗽，于是他不得不离开；回到乡下后，他的病本来已经养好了，可是自从到了美国后他就一直在达拉谟的酱肉车间干活，由于整天呼吸着阴冷、潮湿的空气，他的病又复发了。刚一站起来他就咳嗽不止，他只好手扰在椅子上，将苍白、干枯的脸转向一边，直到这阵咳嗽过去。

按照立陶宛的习俗，婚礼上的贺词一般都是抄自书本，默记在心；不过，安东纳斯老爹年轻的时候可算得上是个有学问的人，朋友的情书都是他帮着写的。可想而知，在今天这种场合，他的贺词当然是自己的原创，而这也是宴会的重头戏之一。众人无论在做什么，此时都安静下来，甚至那些乱跑乱叫的孩子也都挤过来，煞有介事地听着，而有几个妇女更是发出了啜泣声，用围裙擦着眼泪。现场气氛变得庄重起来，因为安东纳斯·路德库斯在贺词中反复讲到自己跟孩子们在一起的时间不多了。他的一番话引得众人泪水涟涟，这时有一位叫约伯斯·赛德韦拉斯的客人站起身安慰大家，他在霍斯泰德大街开了个熟食店，胖胖的身材，面相和善。他先是说事情也许不会像想象的那么糟糕，然后自己也即兴演讲了一番，无非是恭喜新郎、新娘，预祝婚后幸福之类的话。细节之处引得年轻人开怀大笑，不过奥娜却被羞得面红耳赤。约伯斯·赛德韦拉斯还真有些才华，这也是令他妻子感到得意的地方，她说这是“poetiszka vaidintuve”（立陶宛语——译者注）——一种富于诗意的想象力。

至此，大多数人已经酒足饭饱。既然不讲究什么繁文缛节，宴会就开始散席了。有些人围拢到吧台旁；有些人到处乱窜，笑闹着、哼唱着；其他人也三五成群地分散在大厅的各个角落，彼此兴高采烈地交谈着，全然不顾周围其他人和那支乐队的存在。每个人似乎都有些躁动——大家似乎都装着一件心事。是的，这一点稍后就得到了证明。还没等那些慢吞吞的食客吃完，桌子连同残羹剩饭就一起被推到了角落里，椅子还有那些婴儿床、婴儿车也被清到了一边，于是当晚真正的庆祝活动开始了。这时，看到塔莫休斯·库斯列卡又灌下去一大杯啤酒，然后回到那个台上。他在台上站定，环顾一下四周，发号施令般在琴的腹板上敲了两下，小心翼翼地把琴塞到下巴下面，优雅地挥动弓弦，猛击琴弦，然后闭上双眼，于是他的灵魂乘着华尔兹那梦幻般的翅膀开始翱翔。另一位小提琴手也跟着演奏起来，不过眼睛是张开的，可以说是为了留意同伴的一举一动；瓦伦蒂诺维奇亚坐等了一会儿，用脚踩着节拍，然后抬头仰望天花板，开始拉起他的大提琴——“布隆！布隆！布隆！”

很快，人们开始成双成对地散开，整个房间开始动起来。很显然，没有人会跳华尔兹，不过没关系——只要有音乐他们就跟着跳，随心所欲，就跟刚才唱歌一样。他们当中大多数人都喜欢跳“两步舞”，尤其是年轻人，这是一种时尚。年龄稍大的人跳着家乡的奇怪而复杂的舞步，身体的姿势一本正经，面部的表情庄严肃穆。有些人根本不是在跳舞，他们只是牵着彼此的手，用乱蹦乱跳的双脚宣泄着内心无所顾忌的快乐。这其中就包括约伯斯·赛德韦拉斯和他的妻子露西亚，夫妻二人共同经营着那家熟食店，不过他们自己吃掉的比卖出去的还要多；他们俩太胖了，根本跳不动舞，只是在舞池中央紧紧抓着对方的胳膊，慢悠悠地左摇右摆，脸上露出天使般的微笑，一副大汗淋漓、憨态可掬的快乐样。

很多年长的人穿着怀旧，细节之处体现家乡的风格——一件绣花的马甲或者胸衣，一条颜色鲜艳的手帕，或者一件袖口宽大、钉着漂亮纽扣的外套。而这些都是年轻人刻意避免的，他们大多学会了讲英语，打扮得尽量时尚。女孩子们穿着成衣或者衬衫，有些看上去真的很漂亮。有些小伙子看上去跟美国人没什么两样，就像普通职员，唯一的差别是他们在房间里也戴着帽子。这些年轻人的舞姿五花八门。有的紧紧地抱在一起，有的小心翼翼地保持距离，有的手臂僵硬，有的手臂在身体两侧自然下垂。有的舞姿翩翩，有的轻柔曼妙，有的温文尔雅。也有人粗鲁莽撞，在房间里左冲右突，撞得其他人东倒西歪。见此情景，那些被吓坏了的人急得冲着他们大叫："快停下！干什么?"整个晚上，人们都是成双成对，而且从不交换舞伴。比如说阿莲娜·雅瑟提特，她就一直在跟未婚夫尤塞斯·拉克修斯跳舞，好几个小时一直没歇着。阿莲娜算得上整个晚会的一大美女，如果不是太高傲，她真的是非常漂亮。她穿着一件白色的衬衫，这件衬衫大概要花掉她靠油漆罐头盒挣来的半个礼拜的工资。跳舞的时候，她手提裙摆，舞姿端庄、高雅，俨然一位贵妇人。尤塞斯为达拉谟赶马车，收入挺高。现在，他装出一副很"牛气"的样子，歪戴着帽子，整个晚上嘴里都叼着一根香烟。还有一位叫雅德维佳·马辛库斯的姑娘，模样也不错，只是举止要谦卑得多。她也同样做着漆罐头盒的工作，不过家里有一个卧病在床的母亲，还有三个年幼的妹妹，一家人全靠她的那点儿工资度日，所以她根本不会花钱买什么衬衫。雅德维佳身材娇小，眼睛乌黑发亮，一头黑发在头顶上绾成一个髻。她穿着一身已经发旧了的白色外套，这是她自己做的，过去五年里她一直穿着这身衣服去参加各种聚会；上衣很短，几乎刚过腋下，也不是很合身，不过雅德维佳并不在乎，她和米古拉斯正跳得起劲。她小鸟依人，他高大威猛；她把身体依偎在他的怀里，头枕在他的肩膀上，似乎在刻意躲避人们的视线。他则用胳膊紧紧地抱着她，那样子就像是要把她抱走；他们就这样跳着，似乎要跳个通宵，永远地跳下去，永远沉醉在这忘情的快乐中。看见两个人这个样子，你可能会忍俊不禁，不过你要是知道他俩的经历，你可能无论如何也笑不起来的。要知道，今年已经是雅德维佳和米古拉斯订婚的第五个年头了，她已经急得快发疯了。他们本该一开始就结婚的，可是米古拉斯有一个整天喝得醉醺醺的父亲，而他又是他们那个大家庭里除了父亲之外唯一的男人。即便这样，他们本来也许还扛得住（米古拉斯是个技术工），可偏偏又出了事儿，几次不幸的事故几乎毁了他们全部的希望。他是个剔牛骨的工人，这可是个危险的工种，尤其是当你挣计件工资，而且要努力挣钱娶老婆的时候。你的手滑，刀也滑，你正撒欢似的忙碌着，这时突然有人叫你一声，或者你的刀砍到了骨头上，于是你的手滑到了刀刃上，划出一道可怕的口子。本来这也没什么大不了的，可偏偏又发生了严重的伤口感染。伤口可能会愈合，但后果很难预料。在过去的三个月里，由于败血症米古拉斯已经在家躺了两次，一次三个月，另一次则长达七个月。后一次病倒使他丢了饭碗，因此病好后他不得不每天从六点钟开始就跑到罐头厂门口去排队找工作，大冷的冬天，地上一尺厚的积雪，天上也是雪花纷飞，这样一等就是六个月。那些有学问的人也许会拿出一些统计数字说，剔骨工一小时能挣四十美分，可是他们什么时候仔细看过剔骨工的那双可怕的手？

塔莫休斯和他的同伴偶尔停下来休息一会儿，他们当然会累的，跳舞的人则跟着原地停住，耐心地等待。他们似乎永远也不知道累，当然，即使累了也没地方可坐。乐师们只休息了片刻，领队的就又站起身，尽管另外两个人强烈抗议。这次，音乐转换了风格，是一支立陶宛舞曲。那些更愿意跳两步舞的继续跳两步，而大多数人则开始跳一种复杂的舞步，与其说是在跳舞还不如说是在花样滑冰。舞曲的高潮是一段狂热的极快板，你看到一对对舞伴抓紧对方的双手开始跟着音乐疯狂地旋转。这场面甚为壮观，具有不可抵挡的吸引力，人们纷纷被卷入进来，于是整个房间变成了一个彩裙飞舞、令人头晕目眩的大旋涡。不过，此时最能够吸引眼球的还是塔莫休斯·库斯列卡。他那把破旧的小提琴发出声嘶力竭的尖叫声，仿佛在愤怒地抗议，塔莫休斯却全然不顾。他的头上早已大汗淋漓，身体拼命似的向前俯冲，就像一名赛道上的摩托车手，做着最后一圈冲刺。他的身体剧烈地摇晃着，宛如一部开足马力的蒸汽机，那疾风暴雨般的音符令人窒息，他那弯曲的胳膊飞舞着，看上去就像一团蓝色的、舞动着的雾。最后，他做出一个雄浑有力的冲刺动作，然后挥了挥手臂，筋疲力尽、踉踉跄跄地向后退去。人们高呼一声，然后东倒西歪地跑到墙边把自己支撑住。

这时，大家纷纷去找啤酒喝，当然也包括乐师，并趁机好好喘息一下，准备迎接今晚最重大的仪式——答谢。这个仪式一旦开始，就要持续三四个小时，这期间人们不间断地跳一支舞。客人们围成一个大圈，相互手拉着手，待音乐一起，便开始转圈。新娘站在场地中央，男人们挨个上前邀新娘跳舞。每个人跳上几分钟——想跳多长时间就跳多长时间。伴随着人们的欢笑声、哼唱声，整个过程充满快乐。跳完之后，当你转身后退的时候，你会发现正面对着伊莎贝塔大娘，她手里还捧着一顶帽子。你要往帽子里放些钱，一块或者五块，这取决于你的经济实力，也要看你受到款待的程度。客人们要以出钱的方式来答谢主人的款待；如果你是个体面的客人，就应该出手大方一点儿，因为你明白新郎新娘以后还要过日子。

这次婚礼的费用一想起来就令人胆战心惊，肯定会超过两百元，甚至达到三百元。要知道，三百元可比这个屋子里很多人一年的收入还要多。哪怕是那些身强力壮的男人，每天早出晚归，在冰冷的地下室里，踩着没脚面的积水，一年工作六七个月，早晨看不到日出，晚上看不到日落，一周工作七天，一年也挣不到三百块钱。还有那些只有十来岁的孩子，几乎还看不到工作台的台面，父母是瞒报了年龄才给他们找到工作的，他们一年的工资还不到三百块钱的一半，甚至只有三分之一。然而，有一天你竟然会花掉这么多钱来操办一场婚宴！就一天！（很显然，无论是一次性地花在自己婚礼上的钱，还是慢慢地花在所有亲朋婚礼上的钱，都需要这个数。）

这样做很不明智，很悲哀——可是，啊！这样做又是那样的美好！对于生活中的种种欲望和追求，这些穷人都可以忍受和放弃；只有这一点他们是要坚守到底的，至死不渝——他们决不能放弃这种婚俗！放弃不仅意味着失败，而且意味着承认失败——而人正是由于不认输才使得世界不断进步。这种婚俗从遥远的年代一直传承到今天；它承载着人们一种至高无上的追求——囚居洞穴，满眼漆黑，企盼着有朝一日能够挣脱锁链，展翅高飞，拥抱太阳；企盼着一生之中终有一天能够证明这样一个真理：生活中的种种愁苦和烦恼都是微不足道的小事，那只是滔滔江河中一个小小的水泡，魔术师手中随意抛掷的一个金球，一杯可以一饮而尽的名贵红酒。这样，你便可以感悟到自己原是世界上万事万物的主宰，你便能够安于劳苦，生活在对美好往事的回忆中。

人们转啊转啊——转晕了就换个方向。时间一分一秒地过去，夜幕渐渐笼罩开来，房间里两盏冒着油烟的油灯发出幽暗的光。乐师们已经使出了浑身解数，现在他们一直在拉着同一首曲子，曲声变得越来越单调、呆板、倦怠。这首曲子只有二十个小节，每次拉到结尾就从头再来。每隔十几分钟，乐师就无力再重复了，只好筋疲力尽地仰靠在椅子上休息一会儿。每到这时就发生痛苦而可怕的一幕，搅得门后睡觉的警察不安地翻动着他肥胖的身体。

这还得提到玛丽娅·波琴兹卡。她是一个对音乐永不知厌倦的人，那种拼命地拽住缪斯的裙子、死活不肯让其离开的人。一整天，她都处于一种极度的兴奋之中；而此时，这种美好的欢乐正要远去——她怎能舍得。她在灵魂深处用浮士德的话呼唤着：

“别离开，你太美了！”不管是狂饮啤酒还是大呼小叫，不管是听音乐还是跳舞，这一切都是为了能留住这美好的时光。她要去追赶，可是刚一动身，她的马车就差点儿被那三个该死的乐师的愚蠢给撞离了车道。每当这时，玛丽娅就会咆哮着冲向他们，在他们面前挥拳、跺脚，气得脸色发青，语无伦次。而塔莫休斯会试图争辩，为他们那人肉之躯求饶；累得上气不接下气的约伯斯坚持说不能再跳了；伊莎贝塔大娘也来替他们求情；这都没用。“走开！”玛丽娅喊叫着，“你们等着瞧吧！滚开！给你们钱，让你们来干什么？狗娘养的！”看这架势，吓丢了魂儿的乐师赶紧又演奏起来，而玛丽娅这才善罢甘休，回到远处，该干啥干啥去了。

现在，只有玛丽娅一个人在支撑着婚宴的喜庆场面。由于兴奋，奥娜也还算精神，而其他的男男女女全都筋疲力尽了——只有玛丽娅的灵魂没有被征服。她在催促着跳舞的人们——原来的圆圈现在变成了梨的形状，玛丽娅就站在梨把的位置，左推右拉。她喊着、跳着、唱着，俨然一座岩浆迸发的火山。偶有进出的人们会把门敞开，深夜的寒气就会顺着门进来，冻得人们发抖。玛丽娅经过时就会飞起一腿，去踹门把手，门就会“咣”的一声关上。有一次，这个动作造成一个不幸的受害者，那就是塞巴斯蒂约纳斯·赛德韦拉斯。小塞巴斯蒂约纳斯才三岁，当时正在屋子里一边到处乱跑一边扬起脖子嘴对嘴地喝着一瓶粉色的、冰凉的汽水。心无旁骛的小孩子在进门的时候被玛丽娅踢关上的门甩了个满面，孩子的号叫声使跳舞的人们不约而同地停了下来。一天嚷嚷着要杀死一百个人的玛丽娅其实看见一只受伤的苍蝇都会掉泪。此时，她赶紧抱起小塞巴斯蒂约纳斯，在孩子的脸上亲个不停，可能差点把他给憋死。乐队趁机好好休息了一下，也吃了不少东西。玛丽娅正在跟她的受害者修好，她把孩子抱到吧台上，站在他旁边，把一大瓶冒着泡沫的啤酒递到他的嘴边。

与此同时，在房间的另一个角落里，伊莎贝塔大娘和安东纳斯老爹还有几位至近的亲友正在谈论着什么，神情焦虑。他们现在遇到了麻烦。本来按照立陶宛的风俗，婚宴上有一个约定，虽然是一个不成文的约定，但更具有约束力。那就是，参加婚宴的人都要随份子，多少各不相同——不过每个人都非常清楚自己该随多少，而且还会尽量多随些钱。可是，现在情况不同了，他们已经来到了一个新的国家，一切都在改变。这里的空气中似乎弥漫着一种无形的毒药——所有的年轻人一吸进这种空气都立刻中了毒。他们成群结队地赶来赴宴，一顿大吃大喝，然后偷偷溜走。一个人会把另一个人的帽子扔出窗外，两个人都出去找，然后消失得无影无踪。偶尔，他们也会三五成群、大摇大摆地从你面前走过，眼睛盯着你看，而且公然嘲笑你。更糟糕的是，有些人会挤到吧台旁，花着主人家的钱，一顿痛饮豪饮，视旁人如无物，别人还以为他们或者在等待着跟新娘跳舞，或者刚刚跳完。

此时，这一切也正在这里发生，一家人深感错愕，可是又无可奈何。他们辛辛苦苦地招待了一整天，那是多大的开销啊！奥娜只能站在那儿，两眼充满了恐惧。那些可怕的账单——无时无刻不在折磨着她。一整天，每一项开销都在撕咬着她的心，搅得她整夜不得安宁。做工的时候她就无数次地在心里筹算过——十五块钱的房间租金，二十二块二毛五分钱的鸭子，十二块钱付给乐师，五块钱的教堂费用，还不算圣母祈福——凡此种种，没完没了！更可怕的一笔开销还在后头，那就是格莱克朱纳斯的酒水账。你永远也无法事先预知酒吧老板的酒水账——每到结账的时候，他就会抓着脑袋走过来，颇为犯难地跟你讲他事先估计不足，但是他已经尽力为你着想了——问题是你的客人个个灌得酩酊大醉。你非常清楚受到了无情的盘剥，虽然你认定自己是老板上百个朋友当中最为亲密的一个。他先拎来的酒桶里只有半桶酒，最后拎走的酒桶还有一半没喝掉，而他却收你两桶啤酒的钱。虽然酒的质量和价格都已事先谈好，可到时候你和客人们喝的却是难以用语言描述的可怕毒药。你可以找他交涉，可是于事无补，结果只能是毁了宴会的气氛。至于说诉诸法律，那你还不如去找上帝申冤。要知道，他可是跟本地官场上所有的大人物都有关系的。你一旦知道惹恼了这些人意味着什么，那你最好还是乖乖地交上钱，闭嘴走开。

真正令人心酸的是，有少数几个人本来生活艰苦，可还是尽了全力。就拿那位可怜的约伯斯老先生来说吧，他就随了五块钱，可是有谁知道他刚刚把熟食铺抵押出去，抵了两百块钱来交已经拖欠了好几个月的房租呢？还有一位叫艾尼尔·约克宁的干瘪的老太太，她是一个寡妇，抚养着三个孩子，自己还患有风湿病。她靠给霍斯泰德大街上的商贩们洗衣服度日，挣的钱少得可怜，听了叫人心碎。她把几个月养鸡换来的钱全都拿了出来。她在后门的楼梯口圈起一块巴掌大的地方，养了八只鸡。三个孩子整天去垃圾堆给这些鸡找食物；有时，由于竞争太过激烈，你会看到当三个孩子在沿着霍斯泰德大街两侧的街沟捡拾垃圾的时候，后面还跟着他们的母亲，她是来充当保镖的，以防孩子们捡到的垃圾被别的孩子抢走。对于约克宁老夫人来说，这些鸡的价值是不能用钱来衡量的——她有自己的衡量标准。她觉得，这些鸡的收入就是白白捡来的——在这个世界上，她不知道被别人赚了多少便宜，而这回自己也终于便宜了一把。因此，对这些鸡，她是日夜看守，而且还学会了像猫头鹰那样在夜间看守。很久以前，有一只鸡被偷了，不出一个月，有人又想来偷。此后，约克宁老夫人不知道在半夜里被惊醒了多少次。现在，你能掂量出这份礼金的分量了吧！而这全都是因为伊莎贝塔大娘曾经借给她一些钱，让她没有被房东赶走。

正当伊莎贝塔大娘他们长吁短叹的时候，越来越多的人凑上前。有的人伸长脖子，想探个究竟，这其中不乏那些做了亏心事的人——见此情景，有谁能无动于衷？哪怕是圣人。最后，不知是在谁的催促下，尤吉斯也走了过来，家人把情况又跟他讲了一下。尤吉斯默不作声地听着，两条乌黑浓密的眉毛紧紧地锁在一起。偶尔，眉毛下面射出两道光，扫视着房间里的人，拳头紧握，看样子，他要去找某些人算账。可是转念一想，这样做又有什么用呢？当然没用，这一点他非常清楚。这时候再把谁赶出去也不会减少任何的开销，只会让自己出丑——此时此刻，他只想带着奥娜离开这个鬼地方，剩下的事情就让它顺其自然吧。这样一想，他的拳头就慢慢松开了，并轻轻说道："事已至此，哭也没用，伊莎贝塔大娘。"然后，他把目光转向奥娜，她就站在他的身边，眼神满是惊慌。"小宝贝，"他低声说，"别担心，不要紧。我们会想办法把这些账都付清的，我会多干些活儿。"这是尤吉斯经常说的一句话。每当遇到困难的时候，他都会这么说，对此，奥娜是再熟悉不过的了。“我会多干些活儿!”在立陶宛的时候，他就说过这样的话。当时，他的护照被一个官员没收了，后来，由于没有护照，又被另一个官员给逮捕了，他因此被刮走了三分之一的财产。在纽约，他还是这样说。当时，他们被那个油嘴滑舌的移民代理人给控制住了，被狠狠地敲诈了一把。后来，即使交了钱，那个家伙还是不肯放人。现在，这话他已经说了第三次，奥娜长长地出了一口气。有个丈夫可真好，他让自己有了做女人的感觉——一个高大魁梧、可以解决一切困难的丈夫!

小塞巴斯蒂约纳斯的哭声终于止住了，乐队被再一次提醒该干什么。答谢仪式重又开始，不过还没有跟新娘跳舞的人已经所剩无几，所以收取礼金的程序也很快就要结束了，于是人们又各自找舞伴随便跳去了。时间已过午夜，舞会的气氛已大不如前。人们的脚步变得沉重、反应变得迟钝——毕竟大多数人都喝多了，而且早已过了兴奋劲儿。他们只是机械地挪动着脚步，一圈接一圈地旋转，一个钟头接一个钟头地耗着，两眼空洞，似乎是在半梦半醒之间，而且眼神变得越来越迷离。男男女女紧紧地抱在一起，不过半个小时彼此都不看一下对方的脸。有几对根本就不想跳了，于是就退到角落里，坐在那里，彼此挽着胳膊。有些人还在没完没了地喝着，不时在屋子里蹿来蹿去，踉踉跄跄，磕磕绊绊。其他人则三三两两地聚在一块儿唱歌，每堆儿人唱的歌都各不相同。随着时间的推移，人们各显醉态，尤其是年轻人。有的相拥在彼此的怀里，倾诉着心里的酸楚；有的在为一些鸡毛蒜皮的小事而争得面红耳赤，甚至拳脚相向，其他人不得不过来好言相劝。此时，那位肥胖的警官已睡意全无，手捂着警棍，随时准备着应对可能发生的骚乱。他必须时刻保持警惕，因为在午夜两点钟一旦发生斗殴事件，如不及时制止，事态就会迅速扩大，有如燎原之火，这样就不得不出动全警局的警力。他要做的就是用警棍敲碎每一个参与斗殴的人的脑袋，否则人会越聚越多，那样他就会束手无策。在这个屠场后院，有多少脑袋被敲碎，没有人做过详细的统计，因为每天敲碎无数动物脑袋的人们也会用同样的手段去对待他们的朋友，有时甚至是家人，这似乎已经成了他们的一种生活方式。现在，利用现代化的工具，凭借少数几个人的力量就可以为整个文明世界完成这种痛苦而必要的敲脑袋的工作，这真是一件值得庆贺的事。

这个晚上倒是没有发生这样的事——也许是因为尤吉斯也一直保持着警惕，甚至比警官更警惕。他也喝了不少酒，在这种场合这很自然，反正酒水钱总是要付那么多，不管喝多少，所以不喝白不喝。不过，尤吉斯毕竟还是一个沉稳的人，不轻易发脾气。只有一次，他差点儿失控，当然那是玛丽娅·波琴兹卡惹的祸。大约两个小时前，玛丽娅提到了角落里的那个圣坛，上面供奉着神明，穿着污迹斑斑的白色衣服。她断言，那圣坛如果不是缪斯的真正家园，那它至少也是她们的驻地中离我们最近的一个。玛丽娅当时正在酒劲儿上，忽然听说有坏蛋来白吃白喝。她甚至都没来得及破口大骂就径直冲向了战场，当她被拉开的时候，手里还拽着两个坏蛋的衣领子。所幸的是，警官这次还算讲理，被揪出去的不是玛丽娅。

这一冲突使音乐中断了一两分钟。尔后，那首无情的曲子又响了起来——在近半个小时的时间里，人们的耳朵里就只有这么一首曲子，没有丝毫的变化。这是一首美国乐曲，他们是在大街上学会这首曲子的，而且似乎都会歌词，至少会唱第一句。他们一遍一遍地跟着哼唱，从未间断："在那过去的美好夏日——在那过去的美好夏日！在那过去的美好夏日——在那过去的美好夏日！"不断重复的属音似乎是一剂催眠药，听到的人、演奏的人无不为之昏昏欲睡。没有人能够保持清醒，甚至没有人想保持清醒。现在已是凌晨三点钟，人们已经跳得兴趣索然，人们已经跳得筋疲力尽，甚至酒精的刺激也失去了作用。不过，仍然没有人想到要停下来。礼拜一早晨七点上班的时间就要到了，到时每个人都得乖乖地穿好工装出现在各自的岗位上，出现在达拉谟、布朗或者琼斯的厂子里。如果有人胆敢迟到一分钟，那他一小时的薪酬就没了。你要是迟到几分钟，你就会发现挂在墙上的你的那张记工牌已经被翻了过来，这就意味着你被解雇了，你不得不每天早晨从六点到八点半到罐头厂大门外排队，和一群饥饿的无业游民等待就业。

小奥娜简直快要晕倒了——一种半昏迷状态，因为屋子里的气味实在太难闻。她自己倒是滴酒未沾，但是其他的人可以说个个在燃烧着酒精，就像那些油灯在烧着煤油。有些人坐在椅子里或者躺在地板上睡得正酣，浑身散发出的酒气使你靠近不得。尤吉斯时不时地盯着她看，眼神饥饿而贪婪——他早已经忘记了什么是害羞。可是人们还没有散去，所以他只能等待，望着门外，盼着马车的到来。可是马车迟迟未到，最后他决定不再等了，于是他来到了奥娜的身边，此时的她脸色苍白，浑身颤抖。他正了正她身上的披肩，又把自己的外衣披在她身上。他们住的地方离这儿只有两个街区，尤吉斯已经等不及什么马车了。

没有告别——跳舞的人根本没有注意到他俩，所有的孩子和老人都累得睡着了。安东纳斯老爹在睡着，赛德韦拉斯夫妇也在睡着，先生的喉咙里发出震天的鼾声。伊莎贝塔大娘和玛丽娅在呜呜咽咽地啜泣着，外面的世界一片沉寂，东方的星空已微微泛白。尤吉斯搂起奥娜，一声不吭，大踏步地朝屋外走去，她深深地叹了一口气，把头枕在了他的肩膀上。到家了，奥娜仍伏在尤吉斯的身上一动不动，他不敢肯定她是晕了过去还是睡着了。他一只手扶着奥娜，另一只手去开门，此时他看见奥娜终于睁开了眼睛。

“今天你就别去布朗的工厂上班了，小宝贝，”他一边爬着台阶一边轻声地说。她惊恐地攥着他的胳膊，急声说：“不！不！我不干！那会毁了我们！”

他再一次安慰她：“还有我呢，还有我呢。我会多挣些钱，我会多干些活儿。”

第二章

谈起工作的时候，尤吉斯总是表现出一副满不在乎的样子，因为他年轻。人们时常跟他讲起有些人是如何在芝加哥屠场区累垮的，后来又经历了怎样的命运——这些话听起来令人不寒而栗，而尤吉斯却总是一笑了之。是的，他到这里毕竟才四个月，而且年轻力壮，高大魁梧。他身上有使不完的劲儿。他甚至想象不到被累垮是什么样子。“你们这些人倒是很有可能，”他会说，“看看你们那瘦弱的样子，再看看我的背有多宽。”

尤吉斯就像是一个大男孩儿，一个乡下的大男孩儿。他正是那种让工头们求之不得的人，令工头们因求之不得而垂头丧气的人。你要是派他去什么地方，他会一路小跑着去。倘若一时无事可做，他会坐立不安，手足无措，像是有浑身的劲儿使不出来似的。如果跟一班人流水作业，他总是嫌别人太慢，站在那儿焦躁不安、倒是好认。正因为这样，在一次重要的场合，他被工头一眼相中。那是他刚来到芝加哥的第二天，当时他正跟着一帮人站在布朗公司的考勤室外面排队，他等了还不到半个小时就被工头叫走了。这件事令他颇感得意，他也因此更会嘲笑那些悲观的人。有人告诉他，那群人当中有的等了一个月——对，有的已经等了好几个月，还没有被选中。他听了之后不以为然地说：“那就对了，他们都是些什么人？一群没骨气的无赖、窝囊废，挣的钱都用来喝酒了，酒喝光了再去挣。就凭我这双胳膊，难道你想让我——”他一边说着一边握紧双拳，高举手臂，这时你会看到他胳膊上那圆滚滚的肌肉，“有了这双胳膊，难道人们会让我挨饿?”

听了这话，人们不住地摇头：“真是个乡下人，地地道道的乡下人。”的确，尤吉斯从未见过大城市，哪怕是上点儿规模的镇子，直到后来出去闯世界，挣钱娶奥娜，他才见了些世面。他们家世世代代，包括他的父亲，他从未见过面的父亲的父亲，以及很多传说中的祖先，一直生活在立陶宛的一个叫布莱罗维兹的地方，那是一片皇家森林，方圆数十万亩，自古就是贵族们的猎场。里面住着很少的几户农民，继承着一代一代传下来的居住权。这其中就包括安东纳斯·路德库斯，他靠在一片荒野中开垦出来的五六亩土地自食其力，养家糊口。除了尤吉斯外，安东纳斯还有一个儿子和一个女儿。尤吉斯的哥哥十几年前被征去当兵了，到现在一直杳无音信。姐姐也嫁人了，当安东纳斯决定跟儿子走的时候，他就把田卖给了女婿。

大约一年半以前，尤吉斯遇见了奥娜，是在一个离家一百英里远的马市上。那时，他可从来没想过要结婚，他曾嘲笑说婚姻是男人给自己挖的陷阱。后来他一直未跟她讲过话，偶尔见面的时候也只是相视一笑，可是现在他却发现自己在面红耳赤、胆战心惊、面对面地向她的父亲求婚，要他把女儿卖给自己做老婆，交换条件是父亲让他到市上去卖的那两匹马。没想到奥娜的父亲坚决不肯，态度强硬不可动摇——姑娘还是个孩子，自己也算个有钱人，不能就这样把女儿给卖了。尤吉斯垂头丧气地回来了，一到家他就开始拼命地干活，整整一个春天和夏天，想把这事儿给忘了。秋天，等庄稼收割完了，他发现自己还是忘不掉奥娜，于是他就徒步赶了两个礼拜的路又去找她。

等到了奥娜的家，他发现情况发生了意想不到的变化——奥娜的父亲已经死了，房子也抵债了。见此情景，尤吉斯不禁心中暗喜，因为他意识到自己的意中人现在已是唾手可得。奥娜的家里还有继母伊莎贝塔·路考在特大娘，人们都这样称呼她；她的六个孩子，年龄不等；再有就是乔纳斯，伊莎贝塔大娘的弟弟，一个瘦小枯干的在农场上干活的男人。在刚从森林里走出来的尤吉斯看来，这些可都是了不起的人物。奥娜识文断字，知道很多他不知道的事情。可是现在农场已经卖掉了，一家人变得无依无靠——在这个世界上他们所拥有的全部财产就只有那七百卢布了，换成美元只有一半。本来他们所剩的财产应该是这个数字的三倍，可是如果真的去打官司，如果法官不向着他们说话，那这七百卢布恐怕也保不住，所以他们只能认了。

本来奥娜可以嫁人，离开这个家，但她不能那么做，因为她爱伊莎贝塔大娘。后来，乔纳斯主张一家人移民美国，因为他有一个朋友在美国发了财。到了那儿，他自己可以干活，女人可以干活，有几个孩子也可以干活。总之，生活不成问题。尤吉斯也听说过美国这个国家。据说，在那里一个人一天可以挣三个卢布。尤吉斯在心里盘算着一天三卢布意味着什么，当然他是按照家乡的物价水平来衡量的。这样一想，他立刻决定去美国，结婚，做富人。不仅如此，人们还说美国是一个自由的国度，不分贫富，人人平等，不用当兵，不用给贪官污吏贿赂——想干什么就干什么，人人活得有尊严。那里是恋人们和年轻人的天堂。只要你筹到了足够的钱使你最终到达目的地，那就意味着你的一切烦恼结束了。

他们最后决定第二年春天成行。在等待的那段时间里，尤吉斯跟一个包工头签了劳务协议，跟着一伙人一路跋涉，来到离家四百英里远的斯摩棱斯克修铁路。这是一次可怕的经历，污秽遍地都是，食物发霉变质，工头残忍冷酷，工作加班加点。但是尤吉斯挺了过来，身体安然无恙，回家的时候外衣内衬里缝了八十卢布。他既不喝酒也不打架，因为他心里一直想着奥娜；另外，他生来就是一个安静沉稳的人，你叫他干什么他就干什么，不轻易发脾气，不过一旦发起脾气来，冒犯他的人肯定会求饶以后再也不敢了。拿了钱之后，他就一直远离那群赌徒，避开那些酒吧，于是他们想杀了他，但他还是逃开了。一个人一路跑回了家，之后他就找些零活儿干，睡觉的时候他总是保持着高度的警惕。

夏天到了，他们终于要启程前往美国了。最后时刻，玛丽娅·波琴兹卡也决定跟着一起去，她是奥娜的表姐。玛丽娅是个孤儿，从小就给一个有钱的农场主干活儿，并且经常遭到打骂。直到二十岁的时候，她才想到要试一试自己的力量，她一反抗就差点儿把那个人给杀了，然后跑掉了。

这样，这个大家庭就有了十二个人，五个成人，六个孩子，还有介于成人和孩子之间的奥娜。他们一路历尽艰辛；有一个代理人主动帮助他们，可实际上他是个骗子，把他们带进了几个官员设的圈套，刮走了他们一大笔钱。要知道那些钱对他们来说是多么的宝贵啊，他们可是时刻提心吊胆地捂着钱袋啊！到了纽约之后，倒霉的事又来了。要知道，来到一个陌生的国度，举目无亲，很容易上当受骗。这不，一个穿着蓝色制服的人把他们领到了一个旅馆，让他们住下，可结账的时候他们才发现房费高得离谱，他们只能自认倒霉，否则难以脱身。当地的法律规定旅馆的门上要张贴房费标准，可是法律并没有规定要用立陶宛语。

乔纳斯的朋友是在屠场区发的财，所以一家人的目的地当然是芝加哥。他们知道芝加哥这个词，而且对他们来说知道这一个词就够了，至少在他们到达这个城市之前。火车到站了，他们一个个从车上跳下来，没有人迎接，依旧狼狈不堪。他们来到大街上，不敢随处走动，呆呆地望着迪尔伯恩大街的街景，街道两边黑乎乎的高大建筑一眼望不到顶。他们还没有意识到这就是芝加哥，不过当他们嘴里再说出“芝加哥”的时候，已经没有人手指着某个方向了，经过的人或者一脸困惑，或者笑之以对，或者干脆不理不睬。他们站在那儿，一个个可怜巴巴、茫然无助的样子，尤其是看到穿制服的人，他们更是吓得要死，警察一来，他们就蜂拥着穿过马路，仓皇逃走。他们就这样一整天在人声鼎沸、车水马龙的大街上四处游荡，完全找不着东南西北，到了晚上，他们就蜷缩在一栋楼的楼道口。最后，有人发现了他们，被警察带到了警察局。第二天早晨，来了一位翻译，警察通过翻译了解了情况。之后，他们被送上一辆汽车，还被教会了一个新的单词：“屠场区”。他们发现，这次竟然这么容易就过了一道鬼门关，而且居然没有破财，那种高兴的心情简直难以言表。

他们坐在车上，两眼热切地望着窗外。他们正驶在一条似乎没有尽头的大街上，过了一里又一里——他们哪里知道，这条街共有三十四英里长，街道两旁低矮、破旧的两层楼房一个挨着一个，没有空隙。一路上，这景色绝无变化——没有山冈，没有溪谷，丑陋、肮脏的木结构房屋排列两侧，一眼望不到头。一条河沟儿里流淌着污浊的河水，上面架着几座桥，河的两侧土坡护岸，岸边挤满了破烂不堪的工棚和船坞；路上随时碰到铁道交叉道口，栏杆起起落落，一辆辆火车头冒着白烟、喘着粗气，拽着一溜溜长长的货车车厢隆隆驶过；高大的厂房排列在街道的两侧，黑洞洞的建筑上面布满了数不清的窗口，烟囱林立，冒着滚滚的浓烟，遮天蔽日，厂区的地面更是乌黑一片。在这些高大的建筑之间，那些低矮的楼房又进入你的视线，景象是另一番的破败、萧条。

距这个城市还有一个小时的路程的时候，他们坐在火车车厢里就开始感觉到了空气中的异样变化。天空变得越来越灰暗，田里的草看上去也不那么绿了。火车在行进，时间一分一秒地过去，窗外的景色越来越破败、萧条；田野已变得焦黄，一片荒芜、杂乱的景象。随着烟雾越来越浓重，他们感觉到空气中有一股奇怪的、刺鼻的气味儿。对于这种气味儿，他们有一种说不清、道不明的感觉，不知道是不是厌恶；有人会说这气味儿令人作呕，不过尤吉斯他们的嗅觉还不发达，只知道感觉异样。现在，坐在电车上，他们开始意识到自己正向这气味儿的源头进发——他们从立陶宛一路艰辛奔向这里，就奔这气味儿而来。气味儿由远及近，由轻微到强烈，现在他们的鼻孔里、嘴巴里已经充满了这气味儿，闻得到、尝得出——甚至可以随手抓一把，没事儿的时候认真研究一下。对这气味儿，车上的人反应不一。对有些人来说，这是一种自然的味道，原始而纯粹，浓烈而厚重；有些人在贪婪地吸食着这气味儿，就像是在享受着兴奋剂的刺激；有些人把手绢儿捂在脸上。尤吉斯这些新移民们则还在品尝着，感觉茫然。就在这时，车突然停了下来，车门咣当一声被打开，有人喊了一声："屠场区！"

他们被甩在一个街角，站在那儿四处张望。眼前一条后街，两侧各一溜儿砖房，顺着街心望去，五六个高耸的烟囱，好像顶到了天——上面浓烟滚滚、遮天蔽日。这浓烟仿佛从地心里冒出来，人们似乎看到了那里燃烧了千万年的熊熊烈火。巨大的能量从里边喷发出来，势不可当。站在那儿凝望，你也许会想，这能量什么时候能够停止喷发，不过从眼前的景象看，这滚滚洪流似乎永无停歇。洪流幻化成压顶的乌云，翻卷着、奔腾着，最后汇聚成一条澎湃汹涌的长河，直接天际，宛如一块巨大的幕布笼罩大地。

这时，一种新的奇怪的感觉忽又袭来。跟他们所看到的颜色一样，也是跟这个城市浑然一体的一种东西。这是一种声音，一种由成千上万个微小的声音汇成的声响。开始，你并未察觉到——它渗透到了你的意识之中，一种潜伏的侵扰。它像春天里蜜蜂的嗡嗡声，森林的簌簌声；它使人想到人头攒动的集市、人嘶马鸣的战场。只有侧耳倾听你才能够辨别出那原来是动物发出的声音，远处千万头牛的低吼、千万头猪的嚎叫。

他们想去探寻一下那声音的源头，可是，天啊，此时他们怎会有时间去猎奇。街角上有一个警察已经注意到了他们，他们照例开始顺着大街逃开。刚跑出一个街区远，乔纳斯突然大喊一声，并兴奋地手指着街对面。其他的人还没明白过来怎么回事，就看见乔纳斯闯进了一间店铺，店铺的门上方挂了一个牌子，上面写道："约伯斯·赛德韦拉斯熟食店"。再看他出来的时候，身边多了一位矮矮胖胖的先生，穿着衬衫，系着围裙，紧紧地抓着乔纳斯的双手，好不亲热的样子。这时，伊莎贝塔大娘突然想起来了，约伯斯·赛德韦拉斯就是传说中在美国发了财的那个朋友的名字。发现他这个时候还在店里忙着，生意肯定是很红火，一帮人心里在想自己也该走运了，尽管现在早已过了早晨，一家人还没有吃早饭，孩子们都开始叫嚷了。

凄惨的旅程就这样结束了，结果还是令人高兴的。两家人抱在一起，亲热得不得了。是的，约伯斯·赛德韦拉斯已经有好几年没见过立陶宛家乡的人了。不过半天的工夫，两家人就成了莫逆之交。约伯斯了解这个世界的所有陷阱，能够解释清楚他们所不明白的一切，能够告诉他们遇到紧急情况应该怎么办，更要紧的是他能够告诉他们眼下应该做什么。首先，他要把他们带到艾尼尔老太太那里去，她在屠场区的另一端经营着一家寄宿公寓。他解释说，那里的条件就那样，没的选择，不过暂时还可以凑合。听了这话，伊莎贝塔大娘忙不迭地表示同意，因为她知道，现在没有什么东西对他们来说能算得上是便宜的了，他们已经被一路上的开销吓怕了。在这个高薪的国家只待了几天，他们便对这里残酷的现实有了切身的体会——这也是一个高物价的国度，这里的穷人跟世界上任何其他地方的穷人都没什么两样。尤吉斯一直以来抱有的发财美梦几乎一夜之间化为泡影。更令他们感到痛苦的是，现在他们是在按照美国的物价花钱，而那点儿钱却是以立陶宛的工资水平下挣来的——他们被这个世界欺骗了！旅程的最后两天，他们干脆饿着肚子——火车上的食物价格高得离谱，付钱的时候，心疼得要死。

尽管如此，可是当亲眼看到了老寡妇艾尼尔·约克宁的家时，他们还是禁不住退缩。一路上，他们还从来没有见过这么糟糕的地方。那是一套只有四个房间的公寓，位于“屠场”后院，周围一片破烂不堪的低矮两层楼房。每栋楼有四套公寓——寄宿公寓，里边住的都是外国人，立陶宛人、波兰人、斯洛伐克人、波希米亚人。这些公寓有的个人经营，有的合伙经营。每个房间住着五六个人——有时，十三四个人挤在一个房间里，这样，一套公寓就能住得下五六十人。每个房客都得自备寝具——一张床垫、一床被褥。床垫一排一排地铺在地上，除了一个炉子，整个房间再无其他空地儿。两个人共用一张床垫司空见惯，一人白天上班，晚上睡觉；另一人则晚上上班，白天睡觉。公寓老板经常会把一个床位同时租给两个倒班工作的人。

约克宁夫人是一位瘦小枯干、满脸皱纹的老太婆。她的家脏得无法想象，而且拥挤不堪，从前门进去根本不可能，因为地上铺满了床垫儿，一直铺到门口儿。如果你想从后门的楼梯上楼，你也几乎找不到落脚的地方，因为她把楼梯口所有的地方都用栏板圈起来做鸡舍了。房客们经常讲这样的笑话：艾尼尔时常把鸡放进屋里，让它们来打扫卫生。毫无疑问，房间里的虫子因此少了许多。不过，不管怎么看，老太太放鸡进来的目的更像是喂鸡，而不是打扫房间。事实上，在风湿病的折磨下，她已经无暇顾及什么卫生了。刚得病的时候，她整天蜷缩在病榻之上，长达一周。这期间，十一个房客欠了她不少的房租，万般无奈之下，这些人决定去堪萨斯城碰碰运气，看看能不能找到工作。当时是盛夏七月，田野一片葱绿。在罐头镇，人们可从来看不到绿色的田野，甚至任何绿色的东西。趁此机会，去"流浪"一回，这是他们自己的话，看看乡下的景色，好好放松一下，偷偷搭乘火车做一次免费的旅行，倒也优哉游哉。

这里就是安置尤吉斯这些新房客们的家。有什么办法呢，在罐头镇你再也找不到比这儿更好的地方了。至少，约克宁夫人为自己和三个年幼的孩子还留了一个房间，现在她又肯让女人和姑娘们跟自己合住。她说，在附近的旧货商店可以买到床具，不过暂时也许没有必要，因为天气实在太热——毫无疑问，这样的夜晚，他们都要睡在过道里，而且几乎所有的客人都这样。安顿下来之后，尤吉斯就迫不及待地说："明天我去找工作，乔纳斯也去。以后我们会有自己的住处的。"

午后，尤吉斯和奥娜走出房间，到外面随处转了转，是的，以后这里就是他们的家了。在这个屠场后院区，一眼望去，低矮的两层楼房疏疏落落，了无生气。其间大片大片的荒地倒也显得不是那么扎眼，因为整个城市就坐落在一望无际的草原之上。满地的荒草掩藏着无数的番茄罐头盒，成群的孩子在上面疯跑，彼此追赶着、打闹着。这地方最让人感到不可思议的是哪儿来的那么多孩子；你可能会以为这儿附近肯定有学校，不过经过长时间的了解之后，你便会清楚这地方根本就没有学校，那些都是街坊四邻家的孩子——罐头镇上的孩子多得满大街都是，在街上坐车还不如走得快。

在这样的街道上，怎么可能走得快！与其说是街道，还不如说是微缩景观图。路面一般要比两侧的房屋地基和木板人行道低几英尺，没有沥青铺面——有高山、有峡谷、有河流、有沟壑，污水横流，臭味熏天。孩子们就在这上面追打、滚爬，不时地用手在泥浆里翻动，那是在挖掘幸运碰到的战利品。人们就在这样的道路上迂回前行，成群的苍蝇在头顶上方飞舞，有如乌云压顶；空气中令人作呕的腐臭冲击着你的鼻孔，让你仿佛置身于死尸堆中。对于这样的环境，外来的人怎会不感到惊愕！不过，当地的居民倒是习以为常、见怪不怪了，他们会心平气和地向你解释，这是一块“人造”陆地，是用从市内倾倒过来的垃圾造出来的。据说，几年以后，这里的状况会得到彻底的改观。但是，目前，在这样炎热的天气下，尤其是在下雨的时候，这里的苍蝇实在是令人头疼。真的不会影响健康吗？外来人会问，而当地的人则会答道：“也许吧，不过没有人说得清楚。”尤吉斯和奥娜一边往前走，一边吃惊地睁大眼睛四处张望，最后来到一处正在建设的“人造”地块儿。这是一个大坑，大约两个街区见方，一队队的垃圾车正在往里爬行。坑里所发出的气味儿没法用好听的字眼儿来形容；一群一群的孩子散落在坑底，从早到晚用耙子翻找着他们想要的东西。有时，一些参观罐头厂的人会顺便走过来见识一下这个大垃圾堆，他们会站在坑边争论这些孩子捡垃圾自己吃还是用来喂鸡。当然，没有人会走下坑底去探个究竟。

垃圾坑的对面是一个大砖厂，高耸的烟囱冒着浓烟。他们先挖地取土来造砖，然后用垃圾填埋，在尤吉斯和奥娜看来，这不啻为一个好主意，只有富于创意的美国人才能想得出来。再往远看还有一个大坑，不过土被取走了，坑还没有被填埋。坑里积满了水，整个夏天，周围的污水、粪便都汇集到坑里，在炎热的阳光下发酵、蒸腾。到了冬天，有人会来割冰，然后卖给城里人。对于新来的人来说，这又是一个很经济的做法。可是他们未曾读过相关的新闻报道，他们的头脑里也没有太多关于细菌的想法。

他们站在那儿，落日的余晖沐染着整个世界，西边的天际一片血红，房屋上方燃烧着火焰。尤吉斯和奥娜根本没有留意到这落日黄昏的景色，因为他们正背对着西边的太阳，满脑子想的都是罐头镇，远方的罐头镇是那么清晰地呈现在眼前。灰蒙蒙的城市建筑在绚丽的天空映衬下界限分明，林立的烟囱倾泻着滚滚烟河，直接天际，在落日的余晖下变幻着梦幻般的色彩，或浓黑，或灰褐，或淡紫。此时，脑子里所有肮脏的画面都消遁得无影无踪，眼前的景象只让人心中涌动着奋进的力量。整个世界渐渐被黑幕笼罩，然而两位新人的内心却激情荡漾，梦想、事业、自由、生活、爱情、欢乐……他们手挽着手，“明天我去工作。”尤吉斯说。

第三章

作为熟食店的老板，约伯斯·赛德韦拉斯有很多熟人。其中有一个是在达拉谟工作的特种警察，他的职责是为达拉谟挑选雇工。约伯斯从来没有找过他帮忙，不过求他给安排几份工作，约伯斯还是很有把握的。经过商量，他答应帮老安东纳斯和乔纳斯找工作。尤吉斯相信自己能找到工作，不用任何人帮忙。没错，正如前文所说的那样，他来到布朗的工厂，排队等候不到半个小时就被工头看中，因为他在人群中显得那样鹤立鸡群。接下来的面试简短，开门见山。

“会说英语吗?”

“不会，立陶宛语。”(尤吉斯认真学过这个词。)

“找工作吗?”

“是。”(点头。)

“以前在这儿工作过吗?”

“听不懂。”

(工头用力比画着手势，尤吉斯使劲儿摇头。)

“清扫杂碎，行吗?”

“听不懂。”(还是摇头。)

“Zarnos. Pagaiksztis. Szluofa!” (“水龙带。钩子。扫

帚。”——立陶宛语。)(比画着各种清扫动作。)

“嗯。”

“看见门了吗，Durys(门——立陶宛语)?”(手指着门。)

“嗯。”

“明天七点钟。明白吗？Rytoj! Prieszpietys! Septyni!(明天！午饭以前！七点钟！——立陶宛语)”

“Dekui，tamistai!”(谢谢，先生！——立陶宛语)就这么简单。尤吉斯转身离开，成功来得太突然，等他猛然间意识到的时候，他难掩内心的兴奋，大喊一声，身体高高跃起，然后一路狂奔。有工作了！有工作了！他一路飞也似的跑回家，一阵风似的闯进门，惹得刚刚下夜班回来睡觉的房客好不恼怒。

与此同时，约伯斯也去见了警察朋友，得到的答复令人鼓舞，所以一伙人兴高采烈。在这一天剩下的时间里，没有什么要紧的事儿要做了，于是约伯斯就把铺子交给露西亚打理，自己要带领朋友们逛一逛罐头镇。一路上，约伯斯神气十足，俨然一位乡绅陪着客人参观自己的庄园。他也算这里的老人了，镇上所发生的一切他都看在眼里，对此他颇感得意。是的，这里的土地归那些老板所有，可他有权领略这里的风景，这一点没有人可以否认。

他们走在通往屠场区的大街上，街上人流涌动。现在清晨已过，但街上仍是一片繁忙的景象。仍有大批的人流涌入牛场区的大门——这个时候来上班的人都属于高级别的雇员，办公文员或者速记员之类。女人们则坐上等候在那里的有两匹马拉的马车，车一坐满就开始飞奔起来。远处，牛的哞哞叫声重又传来，仿佛大海深处的波涛。他们循着这叫声走去，心中充满了好奇，就像孩子要去看马戏团里的动物表演——事实上，这样的比喻真的很恰当。他们跨过铁道，看见街道两旁一圈一圈的牛栏，里面挤满了牛。他们本想驻足观看，不过约伯斯催着他们往前走，前面有一处台阶，顺着台阶登上瞭望台，站在上面，四周的景象尽收眼底。这景象震撼人心，他们一个个看得目瞪口呆。

屠场区占地大约一平方英里，而大大小小的牛栏占据了其中一半以上的地面儿。由南往北极目望去，一片牛栏的海洋。每一圈牛栏里都挤满了牛——你可能从来没想过在这个世界上会有这么多牛。红的，黑的，白的，黄的；老的，小的；硕大的公牛在怒吼，刚出生的小牛犊在哞哞叫；奶牛眼神温顺，长角的得克萨斯公牛脾气暴躁。它们的叫声汇聚在一起，让你感觉到仿佛世界上所有的牛棚都建在了这里。至于这里究竟有多少牛，可能没人能数得过来，光是数那些牛栏你就得数上一整天。牛栏里由长长的过道隔成各个区域，每隔一段距离就设有一道门。约伯斯告诉他们，这样的门有两万五千个。他最近在报纸上读到一篇文章，里面罗列了很多这样的统计数据。现在能够把这些数字讲给客人们听，令他们一惊一诧的，约伯斯颇感得意。尤吉斯也多多少少有了些自豪感，他不是刚刚找到工作了吗？他不也是成了这屠场里繁忙活动的一个参与者、一个庞大机器上的一个齿轮吗？有一些人骑着马在过道上跑来跑去，脚蹬马靴，手里挥舞着长长的鞭子。他们一个个紧张忙乱的样子，彼此打着招呼，有时也招呼一下那些赶牛的人。他们是来自远方某个州的赶牛人、养牛人，也有一些掮客、代理商和各大肉食加工厂自己的收购员。

他们时而停下来查验一群牛，接下来是讨价还价，彼此说话直截了当，简单干脆。只要买主点一下头或者放下鞭子，一笔交易就算达成，然后他会掏出一个小本子，在上边做些记录。整个上午，这样的交易会有数百起。约伯斯手指着一个方向，顺着这个方向他们看到了牛过秤的地方，一个巨大的磅秤，一次能称十万磅重的货物，结果自动记录。他们站的地方靠近牛场的东侧入口，而这一侧刚好挨着路轨，一列列货车正隆隆驶来，上面载满了牛。这样的情景持续了整个晚上，现在所有的牛栏都已牛满为患；而到了今天晚上，你就会发现所有的牛栏都会变得空空荡荡。整个牛场就这样周而复始地运转着。

“这些牲畜都会去哪儿?”伊莎贝塔大娘愕然。

“到了今天晚上，它们都会被宰杀、加工完毕。在加工厂的那一侧还有更多条路轨，加工完的肉制品从那儿被车运走。”约伯斯淡然回答。

向导接着讲解说，屠场区内的铁路线长达二百五十英里。每天有十万头牛、十万头猪和五万只羊在这些铁路线上被运进来——这就意味着每年大约有八百万到一千万头活的牲畜被宰杀掉，变成人们嘴里的食物。只要你站在这儿细心观察，你就能够感觉到畜流的缓慢移动，方向是加工厂。一群群的牲畜被赶上一条条大约十五英尺宽的坡道，然后涌向一座座高离畜栏的栈桥。栈桥上畜头攒动，川流不息，争先恐后奔向生命的终点。看的人啧啧称奇，全然不觉这是一条死亡之河。当然，我们的这帮朋友都不是什么风雅之士，这情景自然不会让他们联想到人的命运，他们想到的只是这里神奇的工作效率。约伯斯继续解释道，栈桥一直通向远处建筑的顶部，那些猪靠自己的四肢力量沿着栈桥爬上去，然后在自身重量的带动下经过一道道工序，最后把自己变成猪肉。

“在这里，他们不浪费任何东西，”向导说，然后又打趣儿地补充道，“他们把猪身上所有的地方都派上用场，除了猪叫声。”令他感到得意的是，这些单纯的朋友竟然把这句在罐头镇尽人皆知的俏皮话当成了他自己的创造。在布朗工厂的主办公楼前有一块儿小小的草坪，可是你知道吗，这可是整个罐头镇上唯一的一抹绿色。同样，关于猪和猪叫声的笑话是这里所有导游的经典讲解词，而这也是在整个罐头镇上你能够听到的唯一的一点儿幽默。

围栏看得差不多了，于是一伙人来到街上，朝着位于屠场区中心地带的一大片建筑走去。这些砖楼的楼面挂满了一层层的烟尘，上面粉刷着各色广告。见此情景，游客们无不感愤——没想到这里就是自己生活中诸多烦恼的策源地；没想到那些产品就是在这里被生产出来的，而自己竟然被那些胡诌八扯、花里胡哨的宣传给蒙蔽了：旅游景点大煞风景的海报、报纸杂志上令人眼花缭乱的广告、让人过目不忘的可笑的打油诗、大街上无处不在的招贴画。原来就是在这里生产出了布朗牌特制火腿和培根、布朗牌精牛肉、布朗牌精肉香肠！原来，达拉谟牌纯板油、达拉谟牌早餐培根、达拉谟牌牛肉罐头、罐装火腿、碎鸡、无敌肥的总部就在这里！

进入达拉谟的一个厂房，他们发现已有大批的参观者在此等候了。过了一会儿，来了一位向导，于是大家开始在他的带领下四处走动。鼓励陌生人参观加工车间是这里的一大特色，因为他们知道这是为自己做广告的大好时机。不过，私下里约伯斯先生不怀好意地嘀咕着，他们是不会让客人们看到那些不该看到的地方的。他们登上一段长长的室外楼梯，来到这栋有五六层高的厂房的顶层。眼前出现了那条栈桥，还有那条猪河，那些猪正在吃力地、缓慢地往上爬。有一块缓台，让猪在此休息一会儿，凉快儿一下，然后经由另一条通道来到一个房间，由此踏上不归路。

这是一个狭长的房间，一条走廊把游客隔开。门口处有一个巨大的铁轮，周长大约二十英尺，边缘拴着若干铁环。铁轮两侧各有一块儿窄窄的空间，从栈桥上过来的猪到这里就结束了旅途，两位彪悍的黑人各站一边，光着膀子。此刻他们正在休息，因为轮子已经停了下来，有人正在清扫。过了一两分钟，轮子又开始慢慢转了起来，只见两个大汉腾地跃起。他们抓住离得最近的一头猪，用手中的锁链拴住猪的一条腿，再把锁链的另一端拴在轮子的一个铁环上。就这样，随着轮子的转动，猪猛地被吊离地面，悬在空中。

与此同时，一声可怕的尖叫冲击着你的耳膜；游客们被吓了一跳，女人们更是被吓得脸色苍白，身体往后退缩。这时，又一声更大、更凄惨的尖叫袭来——一旦开始了下一段旅途，那猪就再也回不来了。升到轮子的顶端，猪就被卸到一部滑梯上，顺着滑梯向下面滚去。紧接着下一头猪又被吊上去，然后再下一头，就这样，最后空中悬了两排猪，每头猪都吊着一条腿，而其他的腿则在空中胡乱踢踹着——同时嚎叫着。整个房间都充斥着猪的嘶鸣声，震耳欲聋。你不禁怀疑起来，这房间能否承受住这么大声浪的冲击——墙壁会不会坍塌？天花板会不会崩裂？这叫声时高时低，时而似无助的呻吟，时而似悲愤的反抗。这声音偶尔也会有短暂的停歇，不过旋即重又爆发，这一次更响，似乎已经达到了人的耳朵所能承受的极限。有些参观者实在看不下去了，男人们面面相觑，笑容勉强而紧张；女人们拳头紧攥，脸上血脉偾张，眼里已噙满了泪花。

与此同时，地面上的人都在忙着自己手里的工作，对这一切视而不见、听而不闻，无论是猪的叫声还是人的眼泪他们都无动于衷。他们把猪一个个地吊起；他们动作敏捷地在猪的脖子上用刀一划，割开一个个的喉咙。至此，一个个叫声息灭、血液流光，然后又纷纷跳入一大桶滚烫的沸水中，开始了下一段行程。

这里的一切都进行得有条不紊，的确令人印象深刻。这就是机械化生产猪肉，这就是利用应用数学生产猪肉。不过，看了那些猪后，即使是最纯粹的实用主义者也会动恻隐之心。它们是那样的无辜；它们毫无戒心；它们的反抗令人动容——它们完全有反抗的权利！它们做了什么错事，非要落得这样的下场！更感屈辱的是，它们也被剥夺了做猪的最后一点儿尊严——它们就这样被无情地吊上去，何其冷酷，没有一点儿哪怕是虚伪的歉意，没有一滴表示哀悼的眼泪。是的，有时游客会看得落泪。不过，不管是否有游客在场，这台庞大的屠杀机器绝不会停止运转。如同一场发生在地牢里的恐怖谋杀，外面的世界悄无声息，没有人看得见、听得着，更不会存留在人们的记忆中。

你在这儿驻足观看，震惊之余不免浮想联翩，这声音象征着什么？这场面有怎样的影射？你听到整个世界猪的叫喊声了吗？

我们是否可以相信，无论在世间还是在天上都不会有猪的天堂？它们所经历的苦难无以补偿？每一头猪都是一个独立的个体，无论是白色的、黑色的、棕色的还是带斑点的，无论是年老的还是年幼的，无论是瘦长的还是肥胖的，无论是漂亮的还是丑陋的。每一头猪都有着各自的个性、意志、梦想和心愿，也都有着自信、自尊和体面。它满怀信任和信心地生活着，可是，突然有一天乌云密布，可怕的厄运降临到了它的头上。厄运扑向它，抓住它的一条腿。它拼命地反抗着、喊叫着，可是徒劳，厄运无情地、残忍地宰割着它，全然不顾它的感受和心愿，以为它根本就没有七情六欲。厄运割断它的喉咙，看着它咽下最后一口气。去哪里寻找它们的保护神，让它们存在的价值得到尊重？谁来伸出双臂去拥抱它们，给它们以心灵的慰藉，让它们的辛劳得到奖赏，让它们看到牺牲的意义？也许这些想法在尤吉斯朴素的头脑里一闪而过，因为当他转身准备跟其他人一起离开的时候嘴里嘟囔了一句："天啊，幸亏我不是一头猪！"

机器把猪从桶里捞出来，然后把它输送到下边的楼面，其间经过另一台神奇的机器，上边装有大小不等、形状各异的刮刀，适应猪身体的各个部位，等它从这台机器上下来的时候，身上的毛已经被剃得精光。之后，猪重又被一台机器吊起，然后被送上另一条滑道，滑道两侧各有一排人，站在被垫高的平台上，猪在他们的面前一一经过，每个人都重复着自己固定的一道工序。一个人刮猪腿的外侧，另一个人刮同一条腿的内侧。一个人一刀割开猪的喉咙，另一个人两刀切下猪的脑袋，动作干净利落，绝不拖泥带水。猪头落在地上，顺着一个洞滑下去。有人给猪开膛；

有人给猪破肚；有人剔骨；有人摘肠——杂碎也顺着地面上的一个洞掉落下去。有人在刮猪身的两侧，有人在刮猪的后背，也有人在清洗、整理内膛。整个房间一眼望去，猪被吊成一排，有一百码长，晃晃悠悠，缓缓移动。旁边，每隔一码远站着一个人，忙碌地工作着，像是催死鬼。整个流程完毕，猪身上的每一个地方都经过了若干道工序。最后，猪肉被输进冷库，在这里存放二十四小时。这里简直就是冷冻猪肉大迷宫，陌生人进去参观准会迷路。

当然，猪肉被送进冷库前还要经过政府官员的检疫。这人就站在冷库的门口，用手摸一摸猪脖子上的腺体，看看猪是否患有结核病。这位政府官员看上去并不像是一个能被工作累死的人，很显然他并不担心自己漏检几头猪。如果你是个爱搭话的人，他会很乐意跟你聊上几句，他会跟你大谈患结核病猪身上尸毒的致命危害。人家堂堂政府官员竟然肯屈尊跟你交谈，这是多大的荣幸啊！十几头猪从他身边经过，漏掉检疫，你又何必大惊小怪呢！他穿着蓝色的制服，上边钉着黄铜纽扣。有他在，现场气氛顿感庄严，而他也确实把官方的印章扣在了达拉谟的每一件出厂产品上。

游客们排成一队继续前行，尤吉斯出神地四处张望，这里的一切都是那么的神奇，看得他目瞪口呆。在立陶宛森林里，他也曾杀过猪，不过他一个人就搞定了所有的活儿，他从来没有想象到一生中竟然有机会看到几百个人收拾一头猪的场面。这里的一切都是那么的完美，简直像一首优美的诗。他单纯地把这一切都当成了现实，甚至包括那块要求员工保持绝对清洁的醒目标牌。

当愤世嫉俗的约伯斯给客人们翻译标牌上的文字并加上自己的讽刺性评论时，尤吉斯感到愤然。于是，他要带他们去参观一下那些秘密房间，让他们看一看那些腐肉是怎样被粉饰一新的。

一行人来到下一楼层，这里是处理各种杂碎的地方。在这儿他们又看到了那些猪肠子，被清洗干净后，它们用来灌香肠。男男女女在臭气熏天的屋子里忙碌着，游客们不敢驻足，一个个捂着鼻子匆匆离开。在另一个房间，猪身上所有的残余物都被装进了大铁罐，经过熬煮，油脂提炼出来，做成肥皂和润滑油，废渣从罐的底部排出。当然，游客也不愿在此逗留。还有些地方，人们正忙着切割从冷库送过来的冻肉。第一道工序由“劈工”来完成，他们是整个厂子里最专业的工人，工资也高，一小时能挣五十美分，他们整天的工作就是把猪体从中间一劈两半。然后轮到“切割工”，他们都是一些彪形大汉，浑身肌肉，铁铸的一般。每一位切割工旁边都有另外两个人帮忙——他们把一块猪肉半子推到他前面的案台上，按住，切割工开始砍剁，切完一面之后，整块猪肉翻过来，再切。他的切刀有大约两英尺长的刀刃，他从来只切一下，干净利落，下刀的力度恰到好处，从来不重重地剁下，那样会钝了刀。切好的肉块儿从地面上的各个洞口滑落到下面的楼层——后丘落入一个车间，前槽落入另一个车间，外脊也掉入独立的车间。来到下面的楼层，你会看到酱肉车间，在这里后丘肉被放进大桶里；你也能看到熏肉车间，每个熏肉车间都被一扇大铁门封得严严实实的。在另外的车间，工人们正在加工腌肉——巨大的腌窖顶到天花板，里面装满腌肉。还有些车间，一些工人正在把肉装在箱里、桶里；一些人把火腿和熏肉包上油纸；还有些人在封袋儿、贴标签儿、缝袋儿。满载着肉制品的卡车从这些车间开出去，开到外面的站台上，站台上的货运列车正在等待装车。从这些车间走出去，你一下子意识到已经走出了整幢大楼，来到了外面。

一行人穿过大街，又去参观宰牛的现场——在这里，工人们每小时把四五百头活牛变成各种牛肉食品。跟他们刚离开的地方不一样，这里所有的工作都在一个楼面上进行；这里不再有自动流动到工人面前的一排畜体，而是有十五到二十排牛体固定不动，工人们则从一排忙完又跑到另一排。这场面紧张而热烈，充分展示了人类的劳动激情和力量，看起来令人精神振奋。所有这一切活动都是在一个巨大的生产车间进行，这车间看起来就像是一个气势恢宏的古罗马竞技场，车间的中央上空横跨着一条走廊，供游人参观之用。

车间的一侧有一条狭长的通道，高出地面几英尺，牛群就是从这条通道被赶进来的，人跟在牛的后面，手持电棍，必要的时候用电棍电击。一来到这里，这些牛就进了牢笼，每头牛都被单独关在一个只能容纳一头牛的牛栏里，用门封住，根本没有转身的空间。牛在哞哞地叫、狂躁地乱蹦乱跳，而牛栏上方有一个人正在俯着身子寻找下手的时机，这个人叫“击打手”，手里擎着一把大铁锤，伺机发出致命一击。锤子落下，整个房间回荡着砰砰的声响以及牛蹄踢踹的声音。一头牛倒下后，“击打手”又立即转向另一头牛。这时，有人拉动杠杆，于是牛栏被吊起，牛被拖到“宰杀台上”，一路还踢踹着、挣扎着。在台上，有人把牛的一条腿捆住，拉动杠杆，牛被猛地抬到空中。车间里一共有十五到二十个这样的牛栏，而击倒并拖走十五到二十头牛只需要几分钟的时间。然后，这些牛栏的门重又被打开，又一批牛进来。就这样，从每个牛栏里不断地有牛体被拖出，而宰杀台上的人也在不断地忙碌着。

这里的杀牛方式同样令人过目不忘。工作场面同样紧张、激烈，工人们似乎都在跑动着——他们的动作速率无与伦比，无异于一场橄榄球比赛。这是高度专业化的操作，每个人都分工明确，各负其责；事实上，每个人的任务就是在每头牛的身上割上两三刀，然后跑到另一排牛前，在十五到二十头牛身上重复同样的动作。首先动手的是“屠夫”，他的任务是放血，他只是迅捷地一刀下去，动作之快，你根本来不及看清，只见刀光一闪，一柱鲜红的血液喷涌到地上，等你缓过神儿来的时候，他已经来到了下一排牛前。地面上血流成河，深达半英寸，尽管有人在拼力地往洞下铲血水。地面一定很滑，不过看这些人忙碌的样子，谁也想不到这一点。

血淌了几分钟之后，牛重又被放下来，进入下一道工序；没有时间浪费，要知道，每一排还有好几头牛在悬挂着，而且随时会有新的到来。下边轮到“割头工”了，他的任务是把牛头割下，也是三下、两下，动作麻利。接下来是“剥皮工”，他在牛皮上割第一刀；接着有人把皮剥到一半；再有五六个人轮番上阵，把皮剥完。皮剥下来之后，牛重又被吊起来；同时，一个人手里拿根棍子检查牛皮是否被割破，然后有人过来把牛皮卷起来，顺着地面上一个看不见的洞把牛皮丢下去。之后，牛体进入下面的工序。有人砍，有人劈，有人掏肠、刮肠，有人清膛。有人端着水龙头带在牛身上喷洒滚烫的热水，有人割掉牛蹄子并做最后的修整。最后，跟猪一样，牛肉被送进冷库，储存固定的一段时间。

游客们被带到这里参观，他们看到一排一排的牛肉整齐地悬挂着，上面都清晰地盖着政府检疫人员的印戳——有些经过特殊加工处理的牛肉上面盖着犹太教拉比的印章，证明这些牛肉可向正统的犹太教徒销售。接着游客们又被带去参观该建筑的其他部分，看看那些从地面上消失的残余物是怎样处理的；去酱肉车间、腌肉车间、罐装车间、包装车间，看看牛肉是怎样被分类加工的。加工好的牛肉制品被装上冷藏车厢，运往世界各地，供文明人享用。从这里出来以后，游客们开始在迷宫般的建筑群里漫游，这些建筑里进行的是本行业的其他副业生产。达拉谟公司所需要的辅助性产品都自己生产，无一例外。这里有一座巨大的蒸汽动力厂和发电厂。那儿有一座制桶厂和锅炉修理厂；有一座建筑，油脂通过管道被输送到这里，制成肥皂和猪油；那儿有一个工厂生产猪油罐，还有一个厂子生产肥皂箱。在一个建筑里，猪鬃被清洗、烘干，然后制成鬃垫之类的产品；在另一个建筑里，猪皮和牛皮被烘干、晒干；也有一个厂子用头和脚生产胶水；还有一个厂子用骨头作肥料。在达拉谟，动物身上的任何东西都能派上用场，绝不会有丝毫的浪费。他们用牛角做梳子、纽扣、发夹和仿象牙制品；把胫骨和其他大骨头做成刀、牙刷把和烟斗嘴儿；把蹄子也做成发夹和纽扣，剩下的边角余料用来熬胶。像脚、关节、皮的边角、筋腱之类的东西也能做成奇怪的、令人意想不到的产品，如凝胶、明胶、磷、鞋油、骨油等。这里有专门为牛尾脱毛的机器，为羊皮拔毛的机器；他们从猪胃里提炼胃蛋白酶，从血液里提炼蛋白，用气味难闻的肠子做琴弦。如果有什么东西实在派不上用场，就被扔进一个大罐里，提炼出所有的油脂，残渣做成肥料。所有这些生产活动都集中在附近的这些建筑里，通过回廊和铁道跟主建筑相通。据估计，自老达拉谟于二三十年前建厂至今，他们已经处理了近两亿五千万头牲畜。约伯斯告诉他们，如果把其他的大工厂算在内——事实上，现在他们是一个统一的联合体，这里是有史以来最大的劳动和资本集中地。这里雇用着三万名员工；直接养活着附近二十五万人口，间接养活的人口则达到五十万。这里出口的产品遍及文明世界的每一个角落，为三千万人提供肉类食品！

这一切都让我们的朋友听得目瞪口呆——这里所发生的一切都是那么的气势恢宏，而且是凡人的创造，这简直令人难以置信。这就是为什么当约伯斯带着怀疑的语气谈论这些地方的时候，尤吉斯感觉到他像是在亵渎神明。这里本身就是一个宏大的世界，如同整个宇宙，其复杂的运行原理和法则同样深不可测。在尤吉斯看来，一个渺小的个人所能做到的就是接受他所看到的一切，按照吩咐去做他应该做的事。能够在这里谋得一席之地，亲身参与其中的一项美妙活动，那简直就是天赐的福音，你应该对此心怀感激之情，就像感激阳光和雨露。尤吉斯甚至庆幸自己在没有看到这一切之前就顺利地找到了工作，因为他觉得如果事先看了这场面自己肯定会被吓坏。可是现在他已经被录用了，他已经成了这里的一部分！他感觉到自己已经得到了一把巨大的保护伞，从此可以过上衣食无忧的生活了。他是如此的质朴和天真，他对商业的奥秘一无所知，他甚至还不知道自己要为谁工作，不知道布朗和达拉谟是一对众所周知的死敌——这个世界的法律要求他们必须成为死对头，法律命令他们彼此互相残杀，否则会被罚款甚至监禁。

第四章

第二天早晨七点，尤吉斯准时报到。他按照人们的指引来到一个房间的门口，在此等了大约两个小时。工头本来的意思是让他进来，可能是没说清楚。最后，工头等不及了，走了出来，准备再去雇个人，于是撞见了尤吉斯。工头大骂了他一通，可是他一句话也听不懂，所以也就无从辩解。工头领着他，告诉他把身上的便装脱下来放在某个地方。他在换工作装，工头在一旁等候，这身工装是在一个旧货商店买的，来的时候夹在胳膊下。换好衣服后，工头把他带到了“宰杀台”。尤吉斯要干的活儿很简单，只用了几分钟他就学会了。有人给了他一把长长的扫帚，就是扫大街用的那种。他的任务就是跟在那个从牛肚子里把热气腾腾的肠子掏出来的人的后面，把这些杂碎扫进地面上的一个洞里，然后盖上盖子，以免有人掉进去。尤吉斯进来的时候，早晨的第一批牛刚到。于是，还没来得及熟悉一下周围的环境，也顾不上跟人搭话，他就开始干起活来。这是七月里的一个大热天儿，地面上还流淌着冒着气的鲜血——人就在这上面走动。这里臭气熏天，让人窒息，不过对于尤吉斯来说，这不算什么。他的整个灵魂都在欢呼雀跃着——他终于工作了！他终于可以挣钱了！一整天，他都在心里盘算着：一小时的收入竟然会有十七点五美分，简直难以置信。这是忙碌的一天，他一直工作到晚上七点钟。回家的时候，他兴冲冲地告诉家人，他一天就挣了一块五毛多！

家里还有更多的好消息。于是，艾尼尔家的堂屋里一片欢天喜地。乔纳斯也去见了塞德韦拉斯介绍给他的那位特种警察，他带着乔纳斯见了几个工头，结果是有一位工头答应他下周上工。还有玛丽娅·波琴兹卡，尤吉斯的成功使她心中妒火中烧，于是急着自己去找工作。她凭借着一双粗壮的胳膊和一个不知道费了多少力气才学会的单词“工作”在罐头镇上整天到处逛荡，一看见有人干活儿的地方，她就会闯进去打听。有时候，她会被人骂出来，不过她才不在乎，管他是人还是鬼。她逢人便问，陌生人、游客，还有像她一样的打工族。有一两次她甚至问了看上去像是有身份、有地位的人，那些人瞪着她看，以为她是个疯子。不管怎么说，最后她还是有所收获。在一个小工厂，她莽莽撞撞地闯进了一个车间，里面有数十位妇女和姑娘正坐在一大排桌子前装熏牛肉罐头。走出来，她又进了另一个车间，就这样她挨个车间串。最后，她来到一个地方，在这里工人们正在给封好的罐盒刷油漆、贴标签，在这里她幸运地撞见了“女工头”。当时她还不明白，以后肯定会明白，像她这样既长着一张无限温柔的脸又有着像拉车的马一样发达的肌肉的人对“女工头”来说是多么的具有吸引力。这个女人让她第二天再来，给她一个机会让她学漆罐头盒这门儿手艺。漆罐头盒可是一项技术活儿，挣计件工资，多的时候一天能挣两美元。玛丽娅像科曼奇族印第安人那样喊叫着冲回家，在房间里手舞足蹈，把一个婴儿吓得快要抽过去了。

这一切的好运大大出乎他们的预料。现在只剩下一个人要找工作了。尤吉斯决定让伊莎贝塔大娘待在家里，主持家务，奥娜给她打下手。他不希望奥娜去工作——他说，他不是那种男人；奥娜也不是那种女人。像他这样的男人连家都养活不了，那岂不是怪事，何况还有乔纳斯和玛丽娅，他俩也能交些食宿费。他也决不会让孩子们去找活儿干——他听说，在美国孩子可以免费上学。至于当地的牧师为什么会反对让孩子上这样的学校，他可从来没想过这样的问题。现在，他只是想一定要让伊莎贝塔大娘的孩子们接受跟别的孩子一样的教育。这些孩子当中最大的一个，斯坦尼斯洛伐斯，也才只有十三岁，而且个头偏小。虽然赛德韦拉斯的大儿子只有十二岁，就已经在琼斯的厂子里干了一年多了，但是尤吉斯还是希望斯坦尼斯洛伐斯学说英语，长大以后做个技术工人。

所以，现在只剩下安东纳斯老爹了。尤吉斯本想让他也在家休息，但是他不得不承认这不可能。另外，老人家根本不让他们提起这件事——他一直认为自己还是个棒小伙儿，有的是体力，他也是跟其他人一样怀揣着梦想来到美国的。这样一来，他反倒成了儿子的一大烦恼。无论跟谁提起这件事，那个人都会明确地告诉尤吉斯，在罐头镇给老人家找工作干简直是在浪费时间。赛德韦拉斯跟他讲，即使是那些长期在工厂里工作的人，上了年纪之后也得离开，更不用说新来的了。而且，这条规则不仅在罐头镇适用，全美国都是如此。不过，碍于尤吉斯的情面，赛德韦拉斯还是去找了那位警察，得到的答复是：这事儿想都别想。他们不忍心让老安东尼知道这一情况，害得他在罐头镇东西南北到处跑，整整两天一无所获。回到家里，他只能分享别人成功的喜悦；不过，他还是镇定自若地笑着说，明天该轮到他走运了。

他们觉得，有了这样的好运，他们现在完全有资格想象有自己的一个家。那个夏日的夜晚，他们正坐在门口的台阶上纳凉，不经意间又开始讨论起这件事，尤吉斯趁机提出了一个天大的想法。原来，那天早晨在上班的路上他看见两个孩子正在挨家挨户地散发着一张广告传单，他看见上面的画面很精美，于是就要了一张，卷了卷，塞进了衬衫里面。当天中午，在跟一个人聊天的时候，他又掏出了那张传单，那个人给他读了读传单上的内容，并向他透漏了一些情况。由此，一个宏大的设想开始在他的心中酝酿起来。

他掏出那张广告单，看上去的确是一件精美的艺术品。这张广告单大约有两英尺长，由哑光纸印制，色彩鲜艳、明亮，即使在月光下也闪闪发光。广告单的正中央有一所宅子，粉刷得光灿灿的，清新而明丽。紫颜色的屋顶，金色的屋檐，银灰色的墙壁，红色的门窗。这是一幢两层的楼房，房子的前面有一道回廊，扶栏上雕刻着精美的螺旋形图案。每一处细节都精雕细刻，包括门把手。回廊上悬一吊床，透过玻璃窗可以看见里边镶着蕾丝花边的窗帘。画面下方的一角，一对年轻的夫妇正在深情地拥抱；另一侧是一只摇篮，上面罩着丝绒帘帐，一个微笑着的小天使正舞动着银色的翅膀在上方飞旋。为了充分展现出这美的意境，画面上还有几行分别用波兰语、立陶宛语和德语书就的文字："家，甜美的家。""何必付租金?"广告语继续煽情："为何不能拥有自己的家？你可想到过买房比租房更划算？我们已经为数千个幸福的家庭建造了属于他们自己的家。”有了这些广告词，整幅画面变得更加具有感染力，展现了一幅新婚夫妇住房不花钱的美好画面。它甚至引用了“家，甜美的家”，而且竟然敢翻译成波兰语——不知道出于什么考虑，没有立陶宛语的翻译。也许翻译人员认为这么抒情的文字很难翻译成用“gukcziojimas”表示“呜咽”、用“nusiszypsojimas”表示“微笑”的语言。

当奥娜把广告上的内容讲给大家听了之后，每个人都陷入了沉思。这房子像是有四个房间，还有一个地下室，卖一千五百美元，地皮以及所有的费用。首付只需三百块钱，余款按每月十二美元交付。这些数字听起来令人害怕，可是你知道这是在美国，在这里这些数字算不了什么。他们听说，在这里租一套公寓每个月的租金要九美元，根本没办法再少了，除非像现在这样，一家十二口人挤在一两个房间里。如果一直租房住，他们就得一直交房租，而且居住条件永远也得不到改善。而如果能够凑足首付的房款，把房子买下来，那么他们一生之中总会有一天不用再交任何费用了。

他们在盘算着。伊莎贝塔大娘还剩下一点儿钱；尤吉斯也还有一点儿；玛丽娅大约有五十美元，缝在袜子的什么地方；安东纳斯老爹卖农场的钱也还剩下一部分。加起来，足够交首付款了。如果大家都出去工作，以后的月供也不成问题。这样一想，这主意还真的是再好不过的了。当然，买房子是天大的事，决不能就这样谈谈，草率决定，一定要考虑周到，查清底细。不过，一旦决定冒这个险，还真是越快越好。是的，谁愿意总是交房租呢？谁愿意在这种可怕的环境下生活呢？尤吉斯倒是不怕脏——一个曾经跟过铁路工程队的男人没有什么可怕的，要知道当时他们的住处虱子多得一抓一把。但是不能让奥娜在这样的地方长期住下去。他们得尽快找个更好的地方——这个一天挣了一块五毛七的男子汉发过誓。他真是不明白，这里的工资这么高，可是很多人为什么还过着那样的生活呢。

第二天，玛丽娅去见了"女工头"，她要玛丽娅下周一来报到，学做油漆工。得到肯定的答复后，玛丽娅一路心花怒放地回来了，一进屋就赶上奥娜和继母正要出门儿去问房子的事，于是她也跟着一块儿去了。晚上，三个女人把情况汇报给了男人们——事实与广告上所说的没有任何出入，至少代理人是这么讲的。房子位于城区的南部，离屠场区大约一英里半远。那位很绅士的代理信誓旦旦地向他们保证，那房子绝对划算，他是替他们考虑的。他解释说，他这么做是因为他对房子能否卖出去根本不感兴趣，他只是给开发公司做代理。这是开发商手里剩下的最后一批房子，以后也不会再开发了，公司准备退出房地产行业，所以要想抓住这个不用付房租就能住上房子的大好机会，你就得赶快下手。事实上，他甚至不敢肯定还有没有房子剩下，因为他带过很多人去看房子，很有可能那些房子都已经售出了。看到伊莎贝塔大娘听了这话之后明显感到沮丧的样子，代理人迟疑了片刻，然后说，如果他们真的想买，他可以自己花钱给公司打个电话，让他们给留一套。就这样，在代理人的安排下，星期天早晨他们就去看房子。

这一天是星期四，这一周剩下的时间里布朗公司的宰杀车间一直是满负荷运转，于是尤吉斯每天都揣着一块七毛五分钱回家。这样，一周下来就有十块零五毛，一个月就是四十五块钱。尤吉斯不会算术，除非是一些简单的加法，但是奥娜在这方面脑瓜很灵，所以家里算账的问题就交给了她。玛丽娅和乔纳斯每个月各交十六块钱的食宿费，老头儿也坚持一找到工作就能往家里带回同样多的钱——他坚信这一天会随时到来。这样总共加在一起就会有九十三块钱。买了房子之后，玛丽娅和乔纳斯两个人共分担三分之一的月供，这样尤吉斯每个月只需承担八块钱的房费。而每个月剩下的钱会有八十五块——即使安东纳斯老爹没有找到工作，每个月也会有七十块钱——这笔钱养活一家十二口人应该足够了。

星期天一早，一家人出发了，比约定的时间提前了一个小时。他们把地址写在一张纸上，逢人便掏出来给人家看，打听那地址到底在哪儿。一英里半的路程竟然有那么远，但是他们还是一路走了过来。他们就地等了大约半个小时，那位代理人终于露面了。这位先生举止优雅、衣着考究，并且能讲一口流利的立陶宛语，这样彼此交流起来倒是很方便。他带着一干人来到房子前，出乎预料的是，这房子原来就是附近那种典型的低矮框架房，根本谈不上什么建筑设计。奥娜的心猛地一沉，因为这房子根本就不像广告上所描绘的那样。颜色搭配不一样，看上去也没有那么大。不过，房子倒是粉刷一新，煞是惹眼。房子是刚建好的，代理人告诉他们，但是他说话连珠炮似的，众人听得云里雾里，根本没有机会插嘴。本来想好了各种各样的问题，可是此刻他们或是忘了、或是没有勇气提问。一排房子除了这一个看上去都不怎么新，也基本上没有人住。他们仗着胆子委婉地提了一嘴，代理人的解释是那些业主们很快就会搬进来。他们不敢再追问，那样的话人家会认为你不相信他说的话，他们一生当中从来没有人有机会跟一个属于“绅士”阶层的人这样讲过话，当然除了唯唯诺诺、恭恭顺顺地听命。

房子有一个地下室，在街面两英尺以下；地面以上只有一层，高于地面六英尺，登上一段台阶就可上楼。除此之外还有一个阁楼，由坡屋顶隔成，两侧各有一面小窗。当街就是一条土路，没有路灯，顺着这条街望去，两边的建筑几乎一模一样，都是跟这一样的房子，彼此间的空地上长满杂草，一片枯黄。来到房子里面，确有四个房间，刮了大白；地下室没有任何间隔，四面灰墙，地面没经过任何处理。代理人解释说房子本来就是建成这样，为了让房主按照自己的喜好对地下室进行装修。阁楼也没完工——他们本来筹划着必要的时候可以把它租出去，可是现在一看，这阁楼连地面都没有，只有几根托梁，下面钉着木条和石膏板，也就是下面房间的天花板。不过，这一切并没有像我们想象的那样打击他们的热情，这是因为代理人说得实在是天花乱坠。按他说，这房子有太多太多的好处；他的嘴不曾有片刻的停歇，对房子的细节之处讲解得面面俱到，细到门上的锁、窗户上的插销，并演示如何使用。他让他们看了厨房里的水盆、自来水，以及水龙头，而这一切是伊莎贝塔大娘一生中做梦都没有梦到过的东西。有了这些，再挑三拣四的就显得不够厚道了，所以对那些瑕疵他们索性闭上眼睛，全当没看见。

不过，他们终究还是农民，他们会本能地把攥赚得紧紧的。

不管代理人怎样催促，他们总是说再想一想，再想一想，在没有考虑清楚之前他们是不会决定的。于是他们又回来了，到家之后他们便开始了热烈的讨论和认真的盘算。对他们来说，做这样的决定实在是一件痛苦的事。他们无法在这个问题上达成一致，因为每个人都有自己的见解。无论做出什么样的决定，总是有人坚决反对，于是其他人就得摆事实、讲道理地去说服他，可是他一旦被说服了，又会有人被他的观点弄得举棋不定。晚上，有那么一会儿大家已经基本达成了一致，买房子的事就要定下来了，谁知赛德韦拉斯突然来访，他又给一家人浇了盆凉水。他不主张买房子。他给他们讲了一些有关“买家”落入陷阱，致使一些人一直到死都无法摆脱的悲惨故事。他们无一例外地陷入困境，到头来落得个两手空空的下场。房子一旦买下，各种费用就会接踵而来，无尽无休，你永远也无法知道什么时候到头。房子本身也绝不会是什么好房子，从上到下一堆垃圾，而这一点穷人也是无从知晓。他们还会利用合同欺诈你——穷人怎么会理解合同上的条款？这无异于赤裸裸的抢劫，要想不惹上麻烦，最好的办法是离这事远点儿。“那付房租呢？”尤吉斯问。“嗯，当然了，那也是抢劫，”赛德韦拉斯答道，“这个社会对穷人所做的一切都是抢劫。”半个小时令人沮丧的谈话过后，大家都感觉到庆幸，他们是在悬崖边上被救回来的。但是，身材矮小、头脑精明的乔纳斯则提醒大家，赛德韦拉斯的熟食店生意一直不好，也许因此他就产生了悲观的处世态度。经他这么一说，大家又开始讨论起买房子的问题了！

现在，问题的关键是他们不能就这样一直在这里住下去——

他们终究得离开。他们一旦放弃买房子的计划，就得面临租房子的问题。可是一想到没有止境地每个月交九块钱的房租，这也是令人难以接受的。一周以来，是买房还是租房的问题日日夜夜地困扰着他们。最后，尤吉斯觉得自己必须站出来。乔纳斯大哥已经找到了工作，在达拉谟的工厂推车。布朗的宰杀车间从早到晚一直在运转着，尤吉斯也跟着变得越来越自信，越来越觉得自己应该承担起作为一家之主的角色。他告诫自己，像买房子这样的大事，家里的男人必须负起责任来，该决断时必须决断。别人也许栽倒在这件事上，但是他不能——他要做给他们看。他会整天工作，必要的时候晚上也可以工作；在房费没有付清、全家人还没有自己真正的家之前，他决不会休息。就这样决定了，他告诉他们。

他们讨论过，在下决心买这个房子之前，他们还要看看其他的房子；但是他们不知道哪里有房子，也不知道怎么找房屋信息。他们看过的那所房子一直在脑海里徘徊，挥之不去；每当他们想象着自己身处新家的情景时，画面上都是这个房子。就这样，他们终于下定了决心，告诉代理人他们已经决定买了。事实上，他们的脑海里也有一个抽象的认识，那就是所有的商人都是骗子。尽管如此，他们还是抵挡不住那位巧舌如簧的代理人的诱惑，尤其是在继续拖延就有可能错过机会的威胁下，他们终于投降了。好在代理人告诉他们还来得及，于是一家人长长地出了一口气。

他们被告知第二天来，签合同和各种协议。尤吉斯深知签合同的事一定要小心谨慎，决不能有丝毫的马虎。可是他又不能亲自去——他的工作可不能请假，问都别问，否则就会丢掉饭碗。所以。他只能把这么大的事委托给女人们，还有赛德韦拉斯，他答应跟她们一起去。当天晚上，尤吉斯千叮咛万嘱咐。最后，他们从各自的身上、行李里最隐蔽的地方翻弄出一沓沓命根子般的钱，然后交给伊莎贝塔大娘，她把这些钱放在一起，紧紧地包起来，牢牢地缝在衣服的夹层里。

第二天一大早，他们就出发了。尤吉斯免不了又是一番叮嘱和警告，吓得女人们脸色苍白，就连一向自诩为沉稳的商人的熟食店老板此时也不禁心生忐忑。代理人把合同递给他们，让他们坐下，好好读一读。于是，赛德韦拉斯开始读起来——这可真是个既吃力又痛苦的过程。赛德韦拉斯一边认真地读着，代理人一边闲适地用手指敲着办公桌。伊莎贝塔大娘太过紧张，额头上的汗大滴大滴地淌下来。赛德韦拉斯这么认真地读会不会让那位绅士觉得他们不够信任他呢？可是，约伯斯·赛德韦拉斯还在字斟句酌地读着；很快就会证明他这么做是对的。他的脑子里突然产生了一个可怕的疑问；于是，他一边读着，一边眉头紧锁。这哪里是销售合同？在他看来，这分明是一份房屋租赁协议！不过，上面那些古怪的法律术语他以前可从未听过，所以他不能断定。“甲方因此立此契约，同意租给乙方……”难道这还不够明显吗？还有，“月租金十二美元，租期八年零四个月”！这时，赛德韦拉斯摘下眼镜，看着代理人，结结巴巴地提了一个问题。

代理人非常客气，他解释说这是契约的惯用格式；格式要求契约上房子只能写明出租。他让他们读下一段，不过赛德韦拉斯的脑海里就是放不过“租金”这个词，当他把这个词翻译给伊莎贝塔大娘听时，她也不禁吓了一跳。他们根本就不会拥有这房子，而且还要租将近九年！代理人倒是不缺少耐心，他开始再次解释。但是再怎么解释也没有用。伊莎贝塔的心中牢牢地记住了尤吉斯给她的最后一句庄重的警告："万一出现什么差错，千万别给他钱，出去找律师。"这可是个折磨人的时刻，她坐在椅子上，两只手死死地攥在一起，鼓足了勇气，上气不接下气地说出了自己的想法。

约伯斯把她的话翻译给代理人。她料想那人会暴跳如雷，可是令她感到不可思议的是，他还是一如既往地沉稳。他甚至主动提出帮她找律师，不过她谢绝了。他们走了很长的一段路，目的是离代理人远一点，这样他们要找的律师就不可能是和他一伙儿的了。半个小时之后，当他们跟着找来的律师再次来到代理人那里时，他们听到律师竟然直呼代理人的名字！我们可以想象伊莎贝塔大娘他们当时是多么的沮丧。他们感觉到彻底无望了，坐在那儿就像囚犯等待着法官宣布死刑判决。他们还能做什么呢，他们已经落入了圈套！律师通读了一遍契约，读完之后他告诉赛德韦拉斯这份契约没有任何问题，此类销售契约都是这种固定格式。"价格谈定了吗？"老先生问道，"首付三百美元，余款月供十二美元，直至一千五百美元总房款付清，是这样吗？""是。没问题。""某某房子连同地产以及所有附属设施一起出售？""对。"于是，律师拿着契约给赛德韦拉斯指点相关的文字。真的没有任何问题吗？契约里没有任何的陷阱？他们可是穷人啊，那些钱可是他们在这个世界上的全部财产啊，如果真的出了什么差错，他们可就毁了。接下来赛德韦拉斯又问了一些令人胆战心惊的问题，女人们则死死地盯着他看，脸上的表情异常痛苦。她们听不懂他在讲什么，只知道他们以后的命运全部掌握在他手中。他的问题一个接着一个，直到再也没有什么可问的了，于是到了她们下决心的时候了，成交或是放弃。可怜的伊莎贝塔大娘不知所措，她现在唯一能做的就是控制住自己别哭出声来。约伯斯问她要不要签字，问了两次——让她怎么回答？她怎么知道律师是不是在撒谎？是不是代理人的同谋？她又怎么能问这样的问题？有什么理由问这样的问题？此刻，房间里每个人的眼神都落在了她的脸上，等待着她的决定。最后，已被泪水模糊了双眼的她开始把手伸进上衣里面，那里面缝着那些如生命一般珍贵的钱。她把钱包掏了出来，在男人们面前打开。在此期间，奥娜一直坐在一个角落里看着，双手紧紧地攥在一起，紧张得浑身像是要爆炸了似的。此刻，她真的想大喊一声，让继母住手，宣布这是一场骗局。可是，她的喉咙好像被什么东西紧紧地卡住了，一句话也说不出来。伊莎贝塔大娘把钱放在桌子上，代理人拿起来，数了数，开了一张收据，然后连同契约一起递给她。这时，代理人的脸上露出满意的神情，站起身，跟在场的所有人一一握手，一如当初的优雅和礼貌。奥娜依稀记得律师告诉赛德韦拉斯他的收费是一美元，这也导致双方进行了一番争执，当然结果是收获了更多的痛苦。交了一美元之后，他们便离开了代理人的办公室，来到大街上，继母手里紧紧地攥着那张契约。由于极度的惊恐，他们现在虚弱得走不动路，于是大家便坐下来休息。

一家人回到家里，内心被死亡一般的恐惧撕咬着。晚上，尤吉斯也回来了，听他们讲述了一天的经历，他知道完蛋了。尤吉斯确信他们被骗了，这下毁了。他撕着自己的头发，像疯子一样咒骂着，发誓当晚就杀了那个代理人。他抓起那张契约，冲出家门，从屠场区一路狂奔来到霍斯泰德大街。他一下子拽起正在吃晚饭的赛德韦拉斯，两个人冲出去找另外一个律师咨询。当他们冲进他的办公室的时候，律师腾地站了起来，因为他眼前的尤吉斯就像是个疯子，头发直竖，两眼血红。同伴赶紧解释，律师接过契约读了起来，尤吉斯那双骨节突出的大手紧紧地抓着办公桌的桌沿儿，身上的每一根神经都在剧烈地颤抖。

律师偶尔抬起头，问赛德韦拉斯几个问题。他说的话尤吉斯一句也听不动，但是他的眼睛死死地盯着律师的脸，希望能从他的脸上读懂他的脑子里在想什么，内心极度恐惧和痛苦。他看见律师抬起头笑了笑，于是他喘了口气。律师在跟赛德韦拉斯讲着什么，尤吉斯转过头看着他的朋友，他的心几乎停止了跳动。

“怎么样?”他喘着气问道。

“他说没问题。”赛德韦拉斯回答。

“真的没问题?”

“是，他说契约上的约定与事实完全相符。”于是，尤吉斯感到如释重负，一下子瘫坐在椅子上。

“你能肯定吗?”他仍是喘着粗气，然后他又问了一个又一个问题。他不厌其烦地听着，然后又不厌其详地问着。肯定了，这房子是买下了，真的买下了。现在这房子属于他们了，他们只需交剩下的余款，别无问题。这时，只见尤吉斯用手捂住了脸，因为他的眼睛里已经含满了泪水，就像是一个傻子。是啊，这是一件多么令人恐惧的事情啊！那么坚强的一个人，现在竟然连站起来的力气都没有了。

律师解释说，契约上说的房租只是形式——契约上说房子只是租赁，直至最后一笔房款结清，目的是万一买方交不上房款，把他们赶出去更容易一些。只要能够交上房款，就没有什么可担心的，房子肯定是他们的。

尤吉斯的心中对律师充满了感激，所以当他要收取五毛钱的律师费的时候，尤吉斯连眼睛都没眨一下。打律师那儿出来后，尤吉斯飞也似的跑回家，向家人报平安。他刚一露面，奥娜就昏过去了，孩子们哇哇乱叫，整个房间一阵惊呼——大家都以为他去杀那个代理人了。过了很长时间，家人才平静下来。在这个残酷的夜晚，尤吉斯不时醒来，听到隔壁的房间里奥娜和继母在轻声啜泣。

第五章

他们已经有新家了。他们简直不敢相信那漂亮的房子已经是他们的了，他们可以随时搬进去住。他们的脑子里一刻也放不下那房子，想象着房子里边应该放些什么东西。他们在艾尼尔这儿一周的租住期差三天就到了，现在他们要抓紧时间准备搬家。他们要想办法把房子装饰装饰，一有空儿他们就开始讨论这件事。

在罐头镇，要想布置新居，你根本不必东奔西走——只要在大街上走一走，扫两眼路边上的广告，或者钻进一辆路面电车，你就会发现自己被各种各样的商品信息所淹没，只要你想到的，应有尽有。在这里，你的健康、你的幸福都有人来关注，而且热情、主动，令你好不感动。想抽烟吗？有人在做着关于雪茄的演讲，他会详细向你解释为什么‘托马斯·杰斐逊’牌的五分钱中型雪茄是唯一名副其实的雪茄。你是不是吸烟太多了？这是戒烟药，二十五剂才两毛五分钱，十剂保证戒掉烟瘾。走在大街上，游客们会发现他们在被形形色色的人所关照着，这些人整日忙忙碌碌，全是为了你，为了让你在这个世界上生活得顺顺当当。在罐头镇，各种平面广告也是五花八门、琳琅满目，针对着特定的人群。有一则广告，上边温柔、体贴地写道：“您的娇妻怎么会脸色苍白、情绪低落？整日坐立不安、挑三拣四？为什么不告诉她试一试兰纳汉医生的‘生命保护神’?”另一则广告语气幽默，可以说就像是在拍着你的肩膀说话：“别傻了！快去买一盒‘戈氏姆囊炎溶剂’吧。”旁边的广告则插科打诨道：“跑起来！只要你穿上‘尤里卡’鞋，轻松愉快。每双两块五。”

在这些太过殷勤的广告招牌之中，有一个广告画面吸引了一家人的视线。画面上有两只可爱的小鸟正在建造它们的家。玛丽娅向一个路过的熟人打听那广告是卖什么的，熟人说那是卖家居用品的。是的，上面不是写着“为你的窝居插上美丽的羽毛”?(双关：也可理解为“骗走你的钱”。——译者注）广告上还说，这里能够提供一个四居室的窝居所需要的所有羽毛，而花费只有可笑的七十五美元。更重要的一点是，你只需先支付一小部分现金——余下的按月付清，每月只有几美元。我们的朋友真得有一些家具，过日子没有家具怎么能行。可是，他们的那点儿钱已经所剩无几了，他们愁得晚上都睡不安稳。正好这是个好机会，能够解决他们的燃眉之急。结果，一家人不免又是一阵痛苦，伊莎贝塔手里又多了一张契约。一天晚上，尤吉斯回家的时候听到了一个令他喘不过气来的消息，说家具已经到了，现在正安放在新家里：客厅四件套、卧室三件套、一张餐桌、四把椅子、一套绘有漂亮的粉红色玫瑰图案的卫生间设备、同样绘有粉红色玫瑰图案的各种瓷器。打开包装之后，他们发现有一只盘子碎了，奥娜准备第二天一大早去商店换。订了三口锅，可是到货的只有两口。尤吉斯想，他们是不是在故意欺骗?

第二天，他们来到了新家。男人们下班之后在艾尼尔这儿匆匆扒拉了几口饭，然后就开始动手往新家搬运那点儿家当。这段路程实际上不止两英里，可是一个晚上尤吉斯搬了两趟，每趟都是头顶着一大摞床垫、被褥之类的东西，里边还塞着衣物和包裹等小物件。这要是在芝加哥任何其他的地方，在大街上这样搬东西，你很可能会被逮捕。但是在罐头镇，这样的情况司空见惯，警察们早已经习以为常、见怪不怪了，他们只是偶尔粗略地检查一下。看到新家，那种感觉实在是太美妙了。里面该有的东西一应俱全，即使在昏暗的灯光下也能看得清清楚楚。这才是家的感觉，现在看起来跟广告上的描绘也没什么两样，同样令人心潮澎湃。奥娜高兴得连蹦带跳，她和表姐玛丽娅拽着尤吉斯的胳膊，从一个房间跑到另一个房间，挨个椅子坐一下，然后拉着尤吉斯也坐一坐。在他硕大的身躯的重压下，有一把椅子发出了吱呀吱呀的声响，他们吓得尖叫起来，惊醒了熟睡中的婴儿，大家都跑过来看出了什么事儿。这真是伟大的一天！虽然疲惫不堪，但是尤吉斯和奥娜睡意全无，两个人一直坐到深夜，彼此心满意足地依偎着，兴奋得闪闪发光的眼神扫视着整个房间。现在终于安定下来了，等有了余钱之后，他们就要结婚了。而这就是他们的家了——那边的小房间就是他们的了！

事实上，布置新家的快乐还远没有结束。当然，他们还没有纯粹为了快乐而花的钱，但是有一些绝对必要的东西还是要买的，而买东西这种事对奥娜来说永远是一种冒险。买东西一定要在夜里，因为那样尤吉斯就能陪着她。哪怕是买一个调料瓶，或者花一毛钱买五六个杯子，都是一次非常值得的探险。周六晚上，他们购物回来的时候手里提着满满一大篮子东西，他们把里面的东西一一拿出来，放在桌子上，引得一家人都挤过来看，大人们围成一圈，孩子们登上椅子，或者嚷着让大人抱起来。糖、盐、茶、饼干、一罐猪油、一个牛奶桶、一把刷子、给伊莎贝塔大娘的二儿子买的一双鞋、一桶煤油、一把锤子，还有一磅铁钉。钉子要钉在厨房和卧室的墙上，用来挂东西。至于那些钉子到底钉在什么地方，一家人就此展开了热烈的讨论。执行钉钉子任务的人当然是尤吉斯，可是他刚刚钉了几颗钉子，锤子就砸到了手，因为锤子太小，为此他还发了一顿脾气，因为当初奥娜不肯让他多花一毛五分钱买一把大一点儿的锤子。他让奥娜自己试一试，结果奥娜也砸了手，疼得叫出声来，尤吉斯又心疼地吻她的大拇指。最后，大家一一尝试，钉子终于钉完了，东西也挂上了。有一天，尤吉斯头顶着一个大包装箱回来了，到家之后他又吩咐乔纳斯去把另一个拿回来，这两个箱子都是他花钱买的。他打算把箱子的一面拆下来，里面隔起来，放在卧室，做成衣柜。广告上的鸟巢可没有为一窝这么多的鸟儿准备羽毛。

他们把餐桌放在了厨房，餐厅给伊莎贝塔大娘和五个孩子做卧室。她和两个年龄最小的孩子睡在家里唯一的一张床上，三个大一点儿的睡在铺在地上的床垫儿上。晚上，奥娜和表姐把一张床垫儿拖到客厅，睡在上面。三个男人和最大的男孩儿睡在另一个房间，没有任何铺盖，暂时只能睡在平地上。尽管这样，一家人还是睡得很香——每天早晨五点一刻，伊莎贝塔大娘不得不一次次地敲他们的房门。待家人起来之后，她已经准备好了一大壶滚烫的浓咖啡，还有燕麦片、面包和熏肠。然后，她还要为上班的准备午餐：饭桶里放上更厚一些的面包片，里边抹上猪油——他们还买不起黄油——夹些洋葱，还有一片奶酪。吃完，他们就提上饭桶匆匆出门了。

今天，尤吉斯有生以来第一次感觉到自己算是真正干活了。他第一次感觉到自己真正使出了全身的力气。之前，尤吉斯和其他人曾经站在过道里看过宰杀台上的那些人干活儿，他对那些人干活时所表现出的力量和速度感到震惊。在他看来，那些人简直就不是人，而是一台台高速运转的机器。不过，没有人想过那也是血肉之躯——直到今天他身临其境，脱下上衣，参与其中。这时，他才能够换一个角度看问题，看到问题的实质。这里掌握着整个工厂生产流程的节奏，在这里干活需要你拿出看家的本领——从早晨第一头牛倒下的那一刻直到中午歇工的哨声响起，然后从十二点半一直到傍晚或者更迟，天晓得什么时候，从来没有片刻的休息，无论是手、眼睛，还是大脑。尤吉斯看出了这里的管理之道：他们的工作效率决定着其他人的节奏，正因为这样，这些人个个都是经过精挑细选的，报酬也高，不过人员换得也勤。他们的确出类拔萃，因为监工就在一旁监视，一个个像着了魔似的。这些人被称为“追命组”，如果有谁顶不住了，马上被撤下，要知道外面可是有几百人在跃跃欲试呢。

对于这样的劳动强度，尤吉斯丝毫不在意，甚至可以说他喜欢这样的工作。至少，有一点是跟大多数其他工作不一样的，那就是你不会再整天甩着胳膊，感到百无聊赖、烦躁不安了。以前跟别人站成一排在流水线旁干活的时候，有时他会暗自发笑，偶尔也会瞥两眼前边的人。这工作虽算不上最有意思，但至少可以养家糊口。能够做一些有用的事，而且有一份不错的报酬，这还不够吗？还需要有更高的追求吗？

尤吉斯是这么想的，也是这样跟人讲的，他一向说话大胆而坦率。令他意想不到的是，这话差点儿给他惹了麻烦。大多数人跟他有着截然不同的想法。刚开始意识到这一点的时候，他感到非常沮丧——大多数人都憎恨自己的工作。当你发现人们普遍都有这种情绪的时候，你会感觉到奇怪，甚至可怕。可这确是事实——他们憎恨自己的工作。他们憎恨工头，憎恨老板，憎恨这个工厂，憎恨这个地区，甚至憎恨这整个城市，这种憎恨一切的情绪深切而强烈。女人和孩子都会咒骂：糟糕透了，地狱般的糟糕——一切都那么糟糕。当尤吉斯问他们为什么这样骂时，他们会用疑惑的目光看着你，然后说："没什么，你慢慢会明白的。"

尤吉斯遇到的第一个问题就是工会。他以前从来没有过参加工会的经历，所以别人只好向他解释说工会就是人们联合起来争取自己权利的组织。尤吉斯就问什么是权利，对他来说这是一个很真诚的问题，因为他从来没有想过，除了找工作，有了工作之后别人叫你干什么就干什么，自己还会有什么权利。不过，这种本无恶意的问题通常会使工友们大发雷霆，骂他是个傻子。一个屠夫帮手工会的代表曾找过尤吉斯，想让他入会，可是他发现入工会要交一笔会费，于是他断然拒绝。这位代表是个爱尔兰人，懂一点立陶宛语，他发了火儿，开始威胁尤吉斯。尤吉斯最后忍无可忍，怒不可遏，明确告诉他，个把爱尔兰人就想吓唬他入工会，办不到。后来，他渐渐地明白了这些人想让厂方停止那种"追命"的做法；他们正在想尽一切办法迫使厂方放慢工作节奏，有人跟不上，这节奏简直是在杀人。尤吉斯并不赞同这主意——因为他自己可以跟得上，他说，其他的人如果不是废物的话也应该跟得上。如果真的跟不上，就让他们换个地方。尤吉斯没读过什么书，他可能根本就不曾听说过“自由、放任的资本主义”这个词，但他总归是个走南闯北的人。因此，他懂得在这个世界上适者生存，如果活得不好，没有人会听你抱怨。

然而，这个世界上有一些哲人和普通人在遇到饥荒的时候仍然会捐一些救济款，尽管他们对马尔萨斯的理论深信不疑。尤吉斯也是如此，尽管他口口声声说不适应生存的人就任其灭亡，可是一想到他那可怜的老父亲不知道正在什么地方游荡，祈求着别人给他一个挣面包的机会，他就不免忧心忡忡。自打年幼时起，老安东纳斯就一直做工。十二岁时，他要读书，他的父亲打了他，一气之下，他就离家出走了。他也是个忠实的人，你可以把一件事交给他去做，一个月不用你过问，只要你把事情交代清楚就行了。现在，无论是在精神上还是在体力上，他都已经是强弩之末了，他目前的境遇无异于一条生病的老狗。幸亏他还有个家，即使永远找不到工作，也会有人照顾他；可是他的儿子还是禁不住会想，如果换一种情况，他会怎么样呢？安东纳斯·路德库斯走遍了罐头镇大大小小的街道，去过每一座建筑，进过几乎每一个房间。不知多少个清晨他跟一帮找工作的年轻人站在工厂的大门外守候，那位警察已经熟悉了他那张脸，不止一次地劝他放弃。同样，他也闯过形形色色的商店，林林总总的酒吧，祈求别人给他一些零活干，每次都被人赶出门，有时甚至遭到羞辱，没有一个人停下来哪怕问他一个问题。

无情的现实使尤吉斯理想化的信仰出现了裂痕。安东纳斯老爹找工作的遭遇使这裂痕变得更大——而当他最终找到了工作的时候，这裂痕又进一步加深。原来，有一天晚上老人家兴奋异常地回到家，他跟家人讲他在达拉谟酱肉车间的走廊上遇到了一个人，当然是求人给他份工作干，那人问他如果给他工作他怎样酬劳他。刚开始，他听不懂这是什么意思，于是那人就坦白地跟他讲，如果安东纳斯愿意把三分之一的工资给他，他就给他找个工作。他是工头吗？安东纳斯老爹问过，那人告诉他这不关任何人的事儿，不过他说过的话肯定兑现。

尤吉斯现在已有了一些朋友，于是他就找人问这是什么意思。有一个叫塔莫休斯·库斯列卡的朋友，个头矮小但很精明，在宰杀台上拾掇牛皮，他听了这事儿之后一点也不感到惊讶。这事儿太常见了，他说，这是常有的揩油现象，没什么大不了的，有些工头就是凭这个赚点儿外快。尤吉斯要是在这儿待上一阵子，他就会发现工厂里到处都有这种腐败现象——工头揩员工的油，员工互相揩油；如果有一天主管发现工头揩油，他就会揩工头的油。既然话匣子已经打开，塔莫休斯便开始滔滔不绝地讲起这里的丑恶勾当。比如说达拉谟，老板想尽量多赚钱，只要能赚钱别的他不关心；在他手下，有一大批级别不同的经理、主管和工长，每一位上司都对自己的下属颐指气使，从他身上榨取尽可能多的劳动。而同级别的人则相互尔虞我诈，彼此钩心斗角；他们个个生活在恐慌之中，时刻担心因为别人的出色而使自己丢掉饭碗。从上到下，整个公司就像是一口沸腾的油锅，里边煎炸着嫉妒和仇恨。在这里，你根本找不到忠实和正直；在这里，人们为了钱可以放弃一切原则和信念。比缺少正直更糟糕的是，这里也没有任何诚信可言。你要问为什么吗？谁知道？一定是从老达拉谟那里开始的，这一定是家族基因的遗传，白手起家的老达拉谟传给儿子，连同数百万的资产。

只要待久了，尤吉斯就会自己发现这一切。所有肮脏的勾当最终都是由那些底层的工人们去执行的，所以这里发生的任何事情他们都看在眼里，他们也因此成了贼船上的一分子。初来乍到的尤吉斯本想做一个有用的人，凭借自己的努力得到一步一步的提升，成为一名技术工人。不过他很快就会发现自己错了——因为在罐头镇，没有人会因为工作干得好而得到提升。这是定律——在罐头镇，如果你看到有谁提升了，那人一定是个流氓。被工头派去见尤吉斯父亲的那个人会得到提升；在背后诋毁同事、在背后秘密监视你然后向上面打小报告的那个人会得到提升；而只管自己的事儿，只管做好自己工作的人则永远也没有机会。为什么？你不是干得好吗？那就"追死"你，然后把你扔进街沟里。

听了这些，尤吉斯感到头快要炸开了。他不肯相信那些都是事实——不，不可能。塔莫休斯也是一个牢骚鬼。他整天只知道拉他的小提琴，整夜泡在会所里，直到天亮才回家，根本不可能喜欢工作。人长得又那么矮小，干活肯定跟不上趟儿，所以说话才酸溜溜的。不过，每天发生的那些怪事儿，他还是注意到了！

尤吉斯劝父亲别理会那个人的主意。可是老安东纳斯讨工作已经讨得筋疲力尽了，他已经失去了再出去找工作的勇气。他需要一份工作，无论什么样的工作都成。于是，第二天他又去找跟他讲话的那个人，答应把三分之一的收入给他。当天，他就被安排在了达拉谟的地窖里工作。这是一个"酱肉车间"，地面上从来没有一块干爽的地方可落脚，所以他不得不花掉一周以来几乎全部的收入给自己买了一双厚底儿靴子。他做的是“清扫”工，整天拎着个长柄拖把在车间里不停地走动，拖地面。在炎热的夏日，这工作并不赖，除了潮湿、阴暗。

当下的安东纳斯·路德库斯可以说是在上帝所创造的人间世界中最温顺的人了。即便是这样的一个人，工作了两天之后他也变得跟那些人一样怒不可遏了，浑身颤抖地大骂达拉谟。见此情景，尤吉斯彻底相信了那些人所说的话。他们让他清理下水道的地漏。他讲述着自己的亲身经历，家人则围成一圈出神地听着。在他工作的地方，工人们准备等待装罐的牛肉。牛肉原是装在添加了各种化学原料的大桶中，工人们用大叉子把牛肉从桶里叉出来，倒在一辆一辆的卡车上，然后运到烹饪车间。当他们把所有能用叉子够得到的牛肉都叉出来之后，就把桶里剩余的东西倒在地面上，再用铲子扒拉出还剩下的牛肉，倒在卡车上。地面上到处是污秽，他们吩咐安东纳斯用拖把把“酱汁”拖到地面上的一个洞里，这个洞连着一个水槽，酱汁流到水槽里，收集起来，然后再利用。洞和水槽之间用水管连接，中间安了个水漏，一些细小的肉末、残渣都在这里被截留下来，每隔几天，老头都要清理一下这个水漏，把里边的截留物掏出来放进车里！

这是安东纳斯的经历。乔纳斯和玛丽娅也都有各自的惊人见闻。玛丽娅给一个独立的包装公司干活，作为一个油漆工能挣那么多钱，她真是高兴得有点忘乎所以。有一天下班回家的时候，她跟对面干活的那个的脸色苍白的弱小女人结伴同行，她的名字叫雅德维佳·马辛库斯。在路上，雅德维佳告诉玛丽娅她是怎样在这里幸运地找到工作的。原来她取代了一个在这个厂子里干了不知道多少年的爱尔兰女人。这个女人名叫玛丽·丹尼斯，据她自己讲她在这里已经干了十五年。很多年以前，她被诱奸了，生了个男孩，孩子生下来就是个瘸子，并患有癫痫病，可是这孩子仍然是她在这个世界上唯一的爱。母子俩住在霍斯泰德大街后面不知什么地方的一间小屋子里，这里是爱尔兰移民聚居区。她自己也有肺病，干活的时候你能听到她不停地咳嗽。到后来，她几乎垮掉了。就在这个时候，玛丽娅来了，于是“女工头”突然把她给赶走了。可以理解，女工头也有自己的原则，她也不能迁就一个病人，雅德维佳解释道。玛丽在这儿工作了那么长时间，可是没有用——无论是女工头还是主管可能都不知道这一点，因为她们俩在这里只工作了两三年，对以前的情况不一定了解。雅德维佳不知道那个可怜的女人现在怎么样了，她本想去看看她，可是她自己也有病。她总是感觉到背痛，雅德维佳继续说道，她担心自己子宫出了问题。毕竟，整天搬动十四磅重的铁罐并不是适合女人们干的工作。

乔纳斯找工作的经历同样令人震惊，他的成功也是建立在别人的不幸的基础上的。他的工作是推车，把火腿从熏肉车间搬出来，放到车上，把车推到电梯上，然后顺着电梯送到包装车间。车子都是由铁做的，非常笨重，每台车上都装着六十条火腿，重量超过二百五十公斤。在坑坑洼洼的地面上推动这样的车子绝不是一件容易的事，除非你是个大力士。车子一旦推动了，你不得不使出全身的力气保持前进。工头总是在你身边监督，只要你停下一秒钟，他就会破口大骂。不过，无论是立陶宛人、斯洛伐克人，还是其他什么人，都听不懂他在骂什么。这些工头就像狗一样在屋子里乱窜。所以，推车的人总是一路小跑。尤吉斯的前任就是被这样的车子给挤在了墙上，整个身体都被挤碎了，惨不忍睹。

这些事儿听起来令人感到恐惧，不过跟尤吉斯不久前的亲身经历相比又是小巫见大巫。那是他做铲肠工的第一天，他目睹了一件奇怪的事。每当遇到一头怀孕母牛时，车间工头的机灵劲儿就发挥得淋漓尽致。稍稍了解一点儿宰杀行业常识的人都知道，要生牛犊或者刚生完牛犊的母牛肉是不能吃的。每天都有大量这样的牛来到屠宰场——先把这些牛养起来，等到它们的肉可以吃了再宰杀是一件多么容易的事，当然，前提是他们愿意这样做。但是，为了节省时间和饲料，他们就想出了这样的办法：这样的牛和其他牛一起被赶进宰杀车间，然后有人向工头汇报这一情况，工头立刻找话跟政府部门的检查人员开始闲聊，两人稍后更是离开现场。刹那间，牛已宰杀完毕，牛体已被清走，内脏也消失得无影无踪。而当时尤吉斯正是干这清扫内脏的活，他把牛内脏连同牛犊一起从地面上的一个活板门扫下去。在下一层车间，工人们把牛犊从一堆牛下水中挑出来，把它砍剁成牛肉，连皮也不用剥。

一天，有个人摔倒了，伤了腿。晚上，当最后一头牛被处理完毕，工人们正在离开的时候，尤吉斯被吩咐留下来，代替那个摔伤的人干一些特殊的活。天已经很晚了，快黑了，政府的检查人员都已经离开了，车间里只剩下了十几个人。这一天，他们杀了大约四千头牛，这些牛都是由货车从远方的各州运过来的。有些牛受伤了，断腿的、瘀血的，有些已经死了，什么原因无从知晓。这些牛都要在夜晚被处理掉，悄无声息。这些牛被称为“灾星”。屠宰场有一部专用的电梯，这些牛从专用电梯被送到宰杀台，等牛一上来，留守在这里的一帮人立刻动起手来，个个表现得若无其事，因为这是每天的例行公事。几个小时之后，这些牛被处理完毕，最后，尤吉斯看到这些牛肉跟其他的肉一起被送进冷库，被小心翼翼地四处散落开来，这样就不会被检查人员发现。夜里，在回家的路上，尤吉斯心情忧郁，此时他终于明白了，曾嘲笑他的美国信仰的那些人也许是对的。

第六章

尤吉斯和奥娜彼此深爱着对方。他们已经等了很长时间了——已经是第二个年头了。尤吉斯做任何事情的原则都是要看这件事是否有助于他们的结合。他把全部的心思都用在了这上面，他已经从心里接受了这一家人，因为那是奥娜的一部分。他喜欢这房子，因为那是奥娜的家。目前，即使是达拉谟的欺诈和残忍对他也没有什么影响，他唯一担心的是他和奥娜的未来。

按照他们自己的设想，举行马上婚礼。可是这意味着将不会设婚宴，所以这想法一经提出马上遭到老人们的反对。对伊莎贝塔大娘来说，这想法尤其令人难以接受。什么！她喊道，在马路边上结婚，像一帮乞丐！不行！不行！伊莎贝塔还是一个守传统的女性。少女时代的她也算是大家闺秀——生活在大庄园里，有仆人伺候着。如果不是因为家里有九个女儿没有儿子，她本可以嫁个不错的人家，做个阔太太的。即便如此，她仍然知道什么是体面，仍然固守着传统。他们决不能失去身份，尽管在罐头镇他们已经变成了没有任何技能的劳工。现在奥娜居然要不举行婚礼就结婚，这成何体统！对此，继母忧心忡忡，夜不能寐。朋友少也不是借口，迟早会多起来的；如果就这样结婚，到时朋友们会议论的。该做的事必须做，决不能凑合，即使花些钱。就这样草草结婚了，省下点儿钱对他们不会有什么好处，如果不相信，她的话肯定会得到验证的。伊莎贝塔觉得自己的话还不够力度，于是她又来向安东纳斯老爹求援。两个人的内心深处都有一种担心，怕孩子们来到一个新的国家之后会忘掉家乡的传统美德。刚到美国的头一个星期，一家人就被老人们带去做弥撒。虽然穷，该花的钱还是要花的。伊莎贝塔花了些钱请回一尊圣婴像，石膏做的，流光溢彩，她觉得这样的钱花得值。圣像虽然只有一英尺高，但还是气势不凡，整座圣坛围绕着四座雪白的圣塔，圣母怀里抱着圣婴站在上面，国王、牧羊人和智者在他面前鞠躬朝拜。圣像花了五毛钱，但是伊莎贝塔觉得这样的钱不应该太过计较，冥冥中这笔钱总会得到回报。圣像放在客厅的壁炉架上，看起来非常漂亮。是啊，家里总是要有些摆设的。

当然，婚礼上的开销也是会回来的（客人们总归还是要随份子的）。可是，目前的问题是上哪儿去筹集这笔钱。他们初来乍到，还谈不上什么信誉，唯一能指望上的就是赛德韦拉斯，可以向他借一点。一连几夜，尤吉斯和奥娜都坐在一起盘算着各种开销，同时也在期盼着他们最终的结合。少两百块钱就别指望办一场还说得过去的婚礼，尽管玛丽娅和乔纳斯爽快地答应把他们的全部收入借给他们，要想凑够这笔钱少说也得四五个月。于是奥娜想到了出去找工作，她说就算找一个一般的工作，他们的婚期也能缩短两个月。就在他们快要把这事定下来的时候，他们突然遭到了晴天霹雳——一场突如其来的灾难一下子把他们的梦想击得粉碎。

离他们大约一个街区远住着另外一个立陶宛家庭，家里只有一个老寡妇和一个已成年的儿子。他们是玛尧兹尼克一家，我们的朋友不久前刚认识的。有一天晚上，他们前来拜访，话题一开始当然是围绕着左邻右舍以及这个地区的历史。接着，玛尧兹尼克老奶奶给他们讲了一连串让他们感觉到血液都要凝固了的恐怖故事。她满脸皱纹，瘦小枯干，年龄肯定超过八十，用她那没有一颗牙的干瘪的嘴喃喃地讲述着令人毛骨悚然的故事，看起来活生生的一个老巫婆。玛尧兹尼克老奶奶一生都生活在不幸之中，不幸几乎成了她生命的元素，她讲起饥饿、病痛和死亡就像人们在谈论婚礼和假日。

恐怖正慢慢袭来。首先，伊莎贝塔一家刚买的房子根本就不是新的，根本不像他们所想的那样。这房子至少建了十五年了，从内到外没有一块地方是新的，除了油漆，就连这油漆也是劣质的，每隔一两年就得重新刷一次。这房子的开发公司专门靠欺诈穷人赚钱，这一排房子都是他们开发的。他们花了一千五百块钱，可是当初的新房子成本也只有五百块钱。玛尧兹尼克老奶奶知道这底细，因为她的儿子是一个政治组织的成员，其中的另一个成员也是开发这类房子的。他们用了最劣质、最廉价的材料；他们一次开发十几套房子，除了房子的外表之外他们什么也不管。房子以后肯定出问题，关于这一点你尽可以相信她说的话，因为她见证了围绕这房子所发生的一切——而且她和儿子也以同样的方式买了一套。不过，他们愚弄了开发公司，因为她儿子是个技术工人，一个月能挣一百块钱；而且他有着清醒的头脑，一直没结婚，所以最终他们把房费交完了。

玛尧兹尼克老奶奶看得出，她的朋友们对她所说的话感到迷惑不解；是啊，他们不明白的是，交了钱怎么还“愚弄了开发公司”。很显然，他们是一些没有任何经验的人。房子虽然便宜，但是他们卖的时候心里想的却是，买房人也许会有一天交不起房费。如果交不起房费——哪怕只有一个月——他们的房子就不再是他们的了，连同交过的所有房费，然后开发商会再把它卖出去。真的发生过这样的事吗？Dieve！（玛尧兹尼克老奶奶举起手）。当然发生过——多少次，没有人知道，不过倒霉的买主肯定超过一半。不相信，他们可以问一问任何对罐头镇稍有了解的人。自从这房子开始建的时候，她就一直在这住，这里所发生的一切她都一清二楚。这房子以前卖给过别人吗？Susimilkie（立陶宛语：别提了——译者注）！自从建成到现在，至少四家都想把它买下来，结果都失败了。她可以稍稍介绍一下。

第一家是德国人。是这样的，在罐头镇上居住的人有着众多的国籍——历史上有七个民族的移民相继来到屠场区，成为主导力量，然后又相继离开。据她所知，玛尧兹尼克老奶奶和儿子刚来到美国的时候，这个地区只有另外一户立陶宛人。当时的工人都是德国人——是屠场老板从国外招聘来的有技术的宰牛工人，老板们都是从此发家的。后来，更廉价的劳工陆续到来，德国人就离开了。接着来的是爱尔兰人——有六到八年的时间，罐头镇几乎就是一座地地道道的爱尔兰城。直到现在，罐头镇上仍有几个爱尔兰人聚居区，而且势力强大，大到足以操纵各种工会和警察局以及干一些揩油的勾当。不过，在大罢工发生之后，随着又一次降薪，大多数在屠宰场工作的爱尔兰人都离开了。后来是波希米亚人、波兰人。人们都说，这些移民潮都是由老达拉谟一手导演的。大罢工发生之后，他发誓要修理罐头镇上的人，叫他们永远也不敢再罢工。于是，他就派人深入到欧洲的各个城镇、乡村散布传言，说到屠场区可以找工作，可以挣高工资。移民一批一批地拥来，于是老达拉谟就越来越紧地挤压他们，越来越快地驱赶他们，直到把他们压成碎片，直到把他们赶死，然后再让一批新的人进来。当初这里的波兰人成千上万，后来被立陶宛人赶到了墙根儿底下；现在，立陶宛人又让位于斯洛伐克人。将来谁会比斯洛伐克人更穷、更悲惨呢？玛尧兹尼克老奶奶说不上，不过屠宰场的老板们肯定会找到他们的，这一点你绝不用担心。找人工作很容易，因为这里的工资的确更高，可是一旦到了这里，穷人们就会发现这里无论什么东西也都更贵，可是这时候后悔已经来不及了。他们就像被老鼠夹夹住的老鼠，事实就是这样。每天都有大批不明就里的人们拥进来。不过，终有一天他们要报复，发泄心中的仇恨。一旦到了忍无可忍的程度，人们就会起来反抗，暗杀屠场主。玛尧兹尼克老奶奶是一位社会主义者，或者类似的怪物。她还有一个儿子在西伯利亚做矿工。老太太早年曾做过演讲——这些话使她眼前的听众感到更加恐怖。

他们让她再回到这房子的故事上，于是她继续讲道：这是一个正派的德国人家。问题是人口实在太多，这也是罐头镇上的人们所面对的一个普遍难题。但是他们工作努力，父亲又是一个稳稳当当的人，所以他们的房款已经交了一大半。可是突然有一天，达拉谟的电梯出了事儿，他死了。

接着是一户爱尔兰人，同样是一个大家庭。丈夫整天酗酒，打孩子——每天晚上邻居们都能听到那些孩子吱哇乱叫。他们经常拖欠房费，不过开发公司对他们不错。他们的身后有政治背景，至于是什么背景玛尧兹尼克老奶奶说不清楚，不过她知道拉弗蒂一家都入了“战地杀声同盟”，这是一个政治俱乐部，成员都是一些暴徒和流氓。一旦加入了这个俱乐部，警察永远不会找你麻烦。有一次，老拉弗蒂跟一伙人偷了附近几户穷人家的牛，在屠场区后院的一个烂棚子里把牛杀掉，卖了。后来他被警察抓到了，不过他在监狱里只待了三天就笑着出来了，甚至没有丢掉屠宰场里的工作。可是，由于酗酒他的身体渐渐垮掉了，也没有了势力。此后，他的一个儿子，是个好人，一直养着他，支撑着那个家庭，可是后来也染上了肺病。

有一件事不得不提，玛尧兹尼克老奶奶打断自己的思路，这房子不吉利。在这住过的每一户人家中，总会有人得肺病。没有人能够说清楚其中的原因，不过肯定与这房子有关，或者说这房子建得不对——有人说这是因为当初房子是在月黑的时候建的。在罐头镇，有几十座房子都是这个时候建的。有时你甚至能说出是哪个房间——在这样的房间里睡觉，你就等死吧。至于伊莎贝塔家的房子，先是爱尔兰人患了肺病，后来一户波希米亚人住在这里，结果死了个孩子——当然，死因不能确定，谁也说不清楚那个在屠场区干活的孩子到底是怎么死的。当时，还没有颁布限制劳工年龄的法律——屠场主可以招募所有年龄的人干活，除了婴儿。听到这儿，伊莎贝塔一家人又感到不理解，于是玛尧兹尼克老奶奶又做了一番解释——现在，使用年龄不满十六岁的童工是违法的。为什么要出台这样的法律呢？他们问。他们本想让小斯坦尼斯洛伐斯去上班呢。噢，不必担心，玛尧兹尼克老奶奶说，这法律起不到什么作用，只能逼着人们谎报孩子的年龄。是的，出台这样的法律，立法者是怎么想的？有些家庭除了孩子根本没有其他的人可以养家糊口，法律也没有给他们提供其他的收入来源。在罐头镇，很多时候大人们一连几个月找不到工作，而一个孩子却能轻易找到活干。屠宰场总是有新的机器设备，这些东西大人小孩都能操作，没有差别，而孩子们的工资只有成人的三分之一。

她又回到房子的话题。下一个家庭死的是女人，那是发生在他们搬进来四年后。他们家孩子多得数不过来，因为那个女的每年都生下一对双胞胎。妻子死后，丈夫每天都出去上班，留下孩子在家里自己照顾自己。邻居们偶尔帮一把，因为他们看到那些孩子都快要冻死了。有一次，孩子们自己在家里待了整整三天，后来才知道爸爸已经死了。他在琼斯的屠宰场里做“剥皮工”，一头刚刚被锤子击倒的公牛突然挣脱了，把他顶在一根柱子上，顶得粉身碎骨。后来，孩子们被带走了，不出一个礼拜公司又把房子卖给了一户移民。

就这样，这位面无表情的老太太一个接一个地讲着她的恐怖故事。这些故事有多少夸张的成分，无从知晓。不过听起来总是合情合理，比如说肺病。他们对各种肺病知之甚少，只知道得肺病的人会咳嗽。两周以来，他们都在为咳嗽不止的安东纳斯而担心。他咳嗽起来浑身发抖，一声接一声。你可以看见他吐在地面上的痰里带有血丝。

这些故事听起来虽然恐怖，不过跟他们稍后听到的话相比真的不算什么。是这样的，他们觉得其中有一个故事比较可疑，他们算了一下那家人的收入，觉得他们完全可以付得起房费，可是玛尧兹尼克老奶奶为什么说他们交不起呢？伊莎贝塔他们还拿出了具体的数字来说明问题，可是玛尧兹尼克老奶奶驳斥道：“公司说房费是每月十二块钱，可那不包括利息。”

他们的眼睛死死地盯着她。“利息！”他们惊叫。

“是啊，欠的那笔钱的利息。”她答道。

“可是我们不用交利息啊！”三四个人一起喊道，“我们每个月只要交十二块钱就行了。”老太太冲他们笑了一下：“你们跟其他人一样。公司骗了你们，把你们生吃活吞了。他们怎么可能不收利息卖房子！把契约拿过来，再好好看一看。”

伊莎贝塔大娘的心猛地一沉，一种死一般的恐惧感袭来。她打开衣柜，拿出了那张已经给他们带来太多痛苦的契约。他们围坐成一圈，几乎停止了呼吸，老太太能读懂英语，于是她匆匆浏览了一下，最后说：“是的，就在这儿。‘利息按月收取，年利率百分之七。’”

接下来是死一般的沉寂。“那意味着什么？”最后尤吉斯问道，几乎是在喃喃自语。

对方答道：“意味着下个月除了那十二块钱之外，你们还得额外再交七块钱。”

然后又是鸦雀无声。这突如其来的打击就像一场噩梦，在梦里脚底下的地面突然坍塌，眼前一片漆黑，你感到天旋地转，你在下坠、下坠，下面是无底的深渊。一道电光闪过，你看见自己被凶恶的命运死神追赶着、践踏着、撕咬着、蹂躏着。他们梦想中美轮美奂的大厦顷刻间土崩瓦解，在耳畔咔咔作响。老太婆还在喋喋不休地说着。他们希望她能停下来。此时，她一张嘴就像晦气的乌鸦在嘎嘎叫。尤吉斯坐在那儿，双手紧紧地攥在一起，豆大的汗珠子从额头滚下。奥娜的喉咙里像是有一块什么东西紧紧地卡在那里，让她窒息。突然，伊莎贝塔大娘一声哀叹打破了沉默。玛丽娅开始掩面哭泣，“Ai！Ai！Beda man！”（立陶宛语：唉！唉！倒霉啊！——译者注）

当然，哭、喊都于事无补。玛尧兹尼克老奶奶坐在那儿，不依不饶，此刻她就代表着他们的命运。不，这很显然不公平，但这不关乎公不公平的问题。的确，他们当初不知道这一点。公司本来就不打算让他们知道。可是，那一条明明写在契约上，这就足够了，谁叫他们当初没有看到呢。

最后，他们终于摆脱了他们的客人，然后他们就在哀叹中度过了一夜。孩子们醒来后发现什么东西不对劲儿，开始号啕大哭，怎么哄也哄不好。早晨，一家人多数还得去上班，屠宰场不会因为他们的痛苦而停业。七点钟，奥娜和继母就来到代理人办公室的门口等候。代理人来了之后，他告诉她们利息的确是要交的。伊莎贝塔大娘心中的怒火突然爆发，她开始抗议和谴责起来，引得外面的人停下来，透过玻璃窗往里看。而代理人还是一如既往的温和。他也深感内疚，他说，他没有告诉他们是因为他以为他们本该知道是要利息的，这是天经地义的事儿。

她们也只好离开。奥娜接着去了屠场区，中午的时候她见到了尤吉斯，把情况告诉了他。尤吉斯表情麻木地听着，因为他已经料到了结果。他现在反倒坚定了信心。这就是命运，只有接受。他们一定挺得住，“我再多干些活。”他再一次这样说。这件事可能会暂时打乱他们的计划，这样一来，奥娜真得去工作了。奥娜接着说，伊莎贝塔大娘已经决定了让小斯坦尼斯洛伐斯也去找工作。是的，这个家就让尤吉斯和奥娜两个人来支撑，这不公平，一家人都应该伸一把手。以前，尤吉斯对这想法嗤之以鼻，但是现在他紧拧着眉头，慢慢地点了点头。是的，这样也许最好，每个人都应该做出一些牺牲。

于是，奥娜当天就出去找工作了。晚上，玛丽娅回家说她遇到了一个叫雅瑟提特的姑娘，她有一个朋友在布朗的包装车间做女工头，这个工头也许能帮奥娜找个工作。不过这个女工头是收人情的——找她安排工作没用，除非你能偷偷地往她手里塞上十块钱。对这种事情，尤吉斯现在一点也不感到惊讶，他只问了问工资情况。于是，谈判开始了。第一次面试回来后，奥娜说那女工头好像对她印象不错，而且她还说可以安排奥娜去做缝制火腿包装的工作，这工作每周可以挣八到十块钱，不过她还不能确定有没有空缺。玛丽娅咨询了雅瑟提特之后，回来说这是工头在暗示奥娜给她送礼。于是。家里人开始了紧张的商讨。那个工作的地点是在地下室，尤吉斯不希望奥娜在那样的地方工作。那可是个比较轻松的工作，不可能事事都随你的心意吧。就这样，最后奥娜手里攥着一张烫手的十块钱钞票去进行第二次面试了。

与此同时，伊莎贝塔大娘也带着斯坦尼斯洛伐斯去见了牧师，带回一张证明，证明他比实际年龄大两岁。现在，有了这张证明，这个小孩子就可以出去闯世界了。恰巧，达拉谟刚引进了一套先进的猪油装罐设备。当考勤室外面的那位特种警察看见斯坦尼斯洛伐斯并瞟了一眼他的证件之后，他对自己笑了笑，然后用手指着对他说："Czia！Czia！"（立陶宛语：到这儿来！到这儿来！——译者注）于是，斯坦尼斯洛伐斯经过一道长长的石廊，登上一段台阶，来到一个点着电灯的车间。里面，那套新的灌猪油的设备正在运转着。猪油在楼上的车间炼制好，经过一个个短小的喷嘴儿喷射下来。雪白的猪油弯弯曲曲地徐徐下降，就像一条条美丽的蛇，只是气味儿难闻。那些喷嘴儿有几个型号，大小、形状各不相同。喷出一定量的猪油之后，喷嘴儿自动停止喷射，非常精确。然后，机器自动转向，提起一个油罐儿，放在另一个喷嘴儿下，就这样重复，直到油罐儿被注满、压实、刮平。操作所有这一切，每个小时装数百罐儿猪油，只需要两个人，其中一个人每隔几秒钟把一个空油罐儿放在固定的位置。另一个人每隔几秒钟把一个装满的油罐儿从固定的位置拿开，放在一个大托盘儿上。

就这样，小斯坦尼斯洛伐斯站在那儿胆怯地看了几分钟之后，一个人向他走来，问他干什么。斯坦尼斯洛伐斯答道："工作。"那人又问："多大了？"他接着回答："十六。"每年有一两次，州巡视员会到各个屠宰场巡查，随机询问几个孩子的年龄。因此，屠场主都严格遵守法律。不过，这部法律给他们带来的麻烦仅仅是：工头接过孩子的证明文件，瞥一眼，然后送到办公室备案。看了孩子的年龄没有问题之后，工头把正在看机器的那个人打发走，让他去干别的活。接着他又给这个刚来的小伙子示范了一下当那只不知疲倦的机械臂空着手过来的时候如何放置油罐儿。于是，小斯坦尼斯洛伐斯在这个世界上的位置连同他的命运就这样确定下来了，直到他离开这个世界。以后，他每天的固定位置就是这块儿一英尺见方的地面，从早晨七点到正午，然后再从十二点半到五点半，除了放置猪油罐儿决不能随便动一动，也决不能随便想事情，日复一日，年复一年。夏天，温热的猪油散发出臭气，叫人恶心；冬天，在没有取暖设备的地下室里，冰冷的铁罐儿会把他那稚嫩的手指冻僵。一年有一半的时间，他要披星戴月地去上班，然后披星戴月地走在回家的路上。所以，在这样的工作日里，他从来不会看到太阳。一周到头来，他所做的这一切换来的就是他揣回家的三块钱，每小时的报酬是五分钱——这是美国一百七十五万童工为了养家糊口而挣来的总收入当中的平均份额。

尤吉斯和奥娜对生活重又充满了憧憬。是的，现在他们毕竟还年轻，希望决不能就此破灭。他们发现，斯坦尼斯洛伐斯的工资足够用来交利息了，甚至还有少许的盈余，这样他们又跟以前的境况一样了！他们有这样的想法也没有什么可指责的——毕竟孩子很喜欢自己的工作，喜欢挣钱；毕竟他们深爱着对方。

第七章

一家人劳碌了整整一个夏天。秋天到了，现在他们已经有足够的钱为尤吉斯和奥娜筹办一场按照家乡的传统标准够得上体面的婚礼。十一月下旬，婚礼如期举行。他们租了一间酒吧大厅，邀请了所有新认识的朋友。朋友们都来了，离开的时候给他们留下了一百多美元的债务。

这又是一次痛苦而残酷的经历，他们又一次被抛入了悲痛而绝望的深渊，偏偏又是在他们的心正充满着柔情蜜意的时刻！他们的婚姻生活竟然有这样一个凄惨的开端！他们是如此的相爱，可是上苍为什么就不能给他们哪怕是片刻的安宁！此刻，他们本应该正沐浴在世界上万事万物对他们的祝福中，圣火正在他们的心中燃烧，哪怕是一丝微风都能撩起熊熊的火焰。他们深深地沉浸在爱情的神奇之中，心中充满了对爱的敬畏。如果他们呼喊一声：请给我们一点安宁吧！难道这就是脆弱的表现吗？他们的心已经敞开，就像春风沐浴下的花朵，可是无情的寒冬正迎面扑来。他们愕然，盛开在世上的爱情之花可曾有像他们这样突然遭到无情的蹂躏和摧残！

婚礼过后的第二天早晨，当新婚的夫妇正在熟睡的时候，贫穷的皮鞭猛地抽打在他们的身上，无情而凶残，驱赶着他们赶在天亮之前去上工。筋疲力尽的奥娜几乎站不起来，可是如果不按时上工，工作肯定要丢掉，那样他们就彻底毁了。他们都得去上工，就连因多吃了香肠、多喝了汽水而生病了的小斯坦尼斯洛伐斯也得去。一整天，他站在机器前，身体摇摇晃晃，眼睛几乎睁不开，工头踢了他两次，因此他差点丢掉工作。

整整用了一周的时间一家人才恢复过来。在此期间，孩子哭哭啼啼，大人怨声载道，弄得家里鸡犬不宁。尽管如此，考虑到方方面面，尤吉斯还是很少发脾气。主要是因为奥娜；看她一眼就足以让尤吉斯控制住自己的情绪。她太敏感——不适合过这样的生活；每天有一百次，一想到她，他就会攥紧拳头，转身去拼命地干活。他告诉自己，他配不上奥娜；一想到奥娜竟然是自己的妻子，他就不免心虚。他渴望拥有她，渴望了很久。可到了梦想实现的时候，他又觉得自己没有这个权利。她信任他，那是因为她心地善良，并非自己有多么优秀。不过，他下定决心决不要让她明白这些。所以他做事处处留意，一定不要让自己丑陋的一面暴露出来。哪怕是一些小事儿，他也会非常留心，比如说举止，比如说一遇烦心事儿就说脏话的习惯。看到她的眼泪来得如此之快，她的眼神是如此的哀婉，他就会立刻坚定起来，尽管脑子里千头万绪。不过，现在尤吉斯的大脑比一生中任何时候都要乱。

他一定要保护她，他要击退她身边所有的恐怖。他是她仰仗的全部力量，如果他失败了，她就会彻底绝望了。他要把她抱在怀里，让她在自己温暖的怀抱里躲避外面的凄风苦雨。现在，他已经看清了周围的世界。这世界就是一个战场，在这场战争中，每个人都是以一敌众。你不要给别人摆盛宴，你要等着被人来请你。走在外面，你的心里装的是猜忌和仇恨；你知道你被各种敌对的力量所包围，他们要抢你的钱，他们在你的周围设下各种圈套。商店的橱窗上贴满了谎言；路边的栅栏上贴满了谎言；街灯柱上、电线杆上贴满了谎言。雇用你的大公司欺骗你，欺骗整个国家——从上到下，一个十足的大骗子。

尤吉斯终于认清了现实。然而现实却是如此的残酷；这场战争是如此的不公平——力量对比是如此的悬殊！这不，尤吉斯刚刚屈膝跪下发誓要保护奥娜免受伤害，可是一周之后她就遭到了地狱般的虐待，而这施虐的敌人是尤吉斯根本无法抵挡的。有一天，外面下着瓢泼大雨。那可是十二月份，你能想象到浑身被雨淋得湿漉漉的她在布朗的地下室里坐上一整天会是什么样子吗？奥娜是一个打工女孩儿，买不起雨衣之类的东西，所以尤吉斯就带她出门，把她送上一辆电车。电车公司的老板刚好是一些一心赚钱的先生们。本来政府部门规定电车公司要给乘客发换乘票，该公司的老板对此规定大为不满。于是，他们开始对乘客处处刁难。起先，他们规定乘客只有交了换乘线路的车费之后他们才给换乘票。后来，他们变本加厉，乘客即使交了换乘车费，售票员也不会主动给你换乘票，你必须向他索要。有人告诉过奥娜索要换乘票，但她不习惯跟陌生人开口讲话，所以她只是等着，眼睛瞟着那个售票员，看他什么时候能想起她的票。要下车的时候，她去要票，被拒绝了。奥娜觉得售票员没有道理，于是她就跟他争辩起来，当然她说的话售票员一句也听不懂。警告了她几次之后，售票员摇动了车龄，奥娜急得哭了起来。在下一站，她下了车。由于身无分文，她只好一路冒着瓢泼大雨走到屠场。就这样，她浑身哆哆嗦嗦地在地下室里坐了一整天，晚上咬着牙，头昏脑涨、腰酸背痛地回到家。此后两周，她不得不忍受着巨大的痛苦，每天拖着身子去上班。女工头对奥娜更是变本加厉地严厉，她觉得奥娜对她怀恨在心，因为她没有给奥娜一天的婚假。而奥娜觉得女工头不喜欢看到她手下的女孩子们结婚——因为她长得又老又丑，没人肯娶她。

生活中这样的危机四处潜伏，而倒霉的又总是像他们这样的人。孩子们看上去不如在国内的时候健康，可是他们怎么能知道这房子根本没有下水设施，十五年来生活污水就排进了地下的化粪池？他们怎么能知道他们买的淡蓝色的牛奶掺了水，加了甲醛？在国内的时候，孩子生病了，伊莎贝塔大娘就去找草药给孩子服下去；现在，她只能到药店去买些药水，她怎么知道里面有没有掺假？他们能发现茶叶、咖啡、糖、面粉被做过手脚吗？豌豆罐头用硫酸铜染过色吗？果酱加了苯胺染料吗？即便知道，那又有什么用呢？方圆几英里的范围内根本买不到更好的东西。严酷的冬天就要到了，他们得攒钱添置些衣物和被褥，可是攒多少钱也没用，他们根本买不到保暖的东西。这里的商店卖的衣服都是伪劣产品，是用旧衣服被撕碎后的纤维纺成的布做成的。即便多花些钱，买回来的东西也只是看上去更花哨一些而已，或者是同样的东西，你只是做了冤大头。总之，无论如何你也买不到货真价实的东西。赛德韦拉斯有一个年轻的朋友，刚从国外回来，现在在阿什兰大街上的一家商店里做店员。他津津乐道地讲述了一个店主欺骗一个朴实的乡下人所用的花招。顾客想买一座闹钟，店主拿出两个看上去一模一样的闹钟让他选。店主告诉他其中一座闹钟的价格是一美元，另一座是一块七毛五。顾客问，这两座闹钟有什么区别吗？店主让他比较一下两座闹钟的铃声。结果，价格更高的那座闹钟的铃声要响亮得多。怎么回事？原来店主给其中的一座闹钟的发条只上了一半的劲儿，而另一座则上满了劲儿。顾客说自己睡觉睡得死，那就买更贵的吧！

有一位诗人曾咏道：

“他们的声音更加深沉，
他们的气质更加高贵。
他们的青春已经远去，
他们的烦恼已经消退。”

在诗中，诗人所指的烦恼不可能是由贫穷所带来的，因为贫穷的烦恼是那样无休止的凄苦和悲惨，它肮脏、卑琐、丑陋而又令人感到屈辱——它得不到一丝的尊重甚至怜悯。诗人一般不屑于这样的主题，描绘它的词汇不会见诸诗人的笔端——它的细节不会出自有教养的人之口。是啊！当你讲到家里到处是虱子、跳蚤，他们正忍受着烦恼、痛苦和屈辱，一家人正拼命地挣钱以摆脱这一切的时候，你能指望热爱高雅文学的人对他们产生同情吗？犹豫再三之后，他们决定花两毛五分钱买一大包灭虫药——还是专利产品呢！可是这药里百分之九十五的成分是石膏粉，成本也就值两分钱。当然，这药根本就不会有什么效果，只能使几只不幸的蟑螂吃了这东西然后又喝了水之后胃肠被熟石膏堵塞。

尤吉斯一家人怎么可能知道这些，即使知道也不可能花更多的钱买更管用的药。他们只能认了，只能在以后的日子里再多忍受一项烦恼。

还有老安东纳斯。冬天到了，在他工作的那个阴暗的、没有任何取暖设备的地下室里，一天从早到晚你都能看见自己的哈气，你的手指时常被冻僵。在这样的环境下干活，老人家的咳嗽日渐严重，后来干脆一声接一声，惹得周围的人好不反感。祸不单行，又一件可怕的事情发生了。原来，每天他的脚都泡在化学药品里，药品很快浸透了他的靴子。由于药品的腐蚀，他的脚开始疼痛，并且越来越严重。是由于他本身血液有问题，还是因为脚上的伤口，他无从知晓。于是他问了别人，得知这种情况很常见——是由于硝石的缘故。每个人，至少是干这个活儿的人，迟早都会发生这种情况，到后来人就彻底废了。这疼痛治不好——如果继续干下去，脚趾最后会脱落。可是老安东纳斯不想辞职，因为他不能眼睁睁地看着一家人受苦，他也清楚为了这份工作他付出了怎样的代价。于是，他把脚包了一下，一瘸一拐地继续干活，咳嗽不止，直到有一天突然垮掉，就像一部年久失修的马车。工友们把他抬到一块干爽的地面上，当晚两个人把他送回了家。可怜的老人被抬到床上，从此一病不起，尽管每天早晨他都挣扎着要起床。他躺在床上没日没夜地咳嗽，身体消瘦得像一具骷髅。最后，他瘦得骨头都突出来了——样子可怕得让人不敢看，甚至不敢想。有一天晚上，一阵呛咳之后，他的嘴角渗出一股殷红的鲜血。一家人吓坏了，急忙去叫医生，花了五毛钱之后，医生告诉他们老人家无药可救了。仁慈的医生并没有把病情告诉给他，因为他还一直坚定着信心明天或者后天自己会好起来，然后回去上班。公司派人捎来口信说给他保留了工作——很有可能是尤吉斯贿赂了负责的人，所以星期天下午才有人特意跑过来通知安东纳斯。安东纳斯老爹心里一直抱着希望，尽管此后他又咳了三次血，直到有一天早晨家人发现病床上的他已经身体僵硬、四肢冰凉了。当时的家境那么糟糕，所以他们只能删繁就简了，对此，伊莎贝塔大娘的心都快要碎了。他们只雇了一辆灵车，一辆让女人和孩子们乘坐的出租马车。尤吉斯现在的心眼儿也比以前灵多了，整个星期天他都在跟车主讨价还价，而且是当着证人的面，所以后来当他们索要各种附加费用的时候，尤吉斯一概拒绝支付。老安东纳斯·路德库斯和儿子在家乡的森林里一起生活了二十五年，就这样草草地送走了老父亲，他着实无法接受。所以，他只能把所有的心思都用在精打细算地筹备葬礼上，这让他无暇回忆往事，来不及感伤。

严酷的冬天扑面而来。在夏日的立陶宛森林里，枝丫交错，竞相攀爬，争取着一缕阳光的沐浴，而总有一些因得不到阳光而渐渐枯死。一阵狂风夹杂着暴雪袭来，这些脆弱的枝条被纷纷吹落。这自然界的景象同样体现在罐头镇的社会生活中。这里的人们每天都在穷苦中挣扎，每天都有成批的人死去。他们就像那些庞大机器上的齿轮，一年到头不停地运转。有一天机器需要维护了，于是那些破损到一定程度的齿轮就会被更换下来。流感和肺炎在人群中四处游荡，伺机进攻那些老弱病残的躯体；每年肺结核都会拖走一批人，作为它一年的收成。寒流、狂风、暴雪无情地考验着那些体弱气衰的人。终有一天，有些人经受不住这样的考验，掉队了。于是，你的位置被新手替代，没有关爱，没有惋惜。

每天都有数以千计的新手在等待着工作机会。每天从早到晚屠宰场的大门都被那些饥肠辘辘、身无分文的穷光蛋们围得水泄不通。每天早晨数千人争夺一个工作机会。他们日夜守候在那里，风雨无阻；每天天还没亮，离上工的时间还有一小时他们就守候在那里。有的人脸冻坏了，有的人是手和脚，也有的人更是周身没有一块好的地方——但是他们还是要来，因为他们没有别的地方可去。有一天，达拉谟在报纸上登了一则广告，招募两百人割冰。听到这一消息，无家可归、挨饿受冻的人们顶着漫天飞舞的大雪从方圆二百英里城区的各个角落拥来。头一天晚上，屠场区的收容所里挤满了八百人——横七竖八地躺在地上，就像雪橇；走廊里更是人挨人、人挤人，直到警察把大门关上，被挡在外面的人只能露宿街头。第二天，天还没亮达拉谟工厂就被三千人包围了，警方不得不出动大批后备警察来维持秩序、平息骚乱。厂方最后只挑选了二十个最强壮的人；原来广告上的“二百人”是印刷错误。

屠场以东四到五英里是一个湖，湖面上寒风凛冽。夜间气温降到零下十到二十摄氏度，清晨街道上积雪封门。工人们上工的路没铺路面，到处是深坑深沟。夏天，下大雨的时候，街道上的积水齐腰；冬天，天亮之前或者天黑以后走在这样的路上很是危险。为了抵御严寒，他们可以把家里所有能用上的东西都裹在身上，但是他们没有办法留住力气。很多人在跟风雪的搏斗中败下阵来，躺倒之后就再也起不来了。

男人们况且如此，女人和孩子们的处境就更不用说了。有些人会乘坐电车，当然前提是在电车营运的时候。但是，对于一个每小时只挣五分钱的人，就像小斯坦尼斯洛伐斯，你怎么肯花钱坐两英里的车呢！孩子们上工的时候都把耳朵用围巾包得严严的，你几乎辨认不出谁是谁——即使这样也还出事儿。一个二月份寒冷的早晨，跟斯坦尼斯洛伐斯一起看管猪油罐装机的那个小男孩儿迟到了一个小时，并且痛苦地喊叫着。别人帮他解开围巾，用手使劲儿地搓他的耳朵。因为耳朵已经冻僵，所以刚搓了两三下，耳朵就被搓断了。受了这件事的刺激，小斯坦尼斯洛伐斯对寒冷恐怖得要命，近乎癫狂。每天早晨一到上班的时间，他就吵着嚷着不肯去。一家人都不知如何是好，威胁于事无补，因为这种恐惧心理是他自己控制不了的，而且担心他会患上癫痫病。最后，大家决定让他跟尤吉斯一起上班，一起回家。路上雪深的时候，尤吉斯会把他扛在肩上，一路扛到目的地。有时尤吉斯会工作到很晚，而他工作的宰杀车间又没有空地儿让孩子等候，所以他只能蜷缩在门口或者宰杀台旁的一个角落里，要是打起盹儿来，冻得要死。

宰杀台没有取暖设备。整个冬天，室内和室外的气温并无两样。事实上，整个建筑很少有暖和的地方，除了烹饪以及类似的车间——可是在这样的车间里工作的工人们却冒着更大的危险，因为他们去另一个车间的时候必须经过冰冷的走廊，身上只穿着一件无袖的背心。在宰杀台上，你身上总是溅上牲畜的血液，在这么低的气温下血液很快会凝成冰。只要往柱子上一靠，你的身体就会被牢牢地粘在上面；手碰到刀片，一块皮就可能会留在上面。为了防冻，工人们会把报纸或者旧麻袋片儿之类的东西包在脚上，这些东西浸上血液之后就会冻成块儿，随着粘上的血越来越多，脚上的两个大坨子就会越来越大，到后来就像两只大象脚。偶尔趁工头不留意的时候，工人们会把脚伸进热气腾腾的牛膛里，或者跑到热水龙头前面用热水冲冲脚。最残酷的是，几乎所有的工人——持刀的人更是无一例外——都不得戴手套。这样，热气一遇冷就在胳膊上结上一层白霜，手会冻木，于是就会出事儿。空气中弥漫着热水或者热血冒出的蒸汽，对面五英尺远的地方你都看不清。在这种情况下，工人们按照一贯的节奏手忙脚乱地工作，而且手里还拿着像剃刀一样锋利的屠刀，杀死的人居然没有牲畜多，堪称奇迹。

这些风险他们倒是可以承受——只有一样，那就是吃饭成问题。有时，尤吉斯就在臭气熏天的车间里吃饭；有时，他也会像其他人一样跑到附近的酒馆儿里撮一顿。附近有数百家大大小小的酒馆儿，它们总是张开双臂欢迎工人们的光临。屠场西侧就是阿什兰大街，街道两侧各种酒吧鳞次栉比——人们称这条街为“威士忌路”；屠场的北边是四十七大街，每个街区都有五六家酒馆儿。两条大街的交会处有一“威士忌站”，占地大约十五到二十英亩，这里有一座胶水厂以及大约两百家酒吧。

在这些地方逛一逛，你总会找到一家中意的酒吧。“今日特别推出热豌豆汤加炖白菜。”“德国泡菜配法兰克福香肠。请进。”“豌豆汤配焖羊肉。欢迎光临。”这些招牌以及五花八门、让人垂涎欲滴的烹制方法都是用好几种语言印制的。店名更是各具特色：“家庭小聚”“温馨一隅”“炉边畅饮”“居家生活”“欢乐宫”

“仙境”“梦幻城堡”“爱的欢乐窝”。不管叫什么，它们都有一个共同的别称：“工会总部”。对工人，他们当然是热烈欢迎。无论走进哪家酒吧，你都会发现里边有一座温暖的火炉，炉边有一把椅子，一帮朋友围坐在一起，有说有笑。这些酒馆儿都有一个规定，那就是来这里必须喝酒。如果进来不想喝酒，你会被立马轰出去。走得稍慢一点儿，你的脑袋说不定就会被啤酒瓶子给开了瓢儿。不过，人人都知道这个规矩，只要进来没有人不喝酒。人们都觉得在这里喝酒还可以捡到便宜——你只要点一杯酒就可以，而且你还可以凭借这杯酒免费享受一顿热乎乎的饭菜。可实际上你不可能总是自己点一杯酒喝，因为很有可能朋友请了你之后，你也得请别人。有时，当你正跟朋友喝酒的时候，另一个人闯了进来，你也得邀请——对于一个干重活的人来说，多喝几杯并不是坏事。至少，喝了酒之后，回去上工的路上你不会再冻得哆哆嗦嗦的了。借着酒劲儿，干起活来你也会更有精神，原本极度枯燥、乏味的工作也会变得不那么折磨人。一边干活，一边想些事情，你也许会对自己的处境变得更乐观一些。不过，收工回家的路上，因为酒劲儿已过，你还会被冻得浑身发抖。这时你就想停下来，找个地方暖暖身子，当然酒馆儿是最理想的地方。酒馆里的饭菜热乎乎的，房间又暖和，所以你很晚才回家，甚至根本不回家。于是，你的妻子就出来找你。她也被冻得够呛，也许还有孩子，索性都喝点儿吧，就这样一家人同流合污了。屠场主更是推波助澜，他们给工人发支票，绝不发现金。在罐头镇，除了酒吧，你还能找到给工人兑现支票的地方吗？当然，要想让店主给你兑现支票，你总是要给人家一点好处的——那就常来喝酒吧。

尤吉斯跟那些人不一样，因为他有奥娜。中午他从来就只喝一杯酒，因此落得了个为人死板的名声，也不受酒吧老板的欢迎，经常被拒之门外，不得不一家一家地窜。晚上他会和奥娜、斯坦尼斯洛伐斯直接回家，一路上照顾他们，他也经常把奥娜送上电车。回到家以后，他还要跑几个街区远的地方去扛回一袋煤，一路冒着风雪，举步维艰。家并不是一个令人非常愿意待的地方——至少是这个冬天。家里只买了一座小小的炉子，在最冷的日子里连厨房那么大的一块地方也不够暖和。这就苦了伊莎贝塔大娘，还有不上学的孩子。晚上，一家人就挤在火炉旁，把饭碗放在大腿上吃晚饭。吃完晚饭，尤吉斯和乔纳斯各抽一斗烟，然后为了省煤就把炉子熄了，各自爬进被窝取暖。漫漫寒夜更是难熬。他们会穿着所有的衣服睡觉，包括大衣，还要盖上所有的被褥以及不穿的衣服。孩子们都钻进一个被窝，即使这样也不暖和。睡在外面的孩子会冻得发抖，哭着喊着爬过别人的身体往中间钻，这样一来，孩子们就会打成一团。这幢墙板漏风的破房子怎么能跟家乡的小屋相比！家乡的房子墙体很厚，内抹灰、外抹泥。这里的寒冷就像身边的幽灵，就像魔鬼进了家门。他们会在半夜醒来，眼前一片漆黑，有时会听到屋外魔鬼般的号叫，有时则是死一样的沉寂——这样更恐怖。他们感觉到寒冷就从墙上的裂缝爬进来，伸出冰冷的、要掏心抓肺一样的爪子。他们吓得退缩着、逃避着，可是逃不开。幽灵一步步逼近，逼近，在一片恐怖的黑暗中露出一副狰狞的面孔。那是一种荒蛮的、无边的力量，肆意蹂躏着被堕入混沌和毁灭的亡灵。这幽灵是那样的残暴，而他们又是那样的无助。他们绝望地喊叫着，可是没有人听得见，没有人来拯救，没有人表示一丝的同情。他们就这样挨到天亮，然后新的劳苦的一天又开始了。他们拖着日渐衰弱的身体，一步步走向命运的终点，然后突然有一天，一阵狂风刮过，又有几片枯叶被吹落。

第八章

即使在这样万物凋零的冬天，希望还是会在他们的心中萌芽。也就是在这个时候，玛丽娅经历了人生中的一次奇遇。

奇遇中的另一位主人公是拉小提琴的塔莫休斯·库斯列卡，不过他扮演的是一个受害者的角色。只要两个人在一起，他们就一定会成为人们嘲笑的对象，因为塔莫休斯瘦小枯干、弱不禁风；而玛丽娅强壮彪悍，一只手就能把他拎起来，夹在胳膊底下。也许正因为如此，玛丽娅才使他着迷，就凭她那精气神，就足以使他倾倒。在尤吉斯举行婚礼的那天晚上，塔莫休斯的眼神一刻也没离开过玛丽娅。后来，他发现她竟然有着一颗孩子般的心，也就不再害怕她的大嗓门儿和气势汹汹的样子了，而且每到周日下午，他就会来看她，这已经成了习惯。家里除了厨房没有别的地方可以招待客人。塔莫休斯坐在一家人当中，帽子夹在两膝之间，说话三言两语，而且还没等开口脸就先红起来了。最后尤吉斯拍拍他的背，很热忱地请求道："来吧，老兄，给咱们拉一支曲子吧。"每到这时，塔莫休斯的脸上顿时容光焕发，忙不迭地拽出小提琴，夹在下巴下面，然后就开始拉起来。他的灵魂深处霎时跃动起激情的火焰——两眼直勾勾地盯着玛丽娅的脸，盯得玛丽娅满脸通红，不得不低下头。这样做似乎有些过分。不过，他的琴声还真是动人，就连小孩子也会乖乖地坐着倾听，两眼出神，伊莎贝塔大娘更是感动得泪流满面。能够深入到一个天才的灵魂深处，分享他内心的快乐和痛苦，对一家人来说简直是荣幸。

他俩之间的友谊给玛丽娅带来的好处还有更多，而且更加实在。在一些正式场合，人们都要把塔莫休斯请过去演奏，报酬自然少不了。他更是各种聚会、节日活动上的常客。人们都知道好心肠的他只要来了肯定会带他的小提琴。于是，往往他一边演奏，众人一边跳舞。有一次，他壮着胆子邀请玛丽娅跟他一起参加一个聚会。令他大喜过望的是，玛丽娅居然答应了他——此后，无论去哪里，两个人总是成双成对儿。如果是自己的朋友搞什么庆祝活动，他也会邀请其他的家人。每次回来，玛丽娅都会给孩子们带回一大兜儿糕点，还有关于自己是如何享受美食的故事。在这样的聚会上，玛丽娅大部分时间都不得不坐在糕点桌旁，因为她只能跟女人或者老头跳舞。塔莫休斯性情冲动，嫉妒心强，所以每当有未婚的男士试图去搂抱玛丽娅那丰满的腰身的时候，乐队肯定会走调。

对于一个整日里辛勤劳作的人来说，周六晚上能有这样的放松机会也算是一个盼头。一家人太穷了，太辛劳了，根本不可能认识太多的人。在罐头镇，人们一般只认识自己的邻居和工友，所以这地方更像是一个由无数小村子组成的混居地。可是，现在家里居然多了一个可以让她走出去开开眼界的人。于是，一家人每周都有新的话题可以谈论：某某人穿得怎么样，干什么活，挣多少钱，跟谁谈恋爱；谁抛弃了情人；谁跟谁大打出手；谁和谁之间发生了什么事；谁打了老婆，把钱都买酒喝了，当掉了她所有的衣物。有些人对这样的话题可能不屑一顾，可是你要谈论的事情总该是你所知道的吧！

又是一个周六的夜晚，在参加完婚礼回来的路上，塔莫休斯鼓足了勇气，他把小提琴盒子往地上一放，向玛丽娅袒露了心声。玛丽娅激动得一下子抱住了他。第二天，她把这事告诉了家人，高兴得几乎哭了出来，因为她说塔莫休斯是一个可爱的人。以后，塔莫休斯不必再用小提琴向她示爱了，两个人就坐在厨房里，一坐就是几个小时，彼此幸福地拥抱着。一家人有一个不成文的规矩，那就是不去打扰厨房里的恋人。

他们计划着来年春天结婚。首先要做的是把阁楼修整一番，婚后他们就住在那里。塔莫休斯挣的钱不少，家人也正一点一点地把欠她的钱还给她，所以她应该很快就能攒够钱开始新的生活。可是，玛丽娅是个热心得近乎荒唐的人，她每周都会花很多钱去买一些她认为家人需要的东西。可以说，玛丽娅是一家人中的资本家，因为现在她已经成了一个熟练的油漆工，每刷好一百一十个罐头盒就能得到十四美分，而她每分钟就能刷两个以上。她手里的钱就像流水一样进进出出，而她的周围也总是能听到她的欢声笑语。

朋友们见了她会摇着头劝她悠着点儿花钱。一个人不可能总是走运，意外随时可能发生。可是玛丽娅还是不管不顾地花钱，不断地计划着、梦想着家里应该拥有的一切。正因为如此，当危机真正到来的时候，她一下子陷入了恐慌之中。

原来，她工作的那家罐头厂突然倒闭了！对于玛丽娅，这打击无异于晴天霹雳——在她眼中，那林立的厂房就像是一座座星球，亘久不动。可是现在工厂竟然倒闭了！厂方没有给出任何的解释，甚至没有提前一天的预告。周六他们贴出一张通知，说所有员工的工资都在下午结清，然后停工，至少要一个月！就这样寥寥几个字——她的工作没了！

玛丽娅想问个究竟，姑娘们说因为假期已过，所以现在是罐头消费淡季。过一段时间，工厂也许会复工，但也只是半天，不过这是说不定的事——据传，工厂要一直关到盛夏。现在看，前景真的不容乐观，因为库房里的搬运工说现在存货已经堆到了天花板，如果继续生产就没有地方可放了。搬运工已经被辞掉了四分之三，这是一个更令人担忧的迹象，说明厂子接不到订单了。姑娘们愤愤不平，说这简直就是一场骗局。每周能挣十二到十四块钱，你都要乐疯了。每月的收入除去开销，还会有一半的结余。可是，失业的时候你又会把这些积蓄全部花光。这样平均下来，每个月实际上的工资就只有原来的一半。

玛丽娅回家了。她是一个一闲下来就会发脾气的人，所以她先把家彻底地清扫了一遍，然后就出去找工作了，以填补这段空闲。由于几乎所有的罐头厂都停产了，所以姑娘们都在四处找工作，结果可想而知。于是她又盯上了商店、酒吧之类的地方，结果同样两手空空。后来她甚至跑到了遥远的湖滨区，那里生活的都是富人，住着豪宅。她乞求人们给她一个不需要讲英语的工作。

在宰杀台上工作的男人们也同样受到了经济萧条的影响，不过影响的方式不同。这次的经历使尤吉斯彻底看清了他们所遭受的各种苦难。这些大屠宰场不像罐头厂那样裁员、停工。他们的做法是缩短工时。以前，他们总是要求工人七点钟准时出现在宰杀台上，尽管在围栏里的收购员开始工作、把牛赶上栈桥之前，几乎没什么活可干。一般是在上午十点或者十一点，工人们才开始忙碌起来。这就够糟的了。可是在生产淡季，工人们要等到午后才有活干。在此之前，他们只好在气温零下二十摄氏度的车间里跑来跑去，彼此嘻嘻哈哈，以此来暖和身体。可是到了一天要结束的时候，他们已经冻得透心凉了，而且疲惫不堪。偏偏这时候牛来了，工人的身体也冻僵了，干起活来疼得要命。他们一下子忙碌起来，于是该死的“追命赛”又开始了。

有时，一连几个星期尤吉斯就这样干完一天活回到家里，而记工簿上只记了两个小时的工——三毛五分钱。有时，一连很多天工时还不到半个小时，而有时一分钟也没有。平均下来，每天的工时是六个小时，这意味着尤吉斯一周的工资是六美元。这六个小时有时从下午一点算起，有时是三点，甚至四点，在此之前站在宰杀台上没活干的时间不算。往往到了一天要结束的时候突然涌进来一批牛，下班之前工人们必须把这些牛处理掉。他们挑灯夜战，直到九点、十点、十二点，有时甚至到第二天子夜一点，其间连吃一口晚饭的时间都没有。工人们受牛的支配，牛受收购员的支配。收购员把收牛的时间推得这么晚是为了压价——他们不急于收购，让贩牛人着急，这样他们就能把价格压下来。不知道什么原因屠场区里的饲料价格比市场价高出很多，而又不允许贩牛人自带饲料！由于冰雪封道，运牛的火车一般很晚才到达。屠场主当晚以较低的价格把牛买下来，然后按照一成不变的定律当晚把牛宰杀完毕。关于这一定律，劳资双方曾有过无数次的谈判，结果都是资方胜出，无一例外。平安夜尤吉斯一直工作到子夜一点，而第二天圣诞节早晨七点钟他又准时出现在宰杀台上。

这种做法真是够狠，不过还有更狠的。一个男人拼命地干活，而得到的报酬只是应得的一部分。以前就有人跟他讲过这些大企业的种种骗人伎俩，对此他总是一笑置之，根本不相信。现在他终于体会到了这样一个极具讽刺的现实；企业正是凭借自己的规模来欺诈员工的，而且受不到任何规制。宰杀台上有一条惩罚制度：员工迟到一分钟，工时就被扣除一小时。这一制度当然也是从经济角度考虑的：这一小时剩下的时间你还得工作，你不可能站在那里等着这一小时过去。可是，如果你提前上工，你也得不到额外的报酬——尽管工头经常在铃声响起十到十五分钟之前就开始催促工人干活。这一制度在一天之中任何时候都适用。只要工作不到一个小时——“零碎时间”，你就得不到这部分的报酬。你可能工作了整整五十分钟，然后就再也没有活了，那么这五十分钟的活就等于白干。这样一来，围绕收工的时间工头和工人之间每天都要展开一场博弈，前者一再催促，后者一拖再拖。尤吉斯认为问题出在工头身上，不过人们告诉他这并不都是工头的错——毕竟他们也受到屠场主的逼迫。所以，当某一工头负责的工作进度落后于标准进度时，他就会鼓动手下的工人们加油，说这是“为教会而加油”。这是工头们发明的损招儿，开始的时候尤吉斯并不明白其阴损之处，后经别人一解释，他才恍然大悟。琼斯那老家伙更是精于此道，每当他们做一些不光彩的事儿时，他们就会互相挤眉弄眼地调侃：“我们是在为教会工作!”

经历了这一切不公正待遇之后，再听到人们谈论关于争取权利之类的话题的时候，尤吉斯已经不再感到困惑了。他感觉到自己现在就在争取。当那位屠夫帮手工会的爱尔兰代表再次找到他的时候，他的态度已经完全转变了。那个人说，只要团结起来，他们也许有可能战胜屠场主！现在听起来，这个想法真是太美妙了。尤吉斯心想，是谁最先想到了这个好主意，可真了不起。那人告诉他，这不算什么，这事在美国太常见了。这时，他对“自由的国度”这一说法的含义产生了一丝模糊的认识。那人继续解释，只有大家都加入并拥护这个组织，它才能够发挥作用。听了这话之后，尤吉斯表示愿意尽自己的一份力。在接下来不到一个月的时间里，家里所有工作的人都领到了工会会员证，并在衣服上最醒目的位置别上了会员徽章，好不神气。整整一周，一家人喜气洋洋，因为他们觉得入了工会就意味着所有的烦恼都烟消云散了。

可是加入工会仅仅十天之后，玛丽娅所在的罐头厂就倒闭了，一家人因此受到了沉重的打击。他们不明白工会为什么不能阻止事情的发生。第一次参加工会的集会，玛丽娅就站起来做了关于这一问题的发言。这是一次事务性会议，会议语言又是英语。不过这并不妨碍玛丽娅用立陶宛语讲话，她是在倾吐自己的心声。主持人的锤子在不停地敲打以给她提醒，与会者集体起哄，这都挡不住她。她不是在自倒苦水，她抨击的是整个社会的不公，屠场主的冷酷，以及世界的无情。整个工会大厅都在回响着她那愤怒的声音。讲完之后，她坐了下来，热得不住地扇风。

会议恢复了秩序，接下来讨论的是关于选举书记员的议题。

尤吉斯第一次参加工会集会的时候也经历不凡，不过那不是他自找的。去的时候，他就想着找个不显眼的角落坐下，静静地观察。可是，正是这种静默的态度和专注的神情使他看起来与众不同。汤米·芬尼根是个矮个子爱尔兰人，大眼珠子，一副凶悍样，说话的声音像破锣。他是开起重机的。很久很久以前，他有过一段传奇的经历，到现在他还深受影响。他逢人便讲起这段经历，寻求理解。如果你不幸成了他倾诉的对象，那你就惨了。他会拽住你的纽扣，脸越凑越近，着实令人不舒服，因为他的牙长得实在丑陋。尤吉斯倒是不在乎这些，他只是感到害怕，因为他跟尤吉斯谈的主题是如何运用超灵，他想知道尤吉斯是否认为我们所熟悉的事物的相似表象如果从更高角度来看会变得不可捉摸。无疑，事物的发展过程充满了神秘的变数。芬尼根先生接着讲起了自己的认知。“你跟鬼魂打过交道吗?”他用探询的眼神看着尤吉斯，尤吉斯不住地摇头。“没关系，没关系，”他继续唠叨着，“但是鬼魂肯定会在你身上实施影响。我告诉你这是真的。在鬼魂出没的地方你受到的影响最大。从年轻的时候起，我就注定要跟鬼魂打交道。”汤米·芬尼根还在继续阐述着自己的那一套哲学思想，而尤吉斯的额头早已渗出了大滴大滴的汗珠，他感到局促不安。最后终于有人过来了，看他那副窘样，那人只好替他解围。又过了好一阵子，才有人向他解释了芬尼根的话。整个晚上，他就在房间里东躲西藏，唯恐再次被芬尼根给抓住。

每次工会开会他都参加。现在他已经学会了一些英文单词，朋友们也会向他做些解释。这些会议通常都是乱哄哄的，五六个人同时慷慨陈词，而且操着不同的方言。不过演讲的人个个表情庄重而热切，尤吉斯的内心也涌动着激情，因为他明白一场斗争即将爆发，而且是关乎自己利益的斗争。自从梦想破灭以来，尤吉斯发过誓不再相信任何人，除了家人。可是现在他又找到了一些同样受苦受难的哥们儿和战友。他们唯一的希望就是团结起来去斗争，这斗争无异于一次十字军东征。尤吉斯一直是一个宗教信徒，因为他觉得那是天经地义的事。可是，教会从来没有令他激动过——他认为只有女人才真的相信上帝会拯救他们。现在，他接受了一门新的宗教——这宗教令他感动，这宗教牵动他每一根神经，他带着一个虔诚信徒所有的激情和狂热去四处传播他的信仰。在这里，很多立陶宛人都没有加入工会，于是他就在这些人中间四处游说，费尽了口舌，试图把他们引向正路。有时候，他们会抵触，拒绝接受他的教化，而尤吉斯每每会失去耐心！唉！难道他忘了不久前自己不也还是个盲人吗？不过，这也怪不得他，当初的十字军正是以武力的方式来传播博爱的福音的。

第九章

自从加入了工会，尤吉斯的身上发生了巨大的变化，其中之一就是他有了学英语的愿望。他想知道集会上所发生的事，他也想参与。于是他开始留意身边的一切，偶尔记住几个单词。上学的孩子们学得更快，他们经常教他一些，一个朋友借给他一本书，上面有些英文，奥娜经常给他读。这时，尤吉斯就会惭愧自己不识字。后来到了冬天，有人告诉他有一所夜校，可以免费上学。他去报了名。以后，每天晚上，只要下班还有时间，他就赶去上课，哪怕只有半个小时的时间。学校教学员读英语、说英语，只要有时间，你还能学到其他的东西。

工会给他带来的另一个大的变化是，他开始关注国家大事了。他的思想里萌发了民主意识。工会就是一个小的国家，一个微型的共和国。工会的事就是每一个人的事，每个人都有发言权。换言之，在工会里，尤吉斯学会了谈论政治。在家乡，没有什么政治可言——在俄罗斯，政府被看作是像雷电和冰雹一样的天灾，老百姓对政府的所作所为是没有任何能力和权利去干预的。那些饱经风霜的老农经常会对着你的耳朵谆谆告诫："忍一忍吧，小老弟，忍一忍吧。一切都会过去的。"刚到美国的时候，尤吉斯以为天下乌鸦一般黑。他只听说美国是一个自由的国度，可是他不理解其中的含义。他发现，这里跟俄罗斯没什么两样，富人拥有一切。如果找不到工作，难道你不得同样挨饿受冻吗？

尤吉斯在布朗公司工作了三个星期后的一天中午，一个值夜班的人找到他，问他想不想拿着那些移民文件去申请成为美国公民。尤吉斯不明白这么做有什么意义，于是那人给他解释了公民的种种权利。首先，你不需要交纳任何费用。另外，你还可以休半天假，工资照发。而且，一到选举的时候，你还可以去投票——投票也会有好处。这些好处，尤吉斯自然乐于接受。于是，那个人跟工头耳语了两句，工头就给了尤吉斯半天假。我们都知道，原来结婚的时候，他想请一天假，结果被拒绝。现在，他竟然可以休假半天，而且工资照发，天知道到底是什么样的力量带来了这样的奇迹！他跟着那人走了，同时跟他一起走的还有其他几个新来的移民，有波兰人、立陶宛人，还有斯洛伐克人。他们来到外面，那里有一辆四匹马拉的大马车正在等候，车里已经坐上了十五到二十人。这是一个游览市容的大好机会。一车人兴高采烈，一边谈笑风生，一边喝着从公司带出来的啤酒。他们来到闹市区，然后在一座雄伟的花岗岩建筑前停下。来到里面，他们见到了一位官员。官员已经准备好了各种文件，他们只要在上面签上名字就可以了。之后，他们轮流宣誓，讲的话自己都听不懂。最后，每个人都拿到了一本装饰考究的证件，上面盖着一枚红色的大印章，还有美国的国徽。就这样，他们都成了美利坚合众国的公民，可以和总统平起平坐的公民。

一两个月过后，尤吉斯又遇到了那个值夜班的人，他告诉尤吉斯去哪里进行选民登记。最后，选举日到了，各工厂都贴出了告示：参加投票的人可以推迟到上午九点再上班。当天晚上，那人领着尤吉斯和经他办理加入美国国籍的一群其他人来到一家酒吧的后室，告诉他们在哪儿画票，怎样画票，去哪儿投票，并给了每个人两美元。之后，他领着一行人来到投票站。有一名警察在一旁监督，确保选民按照规定的程序投票。尤吉斯觉得自己真是走运，于是得意扬扬地回到家。可是到了家之后，乔纳斯却告诉尤吉斯，他在投票的时候把领头的叫到了一边，秘密地对那人说，如果能给四块钱的话，他就投三次，而对方竟然接受了他的提议。

现在，工会里的人向他解释了其中的奥秘。原来，美国跟俄罗斯不同的地方在于：政府是在民主体制下建立起来的，在政府里供职的那些贪官污吏都是经过选举产生的。在美国有两大敌对政治阵营，被称为政党，其中在选举中赢得多数选票的政党执政。有时两大政党在选举中的得票数非常接近，这时穷人就被派上了用场。在屠场区，这样的情况只发生在全国大选和州选举的时候。而在地方选举中，民主党总会大获全胜。因此，这一地区现在的实际统治者就是一个民主党头目，一个叫麦克·斯库里的小个子爱尔兰人。他在州政府里官居要职，甚至芝加哥市长都要受他的支配。据说，屠场区就像是他衣兜里的玩物，而他自己也的确张狂地说过这样的话。他是一个富得流油的爱尔兰人——这里发生的所有黑金事件几乎都与他有关。比如，尤吉斯和奥娜刚来的时候看到的那个大垃圾坑就是他的。不仅如此，他还拥有那家砖厂。他就地取土烧砖，然后让城市垃圾运过来，填到坑里，再用砖盖房子卖。他把砖卖给城里，价格由他说了算，而且买家还得自备运输车辆。另外，他也拥有附近的另一个大坑，就是那个一潭死水的湖。而原来割冰、卖冰的就是他。据传，他用的坑里的水根本不用交税，他建的冰窖也是用公家的材料，一分钱也没花。报社了解到这一情况后，对这些事进行了报道，一时间丑闻满天飞。可是，斯库里买通了一个人，这人把一切责任都揽到自己头上，然后不知去向。据说，砖窑也是这样建起来的，工人的工资由市政府发放。要想从知情人那里挖到这些内幕并不容易，因为人们想的都是事不关己，明哲保身，更何况斯库里是这里的一个可以依附的大人物呢。只要他给你写张条子，你可以随时在屠场区找到工作。他手下雇了一大帮人，每天为他工作八个小时，报酬颇丰。因此他结交了很多朋友——都是“战地杀声同盟”的成员，他们的会所就在屠场区的边上。那是全芝加哥最大的一家俱乐部。在这里每每有拳击比赛上演，有时也会有斗鸡赛、斗狗赛。这一地区的警察也都是这一俱乐部的成员，他们来这里的目的不是为了取缔赌场、清剿参赌人员，而是负责卖票。带领尤吉斯去办理申请公民手续的那个人就是这些“印第安人”之一，这是外人对他们的叫法。一到选举日，这些人成帮结队地出动，兜里揣着大把的钞票，流窜于各个酒吧之间。这时各家酒吧都免费提供酒水，因为酒吧的老板也都是“印第安人”。他们对斯库里都是言听计从，如果得罪了他，你就别指望在星期天营业，也不敢经营赌博活动。同样，消防队里的所有人也都受他支配，屠场区里所有的腐败行为都是由他一手策划的。目前，他正在阿什兰大街兴建一个居住小区，为他监工的人竟然是来自市政部门的检查下水设施的官员，他当然是吃财政的俸禄的。检查自来水设施的官员已经死了一年多了，可是到现在还有人在领取他的那份工资。视察人行道的官员是一个酒吧老板，他所经营的酒吧叫“战地杀声酒吧”——他能让任何不听斯库里话的商人难受。

有人说，即使是那些屠场主也要敬他三分。人们愿意相信这是真的，因为斯库里似乎站在人民一边，尤其是当选举日临近的时候，他总是这样自我标榜。屠场主们想在阿什兰大街建一座天桥，如果不是因为斯库里出面，天桥根本建不起来。同样还有“泡泡河”。市里要求屠场主们把它给填平，也是由于斯库里求情，这事后来就不了了之了。“泡泡河”是芝加哥河的一条支流，是屠场区和南部地区的分界线。占地一平方英里的屠场区所排放的污水都流进了这条河。由于污染严重，它实际上已经成了一条一二百英尺宽的开放的下水道。一条长长的河汊已经被淤死，污染物只要排进来就流不出去。各种油脂、化学品搅和在一起，发生着奇怪的化学反应，整天汩汩地冒着气泡，“泡泡河”因此得名。虽是一潭死水，河面却不停地涌动，里面好像有大鱼或者传说中的水怪在游动。那些碳酸气泡涨到河面上，然后炸开，形成一个个巨大的圆圈儿。有些地方，油污已经凝成了硬块儿，整条河看上去就像火山喷发过后形成的岩床。鸡鸭在上面觅食，很多次粗心的人想从上面经过，可是一踏上去人就不见了。屠场主们就这样听之任之，只是偶尔河面上的油污会着火，而且火势很旺，消防部门不得不过来灭火。一次，一个有头脑的人划着一艘平底船在河面上收集污秽，想提炼猪油。屠场主们受到了启发，他们想自己收集，于是出面干涉。“泡泡河”堤岸上淤积了厚厚一层猪毛，屠场主们也把它收回来，清洗干净，然后再利用。

据传，还有比这更离奇的事情。屠场主们都私建了秘密输水管道，他们通过这些管道盗用自来水，总量达数十亿加仑之巨。报纸上充斥着这样的丑闻——有关部门也进行过调查，并且查明了事实真相。可是没有人因此而受到惩罚，而且盗用自来水的行为还在继续。还有该死的肉类食品加工行业。在这个行业，恐怖事件更是层出不穷。芝加哥市民经常看到联邦政府稽查人员在罐头镇检查工作，于是他们就想当然地认为可以放心地食用各种肉制品，不必担心病死牲畜肉了。可是他们哪里知道，那一百三十六名稽查人员全都是由屠场主们举荐而任命的。他们受雇于美国联邦政府，职责是确保病死畜肉不流出州外。他们的权力仅限于此。市内以及州内所售畜肉的检验检疫完全由罐头镇上的三位稽查人员负责，而这三个人全是当地政治势力的附庸。

（《牲畜及其制品检验条例》

美国农业部畜牧局第一二五号令：

第一项：凡从事牛、羊、猪屠宰行业的业主以及相关罐头生产、包装、炼油等企业，如果进行州际或国际贸易，其牲畜及其制品应经过农业部检验……

第二项：一切不合格、不适宜食用之牲畜，业主应立即将其与已经验明无病、适于食用的畜群中隔离开来，按照所在州或市的行政法规进行处理……

第二十五项：如进口国家要求检验猪肉制品是否患有旋毛虫病，相关企业在出口前应进行显微镜检验。州际猪肉贸易无须此项检验，此项检验仅限于国际贸易。）

这三位稽查人员中有一位医生。有一次，他发现被联邦政府稽查人员检测出患有结核病、肉中含有致命毒素肉毒胺的公牛畜体就堆放在露天站台上，准备销往市内。于是，他坚持让场方往畜体上注射煤油，结果不出一周他就接到了解雇的通知！被惹怒了的屠场主们还不肯就此罢休，他们迫使市长撤销了整个检验检疫局。自此，没有人再敢对屠场主们的罪恶行径进行哪怕是表面上的干涉。据说，他们每周能够从患有结核病的公牛身上赚取两千块钱的利润，同样他们也能够在因患霍乱而死在火车上的猪身上获得同样的利润。每天，你都能看到一辆辆货柜车满载着这类畜肉开往印第安纳州一个叫“地球”的地方，他们在那里生产精炼猪油。

被迫参与这些勾当的工人们经常坐在一起闲聊，从他们的嘴里尤吉斯渐渐了解了这些情况。每当遇到一个来自新的部门的人，你就会听到一些有关欺诈和犯罪的新花样。比如说，有一个立陶宛人在玛丽娅曾经工作过的那个厂子里做宰牛工，这个厂子专门生产牛肉罐头。听他描述厂子里的牲畜无异于读一部但丁或者佐拉的作品。他们好像在全国各地都设了代理机构，专门搜罗老弱病残的牲畜，运回来宰杀，生产罐头。有些牛是用酿酒厂的废料“威士忌麦芽”饲养的，这种牛被称为“阉牛”，意思是浑身长满了脓包。宰杀这样的牛可是一个恶心活儿，一刀下去，一股黏糊糊、恶臭的脓水喷出来，溅到脸上。袖子上、手上沾满了脓水、血水，怎么去擦脸和眼睛？所谓的“五香牛肉罐头”正是用这样的牛肉做的，被这样的罐头毒死的美国士兵不知道比死于西班牙人枪口下的士兵多多少倍。不仅如此，军需罐头都是过期产品，不知道在仓库里积压了多少年。

一个周日的晚上，尤吉斯坐在厨房的火炉旁，一边吸烟斗一边跟乔纳斯介绍给他的一个老伙计闲聊。那人在达拉谟公司的罐头厂工作，尤吉斯因此了解了一些关于达拉谟公司罐头食品的生产内幕，要知道他们生产的罐头在国内可是响当当的产品。达拉谟公司有一些能够点石成金的能人。他们在广告上大肆宣传一种蘑菇酱，可是生产这种蘑菇酱的人竟然不知道他们所用的原料蘑菇长什么样。他们的“鸡肉酱”里的汤汁就像是通俗小报上所描绘的寄宿旅馆里提供的菜汤，也许只有一只穿着橡胶鞋的鸡在里边蹚了一下。也许，他们有一种用化学方法生产鸡汤的秘方——天知道！鸡肉酱里的固态物质就是内脏、肥猪肉、牛板油、牛心，以及其他杂七杂八的东西的混合物。他们把这些东西分成若干等级，以不同的价格出售。可是，这些东西都是从同一个出料口出来的。此外还有“野味酱”“松鸡酱”“火腿酱”，以及“辣味火腿酱”——工人们称之为“粪味火腿酱”。它是用熏牛肉的小得无法用机器切片的零碎做的，里边还掺杂着用化学颜料着色的肠子肚子、火腿和腌牛肉的残渣、带皮的土豆以及割掉舌头之后剩下的牛喉管之类的东西。他们把所有这些东西独具匠心地掺和在一起，然后加进香料，品尝起来味道还不错。那人还向尤吉斯透露，任何人只要能发明出一种造假的办法都会得到老达拉谟的重赏。不过，要想弄出什么新花样来实在不是一件容易的事，因为达拉谟公司有太多的能工巧匠，他们一直以来都在为创新而绞尽脑汁。他们希望自己饲养的牛患上结核病，因为这样的牛上膘快；他们把全国各地杂货店里卖不出去、已经发臭变酸的黄油都买回来，然后往里边压入氧气使其氧化，去除异味，再搅拌进脱脂牛奶，最后做成块状黄油在城市里销售！一两年以前，杀马在屠场里司空见惯——他们对外宣称做肥料，可是民众议论纷纷，最后报纸终于揭开了真相，原来他们也用马肉做罐头。现在，在罐头镇杀马是违法的，而且这条法律也得到了严格的遵守，至少目前这是事实。不过，你每天都能在屠场里看到一些犄角尖尖、身上的毛粗浓杂乱的动物和绵羊混在一起。可是，公众怎能相信他们买的羔羊肉、绵羊肉里有很大一部分是山羊肉呢！

在屠场里，你还能收集到另外一些让人心惊肉跳的数据——工人们所遭受的种种苦难。当初尤吉斯跟着赛德韦拉斯参观屠场的时候，当他听说从畜体身上能够生产出那么多五花八门的产品，各屠场还拥有那么多的小企业，他感到十分惊奇。可是现在，他发现这些小企业也跟它们的原料供应地宰杀台一样都是一个个独立的人间地狱。每个企业里工作的工人都染上了不同的职业病。游客们可能怀疑那些欺骗、造假丑闻，但是他们不能不相信工人们所遭受的苦难，因为他们身上随处可见罪恶的证据——只要他们把手伸出来让你看一看，你就不得不相信自己的眼睛。

比如说，在老安东纳斯病死的那个酱肉车间，随便找到一个工人，你都会在他身上发现几处可怕的伤疤。在这个酱肉车间，推车的工人只要擦伤手指上的一点皮，伤口就可能使他丧命，手指上的关节在酸性物质的腐蚀下会一个个地烂掉。在宰杀工、剥皮工、剔骨工、剔肉工，以及所有其他用刀的工种中，你几乎找不到一个手上有完好拇指的人，他们的拇指一次次地被刀砍伤，最后只剩下了一块肉团，勉强能夹住刀柄。他们的手上布满横七竖八的刀疤，让你简直数不过来，更无法弄清它们的来历。剥皮的工人全都没了指甲，手指上的关节肿大，手掌伸开来就像一把扇子。在烹饪车间，蒸汽弥漫，臭气熏天，光线迷蒙，在这里结核病菌可以存活两年，可是每个小时都有大量新的病菌繁殖出来。还有搬运工，他们把两百磅重的牛肉半子扛到冷藏车上，这可是一个可怕的工种，他们早晨四点钟就上工，不出几年就会把人累垮，哪怕是那些最强壮的工人。在冷库里，最常见的疾病是风湿，据说在这里工作时间最长的工人不超过五年。至于拔毛工，他们的遭遇就更惨，他们的手比酱肉车间工人的手更快地残废掉，因为羊皮上涂了一层酸性物质使羊毛变得松动，工人们光着手拔羊毛，久而久之酸性物质把他们的手指都腐蚀掉了。制罐工人的手上也是伤痕累累，每次受伤都会引起血液中毒。操作印压机的工人不得不跟上机器的运转节奏，时间一长工人们免不了被机器弄得晕头转向，一不留神手就会被切掉一块。还有所谓的“起重工”，他们的职责是用杠杆撬起地面的死牛。他们在一根横梁上来回跑动，透过潮湿的蒸汽吃力地往下看。当初老达拉谟公司的设计师们在设计宰杀车间的时候并没有考虑到起重工们的便利，每跑几步他们就要把身子伏在比踩在脚下的那根横梁高四英尺的另一根横杆上，这样他们就养成了弯腰的习惯，几年之后他们走起路来就像黑猩猩一样。不过，最倒霉的要算是肥料厂和烹饪车间里的工人。这些工人是不能给参观者看的——肥料工人身上的臭味会熏跑一百码以外的参观者。在炼油车间，蒸汽缭绕，有些炼油灌的罐口跟地面齐平，时不时会有工人掉进油罐里，当他们被捞出来的时候已经死无全尸了——有时工人掉进油罐里几天没有人发现，最后只剩下了骨头，身体其余的部分早已经被炼成达拉谟公司的上等猪油了！

第十章

前半冬，一家人所挣的钱还足以让他们填饱肚子，甚至还有少许的盈余用来还债。可是后来随着尤吉斯的收入从每周九到十美元下降到五六美元，一个月下来一家人就再也剩不下什么钱了。冬去春来，一家人还是过着朝不保夕的日子，一个月不挣钱他们就得饿死。玛丽娅感到了深深的绝望，她听不到任何罐头厂要复工的消息，她的积蓄也已经花得精光，她不得不打消结婚的念头。没有她一家人更是无法过活，可是她很快就会给一家人带来更大的负担，因为她已经花光了积蓄，家里不得不以提供免费食宿的方式来偿还欠她的钱。夜里，尤吉斯、奥娜和伊莎贝塔大娘经常坐在一起长吁短叹，挖空心思地想着各种如何不被饿死的出路。

这就是他们的生活状况，没有片刻的安宁，没有一时不被钱所困扰。他们刚刚走出一个困境——由于发生了奇迹，一座新的大山又挡在了他们的面前。他们所经历的不仅仅是物质上的困难，还有持续的精神压力。他们日日夜夜感受着恐慌，从没有片刻的放松。这简直不叫生活，甚至算不上生存，他们觉得付出的太多，而得到的太少。他们并不抱怨付出，可是他们想不通的是：一个人已经付出了最大的努力，为什么还难以活命呢？

一家人感觉到要买的东西以及种种预料不到的开销没完没了。有一次，自来水管冻裂了，由于无知，他们竟然把冰给化开了，结果家里发了洪水。当时男人们都不在家，可怜的伊莎贝塔大娘跑到大街上喊人帮忙，因为她不知道洪水能不能止住，这个家能不能因此被毁掉。事实上，这次灾难真的几乎毁了他们：水管工人的收费是每小时七十五美分，还要支付同样的费用给站在一旁观看的那个人，时间从他们进门算起，到离开为止，材料及附件额外收费。还有，在他们去交一月份房款的时候，代理人问他们有没有给房子上保险，这一问吓了他们一跳。经过询问他们才知道，当初的契约上有这样一条：刚买的房子有保险期，过了保险期，房主要给房子上保险，保值一千美元。现在，保险期还有几天就到了。这件事无疑又给了伊莎贝塔大娘当头一棒。她问保费是多少，那人回答是七美元。当晚，尤吉斯气势汹汹地找到代理人，要他一次说明白所有要交的费用。他带着他所学到的新的生活方式所惯用的嘲弄口吻说，既然契约已经签了，代理人继续隐瞒什么也不会有任何好处。尤吉斯直视着代理人的眼睛，他二话没说，当即给尤吉斯重读了一遍契约。这回，尤吉斯终于清楚了与房子相关的全部费用，包括每年续交一次保险费；每年交一次税费，大约十块钱；每年交大约六块钱的水费（尤吉斯暗下决心，关掉水龙头）。除了每月的本金加利息，要交的费用就这些了——当然，如果市政决定修下水道，或者铺人行道，你还得额外交费。代理人是这么说的，不管需不需要，只要市里决定这么做，你就必须承担相关费用。修下水道的费用是二十二块钱，人行道如果是木质的十五块钱，水泥的二十五块钱。

尤吉斯回到家，了解到这些情况对他来说是一种解脱。至少，如果再有什么新的费用摊派下来，他不会再感到震惊。现在他终于看清了他们是如何被盘剥的。但是他们已经深陷其中，没有退路。他们只能坚持下去，战斗下去，并取得胜利——失败是不可想象的。

春天到了，他们终于逃出了可怕的寒冷。这对他们来说无疑是天赐福音，不过更令他们感到解脱的是他们不必再花钱买煤了——可是就在这个时候，玛丽娅交不上食宿费了。天气倒是暖和了，可是新的麻烦又来了。他们发现，每个季节有每个季节的烦心事。春天里，天总是下着冷雨，街上到处是水沟、水泡子。泥浆会淹没车轴，车只要陷进去，六匹马也别想把它拉出来。当然，走在这样的路上去上班，你就别想干着脚。对于这样的天气，穿着破衣破鞋的男人们都感到心里发怵，更何况女人和孩子。盛夏，酷热难当，达拉谟公司的宰杀车间简直成了炼狱。有一次，一天之内就有三个工人中暑死了。一天到晚，地面上血流成河，热气蒸腾，头上烈日炎炎，室内没有一丝风，臭气熏天。在这样的环境下干苦力，谁能受得了！几十年沉积下来的臭味在热浪中被蒸发出来——车间的墙壁、梁柱多年来从来没有清洗过，上面结成厚厚的一层尘垢。宰杀台上的工人身上也是臭味扑鼻，五十英尺以外的地方都能闻到。在这样肮脏的环境下摸爬滚打地干活还谈何体面，即使是那些最讲究的人最后也不得不甘于邋遢了。车间里连洗手的地方都找不到，他们不得不用沾满牛血的手捧着饭盒吃饭，饭菜和牛血一起吃下。干活儿的时候，他们也顾不上洗脸——跟新生的婴儿一样无助。这事听起来好像微不足道，可是当你汗流浃背地干活儿的时候，身上会痒得要命，如果再有苍蝇来捣乱，那种折磨就像火烧火燎的一样。不知道是由于屠宰场本身的缘故，还是因为附近的垃圾坑，在炎热的夏季，罐头镇上空总是黑压压的一片埃及瘟蝇，遮天蔽日。那情景简直无法描述——房间里也总是黑压压的一片，让你无处藏身。即使安上纱窗纱门，你也能听到苍蝇在外面像蜜蜂一样嗡嗡叫，而且你一打开门，它们就会涌进来，好像是一阵风把它们吹进来似的。

一提到夏天，人们自然会想到田园风光，绿油油的草地、连绵起伏的山峦和波光粼粼的湖水。可是在屠场区，人们根本想不到这些。庞大的屠宰设备整日里隆隆作响，跟田野一点儿不沾边。无论男女老少，他们都是这庞大机器的一部分，从来看不到绿色，哪怕是一朵花儿。他们东面五六英里远的地方就是碧蓝的密歇根湖。尽管湖水给他们带来了诸多好处，但是它离他们远得就像太平洋。他们只有星期天可以休息，可是劳累了一周哪还有精力去逛风景！他们被牢牢地固定在了机器上，一生难以逃脱。罐头镇里的经理、主管，以及办公室职员们都是来自于另一个社会阶层，没有人出身于工人家庭。他们蔑视工人，哪怕是那些最普通的职员见了工人也是一副盛气凌人的样子。就连在达拉谟公司做簿记员的那个穷光蛋也是一副绅士派头，他在这里工作了二十年，每周的薪水也只有六美元，而且即使再干二十年也没有任何加薪的希望。就是这样一个人也离宰杀台上最熟练的工人远得像地球的两极。他的穿着与工人们不同，住的地方也不一样，上工的时间也是错开的。他刻意避免和干体力活儿的工人们有任何的身体接触。也许工人们所干的活儿令人厌恶。不管怎么说，用双手干活的人就是属于一个不同的阶层，而且他们生来就有这种感受。

春天就要过去了，而罐头厂也终于复工了。人们又可以听到玛丽娅的歌声了，塔莫休斯的爱情音乐也变得不再那么犹豫。可是好景不长，就在工厂复工一两个月后，一场巨大的灾难落在了玛丽娅的头上。做了一年零三天的油漆工之后，她失业了。

这事儿说来话长。玛丽娅坚持认为被解雇的原因是因为她在工会里表现得太过活跃。要知道，屠场主在各个工会里都安插了间谍。他们通常的做法是买通一定数量的工会干部，具体多少视情况而定。他们每周都能听到来自这些间谍的报告，他们经常先于工会会员获得各种消息。任何被他们界定为危险的人物都得不到工头的赏识。玛丽娅积极联络外国移民，向他们宣扬工会的主张。玛丽娅是不是因此而遭解雇，无从知晓。大家只知道另一件事，就在工厂停工的几个星期前，玛丽娅被克扣了三百个罐头盒的工钱。干活儿的时候，姑娘们都坐在一溜儿长桌旁，一个女人在她们身后走来走去，手里拿着铅笔和笔记本，记录着她们的工作量。当然，这女人也是人，是人就会犯错误。错误只要发生了就得不到纠正。周六发工资的时候，如果你发现工资少了，你也只能忍气吞声。可是玛丽娅不懂这个规矩，于是她就开始吵闹起来。她的吵闹一般不会给她带来不良的后果，因为以前她只会讲立陶宛语和波兰语，别人听不懂，就嘲笑她，弄得她哭天抹泪的。可是现在她已经学会用英语骂人了，这样一来记错账的那个女人就开始讨厌她了。玛丽娅说，后来那个女人又记错了账，也许是故意的。不管是不是故意的，账反正是记错了。后来又有了第三次，这次玛丽娅忍不下去了，她决定一定要讨个说法。她首先找到了女工头，没有得到满意的答复，然后又去找主管。以前从来没有人敢这么做，不过主管还是答应她去调查一下，玛丽娅以为这下她就能拿回本应属于自己的那一部分钱了。等了三天之后，她又去找主管。这次，主管皱着眉头说没有时间管这件事儿。过了几天之后，不顾大家的忠告和劝阻，玛丽娅再次找到他，这回主管发了脾气，命令她回去好好干活儿。以后的事情玛丽娅就说不清楚了。突然有一天下午，女工头告诉她罐头厂不需要她了。可怜的玛丽娅感觉到自己的头就像被那女人重重地打了一下，一阵晕眩。起初，她简直不敢相信自己的耳朵。稍后，她暴跳如雷，发誓一定要讨回公道，那个岗位铁定是她的。到了最后，她干脆坐在地上撒泼。

这是一次惨痛的教训。都怪玛丽娅太固执——她本应该听从那些有经验的人的劝告。正如女工头所说的那样，下次再遇到这种情况的时候，她就应该知道先掂量掂量自己的分量然后再决定怎样处理事情了。玛丽娅就这样离开了罐头厂，一家人再次陷入了生存危机。

这次危机更加严重，因为奥娜很快就要分娩了。为此，尤吉斯正在拼命地干活攒钱。在罐头镇，接生婆多如牛毛。可是他听过很多关于接生婆的可怕故事。于是他决心为奥娜找一位男医生。有些时候，尤吉斯非常固执，只要是决定了的事，他绝不更改。在这件事上，他便是如此。可是他的想法着实令家里的女人们想不通，她们觉得让男医生接生不成体统，这本来就是女人们的事。即使是找最便宜的医生，你也要花十五块钱。等账单拿来的时候，你也许会发现还不止这个数。可尤吉斯执意要这么做，即使是不吃不喝，他也要花这笔钱！

玛丽娅身上只剩下了二十五块钱。她一天天地在屠场区逛悠，四处讨工作。可是这次真的是没有任何希望了。论干活，玛丽娅可以抵得上一个身强力壮的大男人，当然是在她高兴的时候。可是她也容易受情绪左右。每次夜里回家的时候，她都是一副可怜兮兮的样子。可怜的人啊，这次她真的是得到了教训，十倍的教训。一家人也都跟着她得到了教训——在罐头镇，一旦得到了工作，你一定要想办法保住这份工作，不管发生什么事。

她已经逛了四个星期，这一星期又过了一半。当然，她已经不再交工会会费了。她已经对工会失去了兴趣，想当初自己就那样被轻易拖了进去，她骂自己是个傻瓜。就在她感觉到自己要绝望了的时候，有人向她透漏了一个机会。她去了，于是她就得到了一个“剔骨工”的岗位。她之所以能得到这份工作是因为工头看中了她一身男人般的肌肉。工头辞退了原来的那个男的，然后让玛丽娅顶替他的位置，付的工资只比男性的一半多一点点。

刚到罐头镇的时候，玛丽娅是瞧不上这种工作的。可是现在时过境迁了。这也是一家罐头厂，她要干的活就是把尤吉斯不久前听说过的那种病牛身上的肉剔下来。她整天被关在暗无天日的车间里，楼下是速冻牛肉的冷库，楼上是烹饪车间。所以，她每天就是这样脚踩冰冷的地面，上面热得喘不过气来。她每天从清晨一直工作到深夜，穿着厚重的靴子，踩在污水横流的地面上，把牛肉从骨头上一块一块地剔下来，每块牛肉都重达百斤。生意不景气的时候，她随时可能被踢开；到了旺季，她又得加班加点地干活儿，直到她身上的每一根神经都在颤抖，哆哆嗦嗦的手已经无力抓住黏糊糊的刀把。这时她得格外当心，因为一不小心刀刃就会割伤手，而且伤口极易感染，并引发血液中毒。这就是展现在玛丽娅面前的新生活。然而这一切并没有吓倒玛丽娅，她仍然笑对生活，因为她浑身有着使不完的劲儿。有了这份工作，她又能交上食宿费了，一家人的生活又能维持下去了。至于塔莫休斯，既然已经等了那么久了，那就再等一等吧。两个人如果结婚，婚后的生活全靠他一个人的收入是难以为继的。而家里也还指望着玛丽娅的收入。暂时他还只能过来跟玛丽娅坐一坐，两个人坐在厨房里，手挽着手，他只能接受这样的现实。塔莫休斯的琴声越来越柔情、哀婉。玛丽娅坐在一旁，双手紧握，泪流满面，浑身颤抖，在如泣如诉的琴声中她依稀听到了尚未出世的后代在向她祈求生命的微弱呼喊。

玛丽娅的教训及时地挽救了奥娜，使她躲过了一场类似的厄运。奥娜对自己工作的地方同样没有好感，而且她有着比玛丽娅更充分的理由。但是奥娜在家里很少提及这方面的事，因为尤吉斯听到会为她担心，她害怕尤吉斯因此而做出傻事。很长时间以来，奥娜就已经看出那个叫汉德森的女工头对她没有好感。起初，她一直以为这是因为当初自己请婚假的时候犯了错误。后来，奥娜断定原因是她没有偶尔给女工头送点儿礼——奥娜知道，她是那种收礼的人，对那些送礼的姑娘，她总是优待。再后来，奥娜了解到了更糟糕的情况。汉德森小姐是新来的，大家对她的底细不是很清楚，过了一段时间之后，她的一些事情才被传出来。原来，她曾经被包养过，是同一幢楼里某一部门主管以前的情人。他把她安排在这个岗位上是为了封住她的嘴。不过，这一安排似乎并没有完全摆平他俩之间的事，有一两次，人们听到他们在吵架。她有着土狼一般的性格，她来了不久以后，这地方就变成了女巫的魔法锅。有几个跟她同属一类的姑娘在她面前阿谀奉承、溜须拍马、造谣中伤。于是，这地方风波不断。更可怕的是，汉德森跟一个粗俗的、红脸膛的爱尔兰人同住在闹市区的一家妓院里。那人名叫康纳，是屠场外面一帮装卸工的工头。在女孩子上下班的路上，他肆意调戏她们。在生产淡季，经常有一些姑娘跟汉德森一起出没于那家妓院——不用多说，她一边在布朗公司上班一边在妓院做生意。有时，她会安排妓院里的女人到她所负责的部门来上班。她先把一些正派的姑娘赶走，倒出空缺，然后让她们进来。在她手下干活儿，你的脑海里整天闪现着妓院的影子，挥之不去——你总是能闻到周围一股怪异的气味，就像夜间一阵风吹来，从罐头镇的炼油厂里飘出的一股臭气蹿进你的鼻孔一样。你的周围总是充斥着有关妓院的各种花边新闻。你对面干活的姑娘们七嘴八舌地谈论着这些话题，而且一边讲着一边冲你挤眉弄眼。如果不是为了活命，这样的地方奥娜一天也待不下去，而且她自己也不敢肯定还能不能忍到第二天。现在，奥娜终于明白了汉德森看不上她的真正原因——她是一个正派的已婚女子。她也清楚，那些搬弄是非、溜须拍马的人也是出于同样的原因嫉恨她，挖空心思地挤对她。

在罐头镇，一个姑娘如果对这种事太过在意，那她就没有容身之地。在这里，妓女总是比正派的女人活得要好。这里住的人处于社会的底层，大多是移民，整天为填饱肚皮而奔波，她们的命运完全掌握在一些男人的手中。这些男人冷酷无情，就像旧时的奴隶贩子。在这样的生存环境中，就像在奴隶财产制度下一样，道德上的堕落不仅难以避免，更是一种生存常态。一些难以启齿的丑恶行为在这里是家常便饭，每个人都见怪不怪。只不过，这些行为已不再是像奴隶制时代那样惹眼，因为现在的主人和奴隶之间没有肤色差别。

一天早晨，奥娜没去上工。尤吉斯根据自己的意愿请来了一位男性医生。奥娜顺利产下一个健康男婴。孩子是个大块儿头，简直令人难以置信，因为奥娜的身材是那么娇小。尤吉斯久久地站在那儿，眼睛紧紧地盯着这个陌生的生命，他不敢相信眼前的事实。

孩子的出生是尤吉斯生命中具有决定性意义的事件。这件事把尤吉斯改造成了一个彻头彻尾的居家男人。以前，晚上他偶尔也想出去到酒吧坐一坐，跟一些人聊聊天儿。可是现在，他彻底打消了这个念头。现在他最乐于做的事儿就是坐在床边，静静地注视着襁褓中的婴儿。说来也怪，以前尤吉斯从来没有对婴儿产生过兴趣。不过，这的确是一个与众不同的婴儿。他那一双小眼睛黑亮黑亮的，满头乌黑的头发打着卷儿。每个人都说，这孩子简直就是爸爸的翻版——对此，尤吉斯深感陶醉。这小小的生命就这样神奇地降临到这个世界上，全身没有一块儿地方不像他的爸爸。那鼻子、眼睛，跟他爸爸像得令人困惑不解，像得简直有点滑稽可笑。

尤吉斯暗自思忖，这也许是上苍的安排。上苍向世人昭明这是他的孩子，是他和奥娜的孩子，他们要一生一世照顾好他。尤吉斯从来没有感觉到自己是如此的富有——想想看，孩子也的确是父母最宝贵的财产。他会长成一个大男人，有自己的思想，有自己的人格，有自己的意志！这些想法一直萦绕在尤吉斯的脑海里，让他的心中产生一种莫名的、甚至是痛苦的兴奋。对于小安东纳斯，尤吉斯有一种美妙的自豪感。他对孩子的一切都充满了好奇，包括洗澡、穿衣、吃奶、睡觉。他也问着各种各样荒唐的问题。他偶然间发现小家伙的腿竟然短得出奇，这使得尤吉斯久久不能从惊恐中镇静下来。

唉！可是尤吉斯能够看到儿子的时间实在是少得可怜。他从来没有像现在这样感觉到自己的身体被紧紧地束缚着。夜里回家的时候，孩子已经睡熟。如果他能够在尤吉斯睡觉之前醒来，这倒是难得的机会。早晨，尤吉斯根本顾不上看他一眼。这样一来，他真正能够亲亲儿子的时间就只有星期天了。不过，奥娜要面对的现实更加残酷。按照医嘱，她应该待在家里给刚出生的婴儿哺乳，既是为了自己的健康也是为了孩子的健康。可是，她又不得不工作。所以她只能把孩子交给伊莎贝塔大娘，让她给孩子喂那种从附近的食杂店里买回来的被称为牛奶的淡蓝色毒药水。奥娜的产假只能让她损失一周的工资——下周一她就要回去上班了。尤吉斯也感到无可奈何，他只能劝奥娜坐电车去上班，自己跟在车后面跑，等奥娜下了车再扶着她把她送进布朗公司的大门。奥娜说，只要到了工作岗位上就没事了，一天坐在那儿缝制火腿外包装也不会太累。反正不能再拖了，再拖的话那可恶的女工头说不定会换人的。尽管上班之后不能再照顾孩子了，可是一旦失去工作那将是更可怕的灾难，奥娜继续安慰着家人。是啊，有了孩子之后他们得再加把劲儿干活。这是他们的责任——他们决不会让孩子长大以后跟他们一样受苦。这的确是尤吉斯目前心中最重要的事。想到这儿，他又攥紧拳头，振奋精神，为了那个弱小生命的未来，拼了。

就这样，奥娜又回到了布朗公司，工作算是保住了。可是她也因此患上了一种妇女们常说的“子宫疾病”，跟以前再也不是一个人了。这种病给奥娜带来的影响很难用语言来形容。病因似乎微不足道，可后果却无以估量的。二者之间的因果关系是任何人都想不到的。奥娜的“子宫病”既不需要专家的诊断，也不需要系统的治疗，更不需要动手术。她只是在下雨天上工的时候感觉到头昏脑涨、腰酸背痛、情绪低落、心情郁闷。在罐头镇工作的妇女绝大多数都在遭受着同样的病痛，而且病因都是相同的。这样一来，没有人觉得有必要去看医生。奥娜只是按照朋友们的推荐尝试着各种专利药，一种接着一种。由于这些药都含有酒精成分或者其他兴奋剂，所以服用后都会使病人减轻病痛。就这样，她对健康一直抱着希望，而这希望又总是不断地破灭，因为她太穷了，无力连续承担昂贵的医药费。

第十一章

又是一个夏天，屠宰场又开始忙碌起来，尤吉斯挣的钱也随之多了起来。不过跟去年比，他挣的钱还是少了一些，因为屠场主又多雇了些人手。场里似乎每周都有新的面孔出现，已经形成了规律。他们会不断地增加雇工的数量，直到下一个淡季的到来。这样一来，每个员工的收入都在减少。按照他们的计划，迟早有一天，整个芝加哥市的闲散劳工都将接受过他们的培训。这是一个多么险恶的阴谋！他们训练新手的目的就是，一旦发生罢工，这些人可以马上顶替上来。同时，屠场主们让工人始终处于极端贫困的状态之下，让他们连罢工的想法都不敢有！

不过，你可千万别指望人手多会降低工作强度！正相反，屠场主们的追命手段更加残酷。他们不断发明新的、更有效率的工作流程，让你的面前总是堆满要干的活儿——就像中世纪行刑室里的拇指夹。他们不断更换“追命组”成员，给他们付高工资；他们采用新的机器设备来提高工作效率，迫使工人拼命加快工作节奏——据说，在生猪屠宰车间，流水线的运行紧跟时钟的节奏，而且每天都会加快一点。在计件制工作岗位上，他们缩短单件工作的完成时间，要求工人在更短的时间内完成同样的工作量，而单件工作的工资保持不变。一旦工人们适应了新的工作节奏，他们就会根据时间缩短的多少降低单件工作的工资标准！在罐头厂，这是老板们的惯常做法，姑娘们为此一个个叫苦连天。在过去的两年里，她们的单件工作的工资标准已经降低了整整三分之一。姑娘们怨声载道，一场愤怒的风暴随时可能来临。玛丽娅做剔肉工刚满一个月，她原来工作过的那家罐头厂就宣布了降薪，幅度几乎达到一半。义愤填膺的姑娘们闻讯当即冲出车间，没有经过任何商议，然后就在街上组织了起来。有一个姑娘不知道在哪儿听说过，红旗代表着受压迫的工人阶级。于是，她们就弄来一面，高举在手里，开始在屠场区游行，一路愤怒地高喊着口号。这次暴动的结果是诞生了一个新的工会，但是这次未经任何筹划的罢工运动三天后就宣告失败了，原因是又有大批新的劳工涌进来。罢工结束后，在游行队伍中高举红旗的那个姑娘在闹市区的一家百货商店谋到了一个岗位，工资是每周两块五毛钱。

听了这些故事，尤吉斯和奥娜的心里感到惶恐不安，因为他们知道这样的命运说不上什么时候就会降临到他们头上。有一两次，有传言说一家大屠宰场正准备降薪，把非熟练工人的工资标准降低到每小时十五美分。尤吉斯心里清楚，如果传言变成事实，下一次降薪的对象也许就该轮到他了。现在，他意识到，罐头镇上的各家企业并不是一个个彼此独立的公司，而是一个大联盟——牛肉生产托拉斯。每周，来自各企业的经理们都会聚在一起，比较着各自手里笔记本上的记录。他们执行的是同样的工资标准和工作效率标准。尤吉斯也听说过，他们采购的生牛以及在全国各地出售的各种肉制品也都是统一定价。不过，屠场主们的这些经营策略他不理解，也不关心。

家里唯一不担心降薪的是玛丽娅。她天真地为自己感到庆幸，因为她工作的地方在她进来之前刚刚降过一次薪。玛丽娅的剔肉工作越来越熟练，她的境况也越来越好起来了。整个夏天和秋天，尤吉斯和奥娜都在拼命地挣钱，他们欠玛丽娅的钱也终于还清了。现在，玛丽娅已经有了自己的银行账户，而塔莫休斯也有了积蓄。两个人正比赛着挣钱。他们又开始筹划起未来的家庭开销了。

然而，玛丽娅发现，巨大的财富也给她带来了苦恼。她听从了一个朋友的建议，把积蓄存在了阿什兰大街的一家银行。当然，她对银行业一无所知，只知道银行大楼宏伟而壮观——是啊，一个穷苦的外国移民女工怎么可能对这个投资狂热的国度的银行业有任何的了解呢？所以，她每天都在为那些存在银行里的钱而担心，唯恐发生什么意外。每天早晨，她都会特意跑过去查一下，确保那些钱还在。她最担心的是火灾，因为她存的是钞票。她担心那些钞票一旦被火给烧了，银行不会赔给她。尤吉斯因此而取笑她，因为他觉得自己是个大男人，总是要比女人多一些见识。于是他就告诉玛丽娅，银行里的金库都是防火的，她那百万钱财放在里面很安全。

一天早晨，她照例抄近路去银行查钱。还没到银行，她就远远地看见银行的大门外挤满了人，而且长达半个街区的大街上也是人山人海。这场面可把玛丽娅吓坏了，她感觉到浑身的血液一下子涌上了头。她撒腿就跑，一边跑一边冲旁人喊，问发生了什么事，可是她也顾不上放慢脚步听人家回答。她一直跑到人多得再也挤不过去的地方。这时有人告诉她这是“银行挤兑”，她听不懂，可心里害怕得要命，于是她就打听这个打听那个，想弄清楚挤兑到底是什么意思。银行出了什么乱子吗？没有人敢肯定，但是他们确实是这么认为的。她还能把钱拿回来吗？没有人知道。人们都担心自己的钱会瞎了，所以他们都想快点儿把钱取出来。能不能取回钱，现在谁也说不清，他们只好等着银行开门营业，可是现在离银行开门还有将近三个小时的时间。玛丽娅在人群里拼命地往银行大门方向挤，被她挤开的男女老少也跟她一样心急如焚。那场面怎一个乱字了得——女人们呼天喊地、捶胸顿足，间或有人昏倒；男人们你推我搡，拳脚相加。混战中玛丽娅突然想起来忘了带存折，没有存折怎么能取回钱，于是她又拼命地往外挤，然后一路狂奔跑回家。幸亏她及时离开了，因为就在她离开几分钟后警察就赶来了。

半小时之后，玛丽娅又返回来了，而且伊莎贝塔大娘也跟了来，两个人跑得上气不接下气，神色慌慌张张。人群已经排成了一条长队，从银行门口一直延伸到好几个街区远，两侧有五六十个警察在维持秩序。于是，她们只好站在队伍的最后边。九点钟，银行终于开门营业了，并开始给等在外面的人群支款。可是，这要等到什么时候才能轮到玛丽娅啊？她们的前面有三千人，即使是十家银行的现金放在一起也会被取光的。

更糟糕的是，这时候天上偏偏又下起了毛毛细雨，两个人的身上被雨淋得精透。整个一上午，她们就一直站在那儿，一点点地朝着目标移动；下午，她们仍然坚守着，眼看着银行关门的时间就要到了，看来无论如何也轮不到她们了，她们的心都快要提到嗓子眼儿了。玛丽娅下定了决心，无论发生什么她也要守下去，决不能失掉目前的位置。可是几乎所有的人都跟她们的想法一样，都在漫长而寒冷的夜里一直熬着，所以整个夜里她们几乎没有往前进一步。好在傍晚的时候尤吉斯来过了，给她们带来了一些食物和干爽的衣服。他是从孩子们那里听到的这件事。

第二天早晨，天还没亮，又有一大群人拥过来，从市里也来了更多的警察。玛丽娅又死死地坚守了一上午。到了午后，她终于走进了银行，取出了自己的钱——全是一块一块的大银圆，包了满满一手绢。当她用手摸到这些钱的时候，她那颗一直悬着的心才一下子落了地。于是她又想把钱存起来，但是那位银行出纳凶巴巴地对她说那些参与挤兑的人再也别想把钱存到他们银行了。玛丽娅只好把钱带回家，一路上慌慌张张地东张西望，随时警惕着身边任何可疑的情况，唯恐有人把钱抢走。回到家，把钱藏在家里，她仍然放心不下。于是，在没有把钱存到银行之前，她只能把它缝在内衣口袋里。就这样，在此后的一周多时间里，玛丽娅出门的时候身上随时坠着那袋儿银圆。每当过马路的时候，她都是提心吊胆的，因为尤吉斯提醒她千万别陷进泥潭里。她就这样怀揣一袋儿银子来到了屠场，心里仍是忐忑不安，不过这次她更担心的是自己的工作。所幸的是，罐头镇所有的工人当中大约有三分之一是那家银行的储户，很显然厂方不可能一下子裁掉那么多人。后来人们才明白，引起储户恐慌的原因是当时警察正在银行隔壁的一个酒馆儿里逮捕一个醉鬼，上班路过的人聚过来看热闹，于是就引发了“挤兑”。

就在这期间，尤吉斯和奥娜也开了一个银行账户。除了还清了乔纳斯和玛丽娅的欠款，他们也差不多还完了当初买家具的钱，而且手头上还有一点结余。每周，他们只要每个人都能带回家九到十块钱，日子就会过得不错。而且选举日也如期到来，尤吉斯靠投票又拿到了相当于半周工资的酬劳，那可是纯利润。在这次的选举中，屠场区两大政治阵营的得票率相当接近，他们之间的搏杀甚至波及了整个罐头镇。两大敌对的政治舞弊阵营各显神通：租用会场、燃放烟花、发表演说，极尽拉拢选民之能事。尤吉斯并不十分理解这其中的玄机，不过此时的他已经能够认识到选民出卖自己的选票是不对的。可是，每个人都在这样做，自己洁身自好也不会对选举结果产生任何影响，白捡来的钱你都不要岂不是荒唐。

冷风正不断袭来，天儿也变得越来越短，预示着又一个冬天的来临。他们稍感安宁的日子实在是太短了，他们还没有来得及做好过冬的准备。可是，谁又能挡得住季节变换的脚步？小斯坦尼斯洛伐斯的眼睛里又充满了惶恐的神情。尤吉斯对即将到来的冬天也甚感忧愁，因为他知道奥娜现在的身体无法经受严寒和暴雪的考验。如果遇到某一天风雪交加，电车停运，奥娜将不得不旷工。可是第二天她的岗位会不会让给一个住得离屠场更近、更不怕恶劣天气的人呢？

圣诞节前一周刮了入冬以来的第一场暴风雪。尤吉斯的心为之猛然一振，就像一头被惊醒了的睡狮。连续四天，阿什兰大街上的电车停运。这几天，尤吉斯有生以来第一次懂得了什么叫困难。以前他也遇到过各种各样的困难，不过对他来说那些困难都只是小儿科，而现在他所面对的却是一场生死搏斗。这场搏斗激发了他内心聚集已久的力量。下雪的第一个早晨，他们天亮之前两个小时就出发了。奥娜的身上裹上了大大小小的毯子，尤吉斯把她扛在肩上，就像是扛一袋儿面粉。小男孩也穿得像个包似的，几乎看不出是个人，紧紧拽着尤吉斯的大衣后摆。凛冽的寒风像刀片一样割在他的脸上，气温达到零摄氏度以下。地面上的积雪没膝，有时甚至高至腋窝。双脚深深地陷进去，难以自拔。有的地方，积雪就像一堵墙，横亘在你面前，难以逾越。尤吉斯一头扎进雪推，奋力地向前跋涉，呼哧呼哧地喘着粗气，就像是一头受了伤的水牛。他就这样亦步亦趋地前行。最后到达目的地的时候他已经累得快要倒下去了，眼前一片漆黑。他靠在一根柱子上，气喘吁吁。谢天谢地，那一天牛进场的时间很晚。晚上下班以后，同样的路他还要再走一遍。他根本无法预知下班的确切时间，所以他只能把奥娜先交给一个酒吧老板，让她坐那等他。有一次，他半夜十一点才下班，天黑得像地狱，不过最后他们还是回到了家。

这场风雪击倒了很多人，因为屠场外面讨工作的人一下子比平时多了很多，屠场主不会等待任何人。风雪终于过去了，尤吉斯内心一片欢喜，因为他战胜了一个强大的敌人，他感觉到自己能够主宰命运。然而，强大的森林之王虽然可以战胜一切看得见的强敌，却难防暗处的陷坑。宰杀台上最大的危险出现在公牛逃脱的那一刻。

在追命般工作节奏的催赶下，一头公牛被一锤子打倒在地后就没人理会了，人们都以为它昏死过去了。可是有时候，一头公牛会突然从地上一跃而起，然后开始夺路狂奔。有人大喊一声发出警告。于是，正在忙碌的工人们纷纷丢下手里的活儿，冲到最近的柱子后面躲起来。有时，惊慌失措的工人们会乱作一团，有的被撞倒，有的被踩伤。如果这种情况发生在夏天，后果可能还会好一点，因为工人们至少能够看见牛冲过来。可是在冬天，一听到警告声，你会被吓得头发根直竖，因为车间里全是蒸汽，前方五英尺远的地方你都看不清。有一点可以肯定，发狂的公牛只是瞎撞，并不是要刻意伤人。可是你想想看，慌乱中人们手里都提着刀跑，你有没有可能被刀捅上呢！最可怕的是，车间工头会端着一把来复枪冲过来，胡乱射击！

就是在这样的混战中尤吉斯掉入了陷坑。只能用陷坑一词来描述那次事故，因为它是那样的残酷，而且事先根本预料不到。开始的时候，他几乎没有任何察觉——他只是在慌乱中扭了脚踝。他只是感觉到一阵剧痛，可是他已经习惯了疼痛，这点小伤他不会在意。可是走路回家的时候，他感觉到脚疼得厉害。第二天早晨，他的脚肿大了一倍，连鞋也穿不上了。即使这样，他也只是咒骂了几句，把脚用破布包了一下，然后就一瘸一拐地去上班了。碰巧这一天达拉谟公司异常忙碌，整个上午他就拖着一只疼得要命的脚站在宰杀台上干活。到了中午，他疼得都要昏过去了。下午，他又坚持了几个小时，直到后来他终于挺不住了。于是，他找到了工头。他们找来了公司医务室的医生，医生检查了他的脚之后告诉他回家躺在床上休息。他还说，尤吉斯的一时粗心可能会使他好几个月上不了班。按照医生的说法，他的受伤，达拉谟公司没有责任。谁都清楚，医生肯定会这么说。

尤吉斯回到家，脚疼得使他眼前发黑，而他的内心更是充满了恐慌。伊莎贝塔大娘把他扶上床，用冷水敷了伤处，尽量不让尤吉斯看到她的担心。晚上，其他人陆续回来了。伊莎贝塔大娘把他们挡在门外，对他们耳语了几句。于是他们一个个笑嘻嘻地进了屋，都说尤吉斯的伤用不了一两周就会好的，大家会帮他渡过难关。

可是，把他安顿好睡了之后，一家人围在火炉旁开始讨论起这件事，一个个神色惊恐。大家都明白，尤吉斯的病倒将使一家人陷入重重困难。尤吉斯的账户里只有大约六十块钱，而且生产淡季就快到了。乔纳斯和玛丽娅的收入很快会锐减，到时可能连食宿费都交不上。那样就只剩下了奥娜的工资和小男孩儿的那点微薄收入。房子的月供要交，买家具的钱也还剩下一点儿没还清。房子的年险就要到期了，每个月还要一袋儿一袋儿地买煤。现在是一月份，隆冬时节，缺衣少粮，这是一年之中最难熬的日子。天还会下大雪，到时谁会扛着奥娜上班呢？她会丢掉工作——几乎肯定会丢掉工作。小斯坦尼斯洛伐斯也开始哭了起来——到时候谁来照顾他？

真是可怕，这样的一次意外竟然能给一家人带来这么大的灾难，而且任何人都感到束手无策，眼看着灾难一天天临近。尤吉斯日夜茶不思、饭不想，一家人甚感忧虑。家人骗不了他，跟他们一样，他对形势一清二楚。他知道，没有他一家人会饿死。他整日里忧心忡忡，身体日渐消瘦，只两三天的时间，他就变成了一个面容枯槁的病秧子。是啊，像他这样一个身强力壮的大男人整日里无助地躺在病榻上真是能憋得人发疯，那样子就像是被俘了的普罗米修斯。尤吉斯躺在床上一分一秒地忍受着煎熬，他的思想也随之渐渐发生了变化。在此之前，他乐观地拥抱生活——

虽然也有各种磨难，但他都能够勇敢地面对。可是现在，在夜深人静的时候，他躺在病榻上辗转反侧，感觉到有一个阴森可怕的鬼影无声地潜入他的房间。他浑身肌肉紧缩，头发直竖。他感觉到一脚踏空，坠入无底深渊。现在他不得不承认，别人曾跟他讲过的话也许是对的，再强大的人也抗争不过残酷的现实！不管你怎样努力、多么辛劳，你仍然会失败、落魄、毁灭！一想到这些，他就感觉到心头上按着一双冰冷的手。他想到了，在这个阴森恐怖的房间里，他和所有的亲人都会慢慢地倒下，一点点被饿死、冻死。没有人能听到他们的呐喊，没有人伸出一只手拉他们一把！事实就是这样！事实就是这样！在这个商家林立、遍地黄金的大都市里，人类也会像穴居时代那样饱受自然力量这只野兽的蹂躏和摧残！

时下，奥娜每个月挣大约三十块钱，斯坦尼斯洛伐斯挣十三块钱。此外还有乔纳斯和玛丽娅的食宿费，大约四十五块钱。扣除月供、利息、家具的每期付款，还剩下六十块钱。再扣除烧煤的开销，还有五十块钱。他们忍受着人类所能忍受的一切。他们出门衣不遮体。孩子们的鞋坏了，用绳子绑上。已经是半个残疾人的奥娜本应坐车去上班，可是现在她不得不冒着冷风冷雨一路走到工厂。除了食物，他们几乎什么也不买。尽管这样，每个月五十块钱的收入还是让他们难以活命。如果能买到货真价实的食物，如果知道买什么，如果不是那么无知得可怜，他们本来也还是可以维持的。可问题是他们现在是在一个新的国家，这里的一切都跟以前截然不同了，包括食物。在家乡，他们吃惯了熏肠，可是他们在美国买的熏肠跟家乡的熏肠根本就不是一回事。这里熏肠的颜色是用化学颜料染出来的，烟熏味也是用化学品调出来的，而且原料都是马铃薯粉。所谓的马铃薯粉就是提取出淀粉和酒精之后所剩的马铃薯残渣。这样的香肠不比木头的营养价值更高。在欧洲，用这种东西做食品配料是违法的。在欧洲没有市场，于是每年有数千吨的马铃薯粉被运到美国。令人震惊的是，每天一家十一口人竟然吃掉那么多这样的食物。每天一块六毛五的食物根本不够吃，再怎么精打细算也没用。这样，每周他们只好从奥娜的银行账户里那点少得可怜的积蓄中取出一部分。账户是以奥娜的名头开的，所以这事一直瞒着丈夫，她把痛苦自己咽在肚子里。

如果尤吉斯真的病了，病得不能思考了，情况倒可能会好一点。因为大多数残疾人都会得到政府的一些救济，可是他还算不上残疾人，得不到任何救助，这让他尤其感到痛苦。他只能整天躺在床上，辗转反侧。有时他会不顾一切地破口大骂。有时他会忍不住要起床，而可怜的伊莎贝塔大娘则会苦苦相劝。白天大部分时间家里只有伊莎贝塔陪着他。她就坐在床边，抚摸着他的额头，跟他说话，让他忘掉烦恼。有时，天太冷，孩子们就不去上学。这样，他们就会挤到尤吉斯所在的厨房里，因为这是家里唯一一块还算有点温乎气儿的地方。这是顶可怕的时候，尤吉斯会暴躁得像一只熊。这也怪不得他，他的心已经够乱的了，孩子们一吵他更是烦得要命，想睡一会儿都难。

在那段艰难的日子里，伊莎贝塔大娘心里唯一的寄托就是小安东纳斯。如果没有这孩子，一家人真的不知道怎样过下去。长期生活在囚牢一般的心境中，能够看到孩子实在是一个极大的安慰。伊莎贝塔大娘把孩子放在衣服篮子里，然后把篮子放在尤吉斯的床垫旁边。尤吉斯支起一只胳膊肘，眼睛盯着孩子看，一看就是几个小时，心中充满遐想。小安东纳斯睡醒了就睁开眼睛，他现在已经能看清东西了。孩子笑了，那是怎样的天使般的微笑啊！每当这个时候，尤吉斯就会忘掉一切烦恼，这世界上竟然有这样美丽的微笑，他怎能不心花怒放。这微笑使整个世界充满了真、善、美。孩子长得越来越像父亲。伊莎贝塔大娘每天不知道要重复多少次这样的话，因为她看得出这话使尤吉斯高兴。这个苦命的弱小女人自己日日夜夜在惶恐中煎熬，可是她还要挖空心思地去安慰那个被囚禁的巨人，这是一家人的重托。对于女人的这种表里不一的演出，尤吉斯天然愚钝。他欣然地吞下诱饵，并乐此不疲。他把手指伸到小安东纳斯的眼前，左右晃动，孩子的眼神跟着游动，他笑得心花怒放。世界上没有比孩子更令人着魔的玩物。孩子的眼睛专注地盯着父亲的脸看，尤吉斯高兴得大叫："看啊，哇，他认识爸爸了！他认识，他认识！乖乖，你这个小坏蛋！"

第十二章

尤吉斯在床上躺了整整三周了。这是一次非常顽固的扭伤，脚上的肿痛一直不消。到后来，他再也无法忍受下去了。于是，他开始每天试着走动一下，极力说服自己病情在不断好转。没有人能够劝得了他。又过了三四天，他向家人宣布要回去上班。他一瘸一拐地爬上电车，来到布朗公司，发现工头居然给他保留了岗位。本来，在他离开期间，工头又雇了一个人，可是尤吉斯回来之后，他宁愿把那个可怜虫一脚踢出门外。可是剧痛迫使他不得不时常停下手中的活儿，他就这样坚持着，直到收工前一个小时。他终于败下阵来，再坚持下去他就要晕倒了。他的心都要碎了，他靠在一根柱子上，哭得像个孩子。于是，两个工友把他送上了电车。下了车之后，他不得不坐在地上，在风雪中等着家人来把他扶回家。

家人又把他抬回到床上，然后去找医生，他们本应该当初就这么做。经过检查，医生说他的跟腱移了位，如果不注意休养，他的脚永远也好不了了。医生用手拉扯着他的脚踝，尤吉斯疼得双手抓着床沿儿，牙关紧咬，脸色苍白。离开之前，医生叮嘱他在床上静躺两个月。如果提前上班，他可能变成一辈子的瘸子。

三天后，又一场大暴风雪袭来。乔纳斯、玛丽娅、奥娜和小斯坦尼斯洛伐斯在天亮之前一小时就一起出门了，想按时赶到屠场上班。可是刚到中午时分，后两个人就回来了，小男孩疼得嗷嗷直叫。他的手指冻得像冰棍儿。他们只得打消上班的念头，免得冻死在雪堆里。他们只知道在火炉旁烤冻僵了的手指，小斯坦尼斯洛伐斯疼得一整天在屋子里又蹦又跳，直到尤吉斯气得发疯，大骂如果他再不安静下来，他就要杀了他。一天一夜，一家人害怕得快要疯了，害怕奥娜和那孩子会丢掉工作。第二天，他们走得比平时更早，那是因为尤吉斯用棍子打了那孩子，逼着他早点出发。丢了工作可不是一件小事，那可是生死攸关的。小斯坦尼斯洛伐斯还意识不到，宁可在风雪中冻死，也比丢掉猪油机上的工作强。奥娜心里肯定自己会丢掉饭碗，所以当她最终赶到布朗公司的时候，她已经吓得要瘫倒了。可是她发现女工头那天竟然没有来上班，她因此逃过了一劫。

这场大雪给一家人留下的后果之一是小男孩的三个手指的第一关节永远也伸不开了。另一个后果是，从那以后，每当遇到下雪天，他总是在遭到一顿打之后才肯去上班。被指使打人的又总是尤吉斯。一动起来，他的脚就疼，所以他打得总是够狠，以发泄心中的愤恨。不过，尤吉斯的脾气并没有因此而变得温和起来。人们说，再老实的狗如果整天被锁链锁着也会变得凶猛起来，人也一样。他整天躺在床上无所事事，开始的时候他只是骂自己的命运，到后来干脆见什么骂什么。

不过，他的脾气发一通就完事，因为奥娜一哭，他就会停下来。这个可怜的人就像是个游魂，面颊深陷，头发长得遮住眼睛。他已经落魄得不晓得去剪头发了，实际上不只是头发，他身上的一切都懒得去想。他那坚实的肌肉正一点点地松懈下来，变得越来越软弱无力。他没有食欲，家里也买不起好吃的东西让他解解馋。他说，这样更好，能省点儿钱。大约在三月底的一天，他偶然看见了奥娜的存折，因而知道他们只剩下三块钱了。

由于长期生活在极度的窘困之中，他们又失去了一位家庭成员。乔纳斯大哥失踪了。一个星期六的晚上，下班之后他没有回家，一家人想尽了一切办法去找他，结果都是徒劳。达拉谟的工头说，他结清了一周的工资，然后就走了。工头的话也许不是事实，因为有时工人死在工厂里，他们也这么说。这是最简单的开脱责任的做法。有一次，一个工人掉进炼油罐里，被炼成了“精炼板油”和“优质肥料”。告诉家人真相于事无补，只能使他们更加伤心。不过，更可信的说法是乔纳斯离家出走了，他去一个人闯世界，去追求幸福了。很长时间以来，他就开始有怨言了，不过都是有理由的。是啊，他交了不少食宿费，可是家里还是人人吃不饱饭。玛丽娅一直把挣的钱都交给家里，所以他也觉得自己该这么做。家里孩子哭、大人叫，烦心的事接连不断。要毫无怨言地承受这一切，只有英雄才能做到。可乔纳斯本就不是英雄，他只是一个饱经风霜的老人，他想吃上一顿饱饭，他想在晚上睡觉前坐在火炉旁舒服地抽上一斗烟。在这个家里，火炉旁根本没有他的位置，而且整个厨房根本暖和不到舒服的程度。春天到了，没有什么想法比离家出走更令他向往。两年来，他就像是一匹被套紧夹板的马，在达拉谟那阴暗的地下室里拉着一辆重达半吨的铁车。一年之中除了星期天和四个节假日，他从来没有休息过一次，从来听不到一句感谢的话，倒是挨了无数次的打骂，这种待遇就连一条有骨气的狗也受不了。现在，冬天已经过去，春风正习习吹来。在这样明媚的春日，只要走上一天，罐头镇的滚滚烟尘就能够被你永久地甩在身后，而你眼前所看到的就会是绿油油的草地和姹紫嫣红的鲜花！

现在，一家人的收入减少了三分之一，而要买的食物只减少了十一分之一。这样，他们的生活比以前更加艰难了。他们开始向玛丽娅借钱，不久以后她的那点积蓄也被花光了，她的结婚梦想和过上幸福生活的愿望再一次破灭。于是，他们又不得不向塔莫休斯·库斯列卡借钱，他也因此而陷入贫困之中。可怜的塔莫休斯没有任何亲人，而且才华出众。他本应该挣很多钱，日子过得红红火火。可他偏偏爱上了玛丽娅，也许这就是天意，天意不可违，也许命中注定他要被拖下水。

最后，一家人决定让另外两个孩子辍学。家里只有一个女孩，一个是比十五岁的斯坦尼斯洛伐斯小两岁的小女孩考曲娜。此外还有两个男孩，分别是十一岁的菲利马斯和十岁的尼古拉约斯，都很聪明。可是，成千上万年龄不比他俩大的孩子都在自食其力，他们有什么理由待在家里而一家人却在挨饿呢？于是，一天早晨，他俩上路了，去城里卖报纸，临出门的时候兜里各揣着两毛五分钱和一份面包卷腊肠，脑子里装满家人的叮嘱。晚上，两个孩子走了五六英里的路回到家，哭着讲述了一天的经历。有一个人主动提出带他们去批发报纸的地方。到了地方之后，那人拿了他俩的钱，说是去一家商店取报纸，结果那人一去不返。讲完之后，两个孩子遭到了一顿鞭打。第二天早晨，他们又出去了。这次，他们自己找到了批发报纸的地方。拿到货以后，他俩开始四处叫卖，逢人便喊："买报纸吗？"快到中午的时候，一个大个子卖报人抢走了他们手中的报纸，还打了他们一顿，理由是他们俩侵占了那人的地盘。不过，他们还算幸运，因为他们已经卖出了一些报纸，所以回家的时候兜里的钱还够本。

就这样，经过一周的磨砺之后，两个小家伙终于摸清了这个行业的一些情况，包括各种报纸的名字、进价、顾客、卖报纸的地点和应该避开的地方。从此，他们每天早晨四点钟离开家，走街串巷，先卖晨报，后卖晚报，晚上回家的时候身上各揣着两毛、三毛或者四毛钱。当然，这些钱要扣除交通费，因为他们一天要走的路程可不算近。不过，过了一段时间，有了一些朋友之后，他们从朋友身上又学会了一些闯社会的经验，包括如何逃票。他们会趁售票员不注意的时候偷偷溜上车，然后钻进人堆里。一路上，售票员十有八九不会向他们要票，或者没看见他们，或者以为他们已经买了票。如果他真的要票了，他们就会急忙翻衣兜，然后突然做大哭状，这时就会有好心的老太太替他们把票补上，或者他们干脆窜下车去，逃之夭夭，然后在另一辆车上上演同样的一幕。他们觉得这样做没有什么不光彩的。在工人们上下班高峰期，车厢里人满为患，售票员来不及给所有人售票，这是谁的过错？另外，孩子们也经常听说那些大公司都是大骗子——他们在那些流氓政客的帮助下大肆搜刮民脂民膏！

眼下，冬天已过。一家人不必再为风雪而担心了。另外，他们也不必再多买煤了。家里已经没有太冷的地方了，孩子们如果吵闹就赶到另一个房间去。一周一周的开销，他们也有足够的钱接济上。就这样，尤吉斯的内心感到了一丝解脱。时间可以使一个人适应一切，尤吉斯也渐渐适应了整天躺在床上的生活。奥娜看在眼里，小心翼翼地保护着这份难得的安宁，尽量不在他面前提起自身的病痛。春天的雨水仍然冷得彻骨，奥娜不得不经常坐车去上班，尽管这也是一笔不小的花费。她的脸色日渐苍白。这一点，尤吉斯似乎全然不觉，奥娜有时会为此而难过，尽管她足够坚强。有时她会想，他是不是还像以前那样在意她？生活的磨难是不是已经耗尽了他的爱情！她没有多少时间跟他待在一起，他们都默默承受着各自的烦恼。回到家以后，她已经累得筋疲力尽了，所以他们之间只是偶尔有一些交流，而且谈的都是烦心事。是啊，生活在这样的境遇中，人还能有多少柔情留在心头！奥娜内心的悲哀时而会迸发出来——夜里她会突然紧紧地抱住丈夫，然后泣不成声，追问他还爱不爱她。可怜的尤吉斯，在无休止的生活重压下，已经变得越来越实际了，他不知道怎样回答她的问题。他只能回忆一下上次是什么时候对她发了脾气，并表示悔意。于是，奥娜表示再一次原谅了他，然后独自流泪睡去。

四月下旬，尤吉斯去看了医生。医生用绷带缠了缠他的脚踝，然后告诉他可以回去上班了。可是，回去上班可不是医生能说了算的事。当他重又出现在布朗公司的宰杀台上的时候，工头告诉他不可能把工作给他保留到现在。尤吉斯知道，在他离开期间工头已经找到了同样能干好工作的人，现在不可能再把人家换下来。他站在门口，环顾四周，眼神里充满了凄凉。他看到朋友和同伴们都在热火朝天地工作，感觉到自己是一个被抛弃的人。他走出工厂的大门，加入到等待就业的人群中。

可是，这次他失去了原有的自信，也没有了自信的本钱。在人群中，他已经不再显得鹤立鸡群，也没有工头直接走向他。他现在形容枯槁，衣衫褴褛，眼神凄苦。在罐头镇，像他这样的人成百上千，一连数月流浪在街头，苦苦地寻找工作。这是尤吉斯一生中的一个关键时期，如果他再软弱一点，他也会像其他人一样就此堕落下去。每天早晨，那些不幸的无业游民就在屠场外面闲荡，直到警察来了把他们赶走。然后他们就会四处散落到各个酒馆里。很少有人有勇气直接走进工厂去面见工头，然后被拒绝。如果早晨没有找到工作，他们就会整天整夜待在酒馆里厮混。尤吉斯没有像他们那样堕落下去，原因之一是现在天气不错，不必非得待在室内。不过更主要的原因是，他的脑海里总是装着奥娜的那张可怜的小脸。他告诫自己，一定要找到工作，在这场艰苦的鏖战中一刻也不能放松。他一定要工作！他一定要在下一个冬天来临之前找到工作，攒一些钱。

但是，偌大的屠场区就是没有他的工作。他找遍了工会里的所有会员——尽管经历了那么多苦难，尤吉斯一直没有放弃对工会的信念——他乞求他们为他说一句话。无论走到哪里，他逢人便问有没有工作机会。他整天在屠场区的各个大楼里逛游，不出一两周，他就逛遍了屠场区的所有工厂，每一幢楼，每一个车间。结果是，哪里也没有工作。他告诫自己，先前去过的地方也许现在有了机会。于是，他就重新逛一遍。到后来，各个公司的看门人和“私人侦探”都能一下子认出他来，然后威胁着命令他离开。就这样，除了早晨跟一大群人在屠场外面等待之外，他已经别无选择了。他会拼命地挤到人群的第一排，眼神中充满渴望。一天的希望落空之后，他就直接回到家，跟小考曲娜和儿子玩耍。

尤吉斯越来越真切地感受到了世态的炎凉，这一点让他感到尤其痛苦。当初，他年轻力壮，第一天就找到了工作。现在，他已经成了二手货，可以说是个破损的零件，没有人愿意要了。他们用追命般的速度肆无忌惮地掠光了他身上的所有精华，只留下一具空空的躯壳，然后把他抛出门外！在失业的人群中，尤吉斯也认识一些人，他们向他讲述了同样的遭遇。当然，这其中有些人来自其他的行业，他们是在别处的磨坊被碾碎的。有些人是由于自己的过错而落到这般田地的——比如，有些人不喝酒就禁不起那残酷的碾压。不过，绝大多数人都是那部庞大宰杀机器的残损零件。他们一直在飞快地运转，紧跟着整部机器的运转速度。有些人已经运转了几十年，直到有一天他们再也跟不上。有些人被明确告知，他们已经老了，厂里需要更年轻力壮的人。另一些人则是由于工作粗心大意或者能力不足而遭解雇。不过，大多数人失业的原因跟尤吉斯如出一辙。有的人过度劳累，长期营养不良，最后疾病缠身；有的人被刀割伤了，伤口引发血液感染；其他的人也是遭遇了各种各样的事故。事故过后，只有经过工头的同意，你才能回去工作，绝无例外，除非事故是公司的责任。即使这样，公司也会先派一位狡猾的律师找你，劝你放弃权利要求。如果你执意不肯，律师会代表厂方承诺给你和你的家属安排工作。他们会信守承诺，只不过期限只有两年。这两年恰好是“上诉期”，过了这个期限之后，受害者就不能上诉了。

你一旦遭遇了这样的厄运，以后的日子怎么过呢？这要看具体情况。如果你是一个超熟练工，你可能会有足够的积蓄让你渡过难关。收入最高的工人，“劈工”，每小时能挣五十美分，旺季一天能挣五六美元，淡季也有一两美元。这些钱除了足够维持日常的开销，还会有结余。可是，每家屠场只有五六个这样的“劈工”。尤吉斯认识其中的一个，他家里有二十二个孩子，他们都想长大以后成为像父亲一样的“劈工”。而一个非熟练工人旺季一周也只能挣十块钱，淡季只能挣五块钱。这样的工人家庭只能靠他的年龄吃饭，一家人能不能吃饱饭还要看家庭人口的多少。一个未婚的男人也许能攒下点钱，前提是他不喝酒，且自私——也就是说，他根本不管年迈的父母、年幼的兄弟姐妹、亲朋好友、工会里的其他会员、快要饿死的邻居。

第十三章

在尤吉斯待业期间，伊莎贝塔大娘的一个孩子，小克里斯多夫拉斯，死了。他和哥哥约奥在帕斯都是跛子。约奥在帕斯被马车轧断了一条腿；而克里斯多夫拉斯先天大腿骨脱臼，永远无法走路。他是伊莎贝塔大娘最小的孩子，他的遭遇也许是天意，老天想以此让伊莎贝塔大娘明白她已经生得够多了。他先天发育不良，个头矮小，并患有严重的佝偻病，三岁的时候，看起来就像一岁的孩子。他整天就在地上爬，穿着一件脏兮兮的小衣服，哭哭唧唧，看了叫人心烦。由于地上凉，总是有冷风，所以他经常感冒、流鼻涕，鼻子发出扑哧扑哧的声音。那样子令人讨厌，家人烦得够呛。令人感到不可思议的是，他妈妈最疼爱的就是这个孩子，总是为他一惊一诧——孩子想干什么就干什么，尤吉斯烦得发疯，看到这样，母亲就会心酸得掉眼泪。孩子死了。也许是那天早晨他吃的熏肠惹的祸——那熏肠是用禁止出口的患有结核病的猪肉做的。吃了熏肠一个小时以后，他开始哭着喊疼。又过了一个小时，他开始浑身抽搐，在地上打滚儿。当时，除了这个孩子，家里只有小考曲娜一个人，她吓得冲出去喊人。过了一会儿，医生来了，可是孩子已经没有了哭声。

家里没有人真的感到伤心，除了可怜的伊莎贝塔，她哭得死去活来。尤吉斯说让市里有关部门把孩子埋了吧，因为他们没有钱举办葬礼。听了这话，可怜的女人气得几乎发疯，她捶胸顿足地号啕大哭，痛苦而绝望。她的孩子要埋在叫花子墓地！她的继女在一旁听了这话竟然没有表示任何反对！太不像话了，奥娜的父亲如果知道这事肯定会从坟墓里站起来骂她！如果真的要这样，那大家就一起死了算了，都埋在一块儿！……末了，玛丽娅主动提出帮十块钱，而尤吉斯则是冷酷到底。伊莎贝塔只好哭着向邻居求助。就这样，母亲请牧师给小克里斯多夫拉斯做了弥撒，雇了一辆灵车，上面撒了白色的羽毛，买了一小块墓地，在坟墓上钉上十字架以做标记。孩子死后，可怜的母亲好几个月不能从悲伤中恢复过来。一看到小克里斯多夫拉斯曾经爬过的地面，她就会掉眼泪。她说，可怜的孩子，老天对他太不公平了。他生来残疾。如果当初她及时听到了那个消息，说不定那位名医能治好他的瘸腿！……原来，伊莎贝塔大娘曾听说芝加哥的一位亿万富翁花大钱从欧洲请来一位名医，治好了他女儿跟小克里斯多夫拉斯一样的腿病。当时，那位医生说要先在其他的病人身上做实验，而且宣布可以在穷人家的孩子身上尝试。这真是天赐福音！对此，报纸做了连篇累牍的报道。可是，天啊！伊莎贝塔不读报纸啊，也没有人及时告诉她这件事！不过，就算知道又能怎样！他们哪有钱每天坐车去候诊？谁有时间每天带着孩子去就医？

在他四处找工作的日子里，尤吉斯的心头总是笼罩着一层阴影。他前方的道路上似乎总是有一只猛兽在暗处窥视着他。他明知前方有猛兽，可是不得不靠近它。在罐头镇，待业的人处于不同的待业状态，分不同的阶段。现在，他正心怀恐惧地面对着那最后的阶段。有一个地方需要最后阶段的待业者——肥料厂！

工人们一提到这个地方就脸色大变，窃窃私语。十个人当中也许只有一个人尝试过，其他的九个人一听到传言或者朝厂子的大门里一看就足以让他打退堂鼓了。是的，有些事情比饿死更可怕。如果你想来这里，他们会先问你以前在这地方干过吗。尤吉斯心里做着激烈的思想斗争。他们都穷成这样了，无论什么样的苦也都受过了，当有工作给他的时候，他还敢拒绝?！回到家里，他敢吃奥娜挣来的面包吗？她可跟他一样瘦弱不堪、叫苦连天啊！而且她知道他有了机会却不敢面对！尽管想到了这一切，可是往肥料厂的大门里一看，他还是被吓得浑身哆哆嗦嗦地跑开了。他可是个男人啊！男人就应该承担男人的责任。最后，他终于到肥料厂去了，递交了申请——当然，他也别抱太大成功的希望。

达拉谟公司的肥料厂远离其他的厂区。很少有人到这儿参观，偶尔有人进去过，出来的时候那样子看上去就像是当年乡下人都说是刚从地狱里出来的但丁。屠场区里所有的残渣、废料都运到这里。在这里他们先把骨头烘干。在这儿的地下室里，空气令人窒息，终日不见阳光，男女老少一个个伏着身子把烘干的骨头锯成碎片，然后扔到身下的粉碎机里。他们的肺里吸满了骨粉，他们肯定会为此而送命，没有人能幸免，只是时间早晚的问题。他们在这里把血液制成蛋白粉，把难闻的东西制成更难闻的东西。走在制造这些东西的走廊和地洞里，你会有一种身处肯塔基大山洞的感觉，看不清方向。空气中弥漫着粉尘和蒸汽，闪烁的灯光就像是遥远的星星在眨眼——红的、蓝的、绿的、紫的，这些颜色是由空气中粉尘的颜色和所制造的东西的性质所决定的。怎样描述那些阴森可怖的尸骨房里的气味呢？也许我们可以在立陶宛语里找到恰当的词汇，反正在英语里找不到。进来的人必得先鼓足勇气，就如同要跳进冷水里。在这里走动就好像是在深水里游泳，胸闷得要命。你得用手绢捂住脸，即使这样你也会咳嗽不止。如果你足够坚强，继续往前走，你会感觉到头昏脑涨，脑门儿上青筋暴突。最后，一股势不可挡的氨水味儿迎面袭来，你赶紧掉头逃跑。跑到外面，你仍会感觉到天旋地转。

除了这些之外，还有烘干残渣废料的车间。所谓残渣废料就是指畜体被割完肉之后的边角余料再被榨干猪油、牛油后所剩下的褐色纤维物质。这些东西烘干后被碾成粉末，再掺进神秘而无害的褐色岩石粉。每天有数百车的岩石被运进来，碾碎。这些混合粉末被装成袋儿，作为上百个标准磷酸骨粉品牌的一种卖到世界各地去。然后，缅因州、加利福尼亚州或者得克萨斯州的农民们就会买这种肥料，据说价格是每吨二十五美元。施到玉米地里几天后，地里就会散发出一股强烈的气味儿，而且在田里劳作的农民、车辆和马匹身上都会沾上这种气味儿。在罐头镇，出厂前的肥料是存的骨粉，可不是卖出去的肥料里的添加剂。在这里，肥料不是一吨两吨地播撒在几英亩土地里，而是成百上千吨地堆在厂房旁。厂区的地面覆盖了几英尺厚的骨粉，空气中弥漫着呛人的粉尘。风一刮，整个罐头镇，粉尘漫天飞舞，让人睁不开眼睛。

尤吉斯每天要来的就是这种地方，他好像是被一只无形的大手拽过来的。这一年的五月天气特别凉爽，这也是他暗自祈求的，老天居然满足了他的愿望。可是到了六月初，一连好几天，天气又一下子变得创纪录地热。过后，肥料厂开始需要人手了。

到这时，粉碎车间的工头已经认识了他。其实他早已经把尤吉斯列为后备人选。就在那个热得让人喘不过气来的下午，两点钟，他来到了肥料厂的大门。他刚一到，工头就招呼他进去，他感觉到一阵抽筋儿似的疼痛瞬间传遍全身！十分钟后，他脱掉外衣和衬衫，咬紧牙关，上工了。他生命历程中的又一道难关呈现在了他的面前，他必须要攻克它！

他只用了五分钟就学会了要干的活儿。他面前是粉碎机的出料口，骨头被粉碎成粉末后像一条混河从出料口喷射出来，最细小的粉末漫天飞舞，像一团雾气。尤吉斯拿了一把铁锹，和其他五六个人一起把骨粉肥料铲到推车里。他看不见其他那几个人，只能听到声音，有时更会互相撞到一起。如果听不到声音，身体撞不到一起，那就说明他们不在，因为在整个粉碎车间里粉尘弥漫，对面五尺不见人。每铲完一车，他就要伸手在周围摸索，直到下一车来了。不出五分钟，他浑身上下就变成了一大块儿肥料。他们给了他一块海绵，让他堵在嘴上，这样他才能呼吸。即便这样，他的嘴唇上、眼皮上都糊上了一层厚厚的骨粉，耳朵更是被堵得严严实实。他看起来就像是黄昏中一个棕色的魔鬼——从头到脚，他身上的颜色跟厂房、厂房里的所有东西以及厂房外一百码范围以内的地面颜色一模一样。厂房的门必须开着，这样风一刮，达拉谟公司就会损失不少肥料。

尤吉斯就这样穿着衬衫干活儿，气温超过一百华氏度，磷酸盐粉末钻进了他身上的每一个毛孔。干了五分钟，他就感觉到头疼，十五分钟后，他几乎要晕倒。血液在他的大脑里翻涌，就像是有电动机在搅动，头盖骨疼得像是要裂开，手已经麻木得不听使唤了。然而，一想起那长达四个月的窘困经历，他又坚定了继续战斗下去的决心。半小时过去了，他开始呕吐——一直呕吐到肚子里的肠胃像是被绞碎了一样。工头说过，只要下定决心，你会适应肥料厂的工作的。他说的话也许是事实，可现在的问题是尤吉斯必须先平定他的胃。

恐怖的一天终于结束了，他累得几乎瘫痪。他不得不时而停下来，靠在某一建筑物的墙上定定神儿。从肥料厂里出来的人大多径直奔向酒馆儿——他们似乎把肥料和响尾蛇的蛇毒归为同类。但是尤吉斯已经难受得想不起喝酒了，所以他只能跌跌撞撞地走上大街，踉踉跄跄地爬上一辆电车。后来，在他成了一个老手之后，当谈到当初车上所发生的可笑的事情时，他还幽默了一下。可是，现在他难受得要死，他哪还有心思注意这些——车里的乘客如何倒吸一口气然后大口地吐出，掏出手绢捂在鼻子上，愤怒地朝他瞪了一眼。他只看到他前面的人腾地一下站起身，把座位让给了他。过了半分钟，他身边的两个人也站了起来。一分钟后，车厢几乎空了——乘客都离他远远地站在门口的踏板上，有的实在找不到地方站就干脆下车步行。

尤吉斯刚回到家一分钟，家里就成了一个小型肥料厂。骨粉渗进他皮肤有半英寸厚，身上的所有部位都堵满了骨粉，要想彻底把它从身上清除掉得需要一周的擦洗和一周的剧烈运动。他现在的样子，人类还找不到可比喻的对象。也许只有一种物质跟他有几分相似，那是科学家们的一个最新发现。这种物质无限期地释放能量，而且绝不会随着时间的推移而有所减弱。他浑身散发着臭气，餐桌上的食物也都沾上了这种臭味儿，害得一家人狂吐不止。他自己三天过后才勉强进了点儿食。他可以饭前洗手，吃饭用刀叉，可是他嘴里、喉咙里难道就没有毒药吗？

尽管如此，他还是要坚持下去！尽管脑袋疼得像要裂开一样，他还是摇摇晃晃地去了肥料厂，站在了那个岗位上，在对面不见人的粉尘中开始铲骨粉。一周结束之后，他成了终生的肥料工人——他已经能吃下饭了；尽管脑袋从来没有停止过疼痛，但是已经不像以前那样疼得干不了活儿了。

就这样，又一个夏天过去了。这个夏天，全国各地一片繁荣。国民慷慨地消费着这里的屠场所生产的产品，所以一家人都有活儿可干，尽管屠场主们仍在执行着他们的富裕劳工计划。现在，他们又有能力还债了，而且又能攒点儿钱了。不过，他们还是觉得目前的生活来之不易，牺牲太大，不能就这样持续下去——最大的牺牲就是两个孩子，他们这么小的年龄就去卖报纸！不知不觉中，他们已经染上了这个新社会的一些不良习气，尽管家人不断地警告、提醒、恳求。他们学会了用流利的英语骂人；他们学会了捡烟蒂抽、赌钱、掷骰子、赌香烟贴；他们知道码头上所有妓院的具体位置、妓院老鸨的名字，以及警察局长和达官要人们出席的官方招待酒会的确切日期。如果有乡下游客向他们打听事儿，他们能指出有名的“辛吉丁克”酒吧的位置，以及经常在这里出没的赌徒、杀人犯、强盗的名字。更糟糕的是，他们已经坏了晚上回家的规矩。你要是问他们，他们就会反问你：天气好的时候，爬到车底下、钻进空门道里睡觉不也一样吗？何必非得浪费时间、精力和车费回到屠场区呢？是啊，只要他们每天能带回家五毛钱，什么时候回来不都一样吗？但是尤吉斯说，他们现在还只是偶尔在外面过夜，不过离彻底离家出走已经为时不远了。所以，他们决定：到了秋天，让菲利马斯和尼古拉约斯回到学校读书；让伊莎贝塔出去工作，而她的小女儿接替她承担料理家务的职责。

跟大多数穷人家的孩子一样，小考曲娜也早熟得像个大人。她得照看自己的瘸弟弟和尤吉斯的孩子。她得做饭、洗衣服、打扫房间，她要在家里上班的人回来之前把晚饭准备好。而她只有十三岁，长得又小。但她默默地承受了这一切，没有一句怨言。母亲出去了，在屠场区逛了几天之后，她找到了一个看“香肠机”的工作。

伊莎贝塔大娘惯于干活，可是这个工作对她来说还是太难了。她每天一动不动地站在那儿，从早晨七点半到中午十二点半，再从下午一点到五点半。头几天，她感觉自己实在承受不了——她也在遭受着肥料给尤吉斯造成的同样痛苦，黄昏回家的时候她也感觉头昏脑涨。另外，她也工作在一个靠电灯照明的大黑洞里，潮湿阴暗，地面上总是水涝涝的，空气里有一股腐臭味儿。大自然有着久远的生存法则：松鸡在秋天是枯叶的颜色，到了冬天则是浑身雪白；趴伏在树桩上的变色龙是黑色，在叶子上则变成了绿色。在伊莎贝塔工作的地方，工人们也同样难逃这一自然规律：无论男女老少，身上都是他们正在加工的“新鲜乡村香肠”的颜色。

在香肠加工车间里参观两三分钟是一件有趣的事，当然你千万别看人。这里的机器是整个工厂里最奇妙的东西。回想一下，以前的香肠都是用手工做的，包括剁馅儿、包馅儿。可是有了这些发明之后，所有这些程序都是由机器完成的，这要省去多少人工啊！在车间的一侧是一排绞肉机，男人们把一堆一堆的鲜肉和一车一车的香料铲到里边。在这些大碗里，飞旋的刀片每分钟转动两千次。肉被绞碎、掺进马铃薯粉、和水搅匀之后，被推送进车间另一侧的填塞机。填塞机有女工看管。机器上有一个喷口，就像水龙带的喷嘴。一个女工把一条长长的“香肠外套”一端套在喷嘴上，然后就一直这样套下去，就像把手套套在手指头上。一条香肠外套有二十到三十英尺长，可是女工只用了一会儿的工夫就把它套完了。就这样套完几条之后，她拉下机器上的控制杆，于是一条香肠肉喷射出来，套在肠衣里。参观者看得出神，只见一条长蛇蜿蜒着从机器里神奇地爬出。喷嘴的前面有一个大盘子，长蛇爬到上面，两位女工手脚麻利地抓住它，把它扭成一节一节的。在外人看来，这是整个香肠生产过程中最不可思议的地方，人们只看见女工们的手轻轻地扭动一下。然后，她们又不知怎的突然变了一下手上的动作，这回从她们手中出来的香肠已经不再是一节一节的，而是一串一串的，系在一起晃晃悠悠的。整个过程就像魔术师在变魔术——她们手上的动作飞快，令人目不暇接，一串串香肠好像在一团雾气中显现出来。透过迷雾，人们突然注意到女工们一个个因紧张而扭曲的脸：额头上刻着两道皱纹，面颊死人一般的苍白。这时，参观者突然意识到该继续往前走了。可是女工们不能走，她们还要继续待在这儿——一小时接着一小时，日复一日，年复一年，在死神的催赶下飞快地扭着香肠。这是计件工，女工们可能要养活一家人。严苛而无情的经济法则驱使她们必须这样卖命，全身心地投入到工作中，对于那些衣着光鲜、看她们的眼神就像是在看动物园里的野兽一样的女士和先生们，她们根本无暇瞥一眼。

第十四章

现在家里一人在罐头厂剔牛肉，另一个在香肠厂做香肠，这样一家人就有机会亲眼看到罐头镇上的绝大多数欺诈行为。他们发现，每当畜肉腐败到一定程度，再也派不上其他用场了，就被做成罐头或者香肠。再加上曾在酱肉车间工作过的乔纳斯所讲述的见闻，他们已经从内部真切地体会到了这里的腐肉工业的丑恶，他们也终于彻底领会了那句在罐头镇尽人皆知的俏皮话的含义——他们把猪身上所有的地方都派上用场，除了猪叫声。

乔纳斯曾讲给家人，酱肉车间酱出来的肉都是酸的，他们给这样的肉搓上苏打粉，这样就能除掉肉上的酸味，然后卖给自助午餐店。他们用五花八门的化学手段处理各种各样的肉，鲜肉、腌肉、整肉、碎肉，他们可以调配各种颜色和口味儿。他们有一套神奇的设备生产酱火腿，有了这套设备，他们既可以节省时间，也可以提高产量。这台机器上有一个空心的铁管儿，连在一台水泵上。工人把铁管儿插进肉里，用脚踩一下机器上的一个装置，几秒钟之内，火腿就被注满了酱汁。即使是被注入酱汁的火腿有的也还是散发出一股臭味儿，这股臭味儿如此难闻，以至于车间里的工人们都想逃离现场。不过，他们还可以注入第二种更厉害的酱汁，这种酱汁可以彻底除掉臭味儿——工人们称这道工序为“给它们加点儿百分之三十”。注入酱汁的火腿再经过烟熏，可是经过烟熏的火腿有的仍然有异味儿。以前，他们没有办法再处理这样的火腿了，所以只能作为“三等品”卖掉。后来，一个聪明人又想出了一个新办法。他们把火腿的骨头取出来——因为骨头周围的肉更容易腐败，然后插入一根烧得炽热的铁棍烙一烙。有了这个发明之后，他们的产品就再也没有“一等品”“二等品”和“三等品”之分了，只有“一等品”。无论是烂到什么程度的原料，屠场主们总是有办法把它们加工成一等产品：“无骨火腿”就是把碎猪肉塞进肠衣里；“加州火腿”就是把所有的肉都刮掉剩下的连着关节的锁骨；美味的“去皮火腿”就是用最老的老母猪肉做的——老母猪肉皮厚且粗糙，看了没人会买，于是他们就把肉煮熟、剁碎、压成块儿、贴上标签“特等品”！

只有那些彻底腐烂的腿肉才能送到伊莎贝塔所在的车间。这样的肉被每分钟两千转儿的旋转刀片绞碎，掺进半吨其他的肉，这样腿肉上的臭味儿、酸味儿就一点也闻不到、尝不出了。人们从来看不到是什么东西剁进了香肠。在欧洲，已经过了保质期的发霉、变色的香肠会被扔掉，而这里的屠场主们会把它们捡回来，经过硼砂和甘油处理后，倒进绞肉机的漏斗里，这样就重新做成香肠，在国内销售。有些肉就胡乱地堆在地上，地上满是泥土和锯屑，工人们就在这地面上踩踏，并把几百亿个肺结核细菌吐在上面。有些肉一大堆一大堆地堆在库房里，库房的天棚漏水，脏水就滴落在肉堆上，上面有数千只老鼠在尽享美餐。当然，库房里光线昏暗，你是看不到老鼠的，可是工人们只要把手在肉堆上一划拉就能划拉下一捧一捧的干鼠粪。老鼠人人讨厌，于是屠场主们就把老鼠药撒在面包屑里来对付它们。老鼠被毒死了，于是工人们就把死老鼠、面包屑和猪肉一起倒进绞肉机的漏斗里。这绝不是在编造故事，也不是在开玩笑。工人们把库房里的肉铲到推车里，即使看到，工人们也没有心思去捡死老鼠——跟香肠里其他的东西比，死老鼠不算什么。车间里没有洗手的地方，所以吃饭之前工人们就用即将被舀进香肠肉馅里的水洗手。熏肉的边角、腌肉的残渣以及所有其他杂七杂八的废料都一并倒进地下室的破桶里，而且一放就是很长时间。根据屠场主们制定的严格的节约制度，有些工作每隔很长时间才值得付人工费去做，其中包括清理这些破桶。这些桶他们每年春天清理一次。这些桶存放了一年，里面少不了尘土、铁锈、旧钉子和脏水之类的东西，这些东西被一车一车地倒进漏斗里，和鲜肉一起被绞成肉馅儿，做成香肠，然后端到人们的餐桌上。有些做成熏肠，但是做熏肠太浪费时间，而且成本高，于是他们就让化学处理部门用硼砂去除异味儿，用明胶染成棕色。从那个大碗里出来的香肠都是一路货色，但是包装的时候有的就被贴上了“特制”的标签，卖的时候这种“特制”香肠每磅要多收两分钱。

现在，伊莎贝塔就是置身于这样新的环境中，她也不得不接受这样的工作。这是一种让人变得麻木不仁、冷酷无情的工作。这工作不给她留下任何思考的时间，让她没有力气做任何事。她成了她所看管的那部机器的一部分，她身上任何一个工作不需要的官能都注定要退化直至完全丧失。这部残酷的碾压机唯一手下留情的地方是让她对任何事情都变得漠然。渐渐的，她变得迟钝木讷、沉默寡言。晚上，她和奥娜、尤吉斯会合在一起，然后三个人一起走回家，经常一路无语。奥娜也习惯了沉默——奥娜，那只整天叽叽喳喳的小鸟。她现在满身是病、面容愁苦，连走回家的力气都没有。回到家里，他们也是默默地吃着他们不得不吃的东西。晚饭后他们偶有交谈，不过话题也都是他们所经历过的和正在经历的不幸。稍后，他们就会爬进被窝，倒头昏睡，一动不动，直到第二天早晨起床。早晨，他们在烛光中起床，穿上衣服，然后回到机器旁。他们现在浑身的器官都变得如此麻木，以至于不知道饿。只有孩子们嚷着食物不够吃。

然而奥娜的灵魂并没有死去——他们的灵魂都没有死去，只是在休眠。偶尔，他们的灵魂会醒来，这是让他们感到痛苦的时刻。记忆的闸门有时会突然打开，过去的欢乐向他们招手，久远的希望和梦想向他们发出呼唤。这时，他们会在重压下尝试着动一下，可是刚一动他们就感觉到那压力是无比的沉重。他们被压在下面，甚至无法发出一声呼喊。但是他们重又感觉到了痛苦，这痛苦比死亡更可怕。这是一种他们从来不肯提及的痛苦——全世界不认输的人从来不肯提及的痛苦。

可是他们确实被打败了。他们已经输掉了这场赌博，他们被扫地出门了。他们无非是输在了工资、食品账单和房租这些并不崇高的事情上，可是他们的失败并没因此而减少悲壮色彩。他们曾梦想着自由，梦想着看一看周围的世界，梦想着学习一些新鲜事物，梦想着过上体面而清洁的生活，梦想着孩子们长大成人。现在，这些梦想都一一破灭了，而且永远地破灭了！他们投下了所有的赌注，可是现在他们输了，他们失去了一切。在还清最后一笔房款、奢望得到一丝解脱之前，他们还要劳作六年。可是有一点是确定无疑的：他们无法再忍受六年这样凄惨的日子！他们输了，他们落魄了——没有人来拯救他们，他们看不到希望。他们所生活的这个大都市给予他们的只是遍地的垃圾、满目的荒野、无垠的沙漠和死寂的坟墓。夜里被惊醒的时候，这些思绪就会袭上奥娜的心头。她静静地躺着，生命中最原始的恐惧那双血红的眼睛正直视着她，她吓得甚至还怕听到自己心脏的跳动声。她偶尔吓得叫出声来，吵醒劳累了一天的尤吉斯，于是他会暴怒。后来，她学会了默默哭泣——现在，他们的心很难再碰到一起！他们的梦想似乎被埋在了不同的坟墓。

作为一个男人，尤吉斯也有自己的苦恼。他身后有另一个幽灵在跟着他。他自己从来没有讲过，他也不会让任何人提起它——他从来没有承认过它的存在。然而，在跟幽灵的搏斗中，他丧失了曾经有过的全部的男人气概——有一两次，天啊，他甚至失去的更多。尤吉斯沾上了酒瘾。

他工作在地狱的蒸锅里，一天接一天，一周接一周。到现在，干起活来，浑身上下没有一块地方不疼；他的脑袋里日夜回响着海浪声；走在街上，他感到建筑物总是在摇晃。要想使自己从这无尽无休的恐怖中得到一时的解脱，办法只有一个，那就是喝酒。喝了酒，他会忘掉疼痛，甩掉重负；喝了酒，他不再感到天旋地转。喝了酒，他又能控制住自己的头脑、思想和意志。喝了酒，已经死去的自我重又复活，又开始和同伴说笑了——他又成了男子汉、生活的主人。

很长一段时间，尤吉斯喝酒从来不超过三杯。喝一杯，他就可以免费吃一顿饭，他说服自己这很划算。再喝一杯，他就可以免费再吃一顿饭。这时，饭再也吃不下去了。如果再买一杯酒喝，那可是难以想象的奢侈，这是对穷苦人与生俱来的天性的挑战。可是，有一天，他终于下水了。他喝光了兜里所有的钱，像工人们所说的那样“半醉半醒”地回家了。这是一年以来他最快乐的时刻。可是，他知道，这快乐不能长久。于是，如果有人破坏他的快乐，他就会发疯，对人、对世界、对生活发疯。可是，疯狂的背后他又对自己感到悲哀和惭愧。过后，他看到了家人的绝望。他算了算自己所花的酒钱，不禁潸然泪下。于是他开始了和这个幽灵长期艰苦卓绝的斗争。

这是一场无休止的搏斗，永无休止的搏斗。可是尤吉斯并没有清醒地认识到这一点。他也没有时间思考这个问题。他只知道自己一直在做着思想斗争。他深深地陷入痛苦和绝望中，只要在大街上走一走他就像是上了绞刑架一样。街角处肯定有一家酒馆儿——也许四个街角都有，街区中央也有几家。每家酒馆儿都热情地向他招手，他们有各自不同的特色和魅力。每天日出之前和日落之后从酒馆儿门前经过，他看到酒馆儿里面温暖的火炉、柔和的灯光和热气腾腾的美食，也许还能听到里面优美的乐声、人们兴高采烈的交谈，看到一张张亲切的笑脸。以前，在街上尤吉斯总是喜欢紧紧地搂着奥娜的肩膀，心无旁骛。如果让奥娜知道他现在染上了酒瘾，那真是一件可悲的事，想一想他都会发疯。可是，这事儿说来对他也不公平，奥娜从来没喝过酒，她不理解他跟酒瘾搏斗的痛苦。有时在苦苦挣扎的时候，他真的希望她能理解酒瘾是怎么回事，这样就不用在她面前感到惭愧了。他们甚至可以一起喝酒，一起忘掉烦恼，抛开一切——尽管是一时的。

到后来，只要醒着，他就一直在喝酒的欲望中挣扎。他变得脾气暴躁，他恨奥娜，恨整个家庭，是他们挡他的路。他为什么要结婚！自己可真是个傻瓜！他把自己紧紧地拴住了，他把自己当奴隶卖了。就是因为结婚他才不得不待在屠场里，否则的话他完全可以像乔纳斯那样一走了之，让屠场老板们见鬼去。肥料厂里几乎没有单身男人，有那么几个也只是把这里当成了跳板，伺机逃走。这里几乎所有工人干活的时候都有心思，他们回忆着上一次喝醉的情形，盼望着再一次喝醉。而尤吉斯，他要把挣的钱一分不少地拿回家。他甚至中午也不能和其他工人一起出去，他只能蹲坐在一堆肥料上吃午饭。

当然，尤吉斯的情绪并不总是这么坏。他仍然爱着家人。目前只是一段艰难时期。比如说，小安东纳斯就总是能用笑脸征服他。可是，现在的小安东纳斯是没有笑脸的，因为他起了一身的红包。小孩子易得的病他都得过了，一个接着一个。一岁之前，他得了猩红热、腮腺炎、百日咳，现在他又得了麻疹。家里只有考曲娜照看他。他们也没有请医生，因为太穷。反正孩子得了麻疹也不会死——至少不经常死人。看到孩子的可怜样，考曲娜有时会急得掉眼泪。不过，大多数时间他就被圈在床上，没人理会。把他放在地上可不行，地上冷风飕飕，万一得了感冒，他会死的。晚上，他被绑得严严实实，怕他在一家人都在昏睡的时候踹开被子。他就一个人躺着，哭闹着，一连几小时，哭得浑身抽搐。最后实在没有力气了，他就躺在那儿咿咿呀呀地闹。他正发高烧，两眼红肿。白天看，他简直就是一个小妖怪，一个布满红包的湿漉漉的泥球儿，一大块紫色的惨兮兮的东西。

不过，这孩子实际上并不像我们想象的那样凄惨。虽然在生病，但他已经是家里最幸运的人了。他所遭受的痛苦完全能够忍受——也许他正是以哭闹的形式向世人表明他的健康。他是父母青春和欢乐的结晶，他会像魔术师手里的小树苗一样转瞬间长大，他会主宰整个世界。通常，他会整天东倒西歪地在厨房里转悠，面黄肌瘦——一家人的开销分到他头上的那份还不够他吃，他还不会控制自己的欲望。小安东纳斯只有一岁多一点，可是一家人谁也制服不了他，除了他父亲。

安东纳斯似乎耗尽了母亲的所有精力——没有给后来的弟妹们留下一点点。奥娜又怀孕了，这事儿一想起来就令人害怕。即使是麻木而绝望的尤吉斯也知道这对一家人意味着什么。虽然他们每天都生活在诸多烦恼中，可是一想到奥娜怀孕的事，他还是吓得不禁浑身发抖。

奥娜的身体眼看着就要垮掉了。现在她开始咳嗽了，跟死去的安东纳斯老爹同样的病症。自从那个悲惨的早晨被贪婪而冷酷的电车公司赶下车、赶到大雨中之后，她身上就出现了不祥的征兆。现在病情开始加重，以至于晚上她经常睡不着觉。比咳嗽更可怕的是她变得越来越神经质：头疼得厉害；突然无缘无故地哭泣；有时晚上回来浑身发抖，长吁短叹，倒在床上便失声痛哭。有几次，她几乎完全失控，变得歇斯底里，尤吉斯被吓得差点儿疯掉。伊莎贝塔解释说，女人怀孕的时候都这样。可是尤吉斯怎肯相信，他不断追问到底发生了什么事儿。他说她以前从来没有这样过——莫名其妙，不可理喻。实际上，悲惨的生活和该死的工作正一步一步地侵害着她的肉体和精神。她不适合做那种工作——没有哪个女人适合做那种工作，女人不应该被允许去做那样的工作。如果这个世界不能让女人有其他的活法，那就把女人都杀掉，一了百了。他们本就不应该结婚，生孩子。劳苦的人们都不应该结婚——如果他，尤吉斯，早知道女人是怎么回事儿，他本应该把眼珠子挖掉。他越想越激愤，几乎要失去理智，自己也要变得歇斯底里起来，看到一个大男人变成这样，谁也不能无动于衷。于是，奥娜立刻镇定起来，扑到尤吉斯的怀里，央求他别发火，平静下来，安慰他说自己会好起来的，一切都会好起来的。于是，她就会枕在他的肩膀上悲伤地啜泣。尤吉斯看着她，眼神凄苦而无助，那样子就像是一头受了伤的猛兽，而黑暗中敌人正虎视眈眈地盯着他。

第十五章

奥娜的这些令人困惑的情绪变化始于夏天。每次奥娜都会用吓得发抖的声音安慰尤吉斯说以后不会再这样了，可是下一次还是会来。每次危机都会使尤吉斯感到越来越惊慌，他也越来越不相信伊莎贝塔的安慰话，他坚信这其中肯定有不肯让他知道的可怕的内情。有一两次，在暴怒中他偶然注意到奥娜的奇怪眼神，一种被捕获的猎物的眼神。偶尔，奥娜一边流泪一边断断续续地说出一些痛苦和绝望的话。只是因为他自己过于木讷和绝望，所以尤吉斯对那些话并没有太过在意。过后他也从来不想这件事——他就像一头负重的哑兽，只知道当前所发生的事。

冬天又一次来临，而且比以往更可怕、更残酷。现在是十月份，节日生产高峰已经到来。屠场里的机器需要运转到深夜才能够生产出足够的满足圣诞节早餐需要的食品。作为机器的一部分，玛丽娅、伊莎贝塔和奥娜现在每天要工作十五到十六个小时。她们别无选择——如果想保住饭碗，不管有多少活儿，她们都必须按时完成，何况多干活还能增加一点收入呢。她们在极端的重负下摇摇晃晃地撑着。她们每天早晨七点钟开始上班，中午吃一顿午饭，然后继续工作，直到晚上十点或者十一点，期间再也顾不上吃一口饭。下班后，尤吉斯想等她们一起回家，好一路上有个照应，她们说不用。肥料厂里的工作现在不需要加班加点，下班后他也没地方可去，所以他只能在酒馆儿里等她们。下班后她们各自踉踉跄跄地走上漆黑的大街，来到街角，她们在这儿会合。如果另两个人已经回家了，最后的一个就会钻进一辆电车，一路痛苦地挣扎着保持清醒。回到家，她们个个累得筋疲力尽，不想吃饭也不想脱衣服。她们甚至不脱鞋就直接钻进被窝，像木头一样倒头便睡。如果不这样坚持下去，那他们就彻底毁了。他们只有穿着衣服睡觉来保暖，因为他们没有钱买更多的煤。

感恩节前一两天下了一场大暴风雪。雪是从午后开始下的，到了晚上地面上的积雪已有两英寸厚。尤吉斯本来想等女人们回家，可是天太冷，于是他就钻进了一家酒馆儿，喝了两杯酒，然后就出来往家跑了，他要躲避那个幽灵。回到家，他躺下来等她们，可是一躺下他就睡着了。当他睁开眼睛的时候，他发现自己正身处一场噩梦之中：伊莎贝塔正在摇晃着他，并对着他大喊大叫。开始，他没有听懂她在说什么。稍后，他才知道了。原来奥娜还没有回家。他问，当时是几点钟。时间已经是第二天早晨了，该起床了。奥娜整宿未归！外面冷风刺骨，地上积雪深达一英尺！

尤吉斯腾地坐了起来。玛丽娅吓得哀号着，孩子们也感觉到了事情的严重性，叫声一片，小斯坦尼斯洛伐斯也跟着哭泣，因为暴风雪的恐怖又笼罩在了他的头上。尤吉斯胡乱地穿上鞋和外衣，半分钟后他就跑出了门。出了门他突然意识到着急也没用，因为他根本不知道去哪里找奥娜。外面一如午夜般漆黑，大片大片的雪花飘落，整个世界静得只听到一片沙沙声。就在他站在那迟疑的片刻，他身上已经覆盖上了一层厚厚的白雪。

旋即，他拔腿朝屠场跑去，偶尔停下来跑进仍在营业的酒馆儿里打听。奥娜也许在路上出事了，也许在厂子里遭遇了机器事故。他跑到她工作的地方问夜间值班的门卫，门卫告诉尤吉斯，据他所知厂子里没发生什么事故。考勤室已经开门了，于是他又跑到那里去问，一个职员告诉他前一天晚上奥娜的考勤牌已经交上来了，这说明她下班走了。

此后，他再也不知道上哪里去找奥娜了，只能等着。他在雪中不停地走来走去，避免自己被冻僵。屠场已经开始忙碌起来：远处，新贩进来的牲畜正从火车车厢里卸下来；对面，“牛肉搬运工”正在黑暗中吃力地把两百磅重的牛肉半子搬运到冷藏车上。黎明的第一线曙光还没有出现在天空中，成群的工人已经拥来，一个个冻得哆哆嗦嗦，晃晃荡荡地拎着饭桶从身边经过。尤吉斯走到考勤室的窗前站定，那里的灯光可以让他看清经过的人。雪还在急唰唰地下着，他只有仔细地盯着看才不至于漏掉奥娜。

七点钟，那部庞大的宰杀机开始运转的时间到了。这时候，尤吉斯本来也应该在肥料厂上岗了。可是他要等下去，他心中充满了恐惧和担心。七点一刻，他看见一个人影从雪雾中隐现。他拔腿朝那人影跑去，并大喊一声。就是她，她正一路小跑地由远及近。当她看到尤吉斯的时候，踉踉跄跄地往前跨了一步，几乎倒在他伸出的手臂里。

“出什么事了？”他焦急地喊道，“你去哪儿了？”

几秒钟之后她才喘过起来回话儿。“昨晚我回不了家，”她大声地叫着，“雪……电车停了。”

“那你去哪儿了？”他追问道。

“我跟一个朋友去她家了，”她气喘吁吁地说，“去雅德维佳那里了。”

尤吉斯长出了一口气。可是他发现奥娜在哭泣，哭得浑身颤抖，好像他最害怕的神经质又发作了。“到底怎么了？”他又喊道，“到底发生了什么事？”

“噢，尤吉斯，我真的很害怕！”她说，疯狂地抓着他，“我一直很担心！”

他们站的地方靠近考勤室的窗子，路过的工人都盯着他们看。尤吉斯把她领开。“你在说什么呢？”他迷惑不解地问道。

“我害怕，我就是害怕！”奥娜呜咽着说，“我知道你不可能知道我在哪儿。我不知道你在干什么。我想回家，可是我太累了。噢，尤吉斯，尤吉斯！”

能把她找回来，他已经放心了。至于别的事，他一时半会儿还想不清楚。在他看来，她的沮丧、慌乱、语无伦次都没有什么可奇怪的，人只要回来就好。他让她把眼泪都哭出来。时间已经接近八点了，如果再耽搁，又一个小时就会过去。于是，他在屠场的门口告别了奥娜，连同她那死人一般苍白的脸和一双充满恐惧的眼睛。

就这样又过了几天，圣诞节就在眼前了。天还在不停地下雪，仍然冷得彻骨，每天早晨尤吉斯照常携着妻子出门，然后两个人踉踉跄跄地走在黑洞洞的大街上。直到有一天，这一切结束了。

他们只休了三天假。节后上班第一天，玛丽娅和伊莎贝塔午夜回到家里，发现奥娜还没有回来，两个人吓得惊叫。她们下班后决定等奥娜一起回家，可是等了好久仍不见奥娜的影子，于是她们就到奥娜工作的车间去找，得知包装火腿的姑娘们一个小时以前就已经收工回家了。那天晚上没有下雪，也不是特别冷，可是奥娜还没有回来！这次一定是出了什么大事。

她们叫醒了尤吉斯。他坐了起来，听了事情的经过，心中不免发火。不过，他转念一想，奥娜一定又跟雅德维佳一起走了。雅德维佳住的地方离屠场只有两个街区远，而奥娜也一定是太累了。不可能出事，即使出了什么事，也只能等到第二天早晨再说了。尤吉斯在床上翻了一下身，然后又呼呼睡去了，玛丽娅和伊莎贝塔只得把门关了。

第二天早晨，尤吉斯比平时早出门一个小时。雅德维佳·马辛库斯住在屠场的另一边，过了霍斯泰德大街。她跟母亲以及姐妹们住在一间地下室里——由于血液中毒，米古拉斯最近失去了一只手，他们的婚姻大事只能无限期地拖下去。地下室的门朝楼的背面开，出来是一个狭长的院子。尤吉斯看见窗子亮着灯，走近的时候听到房间里面有油炸食品的声音。他敲了敲门，期待着开门的是奥娜。

不过，开门的却是雅德维佳的小妹妹，她从门缝里盯着尤吉斯看。“奥娜在这儿吗?”他问道。小女孩儿一脸的迷惑，说:“奥娜?”

“对，”尤吉斯说，“她住在这儿吗?”

“没有，”小女孩儿说。尤吉斯心里一震。片刻，雅德维佳来到门前，在小女孩儿的头上方往外瞧。一看到尤吉斯，她赶紧躲开身，因为她还没穿好衣服。她说了声抱歉，母亲正病得厉害……

“奥娜不在这儿?”尤吉斯迫不及待地问，不等雅德维佳把衣服穿好。

“不在啊，怎么回事儿?”雅德维佳说，“你怎么会想她在这儿呢？她说过要到我这里来吗?”

“没有。”他回答，“只是她昨天晚上没回家，所以我想她可能又像上次一样到你这里来了。”

“像上次?”雅德维佳一脸茫然。

“是啊，有一天晚上她在你这儿过夜的啊。”尤吉斯说。

“你一定是搞错了，”她急忙说，“奥娜从来没有在我这里过夜啊。”

还没等她把话说完，尤吉斯就急忙急火地喊道：“怎么会！怎么会！两周前，雅德维佳！下雪的那天晚上，她告诉我她回不了家了。”

“一定是搞错了，”女孩儿再一次声明，“她没来过这里。”

尤吉斯几乎晕倒，他赶紧用手扶住门框。雅德维佳也很着急，因为她很喜欢奥娜。她把门打开，手紧紧拽住外衣领子。“你能肯定你没有听错吗?”她喊道，“她一定是说去了别的地方。她……”

“她说的就是你这里，”尤吉斯坚持道，“她还跟我讲了你的情况，你的身体，你们之间所说的话。你敢肯定你没有忘记吗?你敢肯定当时你在家吗?”

“我肯定，我肯定!”她大声叫道。这时，从房间里传出一个人恼怒的声音——“雅德维佳，孩子要感冒了，关上门!”尤吉斯又站了片刻，朝着窄窄的门缝里多啰唆了两句表示不解的话，然后道了歉，转身离开，知道再问下去也不会有什么结果。

他感到头晕目眩，不知道自己要上哪里去。奥娜欺骗了他！她向他撒了谎！为什么？上次她到底去了哪里？现在她又在哪儿？他几乎不敢相信这是事实，更找不出答案。上百种假设一股脑涌现，一种大难临头的感觉袭来。

他不知道再上哪里去找奥娜，于是他又来到了考勤室的窗外等候。他就在那里一直等着，快要到七点半了也没有看见奥娜的影子，于是他就直接走进了奥娜工作的车间，去问女工头。女工头也还没来，从闹市区到屠场的所有电车线路都停运了，原来发电厂出了事故，自从昨晚到现在所有电车停运。女工头虽然没来，可是火腿包装工人们都已经开始工作了，由另一个人临时负责管理。那位姑娘一边忙碌着一边回答尤吉斯的问话，同时眼睛警惕地环顾四周，看看是不是有人在监督她。这时，有一个推着车子的男工走了过来，他认出尤吉斯是奥娜的丈夫，他听了尤吉斯的讲述后也感到事情蹊跷。

“奥娜没来上班可能与电车停运有关，”他猜测道，“昨晚她可能去市区了。”

“不可能，”尤吉斯说，“她从来不去市区。”

“也许没去。”那人说。尤吉斯注意到那人一边说话一边跟临时女工头匆匆交流了一下眼神，于是他紧接着追问了一句：“你是不是知道一些情况啊？”

这时，女工头的眼睛正紧紧地盯着那人看，于是他就推起车子，默不作声地走开了。“我什么也不知道，”他扭过头来说，“我怎么能知道你老婆去了哪里？”

尤吉斯从车间里走出来，在门前焦急地踱来踱去。整个一上午，他就这样等着，心里根本没想到自己要去上班。快要到中午的时候，他去了趟警察局打听情况，然后又回到原地守着。最后，又等了半个下午之后，他终于回家了。

他走在阿什兰大街上。电车已经开始恢复运营了，有几辆车从他身边经过，车厢里人满为患，连踏板上都站满了人。看见电车，尤吉斯又想起了那位男工讽刺他的话。于是，他开始有意无意地留意起过往的电车。突然，他惊叫一声，停下脚步。

然后，他开始狂奔起来。他跟着电车跑了一个街区，紧追不舍。他看见了那顶棕褐色的帽子，还有那朵低垂的红花，也许那并不是奥娜的帽子，但总还是有一点可能的。而且这种可能性很快就会变成现实，因为再过两个街区她就要下车了。于是，他放慢了速度，任由电车继续向前驶去。

她下了车。她一拐进横街，尤吉斯就又跑了起来。现在，他心中的怀疑越来越深，并不觉得跟踪自己的妻子是一种耻辱。他看见她拐过家附近的那个街角，于是他又开始跑起来，他看见她登上了家门口的台阶。这时他停下来，开始往回走，来来回回大约踱了五分钟，拳头紧握，牙关紧咬，大脑一片混乱。最后，他走向家门口，进去了。

他打开门，看见伊莎贝塔已经回来了，她也一直在寻找奥娜。她蹑手蹑脚地走向尤吉斯，用手指按住嘴唇。

“别出声。”她慌忙地小声说。

“怎么了?”他问。“奥娜正睡着呢，”她喘着气说，“她病得很厉害。我看她现在神志不太清醒，尤吉斯。昨天晚上她迷路了，在街上转了一个晚上。我刚刚让她安睡下来。”

“她什么时候回来的?”他问道。

“今天早上你出门后不久。”伊莎贝塔说。

“回来后她又出去过吗?”“没有，当然没有。她太虚弱了，尤吉斯，她……”

尤吉斯恨得咬牙切齿。“你在撒谎，”他说。

伊莎贝塔吓得心惊肉跳，脸色苍白。“你为什么这么说!”她喘着气说，“你什么意思啊?”

尤吉斯一言不发。他推开伊莎贝塔，三步并作两步地冲向卧室的房门，一下子把门推开。

奥娜正坐在床上。看见尤吉斯闯了进来，她满眼的惊愕。尤吉斯当着伊莎贝塔的面砰的一声把门关上，径直走到妻子跟前。“你去哪儿了?”他逼问道。

她放在膝上的双手紧紧地攥着；面无血色，如同一张白纸，痛苦地扭曲着。她喘了一两口气，然后开始低声地、急切地说：“尤吉斯，我……我想现在我有点神志不清。昨天晚上下班后我就往家走，可是找不着路。我就一直走……我走了一晚上，我想……今天早晨……我才到家。”

“那你就应该好好休息，”他说，语气生硬，“为什么还要出去?”

他直视着奥娜的脸，他注意到她的脸上突然掠过一丝惊恐的神色，眼神一下子变得犹疑不定。“我……我得去……去商店，”她上气不接下气地说，几乎听不出声来，“我得去……”

“你撒谎，”尤吉斯说。他攥紧拳头，往前跨了一步。“你为什么要对我说谎?”他气得暴跳如雷，“你到底做了什么事，非要对我撒谎?”

“尤吉斯!”她惊叫道，吓得一下子站了起来，“噢，尤吉斯，你怎么能这么说?”

“我说你在撒谎!”他喊叫道，“你说你那天晚上去了雅德维佳那里，可你根本就没有去。你去了昨天晚上去的地方——市区的什么地方，我看见你从电车上下来了。你到底去哪儿了?”

尤吉斯的一席话就像一把钢刀插在了奥娜的心上。她几乎要瘫倒。有那么片刻，她站在那儿，感觉到天旋地转，身体摇摇晃晃，眼睛盯着尤吉斯，眼神里充满了恐惧。突然，她痛苦地大叫一声，伸出双臂，跌向尤吉斯的怀里。尤吉斯故意闪开，任凭奥娜跌倒下去。她的身体被床挡住，然后倒在床上。她双手掩面，号啕大哭。

那种常常让尤吉斯感到惶惑不安的歇斯底里式的症状又一次发作了。奥娜呜咽着、啜泣着，她内心的恐惧和痛苦已经达到了顶峰，而且久久不能消退。狂烈的情感洪流在她的体内激荡，她的身体被冲击得跌宕起伏，就像一阵阵狂风肆意蹂躏着山头上的一棵小树。她的整个身体都在剧烈地颤抖着、抽搐着——她的体内似乎有一种可怕的力量在升腾，这力量想要占有她、蹂躏她、摧毁她。以前，这种情况常常令尤吉斯急得发疯，可是现在他却站在那里牙关紧咬、拳头紧攥——即使她一直哭到死，尤吉斯的内心也不会受到丝毫的触动——哪怕是一丝一毫的触动。她的哭声使尤吉斯的血液变得冰冷，嘴唇不由自主地抖动。这时，伊莎贝塔大娘推开门，冲了进来，吓得脸色苍白，尤吉斯心中不免产生一丝快意。他转向她大声骂道："滚出去！滚出去！"正当她犹豫要不要开口讲话之际，尤吉斯抓起她的胳膊，差不多是把她扔出了房间，然后砰地把门关上，又用桌子抵住。他重又转向奥娜，大声喊道："快点回答我！"

然而她根本就没有听到他的话——她仍然被那个魔鬼掌控着。她的双手在床上胡乱地扭曲着、抓挠着、抽搐着，就像活着的软体动物。她的身体一阵痉挛，然后传遍四肢。她啜泣着、哽咽着——似乎有太多的声音要从同一个喉咙里挤出，互相冲撞着、排挤着，就像海面上翻涌的海浪。哭声随即变得尖细起来，进而越来越狂放，直至爆发成令人毛骨悚然的狂笑。尤吉斯一直在忍受，直至忍无可忍。他猛地冲到她跟前，两手抓住她的肩膀，粗暴地摇晃着，同时对着她的耳朵大喊：“别哭了，我叫你别哭了！”

她抬头望着他，眼神痛苦而绝望。她的身体突然向前倒去，倒在他的脚下。他想躲开，可是她还是抓住了他的双脚，身体趴在地上翻滚。她的哭喊令尤吉斯感到自己的喉咙也像是被什么东西堵住了一样，于是他又一次更加凶狠地喊道：“住声，我叫你住声！”

这次她终于听到了他的话，她的气息也舒缓了过来，于是她就静静地躺在地上，尽管身体还是由于啜泣而抽动着。她就这样躺着，一动不动，感觉躺了很久，直到丈夫的心里产生一丝寒冷的恐惧感，以为她死了。突然，他听到她微弱的叫声：“尤吉斯！尤吉斯！”

“干什么？”他说。

他不得不伏下身子听她说话，因为她的身体实在是太虚弱了，说话有气无力。她一字一顿地祈求他：“你一定要相信我！相信我！”

“相信你什么？”他喊道。

“相信我……我心里最清楚……我爱你！别再问我了……问我做了什么。噢，尤吉斯，求求你了，求求你了！一切都是为了咱们好……一切……”

尤吉斯刚要说话，她急忙把他的话堵住。“求求你！求求你……相信我！不是我的错……我没有办法……没有事……没什么……对我们没有害处。噢，尤吉斯……求求你，求求你！”

她抓住了他，想借此站起身看着他。他感觉到她的手在痉挛似的抖动着，紧压在他身上的胸口在剧烈地起伏着。她抓起他的一只手，拉近自己的脸，泪水簌簌地滴落在他的手上。“噢，相信我，相信我！”她又开始哀号起来。尤吉斯狂躁地大喊：“我不相信！”

她抓住他，死死不肯松手，依然绝望地哀号着：“噢，尤吉斯，想想你在干什么！这样会毁了我们的……毁了我们！噢，不，千万别这样！别这样，别这样。千万别这样！我要疯了……我要死了……别这样，别这样，尤吉斯，我要疯了……真的没什么。你真的没有什么要知道的。我们会幸福的……我们还会像以前那样相爱的。噢，求求你，求求你，相信我！”

她的话使他发狂。他掰开她的手，狠狠地把她甩开。“回答我，”他喊道，“该死的，我说了，回答我！”

她坐在地上，又开始哭号起来。那声音就像是地狱里冤魂的悲鸣，尤吉斯实在无法忍受。他的拳头狠狠地砸在身旁的桌子上，对着她又一次大喊：“回答我！”

她开始大喊大叫起来，那声音就像是受伤了的野兽的哀号：“噢！噢！我不能！我不能告诉你！”

“为什么不告诉我？”他喊道。

“我不知道怎么跟你说！”

他冲到她跟前，揪住她的胳膊，把她一拎而起，眼睛狠狠地盯着她的脸。“告诉我昨天晚上你去哪儿了！”他喘着粗气说，“快，快说出来！”

她开始一字一顿地讲了起来，声音低得几乎听不见：

"我……去了……市区的……一家……"

"一家什么？你说的是什么？"

她试图避开尤吉斯的眼神，可是他死死地盯着她的眼睛。"汉德森小姐的家。"她喘着气。开始的时候尤吉斯还没有明白过来。"汉德森小姐的家。"他重复道。旋即，他一下子向后倒去，嘴里发出一声尖叫。那可怕的秘密终于揭开了，就像一颗炸弹突然爆炸了，那巨大的气浪一下子把他掀翻。他勉强靠在墙上站定，把手放在额头上，眼睛向四处惊恐地张望，低声说："天啊！天啊！"

只过了片刻，他一跃而起，扑到正蜷缩在他脚下的奥娜跟前。他掐住她的脖子。"告诉我！"他声音嘶哑，喘着粗气说，"快点告诉我！是谁把你带到那个地方去的？"

她想挣脱，这使得尤吉斯变得更加愤怒。他以为，奥娜之所以挣扎是因为她害怕，因为尤吉斯的手掐得她脖子疼——他不明白奥娜是因为羞愧而痛苦。不过，她还是回答了他的问话："是康纳。"

"康纳，"他喘着粗气。"康纳是谁？"

"工头，"她答道，"就是那个……"

狂怒之下，尤吉斯的手掐得越来越紧，直到奥娜闭上了眼睛，他才意识到他快要把她掐死了。他松开手指，蹲下来等着奥娜缓过神。她又睁开了眼睛，尤吉斯呼出的热气直扑到她的脸上。

"告诉我，"他语气低沉，"告诉我怎么回事。"

她躺在那儿一动不动，尤吉斯只有屏住呼吸才能听清她说的话。“我不想……那样做，”她说，“我想……我想逃开。我这么做……是为了救咱们一家人。这是我们唯一的活路。”

接下来是一阵沉默，只听到尤吉斯的喘气声。奥娜闭着眼睛，再次开口说话的时候她的眼睛依然没有睁开。“他对我说，他会把我赶出去。他对我说，他会让我们都失掉工作，以后也别指望……在这里……找到任何工作，他……说到做到……他要把我们都毁掉。”

尤吉斯支撑在地上的双臂在剧烈地抖动着，他已无力站起身，在听奥娜讲述的时候，他的身体不住地向前倾。“什么时候……什么时候开始的？”他喘着气。

“从一开头，”她说。说话的时候，她似乎处于一种迷离状态。“这一切……这一切都是他们设的套……汉德森小姐设的圈套。她恨我。他……他也恨我。最初，他总想和我搭话……在外面的站台上。后来，他开始挑逗我。他要给我钱。他乞求我……他说他爱我。再后来，他干脆就威胁我。他知道我们一家人的情况，他知道我们会饿死。他认识你的工头，他也认识玛丽娅的工头。他会把我们一家人都整死，他说。接着他又说，如果我……如果我……我们一家人就不愁工作……永远不愁。最后，有一天，他突然拉住我……不放我走……他……他……”

“在什么地方？”

“在走廊里……晚上……人们都走了。我真是没办法。我想到了你，想到了咱们的孩子，想到了母亲，想到了弟弟妹妹。我怕他……我不敢喊。”

刚才她的脸还是死灰一样的苍白，而现在却变得绯红。她开始呼吸急促。尤吉斯则一声不吭。

“那是两个月以前。后来他就让我到……那家去。他让我住在那里。他说那样的话我们……都不用去工作了。他强迫我到那里去……在晚上。我跟你说过……你以为我在厂子里。后来，有一天下雪了，我就没能回家。再就是昨天晚上……电车都停了。就出了这么一点点差错……却毁了我们一家。我本来想走回家，可是我走不动。我不想让你知道真相。本来……本来一切都会照常的。我们本来会像以前一样过日子的，你也永远不用知道这事儿。他渐渐对我厌倦了……他很快就会放过我的。我就要生孩子了……样子越来越丑。他已经跟我说过……两次……这样的话了，昨天晚上他还这么说，他还……踢了我。可是现在你要杀了他……你……会杀了他……我们就只有死路一条了。”

说这些话的时候，她的整个身体一动不动。她躺在那儿犹如死人一般，连眼皮也不眨一下。尤吉斯仍是一言不发。他扶着床站起身，连看也不看一眼奥娜就径直朝房门走去，把门打开。他没有看见伊莎贝塔，她正蜷缩在一个角落里，浑身吓得哆哆嗦嗦。他帽子也没戴就冲了出去，身后的大门就那样敞开着。两脚刚一踏上人行道，他就开始狂奔起来。

他着了魔似的一路狂奔，气势汹汹，顾不上东西南北。他沿着阿什兰大街不知跑了多远，直到累得筋疲力尽，他才放慢了脚步。有一辆电车正好停下，他飞身跳上车。他的眼神充满了凶光，头发直竖，呼呼地喘着粗气，就像一头受伤了的公牛。车上的乘客倒是没有特别注意他——像尤吉斯这样一身臭烘烘的人有这样的举止没有什么可奇怪的。像往常一样，人们自动远离他。

售票员用指尖小心翼翼地从他手中接过那枚镍币，然后他就一个人独享电车的脚踏板。这一切尤吉斯毫无察觉——他的心神早已飞到了远处。他的内心就像是一个熊熊燃烧的火炉。他站在那里等待着，等待着，时刻准备着蹲伏下去，然后一跃而起。

电车驶向了屠场的大门，他深深地吸了几口气。车一停下，他就腾地跳下车，然后开始拼命狂奔。路过的人纷纷侧目盯着他看，而他全然不顾。工厂到了，他飞身跨进大门，踏上走廊。他知道奥娜工作的车间，他认识康纳，外边那帮装卸工人的工头。他冲进车间，眼睛到处扫视着，搜寻着那个人。

推车的工人们正在忙着干活，把刚包装好的箱、桶搬运到外面的火车车厢里。尤吉斯迅速扫视了一下站台——那人不在。突然，他听到从走廊里传出一个声音，他飞身奔向走廊，转眼间他就站在了那工头的面前。

他是一个大个头、红脸膛的爱尔兰人，面相粗鄙，浑身酒气。他刚一跨出门槛就撞上了尤吉斯，他顿时脸色大变。他犹豫了一秒钟，准备逃掉。又过了一秒钟，仇人已经扑向了他。他举起双手，想护住脸。尤吉斯使出了浑身的力气，一拳击在他两眼之间，他踉踉跄跄地向后倒去。转眼间，他就骑在了他的身上，两手紧紧扼住了他的喉咙。

在尤吉斯眼里，他胯下的这个人就是邪恶的化身。一碰到他的身体，尤吉斯浑身上下就有一股疯狂的力量要爆发——他身上的每一根神经都在颤抖，他灵魂深处所有的毁灭欲望都在燃烧。这邪恶曾经凌辱了奥娜，这野兽，现在他抓住了它，抓住了它！现在该轮到他了！曾经发生的一切令他血脉喷涌，在不共戴天的仇恨驱使下，他大叫一声，揪起仇人的头，重重地砸在地上。

当然，现场一片骚乱。女人们被吓得哭爹喊娘，有的当场昏厥过去。男人们蜂拥而至。尤吉斯心中复仇的怒火烧得正旺，他只管痛击身下的敌人，全然没有理会其他人的一举一动，也没有注意到那些前来制止他的人。五六个人抓住了他的腿和肩，把他从敌人的身上拽起，这时他才意识到猎物要逃脱了。他以闪电般的速度再次扑向猎物，他的牙齿深深地扎进了敌人的面颊。当他被拽开的时候，人们看到他的嘴里在大滴大滴地滴着鲜血，几片脸皮衔在他的嘴上。

他们把他摁倒在地，拽住他的胳膊和大腿，即使这样，他们仍然制服不了他。他像一头猛虎，腾跃着、冲突着，那些人被摔得东倒西歪。他再一次扑向已经昏死的敌人。更多的人拥了进来，于是车间里一片混战，胳膊、大腿扭作一团，像小山一样翻腾着。最后，凭着人多势众，他们终于把尤吉斯打没了气儿，然后他们把他抬进了公司的警务室。他躺在那里一动不动，直到他们叫来一辆巡逻警车，把他带走。

第十六章

尤吉斯醒来之后，乖乖地跟着警察走了。他实在是没有一丝反抗的力气了，他感觉到天旋地转，另外他也看到了周围全是穿蓝色制服的警察。他被推上一辆警车，旁边坐了五六个警员看守着他。当然，他们都尽量坐得离他远点，因为他们都害怕他身上的那股肥料味儿。他来到警长的办公桌前站定，交代了自己的姓名和住址，然后他又看到警长在他的名字下面写上了行凶的罪名。在去禁闭室的路上，他被一个魁梧的警员一顿臭骂，因为他走错了走廊。由于走得不够快，他又被踢了一脚。对于这些，尤吉斯连眼皮都没有抬一下——他在罐头镇已经住了两年半，知道警察都是什么货色。如果胆敢在他们的老巢里要横，惹怒了他们，那你无疑是在找死，十几个人会一窝蜂地扑向你，把你的脸打烂。如果在警察局跟警察发生混战，你的脑袋被开瓢并不是什么稀罕事——事后，他们会报告说你酒醉摔倒，没有人会知道案情真相，也没有人会关心这种案子。

一扇铁栅栏门在他身后咣当一声关上了。尤吉斯坐在板凳上，双手掩面。禁闭室里只有他一个人，整个下午和晚上就他一个人。

起初，他就像是一头饱餐过后的野兽，陶醉于一种浑浑噩噩的满足感。是啊，毕竟他狠狠地教训了那个恶棍——如果再多给他一分钟，他会让他更惨。不过，这样已经够了。由于紧紧地扼住那人的喉咙，他的指尖现在仍然留有一丝疼痛感。随着力量和理智渐渐恢复，尤吉斯已经从片刻的满足中清醒了过来。他差点把那工头杀死，可这对奥娜又有什么帮助呢——她内心的恐惧不会消失，整天纠缠着她的噩梦不会消失。这样做也不会让她和孩子从此衣食无忧。她无疑会丢掉工作，而他——只有上帝知道他会有什么下场。

他在禁闭室里走来走去，在这场噩梦中挣扎着，这样一直到半夜。最后，他实在是太累了，于是他想躺下来睡一会儿。可是，有生以来他第一次感觉到自己的大脑如此混乱。隔壁的监房里住的是一个打老婆骂孩子的醉鬼，再往那边是一个大喊大叫的疯子。午夜时分，他们打开了整个警局的大门，收容那些挤在门口、在寒风中冻得瑟瑟发抖的无家可归的流浪汉。他们一窝蜂地拥进禁闭室外面的走廊。有些人就在光秃的石板地上伸开身子躺下，随即打起鼾声。有些人就一直坐在地上，笑着、说着、骂着、吵着。空气里弥漫着他们呼出的臭气，然而就连这些人也闻出了尤吉斯身上的气味，于是他们开始咒骂尤吉斯，骂他下地狱受折磨。尤吉斯远远地躲在禁闭室的一个角落里，数着额头上脉搏的跳动。

有人给他送来了晚餐，这种晚餐被称为“干食加药汤”——铁盘子里放上几块干面包，外加一杯叫作“药汤”的咖啡。这种咖啡之所以叫药汤是因为里边加了麻醉药，喝了它之后犯人就会保持安静。尤吉斯无心吃饭。他不知道这一点，否则的话他会由于绝望吞下去的。由于羞愧和愤怒，他身上的每一根神经都在颤抖。快要到早晨的时候，拘留所里安静了下来。他站起身，又开始在监房里来回踱了起来。他的灵魂深处出现了一个红眼恶魔，这恶魔正一口一口地撕咬着他的心。

他并不是为自己而难过——一个曾经在达拉谟的肥料厂工作过的人难道还会担心自己未来的遭遇吗？监狱的生活是残酷的，不过监狱的残酷和他过去的经历、那不堪回首的记忆、那永远挥之不去的心灵伤痛相比又算得了什么！那记忆中的伤痛令他发疯。他伸出双臂，仰望苍天，祈求着上苍的拯救。可是，没有人能拯救他，即使是上苍也无力抹去那惨痛的记忆。那是一个永远也驱赶不走的幽灵，那幽灵时刻尾随着他，随时会抓住他，把他打倒在地。噢，如果他能够预见到就好了——可是，他本可能会预见到的，都怪自己是个白痴！他用拳头重重地砸着自己的额头，他诅咒着自己，诅咒自己竟然让奥娜到那种鬼地方去工作，诅咒自己竟然没有帮助奥娜避免那个尽人皆知的命运。他本应该把奥娜带走，哪怕是倒在芝加哥的街沟里饿死！可是现在——噢，这不可能是真的，这太可怕了、太恐怖了。

这是一个令人无法面对的现实。每次想到这件事，尤吉斯就害怕得浑身发抖。不，没有人能承受这样的精神重负。这样的打击叫人没法活下去。奥娜承受不了——他知道自己会原谅她，他会跪下来求她。可是以后她再也不会正眼看他，再也不会是他的妻子了。她会因为羞愧而死——没有其他的解脱方式，她只能一死了之。

这一点，尤吉斯确信不疑。可是每当他从噩梦中逃出来的时候，想到奥娜要饿死的样子，异常残酷的矛盾心理就会袭上他的心头，他会难过得要死，他会大声呼喊奥娜的名字。他已经被投进了监狱，他会在监狱里待很长时间，也许几年。饱受摧残和折磨的奥娜不可能再去上班了。伊莎贝塔和玛丽娅都会丢掉饭碗——如果那个恶魔康纳成心要毁了她们，她们都会被赶出去。即使他不那样做，他们也活不下去——就算家里的男孩们都辍学去工作，没有他和奥娜的收入，他们也无力支付各种开销。家里只剩下几块钱了——他们上周刚刚交过一个月的房费，而且是拖了两个星期。再过一周，他们还得去交！到时他们哪里还有钱——交不上房费，房子就会被收回，到头来，几年的苦苦拼搏仍是一场空。代理人已经警告过他三次了，如果再拖延一次他不会再忍受了。在这样的时候，在他的脑海里充斥着那个说不出口的痛苦的时候，他还有心想到房子，这是不是有点太卑鄙了！可是，要知道，为了这房子，他受了多少苦啊！他们一家人受了多少苦啊！只要还活着，那房子就是他们唯一见到天日的希望。他们把所有的钱都投入到了那房子上——他们是工人，他们是穷人，钱是他们的力量，钱是他们的生命，从肉体到灵魂。有了钱，他们就能活下去；没有钱，他们就会死掉。

他们将失去一切。他们会被赶到大街上，躲在冰冷的阁楼里，生死由天定！整个晚上——以及后来很多晚上——尤吉斯都在思考着这个问题。他想到了他们可能会经历的所有细节，仿佛置身其中。他们会卖掉家具，他们会欠下商店的债务，以后再没有商家肯赊给他们东西。他们会向赛德韦拉斯借点钱，可是他自己的熟食铺也濒于倒闭了。邻居们会帮一点——可怜的、病病殃殃的雅德维佳会拿出几分零钱，因为她一向会为挨饿的人尽自己一份心；塔莫休斯·库斯列卡会把一晚上拉小提琴挣的钱全都捐出来。这样他们也许就能坚持到他出狱——他们会知道他在监狱吗？他们能打听到他的情况吗？他们能被允许来看他吗？能不能作为惩罚的一部分，监狱不让他知道家人的消息呢？

他的脑海里总是想到最坏的可能性。他看见奥娜在忍受着病痛的折磨，玛丽娅已经丢掉了工作，小斯坦尼斯洛伐斯害怕雪天不能去上工，一家人被赶到大街上。万能的主啊！他们真的会让他们倒在大街上死去吗？他们真的得不到任何救助吗？他们真的会在大雪天里流浪街头，直至被冻死吗？尤吉斯从来没有看见过有人死在街头，但是他确实看见过有人被驱除出门，从此杳无踪影。市里倒是有一个救济站，屠场区也有一个慈善组织，可是尤吉斯从来没有听到有人提起过它们。它们从来不登广告宣传它们的活动，因为无须登广告它们就已经无力满足穷人的需求了。

他就这样胡思乱想，一直到天明。第二天，他又被带上警车，跟他一起上车的还有那个虐妻的醉鬼、疯子、几个普通醉汉和酒吧闹事者、一个窃贼、两个从屠宰场偷肉的人。他们一起被带进一个宽大的、墙壁雪白的房间，房间里挤满了人，散发着一股发霉的气味儿。房间的正前方有一处高台，高台的下面有一条栏杆，台上坐着一个身材敦实、面膛红润的大人物，红红的酒糟鼻子格外惹眼。

我们的朋友模模糊糊地意识到自己要接受审判了。他不知道自己该当何罪——不知道他的受害者死了没有。如果死了，他们会怎样惩治他呢。绞死他，或者打死他——不管怎样惩治他，尤吉斯都不会感到意外，因为他几乎不懂法律。不过，他以前曾听说过各种有关的传言，所以他认定坐在椅子上的那个声音洪亮的人就是臭名昭著的卡拉汉法官，罐头镇的人只要一提起他的名字连大气都不敢出。

帕特·卡拉汉在成为法官之前被称为“疯狗”帕特。刚进入社会的时候，他是个屠宰学徒工，而且在当地是一个小有名气的打手。他几乎刚一学会说话就开始混迹于政界了，还不到拥有选举权的年龄就已经任了两个公职。如果说斯库里是屠场主们用以镇压当地人民的那只无形大手的拇指，那么帕特·卡拉汉就是那只手的食指。芝加哥的政客没有人敢自诩比他的资历更深。他已从政多年——可以追溯到很多年以前，在整个芝加哥城处于大拍卖时期，他就是那个白手起家的商人老达拉谟在市议会的商务代表。在他政治生涯的早期，“疯狗”帕特就放弃了政府公职——专心巩固和加强他的政党势力，并把多余的精力用在经营赌场和妓院上。后来，当孩子们长大了之后，他开始注重体面。于是，他就做了个地方法官。这个官职倒是非常适合他，因为他非常保守，歧视“外国人”。

尤吉斯坐在那儿东张西望，有一两个小时。他希望能看到家人，但是他失望了。最后，他被带到栏杆前。一位代表公司的律师走到他跟前。律师做了简短的陈述，说康纳正在就医，并请求法庭羁押被告一星期。“三百美元。”法庭当即宣布。

尤吉斯一脸茫然，他左看看法官、右看看律师。“有人给你取保吗?”法官问。站在尤吉斯身旁的一个书记员给他解释了法官的话。尤吉斯摇摇头，于是还没等他缓过神来，警察又把他带走了。他们把他带到一个房间，其他的嫌犯正在那里等待审判。他就在这里等着，直到法庭休庭。然后，他又被带进警车，经过一段长长的、寒冷的车程，他被送进了县监狱。这所监狱位于芝加哥城的北部，离屠场区有九到十英里远。

到了这里，他们先搜了尤吉斯的身，随身携带的东西全部没收，除了钱之外——他身上总共有一毛五分钱。他们把他领到一个房间，让他脱光衣服，洗个澡。洗完澡之后，他要走过一段长长的过道，过道的两侧排列着密密麻麻的囚房。每天有新犯人住进监狱都要浑身赤条条地走过这段过道，这也成了囚犯们狱中生活的一件大事，他们都凑到铁栅栏门前注视着、饶有兴味地品评着。他们让尤吉斯多洗一会儿，希望能把他身上的磷酸盐以及其他酸性物质洗掉一些，可是结果令人失望。囚犯们两人住一间囚房，但是这一天恰好多出一个人来，这就是尤吉斯。

囚房一个挨着一个排成两排，门对着过道。他住的囚房大约五英尺宽，七英尺深，石头地面，一张笨重的木凳子嵌在地下。囚房没有窗——靠近院子一侧的屋顶上开着天窗，囚房里唯一的光线就从这天窗射进来。囚房里有两张床，上下铺，上面各有一张草垫儿，两条灰色的毯子——硬如木板，脏兮兮的，上面满是跳蚤、臭虫和虱子。尤吉斯掀开草垫儿，下面一层厚厚的蟑螂四处逃窜，一如尤吉斯惊慌。

他们给他端来更多的“干食加药汤”，外带一碗粥。很多囚犯从外面的餐馆买吃的，可是尤吉斯没有钱。有些人甚至还能看看书、打打牌，晚上也能点上蜡烛，而尤吉斯只能一个人待在黑暗、孤寂的囚房里。他又开始睡不着觉了。那些曾令他发疯的思虑又一股脑地涌上心头，像一把把皮鞭抽打在他赤裸的脊背上。到了晚上，他开始在囚房里踱来踱去，就像一头在牢笼的铁条上咬断了牙的野兽。时而，他的身体发疯似的往墙上撞，拳头狠狠地砸向墙壁。他的拳头被撞得青一块紫一块——那墙壁正如建造它的人一样冷酷而无情。

远处教堂钟楼里传出的钟声准时地报着整点。到了午夜，尤吉斯躺了下来，就躺在地面上，头枕着胳膊，静听那钟声。可是，零点的钟声敲了十二下之后并没有停下来，接着一阵连续的叮当声。尤吉斯抬起头。怎么回事——着火了吗？天啊！监狱着火了！可是接着他却听出来那钟声竟然奏出了一连串美妙的音符。继而，整个城市好像被这钟声唤醒了——钟声从四面八方传来，奏着欢快的乐曲。整整一分钟，尤吉斯感到一片茫然。突然，他恍然大悟——今晚是平安夜！

平安夜——他竟然忘得一干二净！他内心情感的闸门一下子打开，记忆的洪流喷涌而出。回想遥远的立陶宛，他们每年都过圣诞节，逝去的欢乐仿佛就在昨天——那个无忧无虑的小男孩，当年跟现在杳无音信的哥哥和已经死去的父亲住在森林深处的小木屋里，外面的世界一片雪白，天上终日里飘着雪花。当然，圣诞老人没办法光顾遥远的立陶宛，但是人们互道平安的祝福就在耳畔，对于圣子耶稣的神奇想象就在眼前。即便是在罐头镇，他们也没有忘记圣诞节——每年此时，总会有一丝光亮照进他们黑暗的生活中。去年的平安夜以及圣诞节一整天，尤吉斯不得不在宰杀台上干活，奥娜也不得不包装火腿。可是，晚上他们仍然有精力领着孩子们到街上去转一转，透过橱窗看一看彩灯闪烁的圣诞树。在一个橱窗里面，他们看到了活着的白鹅；另一个橱窗里面，他们看到了各式神奇的糖果——带有粉、白相间条纹的拐杖形糖棒好像是专为食人妖怪准备的，各式糕点上边点缀着天使；第三个橱窗，一排排烤成金黄色的火鸡肥得流油，旁边点缀着玫瑰花瓣，上面悬垂着兔子和松鼠；第四个橱窗，那简直是玩具的乐园——可爱的布娃娃穿着粉色的衣服，还有毛茸茸的绵羊、小鼓、士兵帽。他们去了也不会空手而归。去年，他们就带了一个大篮子，买了所有的圣诞物品——一块烤猪肉、一颗卷心菜、一些黑面包、奥娜的一副手套、一个嘎嘎响的橡皮娃娃、一只绿色的装满糖果的羊角形篮子——挂在煤气灯下，引得五六双渴望的、瞪得圆圆的眼睛盯着看。

即使是香肠机前和肥料厂里半年的摸爬滚打也不能泯灭他们对圣诞节的美好幻想。他又想起了奥娜没有回家的那个晚上。伊莎贝塔大娘把他叫到一边，给他拿出那张旧情人节卡片给他看。那是奥娜在一家纸品商店花三分钱买回来的——有些破损，显然已经在商店里存放了很久，不过色彩依然鲜艳，上面天使和鸽子的画面依然清晰。奥娜把它擦拭干净，要放在壁炉架上，好让孩子们都看得见。想到此，尤吉斯的喉咙里感到一阵哽咽，继而呜咽起来。他们将在悲伤和绝望中度过一个圣诞节——他自己在监狱，奥娜卧病在床，家里满目凄凉。噢！这太残酷了！为什么！既然他们已经把他的身体关进了监狱，为什么还不让他的心得到安宁！为什么还要把这圣诞乐曲送进他的耳朵里！

不，这钟声不是为他而鸣的——这圣诞节根本就没有他的份儿，在这个平安的夜晚根本没有人会想到他。他算什么！他被这个世界抛弃了，就像一袋儿垃圾，一头牲畜的尸体。太可怕了！太可怕了！他的妻子正奄奄一息，他的孩子已经饿得没了呼吸，一家人正渐渐地消失在漆黑的寒夜里。那圣诞乐声为什么还在鸣响！这真是可笑啊！难道这就是对他的惩罚吗？他自己现在竟然待在一个风雪吹不进来、寒冷袭不进来，要吃有吃、要喝有喝的地方！为什么？老天啊！如果真要惩罚他，为什么不把他的家人都送进监狱，把他留在外面？让三个病弱的女人和六个无助的孩子饿死、冻死，这难道就是对他最好的惩罚吗？这难道就是他们的法律和正义吗？

尤吉斯站起身，由于愤怒而浑身颤抖。他双拳紧握，手臂高举，他的灵魂深处燃烧着仇恨和反抗的烈火。他在内心深处千万次地诅咒着这个世界，诅咒着这个世界的法律。他们的正义——谎言，谎言，无耻而残忍的谎言，太黑暗、太可恶，只有在噩梦的世界里才有这种所谓的正义。这真是极大的讽刺，虚伪，丑恶。这个世界根本找不到正义和公理——这里只有强权、暴政，肆无忌惮的残害和无休止的压迫！他们把他踩在脚下，剥夺了他的一切。他们谋害了他的老父亲，他们蹂躏了他的妻子，他们毁灭了他的家庭。现在，他们榨干了他身上的最后一滴油，他已经变得一文不值了——就因为他妨碍了他们，挡了他们的道，他就落得这样的下场！他们把他投进牢笼，把他当作一头没有头脑、没有理性、没有权利、没有感情的野兽。不，他们对待他还不如对待一头野兽！任何有一点善心的人会捕杀一头深处巢穴的野兽，而让它的幼崽活活饿死吗？

这个午夜是尤吉斯人生中的一个重大转折。他开始反抗、叛逆、怀疑一切。当然，他还缺乏探究社会罪恶根源的智慧——他还理解不到把他碾压在地的是人们所说的“社会制度”，是那些买通法律、掌控司法因而得以把他们惨无人道的意志强加在他头上的屠场主以及他们的主子们。他只知道自己被冤枉了，这个世界冤枉了他。整个社会，整个社会的法律以及权力体系都公开宣称以他为敌。时间一分一秒地过去，他的灵魂深处变得越来越黑暗。每时每刻都有新的复仇、反抗、发泄愤怒和仇恨的场面在他的脑海里闪现。

万恶的行为犹如毒草纵横，
在牢狱的环境里遍地滋生；
唯有人间的善性，
在那里枯萎凋零；
惨淡的悲愁把重门守住，
看门的就是那绝望的人。
一位曾受过牢狱之灾的诗人这样写道，
我不知道法律定得是否合理，
关在监牢里的我们只知道这儿的墙壁坚固无比。
他们借此掩盖着他们的地狱，
他们所干的事情神、人不知！

第十七章

第二天早晨七点钟，尤吉斯被放出来，去打水冲洗他的囚房——他老老实实地执行了任务，这是大多数囚犯都惯于逃避的活儿，直到他们的囚房脏得实在不堪入眼，预警不得不强制他们冲洗，他们才肯动手。过后，他多吃了一些“干食加药汤”。吃完，他在一个四面由水泥墙围着、上面是玻璃盖顶的长长院子里放风了三个小时。此时，所有的囚犯都挤到这里来了。院子的一头是探视区，由两块厚厚的铁丝网与外界隔开，彼此相隔一英尺远，外面的任何东西也递不进来。尤吉斯急切地向外张望，可是没有人来看他。

他回到囚房不久，狱警打开他的囚房门，又关进一个囚犯。这是一个衣冠楚楚的年轻人，浅棕色的胡须，碧蓝的眼睛，体态优雅。他向尤吉斯点了点头，狱警关上门后，他用很挑剔的眼神看了看四周。

“唔，老兄，”他说，眼神再一次和尤吉斯相对，“早上好。”

“早上好。”尤吉斯说。

“真是与众不同的圣诞节，呃？”他又加了一句。

尤吉斯点了点头。

这个新来的人来到床前，查看了一下毯子。他掀开床垫儿，然后大叫一声又立马放下了。“上帝啊!”他说，“真是糟糕透了。”

他又看了尤吉斯一眼。“看样子你昨天晚上没睡在这上面。忍受不了，呃?”

“昨晚我根本不想睡。”尤吉斯说。

“你是什么时候进来的?”

“昨天。”

那人又看了看四周，然后吸了吸鼻子。“这里边有什么鬼东西? 好臭!”他突然说道，“什么东西?”

“是我。”尤吉斯说。

“你?”

“是的，是我。”

“他们没让你洗澡吗?”

“洗了，可是这气味儿洗不掉。”

“你身上有什么?”

“肥料。”

“肥料！真他妈的！你是干什么的?”

“我在屠场里干活——至少以前是。那气味儿是从我衣服上发出来的。”

“真是新鲜事，”新来的囚犯说，“我还以为自己什么事儿都经历过呢。你犯了什么事儿?”

“我打了工头。”

“噢——原来是这样。为什么打他?”

“他……他对我做了卑鄙的事。”

"我明白了。你是他们所说的那种老实人!"

"你是干什么的?"尤吉斯问。

"我?"那人笑了,"他们说我是盗贼。"他说。

"盗什么?"尤吉斯问。

"保险箱之类的东西。"那人答道。

"噢,"尤吉斯一脸惊愕,继而肃然起敬地说,"你是说你撬开了他们的保险箱……你……你……"

"是的,"那人还是笑着,"他们是这么说的。"

他看上去不过二十二三岁,可是后来尤吉斯才知道他已经三十了。他说起话来像是一个受过教育的人,像是一个世人所尊称的"先生"。

"你就是为这个进来的吗?"尤吉斯追问。

"不,"他答道,"他们给我定的罪名是扰乱社会治安。因为他们找不到任何证据,他们气得发疯,就胡乱给我安了这个罪名。"

"你叫什么名字?"

年轻人停了一下,接着说:"我叫杜安——杰克·杜安。我的名字有十多个,杜安是我对外公开的名字。"他在地上坐下来,背对着墙,两腿盘起,两个人的交谈开始变得轻松自然。很快他就把尤吉斯当成了朋友——很显然他是一个见过世面而又随和的人,跟一个普通工人讲话没有一点架子。他掏出了尤吉斯内心所有想说的话,了解了尤吉斯全部的生活状况,当然除了那个永远也不可能提及的隐私。然后,他又向尤吉斯讲述了自己的经历。他是一个极其善于讲故事的人,当然他讲的故事也并非个个精彩。很显然，被投进监狱并没有使他变得郁郁寡欢。以前他就有过“二进宫”的经历，每次他都是抱着游戏人生的态度。一个纵于酒色、又经历过无数次职业冒险的人，偶尔过一过牢狱生活，也算是一种休息。

因房里自从来了这位狱友之后，尤吉斯的狱中生活很自然地发生了变化。他再也不能整天对着墙壁，自顾自地生闷气了。杜安跟他讲话，他也要应答。另外，他也乐于跟他交谈——这是他有生以来第一次跟一个受过教育的人交谈。他讲述自己的传奇经历，午夜冒险、虎口逃生、纵情酒色、一夜之间挥霍掉所有钱财，所有这些怎能不叫尤吉斯听得入迷？年轻人善意地取笑尤吉斯是一头只知道干活的笨驴。对于这个世界的不公平他也有着切身的体会，但是他没有默默地忍受，他奋起反击，狠狠地反击。他一直在战斗——他和这个社会之间就是一场战争。他是一个可敬的海盗，靠劫掠敌人过着花天酒地的生活，他无所畏惧，他也并不以此为耻。他并不总是得胜而归，但失败并不意味灭亡，他不会因此而一蹶不振。

此外，看得出他是一个好人，一个大好人。他没有在第一天就炫耀自己的经历，也不是第二天，而是在那些百无聊赖的漫漫长夜里，除了交谈他们无事可做，除了谈自己也没有别的话题。杰克·杜安来自东部。他上过大学，学的是电器工程专业。父亲由于生意上的失意自杀了。他家里还有母亲、一个弟弟和一个妹妹。杜安曾经有一项发明。对此尤吉斯听不太懂，只知道他的发明与电报有关，是一项非常了不起的发明，可能给他带来数百万的财富。可是他的发明却被一个大公司夺走了，经过复杂的诉讼程序，最终他失去了一切。后来，有人传授给他一个赌赛马的绝招，于是他就借钱去赌，想赢回自己的财富，可结果是他不得不躲债外逃。从此他就走上了职业盗窃之路。尤吉斯问他是什么原因致使他去撬保险柜——在尤吉斯看来，这种事想一想都感觉到太疯狂、太怕人。狱友回答说是因为他遇到了一个人，后来就一发而不可收。难道他就没有想过家吗，尤吉斯问。对方回答，有的时候他会想家，但不是经常——他不允许自己想家。想家也于事无补。在这个世界上，男人决不能受家庭的牵绊。这一点，尤吉斯迟早也会体会到，要战斗他就必须放弃家庭，他必须单打独斗、孤军奋战。

尤吉斯确实是从外表就能感觉到的那种人，所以狱友对他无话不谈，简直把他当成了孩子。跟尤吉斯讲述自己的冒险经历令他感到愉快，因为尤吉斯听得那么入迷，他的眼神是那样的惊羡，他对这个国家的方方面面是那么的陌生。杜安甚至没有隐去故事中的人名和地名——他讲述了自己的成功、失败、爱情和痛苦。他也向尤吉斯介绍了很多其他的囚犯，其中一半以上他能直接叫出名字。这些人也早已给他起好了外号——他们管他叫“臭鬼”。这名字虽然刻薄，但无恶意，尤吉斯欣然接受。

我们的朋友住的房子就盖在街沟之上，因此他偶尔能够闻到从街沟里反上来臭味儿，可是现在街沟里的脏水第一次溅到了他身上。这监狱就是一艘诺亚方舟，承载着城市里的所有罪恶——这里有杀人的、抢劫的、盗窃的、侵占公款的、造假币的、制假证的、重婚的，有扒手、骗子、小偷、赌棍、皮条客、乞丐、流浪汉、醉鬼。这里有黑人也有白人；有老有少；有美国人也有来自各个不同民族的人；有十恶不赦的惯犯也有交不起保释金的无辜穷人；有的老态龙钟，有的正值青春年少。他们是社会肌体上溃烂的脓疮。他们看上去叫人恶心，说起话来令人作呕。他们的灵魂已经变得腐臭——对他们来说，爱情令人恶心，欢乐是陷阱，上帝是诅咒的对象。他们在院子里到处游动，尤吉斯免不了听到他们的话。他是白痴，而那些人都是智者。他们见多识广，阅历丰富。他们把社会的阴暗面揭露得一览无余。他们能够说出埋藏在城市灵魂深处最肮脏的秘密。在这个城市里，正义、荣誉、女人的肉体、男人的灵魂都可以拿到市面上出售；人们互相残杀，就像狼窝里的群狼；在这个城市里，欲望就像是烈火，人们在欲火中燃烧，人性在溃败、腐烂。父母把这些囚犯生在这个兽窝里并没有征得他们的同意，他们深陷其中，不由自主，自然而然养成了狼性。身陷监牢并不是他们的耻辱，因为游戏本身就是不公平的，骰子被事先灌了铅。他们只是偷了一分、骗了一毛，却被那些窃取了百万钱财的大偷大盗俘获，然后被灭掉。

这些肮脏和丑陋的罪恶尤吉斯尽量听而不闻。他们的狂笑令他感到害怕。身处牢狱，可是他的心却在远方，他所爱的人正在远方向他发出呼唤。人在狱中，可是他的思绪却高高地飞翔。泪水常常浸湿他的双眼——而每当这时，他的思绪又被狱友们的嘲笑拉回。

就这样，他跟这帮人在狱中待了一个星期，这期间他得不到一点儿关于家人的消息。他花了身上一毛五分钱中的一分买了一张明信片，那位狱友替他在上面给家人写了封信，告诉他们他现在的处境和开庭的日期。可是他始终没有收到回音。新年的前一天，尤吉斯告别了杰克·杜安。杜安给了尤吉斯他的住址，更确切地说是他情妇的住址，并要尤吉斯答应去看他。“也许有一天我能帮你一把。”他说，并表示依依不舍。于是，尤吉斯又坐上了警车，来到卡拉汉法官的法庭接受审判。

他一进入法庭就看见了伊莎贝塔和小考曲娜，脸色苍白，神色惊恐，远远地坐在后排。他的心开始狂跳，可是又不敢向她们打招呼，伊莎贝塔也不敢。他在犯人栏里坐下，用无助又痛苦的眼神盯着他们。他发现奥娜没有跟她们一起来，他心中不免充满了不祥的预感。在长达半个小时的时间里，他一直在思考着这件事。突然，他腾地站起身，浑身的热血往头上涌。他看见一个人走进法庭——他看不清他的面部，因为那人头上缠着绷带，但是尤吉斯还是一眼就认出了那粗壮的身躯。正是康纳！他浑身一阵颤抖，四肢一下子曲了起来，似乎要一跃而起。突然，他感觉到有一只手摁住了他的脖子，听到身后有一个声音说：“坐下，你个……养的！”

他沉定下来，不过眼睛始终没有离开他的敌人。这恶棍竟然还活着，他有些失望。但是看见他头上缠着赎罪的绷带，他的心中又有一丝得意。他在公司律师的陪伴下走进法官围栏区坐下。一分钟之后，书记员叫了尤吉斯的名字，警察一把把他揪起，把他揪到栏杆前，紧紧地抓住他的胳膊，以防他再次扑向工头。

那人走进证人席，宣了誓，然后开始讲述事情的经过，尤吉斯静静地听着。他说，犯人的妻子在他附近的部门工作，因对他无理而被开除；半个小时后，他就遭到一顿毒打，被打倒在地，几乎被掐死。他说他还带来了证人……

“也许不需要证人了，”法官说，然后转向尤吉斯，问道，“你承认打过原告吗？”

“是他吗？”尤吉斯问，手指着工头。

“是他。”法官说。

“对，我打了他，先生。”尤吉斯说。

“说‘阁下。’”警察说，狠狠地扭了一下他的胳膊。

“阁下。”尤吉斯顺从地重复道。

“你是想掐死他吗？”

“是的，先生，阁下。”

“以前被捕过吗？”

“没有，先生，阁下。”

“你还有什么要说的吗？”

尤吉斯不知所措，要他说什么？来到美国两年半，他的确学会了说英语，可那些都是生活用语，他从来没有学过用来陈述妻子如何被胁迫、被诱奸的话。他张了一两次嘴，结结巴巴、吞吞吐吐，惹得法官好不耐烦，另外他身上的气味儿也令法官喘不过气来。最后，犯人终于讲明白了，说他会讲的那点儿英语还不足以把他想说的话表达清楚。于是，一个衣冠楚楚、胡须上抹了蜡的年轻人告诉他可以用任何他会讲的语言陈述。

尤吉斯开始陈述，他还以为他会有充裕的时间。他开始讲述工头如何以妻子的工作为要挟向她求爱，如何威胁她让她失去工作。翻译官把他的话翻译过来。可是法官的日程排得满满的，另外他订了一个小时后出发的汽车。于是，他打断了尤吉斯的陈述：“噢，我明白了。可是，如果原告勾引你妻子，她为什么不向主管告他，或者辞职?”

尤吉斯又迟疑了一下，法官的话令他感到有些沮丧。然后他解释说，他们很穷……工作很难找……

“明白了，”卡拉汉法官说，“所以你就想打他一顿。”他转向原告，问：“他说的属实吗，康纳先生?”

“绝不是事实，阁下，”工头说，“真是可恶……每次要开除一个女工，他们都会编造出这样的故事……”

“的确，我了解，”法官说，“这样的故事我听得太多了。这家伙好像把你打得够呛。三十天监禁，承担全部费用。下一个案子。”

尤吉斯一脸茫然地听着。只有当抓着他胳膊的那个警察转过身来要把带走的时候，他才意识到宣判已经结束了。他惊愕地看了看四周。“三十天!”他喘着粗气，然后猛地转向法官，“我的家人怎么办?”他发疯了似的大喊，“我家里有老婆、孩子，先生，他们没有钱……天啊，他们会饿死的!”

“打人之前你就应该好好想一想他们。”法官冷冷地说，眼睛转向下一个犯人。

尤吉斯还想再说些什么，可是警察揪着他的衣领子，并用力扭着，而且另一个警察正气势汹汹地向他走来。于是，他不得不任他们把他带走。他看见了正站在法庭远端的伊莎贝塔和考曲娜，她们也正神色惊慌地看着他。他想走到她们跟前，可是警察又用力揪了一下他的领子，把他拽了回来，于是他不得不低下头，放弃挣扎。他们把他推进一间囚室，其他的犯人正在那里等候。法庭一休庭，他们就被一起送上囚车，然后被拉走。

这次，尤吉斯被押在了“劳教所”，一所小小的监狱，库克县所有的犯人都在这里服刑。这里比县监狱更脏、更拥挤。县监狱里所有的轻刑犯都被转移到这里——小偷、小骗、打架斗殴的、流浪汉。和尤吉斯同住一间囚房的是一个意大利籍的水果贩子，他因为不肯让警察揩油而被逮捕，罪名是随身携带凶器。他一句英语也不会说，所以当他出狱的时候，我们的朋友倒是很高兴。他走后又来了一个挪威水手，在一次酒后斗殴中他被咬掉半只耳朵。这是一个好吵架的家伙，动不动就骂尤吉斯，因为每当他在床上动一下，蟑螂就从他的床上掉下来，掉在那家伙的下铺上。跟这样的一头野兽同住一室实在令人难以忍受，好在囚犯们整天都在外面干活，砸石头。

尤吉斯就这样在监狱里待了十天，家里音信皆无。突然有一天，狱警找到他，说有人来看他。尤吉斯顿时脸色苍白，膝盖发软，几乎挪不动步。

狱警把他带到走廊里，然后登上几级台阶，来到探视间。探视间四周用铁栅栏围着，跟囚房没什么区别。透过栅栏，尤吉斯看见有人正坐在一把椅子上。当他走进来的时候，那人站起身，他看清了是小斯坦尼斯洛伐斯。一看见家里有人来，这个高大的男人几乎崩溃——他一只手扶在椅子上，勉强站定，另一只手摸着额头，好像是在扇开眼前的雾气。“怎么样?”他有气无力地说。

小斯坦尼斯洛伐斯也在颤抖，吓得说不出话来。“她们……她们让我来告诉你……”他说，喉咙噎了一下。

“怎么样?”尤吉斯重复道。他顺着孩子的眼神看去，看到狱警正站在一旁监视着他们。“没事儿，”尤吉斯大喊道，“她们怎么样了？”

“奥娜病得很厉害，”斯坦尼斯洛伐斯说，“我们快要饿死了。我们熬不过去了。我们想你也许能帮助我们。”

尤吉斯抓着椅子的手抓得更紧，大滴大滴的汗从脑门渗出，浑身颤抖。“我……帮不了你们啊。”他说。

“奥娜整天躺在床上，”那孩子继续说，上气不接下气，“她什么也不吃，哭个不停。她也不说为什么，也不去上班。好几天以前，那个人来催房费，气势汹汹的。上周他又来了。他说要把我们赶出去。还有玛丽娅……”

一阵呜咽使斯坦尼斯洛伐斯说不下去了。“玛丽娅怎么了？”尤吉斯喊道。

“她割了手！”孩子说。“这次，她的手伤得很厉害，比以前任何一次都厉害。她干不了活儿了，手都发绿了，公司的医生说她可能要……她可能要把那只手切除。她也整天哭……她的钱也都用光了。我们交不上房费和利息。家里没有煤，没有吃的。还有商店的那个人，他说……”

那孩子又说不下去了，他开始呜呜地哭起来。“快说！”尤吉斯呼呼地喘着粗气，“快说！”

“我……我说，”斯坦尼斯洛伐斯呜咽着，“天……天总是这么冷。上个周日又下雪了——好大好大的雪——我没法……我没法去上工。”

“天啊！”尤吉斯几乎喊道，向孩子逼近一步。因为雪，他们俩之间早有旧恨——自从那个可怕的早晨，孩子冻伤了手指，尤吉斯打了他，逼着他去上工。此刻，他又攥紧了拳头，看样子要冲破铁栅栏。“你这个小混蛋，”他骂道，“你怎么不争气！”

“我去……我去了！”斯坦尼斯洛伐斯哀号着，由于害怕尤吉斯往后退了一步。“我去了两天……两天。妈妈跟我一起去的，她也没办法。我们根本走不动，雪太深了。我们什么也没吃，噢，天又那么冷！可是我去了。第三天奥娜跟我一起去……”

“奥娜！”

“是。她也想去上工。她也得去。我们都在挨饿。但是她的工作丢了……”

尤吉斯感到一阵晕眩，喘着粗气。“她又回到原来的地方去了？”他叫喊道。“她想去，”斯坦尼斯洛伐斯说，眼睛迷惑地盯着尤吉斯，“为什么不去，尤吉斯？”

尤吉斯喘了三四口气。“接着……接着说。”他仍是气喘吁吁地说。

“我跟她一起去了，”斯坦尼斯洛伐斯说，“但是汉德森小姐不让她上工。康纳看见了她，骂了她一通。他的头上还缠着绷带……你为什么打他，尤吉斯？”（小家伙知道，这里边肯定有着神奇的秘密，可就是没有人告诉他。）

尤吉斯不能说，他只能用眼睛瞪着他，瞪得眼珠子都快要掉出来了。“她一直在找其他的工作，”男孩继续说，“可是她身体太弱了，她坚持不下去了。我的工头也不要我了——奥娜说那是因为他认识康纳。现在，他们都在跟我们作对。我不得不去闹市区跟弟弟们还有考曲娜卖报纸……”

“考曲娜！”

“是啊，她一直在卖报纸。她卖得最多，因为她是个女孩。只是天太冷——夜里回家真是可怕，尤吉斯。有时他们根本就不回家——今晚我就去找他们，然后跟他们一起在外面睡，现在太晚了，离家又那么远。我得走着去，我不知道上哪里去找他们——我也不知道怎么回家。妈妈告诉我一定要来见你，她说你一定想了解家里的情况，另外她说既然他们把你关进了监狱，没法干活，说不定他们会让谁来帮咱们家一把。我走了一整天才来到这里——早晨只吃了一块面包，尤吉斯。妈妈也没工作了，因为香肠车间关门了。她提着篮子挨家挨户乞讨，人们会给她一些吃的。只是昨天她讨得不多。天太冷了，她的手指头冻得受不了。今天，她在家里哭……”

小斯坦尼斯洛伐斯一边说一边哭。尤吉斯站在那里，手紧紧地抓着椅子，不说一句话，他感觉到头快要炸开了。他感觉到一件件重物压在他的身上，压得他快要断气儿了。他的内心在挣扎着、搏斗着——就像在噩梦中，一个男人在痛苦中挣扎，他抬不起手，叫不出声，只是感觉到自己要疯了，脑子里在着火……

那颗拧得越来越紧的螺丝钉使他透不过一丝气来，再拧一下他就会死掉。就在这时，小斯坦尼斯洛伐斯停住了。“你帮不了我们？”他轻轻地说。

尤吉斯摇了摇头。

“这里的人不会给你什么东西吗？”

他又摇了摇头。

“你什么时候出来？”

“还得三个星期。”尤吉斯答道。

那孩子迟疑了片刻，朝四下打量了一番。“那我还是走吧。”他说。

尤吉斯点点头。忽然，他想起了什么，把手伸向衣兜儿，然后又抖动着掏出来。“给，”他说，手捧着那一毛四分钱，“把这些钱带回家。”

斯坦尼斯洛伐斯接过钱，又犹豫了片刻，然后转身朝门走去。“再见，尤吉斯。”他说。尤吉斯看着那孩子摇摇晃晃地走开，走出了视线。

尤吉斯又站了一两分钟，手抚着椅子，身体晃晃悠悠。狱警过来拍了他一下胳膊，于是他转过身又回去砸石头了。

第十八章

尤吉斯并没有像他所指望的那样如期离开劳教所。因为他的判罚还有附带承担一块五毛钱的“诉讼费用”一项——人家不辞辛劳把他关进监狱，他当然要支付一些费用。没有钱，那他就得多劳教三天。可是没人有那个闲心向他解释这一点。他时时刻刻都在数着入狱的天数，痛苦而急切地盼望着刑期结束的那一天。可是，当这一天终于到来，想到自己就要获得自由的时候，他却发现自己又被安排去砸石头了。他斗着胆子提出抗议，结果遭到一阵嘲笑。于是他断定自己数错了天数。可是又一天过去了，他彻底绝望了。最后。有一天早晨，早饭过后，狱警走过来，告诉他刑期结束了。于是，他脱去囚服，换上那件破旧的肥料厂的工装，走出了监狱的大门，在他身后门咣当一声又关上了。

他站在台阶上，茫然不知所措。他简直不相信眼前的一切是真实的——天空就在他的头顶上方，宽阔的大街就在他眼前，他又成了自由人了。突然，一阵冷风袭来，穿透了他的衣服，于是他匆匆离开。

刚刚下过一场大雪，路上的积雪正开始解冻。天上下着冻雨，冷风刺骨。当时他冲出去收拾康纳的时候哪里能顾得上穿大衣，所以几次坐警车的经历煞是凄惨。他的单衣破旧不堪，一向挡不住寒冷。此时，他走在大街上，顶风冒雨，衣服很快湿透了。人行道上的积水有六英寸深，他的脚也很快泡在了水里，鞋上虽然没有洞。

待在监狱里，吃的不愁，干的活儿也是自从他来到芝加哥以来最不费力的。尽管如此，他的身体并没有强壮起来——恐惧和痛苦一直在折磨着他，让他形容消损。此刻，在凄风苦雨中，他被冻得哆哆嗦嗦，他手插衣兜儿，缩肩勾背。劳教所位于市郊，周边一片空旷、荒凉——一侧是城市的排水渠，另一侧是密密麻麻的铁道，风毫无遮挡地吹来。

走了一段路，尤吉斯遇到一个衣衫褴褛的孩子，于是他招呼了一声："喂，小老弟!"那孩子斜着眼睛看了看他——凭那光头他断定尤吉斯是个囚犯。"什么事?"那孩子疑惑地问道。

"你怎么去屠场?"尤吉斯问道。

"我不去那儿。"孩子答道。

尤吉斯犹豫了片刻，有些为难，接着他说："我是说去屠场的路怎么走。"

"为什么不早说?"孩子应道，手指着铁道另一侧的西北方向，"那边走。"

"多远?"尤吉斯接着问。"不知道，"孩子说。"大概有二十英里。"

"二十英里!"尤吉斯重复着，脸一下子阴沉下来。二十英里的路，他得一步一步地走，因为离开监狱的时候，他身无分文。

不过，当他再次启程的时候，周身的血液开始暖和起来。他的脑海里思绪万千，哪里还顾得上路长天冷。在狱中整天纠缠着他的那些可怕的想象再次袭上他的心头。不过，这样的苦恼就要结束了——因为现实很快就会展现在他的眼前。他越走越快，衣兜儿里的拳头越攥越紧，他一路跟着思绪飞跑。奥娜……孩子……家人……房子……他很快就会知道这一切了！现在他来救他们了——他又自由了！这双手是他自己的，他要帮助他们，他要为他们去战斗。

他就这样走了大约一个小时，然后抬起头来开始留意周围的环境。现在，他似乎彻底远离了城市。大街逐渐变成了乡路，一直向西延伸。这时，他看见一个农夫正赶着一辆两匹马拉的马车，车上垛着稻草，于是他走上前去。

“这是去屠场的路吗?”他问道。

农夫挠了挠头。“我不知道屠场在哪儿，”他说，“但是它应该在市里什么地方，走这条路你可是越走越远啊。”

尤吉斯一脸惊愕。“有人告诉我是这条路。”他说。

“谁告诉你的?”

“一个孩子。”

“唔，那孩子可能在跟你开玩笑。你最好还是往回走，进了城再问问警察。要不是我赶了这么长的路，车上又拉了这么重的东西，我会送你进城的。走吧!”

尤吉斯照原路往回走，快到中午的时候，芝加哥城又出现在了他眼前。走过一排排的两层棚屋，踏上一段段的木板人行道，蹚过一条条污水横流的土路。每隔几个街区就会遇到一处铁道口，路轨和人行道齐平，一不小心踏上路轨说不上就会被火车撞死。长长的货车隆隆驶过，车厢互相撞击着发出哐啷哐啷的巨响。尤吉斯跺着脚，心急如焚地等着货车过去。有时，货车车厢会在道口停上几分钟，卡车、电车都得停下来等待，司机们彼此叫骂着，或者躲在雨伞下避雨。这时，尤吉斯会从横杆底下钻过去，跨过路轨，冒着生命危险从两节车厢之间钻过去。

他跨上一座桥，桥下的河面仍然封冻着，只是覆盖着一层已经开始融化的雪。河岸上也并不是一片雪白——雨水里溶进了空气中的烟尘，就连尤吉斯的手上、脸上都被雨水冲得一道儿一道儿的黑。他来到了商业区，大街上污水横流、马蹄翻飞，妇女和儿童一个个面色惊恐，东奔西窜。一条大街就像一条山谷，两面是高耸的黑蒙蒙的建筑，回响着电车叮当叮当的铃声和司机的叫骂声。街上汹涌的人流就像搬家的蚂蚁——一个个行色匆匆、气喘吁吁，从不停下来看一看周围的人和物。这个形单影只的外国人，就像一个孤独的流浪者，浑身湿漉漉，面容憔悴，眼神忧郁。虽置身人海，却仿佛迷失于一望无际的荒原之中。

一个警察给他指了路，告诉他到屠场还有五英里的路要走。他又走进了贫民窟，他又看到了一排排的低档酒馆儿和廉价商店，一溜溜暗红色的厂房，还有煤场、铁道。尤吉斯抬起头，开始像一头受惊的动物一样嗅着空气——他闻到了远处家的气味儿。时间早已过了晌午，他已经饥肠辘辘了，但是那些酒馆儿里挂出来的诱人的幌子并不是为了欢迎他的。

最后，他终于又回到了屠场，回到了浓烟滚滚、鸡鸣狗吠、臭气熏天的屠场。他看见一辆电车驶过来，里面挤满了人，急切的心情使他不顾一切，他跳上车，躲在一个人的后面，也躲过了售票员的视线。十分钟后，他又踏上了那条熟悉的大街，家到了。

他一路小跑，转过街角。房子还在——可是他却突然停了下来，眼睛直直地盯着房子看。那房子怎么了？

尤吉斯揉了揉眼睛，再定睛细看，怎么回事！他又扫了隔壁的房子一眼，再往前一家——然后是街角的酒馆儿。没错啊！就是这地方，肯定是啊——肯定没错啊！可是那房子——那房子已经换了颜色！

他又往前凑了几步。对啊！可是房子原来是灰色的，现在却变成了黄色！窗框原来是红色的，可是现在却变成绿色的了！这房子重新粉刷了！这太奇怪了！

尤吉斯又走近几步，不过还是站在街对面。一阵突如其来的恐惧袭来，他感觉到双膝在抖动，头里一阵晕眩。房子粉刷一新，脱落的护墙板也已经换上，是代理人给换的吗？屋顶的窟窿也盖上了盖板，六个月以来那窟窿一直是他的一块心病——他没有钱找人修，自己又没有时间。一下雨，屋顶就漏水，漏得盆满钵满，阁楼被淹，墙皮脱落。现在，这窟窿竟然修好了！崭新的、雪白的窗帘，笔挺而闪亮！

突然，前门开了。尤吉斯站在那儿，胸部剧烈地起伏着，喘着粗气。一个男孩子走出来，尤吉斯不认识。那孩子长得敦敦实实，肥头大耳，面颊红润，家里没有人有这样的气色。

尤吉斯注视着那孩子，心中充满了疑虑。只见那孩子吹着口哨走下台阶，脚不停地踢着地面上的积雪。他在台阶下面停下来，弯腰捧起一捧雪，靠在栏杆上团雪球。过了一会儿，他开始四处张望，瞧见了尤吉斯，他们四眼相对。孩子的眼神中有一丝敌意，显然以为对方要抢他的雪球。尤吉斯穿过大街慢慢地向他走去，他连忙朝周围看了看，想着要跑回家，可是犹豫了片刻之后他又决定站住不动。

尤吉斯抓住台阶旁的扶栏，因为他有些站不稳。“你在这里干……干什么?”他气喘吁吁地说。

“走开!”孩子说。

“你……”尤吉斯又试着问，“你来这里干什么?”

“我?”孩子生气地回答。“这是我家啊。”

“这是你家!”尤吉斯喘着气，脸色苍白，抓着扶栏的手抓得更紧，“这是你家！那我家在哪儿?”

男孩子看上去很惊讶。“你家?”他重复道。

尤吉斯步步逼近。“我……这是我的房子!”他开始叫喊起来。

“走开!”孩子说。这时，门突然打开，孩子喊了一声：“喂，妈妈！这个人说这房子是他的。”

一个矮矮胖胖的爱尔兰妇女走了出来。“怎么回事儿?”她问道。

尤吉斯转向她。“我的家人在哪儿?”他发疯了似的喊道，“我走的时候他们还住在这儿！这是我家！你们在我家里干什么?”

那女人用惊愕的眼神盯着他看，她一定以为站在她面前的是一个疯子——尤吉斯看上去也的确像一个疯子。“你家?”她重复道。

“我家!”他几乎是在大喊大叫，“我跟你说了，我住在这儿。”

“你一定是搞错了，”她答道，“没有人住过这儿。这是新房子。他们告诉我们的。他们……”

“他们把我的家人弄哪儿去了？”尤吉斯疯狂地喊着。

那女人的心中突然产生了一丝疑虑。也许她对“他们”所说的话开始怀疑起来。“我不知道你的家人在哪里，”她说，“这房子是我三天前刚买下来的，当时没有人住在这里，他们告诉我这房子是新的。你的意思是说你租过这房子？”

“租过！”尤吉斯喘着气说，“这房子是我买的！我花了钱！这房子是我的！他们……天啊，你能不能告诉我，我的家人去哪里了？”

最后，她终于跟他讲明，对于这房子以前的事儿她什么也不知道。尤吉斯的头脑里一片混乱，他想不明白这到底是怎么回事。他的家人好像一下子消失了，就好像是梦中的人物，在现实中根本没有存在过。他茫然不知所措——忽然，他想到了玛尧兹尼克老奶奶，她就住在旁边的那个街区，她应该知道一些情况！于是，他转过身，飞也似的离开了。

开门的正是玛尧兹尼克老奶奶。当她看到眼神惊慌、浑身颤抖的尤吉斯的时候，她不禁惊叫了一声。是的，是的，她的确知道这情况。一家人已经搬走了。他们交不上房费，然后就被他们给赶出了门，赶到了雪地里。他们重新粉刷了房子，第二周就又卖出去了。不，她没有听说他们现在怎么样。她只知道他们又回到艾尼尔·约克宁那里了，因为刚来到屠场的时候，他们就住在那儿。尤吉斯要不要进屋休息一会儿？这真是太糟糕了——如果他没有被关进监狱就好了……

尤吉斯转过身，踉踉跄跄地离开了。刚一拐过街角，他就号啕大哭起来。他在一家酒馆儿门前的台阶上坐下来，双手掩面，浑身颤抖，痛不欲生。

他们的家啊！他们的家啊！他们已经失去了这个家！悲伤、绝望、愤怒的情绪一股脑地向他袭来——你能想象到这个世界上还有比眼前的现实更让人心碎、让人绝望的事情吗——看见陌生人住在自己的房子里，在自己的窗子上挂上他们的窗帘，用充满敌意的眼神看着他！这太残忍，难以想象——他们不能这样做——这不是真的！想一想，为了这房子他受了多少苦——全家人遭了多少罪——他们付出了多么大的代价啊！

几年来他们所遭受的种种磨难历历在目。刚开始决定买房子的时候他们所做出的牺牲，那东拼西凑而齐的三百块钱，是他们在这个世界上所拥有的一切，是决定他们生死的全部赌注。然后就是一个月接着一个月的辛劳，都是为了那十二块钱的房费、利息、不时的税费、额外的支出、维修，花钱的项目林林总总！他们把全部的精力都用在了挣房费上，他们为此流了多少汗，滴过多少泪——不仅仅是汗和泪，还有他们生命的血液。安东纳斯老爹为了挣房费而死——如果不是在达拉谟公司那潮湿、阴暗的地下室里干活，挣他的那份收入，他现在应该还在好好活着。奥娜也为此付出了健康和全部的精力——她饱受摧残，已经彻底毁了。还有他自己，三年前那个高大魁梧的男人已经不见了，取而代之的是一个浑身哆哆嗦嗦、眼神惶惑不安、动辄哭哭啼啼的孩子。唉！他们投入了全部的赌注，可是他们输了，输个精光！他们交的钱全都没了——一分钱也没剩。他们的房子没了——他们又回到了原来的地方，又被抛到严寒中去挨饿、受冻！

现在，尤吉斯看清了一切——经历了一系列的灾难之后，他终于看清了自己的处境，他已经成了那些贪婪秃鹰们的爪下猎物，它们掏空了他的五脏六腑，它们一口一口地啄光了他身上的肉；他已经被那些魔鬼所俘获，它们对他严刑拷打、百般折磨，并当面嘲笑他。噢，上帝啊，这太可怕、太阴险、太歹毒、太邪恶了！他和他的家人，无助的女人和孩子，一直在挣扎中求生存，他们是那么的天真、无助、孤独，敌人一直在窥视着他们，在他们的身边潜伏着，等待着吸干他们身上的血！那骗人的广告，那油嘴滑舌的代理人！那些无休止的额外开销、利息，他们根本无力支付，他们也从来没想过要支付的各种费用！后来又是那些屠场主、那些压迫他们的暴君们的种种诡计——工厂停工，工作量不足，工作时间不固定，追命般的工作进度，降低工资，抬高物价！还有残酷的自然规律，冷、热、雨、雪；冷酷无情的城市，冷酷无情的国家，陌生的法律和习俗！所有这一切都是为资本服务的，他们注定要成为资本的猎物，随时被资本吞噬掉。现在，最后的判决终于到了，他们终于输了，输了个精光，他们的房子没了，又被卖掉了！他们束手无策——法律不是为他们制定的，整个社会机器操控在压迫者的手里！尤吉斯要是胆敢举手抗议，他还会被关进那个刚刚逃出来的兽笼里！

就这样站起身走开无疑是认输了，承认被彻底击败了，任凭那个陌生的家庭占有他们的家。要不是想到家人，尤吉斯还会继续在雨中坐上几个钟头。家里是不是还有更可怕的事情发生？想到这，尤吉斯站起身继续往前走，身上有气无力，头昏脑涨。

从这里到位于屠场的后院艾尼尔的家有两英里远，尤吉斯从来没有感觉到这段路有这么长。当他看见那个破败的棚屋的时候，尤吉斯的心开始狂跳。他跨上台阶，用力敲门。

开门的正是那老太太。由于风湿病她人已经佝偻成了一团儿，那张羊皮纸般黄黄的脸仰望着尤吉斯，刚刚高过门把手。看到尤吉斯她吓了一跳。“奥娜在这儿吗?”他气喘吁吁地喊道。

“在,”她答道，“她在这儿。”

“她怎么……”尤吉斯刚要接着说下去，突然停住了，手痉挛似的抓住门框。从房子里突然传出一声凄惨而痛苦的尖叫，他听出来那是奥娜的声音。有一会儿，尤吉斯站在那里，吓得几乎瘫倒。然后，他一下子从老太太身边闪过去，闯进屋里。

在艾尼尔的厨房里，五六个女人挤在火炉边，一个个面无血色，神情惊恐。看见尤吉斯进来，有一个人一下子站了起来，一只胳膊绑着绷带——他几乎认不出那就是玛丽娅。他第一个想到的是奥娜，寻她不见，他就把眼神转向那几个女人，希望她们能告诉他。可是她们却一句话也不说，眼睛盯着他看，眼神充满了惊慌和忧虑。一秒钟之后，又传来一声撕心裂肺的尖叫。

那声音是从屋子后面楼上的什么地方传来的。尤吉斯向一扇门冲过去，一下子把门甩开，他看见有一把梯子搭在阁楼的活门口上。他蹿到梯子底下，刚要往上爬，突然身后有人叫了他一声，他回头一看是玛丽娅。她用另一只手拽住他的袖子，火急火燎地说，“别，别，尤吉斯！别上去!”

“你说什么?”他喘着气。

“千万别上去。”她喊道。

尤吉斯心急如焚又惊慌失措。“怎么回事?”他喊道，“怎么了?”

玛丽娅紧紧地抓住他的胳膊。他听见阁楼上面奥娜的呜咽和呻吟声，于是他挣开玛丽娅的手，也不等她回答他就要往上爬。“不要，不要，”她急忙喊，“尤吉斯！千万别上去！是……是孩子!”

“孩子?”他迷惑不解，“安东纳斯?”

玛丽娅压低了声音:“要出生的孩子!”

尤吉斯的身子一下子瘫软下来，靠在梯子上。他盯着她看就像看见了鬼。“要生了!”他喘着粗气，“可是还不到时候啊!”他发疯了似的补充道。

玛丽娅点点头。“我知道，”她说，“可是就要生了。”

奥娜的尖叫声又一次传来，那叫声就像一只重重的拳头砸在他的脸上，砸得他踉踉跄跄地向后倒去，吓得他面无血色。奥娜的叫声渐渐弱下来，变成哀号——继而他又听到她在呜咽，“天啊……让我死吧，让我死吧!”玛丽娅向他挥舞着胳膊，喊道:“快出去！走开!”

她把他拽到厨房，差不多是抱着，因为他已经完全瘫倒了。他的精神支柱似乎轰然倒塌——他被这突如其来的恐怖彻底击倒。他瘫坐在一把椅子上，浑身抖动得像寒风中的一片树叶。玛丽娅仍在抱着他，女人们惊恐地看着他，沉默无语，惊慌失措。

奥娜又叫了起来。那声音是那么清晰，他摇晃着站起身。“这样多久了?”他喘着气。

“没多久。”玛丽娅答道。这时，艾尼尔给玛丽娅使了一个眼色。于是，她急忙对尤吉斯说：“你出去，尤吉斯。你帮不了忙……出去，一会儿再回来。没事儿……没……”

“谁在陪她?”尤吉斯急切地问。看见玛丽娅在犹豫，他又喊道，“谁在陪她?”

“她……她没事，”她答道，“伊莎贝塔在陪她呢。”

“为什么不是医生?”他喘着气，“得有一个懂接生的人啊!”

他抓着玛丽娅的胳膊。她浑身颤抖，声音低得几乎听不见，“我们……我们没有钱。”尤吉斯脸上的神色让她害怕，于是她又高声喊道，“没事，尤吉斯!你不懂……出去……出去!你在外面等着就好了!”

在她说话的时候，尤吉斯又听到了奥娜的叫声。他快要急疯了。他哪里经历过这种事，这太可怕了——犹如晴天霹雳一下子击中了他的头。小安东纳斯出生的时候，他在上工，整个过程他全然不知，直到孩子生下来。此时，他吓得难以自持。那几个吓得惊慌失措的女人很显然已经无计可施了。她们一个个地来劝慰他，说生产是否顺利是女人的造化。最后，她们把他赶到了外面的大雨中。他在雨中疯了似的跑来跑去，光着脑袋。在大街上，奥娜的叫声仍然依稀传来。开始，他想跑得远一点躲开这可怕的叫声，可是旋即他又不由自主地跑回来。就这样，在外面跑了大约一刻钟之后，他又冲上台阶。她们怕他把门砸开，就又打开了门，放他进来。

女人们已经不再劝服他了。她们不能对他说一切顺利——她们怎么能知道，他叫喊着——怎么会呢，她都要死了，她就要被撕成碎片了！听——听她的叫喊声！太凄惨了——不能就这样等死——一定要找人救命！她们想过请医生吗？她们可以过后再付给他钱……她们可以保证……

“我们无法保证，尤吉斯，”玛丽娅反驳道，“我们没有钱……我们连命都活不了。”

“可是我能干活儿啊，”尤吉斯叫喊道，“我能挣钱！”

“是，”她回答，“但是我们以为你还在监狱里。我们怎么能知道你什么时候回来？不给钱医生能来吗？”

玛丽娅接着讲道，她本想去找接生婆，可是她们张口就要十块，十五，甚至二十块钱，而且要现款。“我只有两毛五分钱，”她说，“我把钱都花光了——还有银行里的存款。我还欠着医生的钱呢。因为没有钱给他，他已经不再来了，他认为我故意不给他钱。另外，我们还欠着艾尼尔两个星期的房租呢！她也要饿死了，而且时刻担心被房主给赶出去。我们一直在借着、讨着活命，我们还能做什么呢！”

“孩子们呢？”尤吉斯喊道。

“孩子们已经有三天没回家了，天这么冷。他们不可能知道家里发生了什么事——奥娜突然临产了，比我们预想的提前了两个月。”

尤吉斯站在那儿，手撑在桌子上，垂着头，胳膊在颤抖——看上去他就要垮掉了。突然，艾尼尔站起身，蹒跚着朝尤吉斯走来，手在裙兜里摸索着。她掏出一块破布，布角上拴着什么东西。

“给，尤吉斯！”她说，“我这儿还有些钱。看啊！看啊！”

她打开破布包，从里边数出三毛四分钱。“快去吧，”她说，“你去找个什么人来。其他人看看能不能帮他一把——借给他点儿钱，他总有一天会还你们的。即使找不到人，一想到自己已经尽力了，过后他的心里也会好受一些。等他回来的时候，也许一切已经结束了。”

于是，其他的几个女人也都纷纷解囊相助，倾其所有。多数人只有几分钱，不过她们全都给了尤吉斯。奥尔休斯基太太差不多拿出了五毛钱——她住在艾尼尔的隔壁，丈夫是一个熟练的宰牛工，不过也是个酒鬼。这样，众人共凑了一块两毛五分钱。尤吉斯把这些钱揣在兜里，然后用手紧紧攥住，跑出了门。

第十九章

海巴姆·豪坡特太太在自家临街二楼的窗户外挂了一个接生的招牌，楼下是一个酒馆儿。侧门上也有一个标志，一只手指向一段脏兮兮的楼梯。尤吉斯三步并作一步地登上楼梯。

豪坡特太太正在煎洋葱猪排，门半开着以放出烟气。尤吉斯刚一敲门，门就自动敞开了，他瞧见她正举着一个黑色的瓶子对着嘴喝着。他又用力敲了一下，她吓了一跳，把瓶子放下。这是一位胖胖的荷兰女人，走起路来像是海面上的一艘小船在游动，脚步声震得壁橱里的碗筷咣啷咣啷响。她穿着一件脏兮兮的蓝色罩衣，长着一口黑牙。

“什么事?”她看见尤吉斯，说道。

他一路疯跑，此时正喘着粗气，说不出话来。他蓬头垢面，神色惊慌，看上去就像是从坟墓里跑出来的鬼。“我老婆!”他喘着气。“快去啊!”豪坡特太太把煎锅放在一边，在罩衣上擦了擦手。

“让我去接生吗?”她问道。

“是的。”尤吉斯仍是上气不接下气。

“我刚刚接生回来，”她说，“我连饭还没来得及吃呢。不过……如果急……”

“是的……很急!”他喊道。

“那好吧，也许……你能付多少钱?”她问。

“我……我……你要多少钱?”尤吉斯结结巴巴地问。

“二十五块钱。”

尤吉斯的脸一下子沉下来。“我拿不出这么多钱。”他说。

那女人仔细地打量着他。“你能付多少?”她问道。

“一定要现在付吗……就现在?”

“是啊，找我接生的人都是付现钱的。”

“我……我没有那么多钱，”尤吉斯惶恐不安地说，“我碰上了……麻烦事……所有的钱都没了。不过，我一有钱……就付给你……一分也不会少。我能干活……”

“你干什么活儿?”

“我现在还没有活干。不过我一定会找到的。我……”

“你现在有多少钱?”

尤吉斯几乎不敢回答。当他说出“一块两毛五分钱”的时候，那女人冲着他大笑起来。

“一块两毛五分钱还不值得我戴上帽子呢。”她说。

“我就这些钱了，”他结结巴巴地乞求道，“我一定要找到人……我老婆要死了。我实在没办法啊……我……”

豪坡特太太又把煎锅放到了炉子上。她转过头，隔着烟气和吱吱的煎炸声说：“先付给我十块钱现金，其余的下个月再付给我。”

“我付不起……我没有那么多钱!”尤吉斯大声说，“我说了，我只有一块两毛五分钱。”

那女人又转过身去干活儿。“我不相信你说的话，”她说，“你骗我。像你这样高大的男人怎么可能只有一块两毛五分钱?”

“我刚从监狱里出来，”尤吉斯喊道，他都准备给那女人下跪了，“以前也没有钱，家里的人都快要饿死了。”

“你的朋友呢，他们不能帮你一把吗?”

“他们也都很穷，”他答道，“这些钱还是他们给的呢。我已经想尽一切办法了……”

“家里没有什么东西能卖吗?”

“我什么也没有，我跟您说……我什么也没有。”他大喊大叫道。

“你就不能借点儿吗？你常去买东西的商店就不能借给你点儿钱吗?”看见他摇头，她接着说，“听我说……如果把我找去，你绝不会后悔的。我能救你老婆和孩子，过后你会觉得这钱花得太值了。要是他们都死了，看你以后后不后悔？找我你算是找对人了……你可以到街上打听打听，他们会告诉你……”

豪坡特太太一边喋喋不休地说着一边用煎肉的叉子指着尤吉斯。尤吉斯再也听不下去了。他绝望地挥起双手，转身就走。“没用了。”他喊道。可是他突然又听到了身后那女人的声音。

“那我就要你五块钱好了。”

女人跟了上来，继续说服他。“五块钱你都不肯接受，你简直是个傻瓜，”她说，“这样的大雨天，再少给钱谁会去啊！真是的，我一生中还从来没有收过这么便宜的接生费呢。我连房租都付不起……”

尤吉斯怒气冲冲地咒骂起来。“我没有钱，怎么给你？有钱能不给你吗！我告诉过你我没钱。我没钱！听到了吗，我没钱！”

他再一次转身冲出去。他已经下了一半楼梯，这时豪坡特太太冲他喊道：“等一下！我跟你去！你先回来！”

他又回到房间。

“一想到有人在遭难，我心里就不好受，”她声音忧郁地说，“你就是一分钱不给我，我也会跟你去的。我会尽量帮你的。离这儿多远？”

“三四个街区。”

“三四个街区！我得浑身浇个落汤鸡！天啊，就凭这趟路你也得多付给我点钱！一块两毛五，这样的鬼天气！你一定要记住，尽快把二十五块钱剩下的给我。”

“我一有钱就给你。”

“就在这个月？”

“行，一个月内，”可怜的尤吉斯说，“怎样都行！快点啊！”

“你那一块两毛五分钱呢？”豪坡特太太紧逼不放。

尤吉斯把钱放在桌子上，女人数了数，然后收好。她又擦了擦那双油乎乎的手，然后一边准备东西一边唠叨个不停。她身子太胖了，走路都困难，每走一步，她都要喘上一会儿。她甚至没有转过身子去就脱下罩衣，换上胸衣和外套。接着她又好一顿整理那顶黑色的帽子，到处找雨伞，把各种接生必备的东西塞进包里——尤吉斯心急如焚地在一边等着。他们来到大街上，他走在前面，离她三四步远，不时地回头，用焦急的眼神催促着她快点赶路。可是豪坡特太太每一步只能迈那么远，而且还要用尽全身所有的力气吸一口气。

最后，他们终于到了。来到厨房，那群女人仍然惊慌失措地守在那儿。孩子还没有生下来——尤吉斯听到奥娜还在喊叫。豪坡特太太摘下帽子，放在壁炉架上，拿过包，掏出一件旧衣服和一碟鹅油，把鹅油涂在手上，搓了搓。这种鹅油用的次数越多，接生婆的运气越好。所以在家里她一直把它放在壁炉架上，或者连同脏衣服一起放在壁橱里，一用就是几个月甚至几年。

接下来，他们把她送到梯子下面。尤吉斯听到她吃惊地叫了一声。“天啊！怎么把我领到这个鬼地方来了？我可爬不上这梯子。那么小的活门，我可爬不进去！我可不上去……那会要了我的命的。女人怎么能在这样的地方生孩子……爬到阁楼里，就靠这把梯子？你们就不感到羞愧！”尤吉斯站在门口，听着她骂下去，奥娜凄惨的叫声和呻吟声几乎被她的骂声所淹没。

最后，在艾尼尔的安抚下，她终于安静了下来。她开始往上爬，可是爬到一半又停下了，艾尼尔提醒她别把阁楼的楼板踩塌了。那不是真正的楼板——他们只是在上面的一块地方搭了几块旧木板，一家人就住在上面。这块地方倒是没问题，很安全，可是其他的地方只是几根托梁，下面钉了板条，抹了石灰，也就是楼下的天花板。要是踩到那块，肯定会遭殃。阁楼上暗得很，最好有人先上去端蜡烛。那胖女人不免又是一阵喊叫和咒骂，最后尤吉斯看到她的两条大象腿终于上到了阁楼上。豪坡特太太在上面一走，整个房子都在颤动。这时，艾尼尔走到尤吉斯跟前，拽住他的胳膊。

“好了，”她说，“你出去吧。听我的话……你已经尽力了，待在这儿只会碍事。出去，别进来。”

"我去哪儿啊?"尤吉斯不知所措。

"我也不知道去哪儿,"她答道,"如果没有别的地方,就到街上去,反正别待在这儿!今天晚上你就别回来了!"

最后,她和玛丽娅把尤吉斯推出了门,在他身后把门关上。现在正值日落时分,天变得越来越冷——雨停了,下起了雪,地上的泥水又结成了冰。尤吉斯只穿着单衣,浑身冻得哆哆嗦嗦,他把手插在兜里,走开了。从早晨到现在,他还没有吃东西,他感到浑身没有一点儿劲儿,饿得难受。忽然,他想起了他常去的那个酒馆儿,离这儿只有几个街区远,于是他的精神为之一振。说不上店主会对他大发慈悲,或者他遇到一位朋友。想到此,他快步朝酒馆走去。

"你好,杰克,"看见尤吉斯进来,店主热情欢迎——在罐头镇,人们把外国人和非技术工人都称为"杰克","这么多天你去哪儿了?"

尤吉斯径直来到酒吧间。"我坐牢了,"他说,"刚出来。我一路走回家,身上一个子儿也没有,从早晨到现在啥也没吃。家也没了,老婆也病了,我算彻底完蛋了。"

店主上下打量了他一下,看到尤吉斯形容枯槁,面如死灰,嘴唇发青。他递给他一大瓶酒。"倒满!"他说。

尤吉斯几乎连端瓶子的力气都没有,手抖个不停。

"别担心,"店主说,"倒满!"

尤吉斯喝了一大杯威士忌,然后走到餐台边,接受了店主的好意。他狼吞虎咽地饱餐了一顿,道了谢,来到房间中央的火炉旁坐下。

然而，好景不长——这个残酷的世界就是这样。他那湿漉漉的衣服开始冒气，那可怕的肥料臭味儿很快充斥了整个房间。再过一个小时左右屠场就要关门了，收了工的工人们就会走进来。没有人会愿意走进弥漫着从尤吉斯身上散发出的臭味儿的酒馆儿。另外，今天是周六。两个小时之后，小提琴手和号手就会过来。住在附近的家属会来到酒馆儿后面的大厅里跳舞，一边跳一边吃喝，直到凌晨两三点钟。店主咳嗽了一两声，然后说："喂，杰克，恐怕你得离开这儿了。"

像尤吉斯这样蓬头垢面、浑身哆哆嗦嗦的流浪汉，店主见得多了，每天晚上他都要轰出去十几个。不过，那都是些自暴自弃、没有一点尊严的人。而尤吉斯却仍在战斗着，还能够顾及自己的体面。他顺从地站起来，对方想尤吉斯一直算是一个稳重的人，说不上什么时候又成为一个好顾客。"我知道你现在遇到了困难，"他说，"跟我到这边来。"

酒馆儿后面是一段通向地下室的台阶。台阶上下各有一扇门，牢牢地锁着，这倒是一个安顿将来可能有钱，或者政治上有前途的顾客不错的地方。

于是，尤吉斯就在这里过夜了。威士忌并不能使他的身体完全暖和下来，因此虽然他累得筋疲力尽了，但还是不能入睡。他刚一躺下，就冻得浑身发抖，脑子里开始涌进各种令他痛苦的记忆。时间一小时一小时地过去了，音乐声、笑声、歌声仍从房间里不断传来，因此他断定还不到早晨。最后，酒馆儿终于安静了下来，他想自己可能会被赶出去。可是没有人来赶他，于是他就想店主已经把他给忘了。

周围一片寂静，他的心又开始充满了焦虑，他坐立不安，于是就站起来，去敲门。店主走过来，打着哈欠，揉着眼睛。原来，酒馆儿通宵营业，他只是在客人进出之间小睡一会儿。

“我想回家，”尤吉斯说，“我担心我老婆……我不能再等了。”

“你为什么不早跟我说?”那人说，“我还以为你无家可归呢。”尤吉斯走了出去。现在是凌晨四点，四下里仍是漆黑一片。地面上刚落下三四英寸厚的雪，空中雪花飞舞。他拔腿朝艾尼尔家跑去。

透过厨房的窗子，他看见屋里边亮着灯，虽然拉着窗帘。门没锁，于是他闯了进去。

艾尼尔、玛丽娅和其他的几个女人跟他离开之前一样还围在火炉边。尤吉斯注意到，屋子里又多了几个女人——他也感觉到屋子里一片安静。

“怎么样?”他问道。

没有人回答。她们一个个坐在那儿盯着他看，脸色苍白。他又喊了一声：“怎么样了?”

借着冒烟的油灯发出的幽暗灯光，他看到坐得离他最近的玛丽娅冲他轻轻摇头。“还没生。”她说。

尤吉斯惊恐地喊了一声：“还没生?”

玛丽娅又摇了摇头。这个可怜的男人呆呆地站在那儿。“怎么听不到她的声音了。”他喘着气说。

“她已经很长时间没出声了。”其他的女人答道。

一阵沉默。突然，一个声音从阁楼里传来：“嘿，过来!”

几个女人一下子冲到隔壁的房间，而玛丽娅则扑向尤吉斯。“在这儿等着!”她喊道，两个人站在那儿，脸色苍白，浑身颤抖，听着隔壁的响动。片刻过后，他们听到豪坡特太太正从楼梯上下来，嘴里骂骂咧咧、唠唠叨叨，梯子发出嘎吱嘎吱的响声。又过了一会儿，她下到了地面，怒气冲冲，喘着粗气，他们听到她走了过来。看到她，尤吉斯一下子吓得面如死灰，感到一阵天旋地转。她把那件脏衣服脱下来，就像宰杀台上的工人脱下工装。她的手上、胳膊上滴着鲜血，衣服上和脸上也是血迹斑斑。

她站在那儿喘着粗气，向四周看了看，没有人敢出一声。“我已经尽力了，”她突然开口说，“我也没办法了——再继续下去也没有用。”

又是一阵沉寂。

“这不是我的错，”她说，“你们应该早请医生，怎么拖了那么久——我来的时候就已经太晚了。”又是一阵死寂。玛丽娅用她那只健全的胳膊死死地抱着尤吉斯。

豪坡特太太突然转向艾尼尔。“你们这儿连点儿喝的都没有吗?”她问，“有没有白兰地?”

艾尼尔摇摇头。

“上帝啊!”豪坡特太太惊呼，“怎么是这样的人！吃的总该有吧——从昨天早晨到现在我可是粒米未进啊，我都快要累死了。如果早知道这样，就给我那么点儿钱，我才不来呢。”这时，她又无意间转了一下头，看见了尤吉斯。她用手指着他。“你可是说过，”她说，“剩下的钱还是要给我的！这不是我的错，你找我的时候就已经太晚了，我也救不了你老婆。我已经忙了整整一夜了，在那个连狗都不合适生崽子的地方，而且连吃的也没有，幸亏我自己在兜儿里带了点儿东西。”

豪坡特太太停下来喘口气儿。看见尤吉斯的额头上大滴大滴的汗珠子淌下来，感觉到他浑身抖个不停，玛丽娅低声问了一句：“奥娜怎么样？”

“她怎么样？”豪坡特太太重复了一句，“你们就那样把她放在那儿，无疑是让她等死，你们说能怎么样？我已经让他们请来了一位牧师。她年纪轻轻的，本来是可以挺过来的。如果照顾得好，身体还会恢复过来。她还在苦苦挣扎，那姑娘……她还没咽气儿。”

尤吉斯发疯地叫了一声：“死了？”

“没希望了，”豪坡特太太愤怒地说，“孩子已经死了。”

阁楼里点着蜡烛，粘在一块木板上。尤吉斯顺着梯子爬上来的时候，蜡烛几乎燃尽了，发出吱吱的响声，冒着黑烟。在一个角落里，他模模糊糊地看见一堆破布、几条旧毯子，铺在楼板上。旁边有一座十字架，牧师正做着祈祷。远处有一个角落，伊莎贝塔蜷缩在那里，呻吟着，哀号着。奥娜躺在那堆破布上。

她身上盖着一条毯子，肩膀和一只胳膊裸露在外面。她已经消瘦得几乎让尤吉斯认不出来了——她成了一具骷髅，面如白纸。她双眼紧闭，静静地躺在那儿，跟死了一样。他踉跄着来到她身边，双膝跪下，痛苦地惨叫一声：“奥娜！奥娜！”

她仍一动不动。他抓起她的一只手，发疯地攥着，喊着：“看看我！快说话啊！尤吉斯回来了……能听见我说话吗？”

忽然，她的眼帘微微动了一下，于是他又发疯地喊：“奥娜！

奥娜！”

突然，她的眼睛睁开了，就一刹那。刹那间，她看到了他——彼此认出了对方，他看见一个模糊的远景，奥娜远远地站在那儿，孤零零的。他伸出双臂，发疯似的叫着她的名字。一种令他痛不欲生的留恋之情涌上心头，一种从未有过的留恋和渴望，撕裂着他的心弦，折磨着他的肉体。但是他已经无力回天了——她正离他渐渐远去。她一下子从他的怀里跌落下去，她走了。他的喉咙里爆发出一阵撕心裂肺的号叫，身体轰然倒塌，颗颗热泪从他的面颊滚落，滴落在奥娜的脸上。他抓着她的手，拼命地摇晃着，他把她紧紧地抱在怀里，可是她身体冰冷，一动不动——她死了——她死了！

一个“死”字就像一声轰鸣的钟响，震得他浑身颤抖，在他的内心深处发出回音，那些尘封已久的心弦再一次被震动，一种久远的恐惧感再一次被唤醒——一种对黑暗、空寂和毁灭的恐惧。她死了！她死了！他永远也见不到她了，永远也听不到她的声音了！对孤独的一种冰冷的恐惧感袭上他的心头。他看见自己站在世界之外，整个世界正渐渐地离他远去——一个朦胧的、梦幻的世界。他就像一个惊恐万分、悲痛欲绝的孩子，呼喊着，呼喊着，可是没有人回应。他绝望的喊声使整个房子都在震颤，吓得楼下的女人们彼此簇拥在一起。他不能自持，一切的劝慰都是徒劳——牧师走到他跟前，拍了拍他的肩膀，对他低语了几句，但是他听不见任何声音。他也已经远离了这个世界，磕磕绊绊地穿过黑暗，摸索着追赶那个逝去的灵魂。

他就那样躺在那里。灰色的黎明渐渐临近，爬进阁楼。牧师离开了，女人们离开了，他一个人陪伴着那个静静的白色形体——他终于安静了一些，但是还在呻吟着，浑身抖动着，和那恐怖的死神做着最后的搏斗。他时而抬起身，望一望那白色的面具般的面孔，然后移开眼神，他不忍多看。死了！死了！她还是个姑娘，还不到十八岁！她的生命才刚刚开始——然而她就这样被谋杀了——被蹂躏、折磨致死！

清晨，他起身爬下阁楼，来到厨房——形容憔悴，面如死灰，走路摇摇晃晃。更多的邻居赶来，他们无声地盯着他看。他瘫坐在桌边的椅子里，双手抱头。

几分钟后，前门开了。一股冷风夹着雪花涌进来，接着他们看见了小考曲娜，跑得上气不接下气，脸冻得青紫。“我又回来了！”她叫喊道，“我差点儿……”

看见尤吉斯，她惊叫一声停住脚步。她看看这个、瞧瞧那个，知道家里肯定出事了。她低声问：“出什么事了？”

还没等有人回应，尤吉斯就站起身，摇摇晃晃地走向考曲娜。“你去哪儿了？”他凶狠狠地问道。

“跟男孩子们一起去卖报了，”她说，“雪……”

“带回钱来了吗？”仍是一脸凶相。

“带回来了。”

“多少？”

“差不多三块钱，尤吉斯。”

“把钱给我。”

考曲娜被他的样子吓坏了，她不知所措地看了看其他人。“把钱给我！”他更加凶狠地说。她把手伸进衣兜儿里，掏出一袋儿硬币，用破布包着。尤吉斯一句话没说，接过钱袋儿，夺门而出，冲到大街上。

隔三家就是一个酒馆儿。“威士忌！”他一进屋就喊道。有人把酒递给他，他用牙把布袋儿撕开，倒出五毛钱。“这瓶酒多少钱？”他嚷道，“我要喝个够。”

第二十章

可是，一个大男人靠三块钱买醉能醉多久！他出去的时候是星期天早晨，到了星期一晚上他就回来了。此时的他是清醒的，内心异常难过，因为他意识到他花光了家里的每一分钱，可是连片刻的安宁也没有买回来。

奥娜还没有下葬。不过他们已经通报了警方，明天他们就要把奥娜的尸体装进松木棺材里，然后埋在贫民墓地。伊莎贝塔在四处乞讨，如果每个邻居都捐几分钱，那样就能凑足给奥娜做弥撒的钱。孩子们躲在阁楼上，饿得奄奄一息，而他这个没有出息的混蛋，却把钱都花在了酒上。艾尼尔这样轻蔑地骂他。当他回来奔向火炉的时候，她又说厨房不是让他来释放臭气的地方。由于奥娜的缘故，艾尼尔把所有的房客都赶到了一个房间里，不过现在他可以上阁楼里去住了，那地方本来就是属于他的——而且，如果他不交房租，那地方也不会让他久住。

尤吉斯一声不吭地走了，从隔壁房间里五六个房客的身上跨过去，爬上了梯子。阁楼上漆黑一片，他们点不起灯，而且冷得跟室外没有什么两样。在一个角落里，玛丽娅坐在那儿，尽可能地远离尸体。她怀里抱着小安东纳斯，正在哄他睡觉。在另一个角落里，蜷缩着可怜的小约奥在帕斯，因为一整天没吃东西他正在哭号着。看见他爬上来，玛丽娅没说一句话，于是他就像是一条受了鞭打的狗一样爬到尸体边坐下。

也许现在他该想到那些挨饿的孩子了，然后反省一下自己的无耻。可是，他的脑子里只有奥娜，于是他又开始悲伤起来，尽管悲伤对一家人来说已经是一种奢侈的享受了。他泪流满面，但是不敢哭出声来，他自感羞愧。他一动不动地坐在那儿，内心饱受痛苦的煎熬。他从来没有想过，原来他是如此深地爱着奥娜，直到现在她已经离他而去了，直到他意识到明天他们就要把她送走了，他再也看不到她了——一生一世永远也看不到了。已经被饿死、被蹂躏致死的昔日的爱情在他的灵魂深处复苏，记忆的闸门被打开——他看到了他们在一起度过的时日；他看到了她在立陶宛时的样子——马市的第一天，像花一样漂亮，像小鸟一样欢唱；他看到了她嫁给他时的样子，温柔，内心充满了神奇的想象。她说过的每一句话都在他的耳畔回响，她那流淌在他面颊上的泪水似乎还没有风干。在与贫穷和饥饿的漫长搏斗中，他变得冷酷无情、整天怨气冲天，而她却没有变——直到最后，她对爱情仍然充满了幻想和渴望，她向他伸出双臂，向他乞求爱抚和温存。她遭受了怎样的苦难——太残酷，太痛苦，太屈辱——噢，天啊！那些经历哪堪回首！而他却变成了一个怎样邪恶、无情的魔鬼！他说过的每一句伤害她的话像一把把钢刀扎在他的心头；他每一次自私的行为——他付出了怎样惨痛的代价！那埋藏在灵魂深处已久的爱恋和崇敬之情现在又一下子喷涌出来——可是现在他已经没有机会表达了，一切都太晚了，太晚了！那强烈的感情在内心膨胀，憋得他喘不过气来，他的胸要爆炸了。他在黑暗中蜷缩在她身边，他伸出双臂——可是她已经永远地离开了，她已经死了！绝望和恐惧令他痛不欲生，大滴大滴的汗珠顺着他的前额滚淌下来，可是他不敢出声——他甚至不敢呼吸，他感到羞愧，他憎恶自己。

深夜，伊莎贝塔回来了，已经讨到了做弥撒的钱，而且已经提前付给了牧师，怕带回家后自己把持不住那些钱。有人给了她几块发霉的黑面包，吃了面包，孩子们总算安静了下来，睡去了。然后，她走到尤吉斯跟前，在他身边坐下。

她没说一句责备的话——这是她和玛丽娅已经商定好的。在他妻子的尸体旁，她只能说一些开导他的话。伊莎贝塔把眼泪都咽在了肚子里，在她的内心恐惧已经驱走了悲伤。她所面对的是不得不安葬自己的孩子——她已经有了三次这样的经历，每次她都挺了过来，然后继续为活着的孩子们去拼争。伊莎贝塔有着最原始的生存本能：像一只蚯蚓，身体被拦腰折断后仍能继续活下去；她又像是一只母鸡，孩子一个一个地被夺走，但她仍然在守护着那最后剩下的一个。这是她的天性——她从不问这样的遭遇是否公平，她也不问这充满着毁灭和死亡的生活是否值得。

她试图把这些古老的做人道理灌输给尤吉斯，眼含着热泪去开导他。奥娜已经死了，可是其他人还活着，而且一定要让他们活下去。她这样劝导他并不是为了自己的孩子，他们还有伊莎贝塔和玛丽娅照顾着。可是安东纳斯呢，那可是他的孩子啊！奥娜把安东纳斯交给了他——小家伙是他和奥娜唯一的骨肉。他一定要好好保护他，他一定要做一个男人。如果奥娜还能开口讲话，他知道此时她会让他做什么，对他有什么遗愿。她就这样死了，真是可怕啊！可是生活对她实在是太残酷，她没有活路。更可怕的是，他们现在竟然无力让她入土为安，他现在竟然不能有一天的时间为她哀悼——可这就是他不得不面对的现实。命运在挤压着他们。他们没有一分钱，孩子们很快就会饿死——一定要想办法弄到钱。为了奥娜，他就不能振作起来做个男人？用不了多久他们就会走出困境的　　毕竟，他们已经没有房子了，生活的开销要减少很多。只要他不垮下去，孩子们都去工作，他们还是可以挺过去的。伊莎贝塔仍在苦口婆心地开导着。对她来说，这是一场生死攸关的搏斗。她不担心尤吉斯再去喝酒，因为他没有钱。但是，让她怕得要命的是，尤吉斯会像乔纳斯那样抛弃他们，离家出走。

就这样，第二天天还没亮他就出去了，头疼得厉害，心疼得厉害，周身没有一块感到舒服的地方。他直接来到了达拉谟的肥料厂，看一看还能不能找回工作。工头看见他，摇了摇头——他的岗位早已被取代了，厂子里没有他可干的活儿。

“以后会有吗？”尤吉斯问，“我可以等。”

“不可能，”对方说，“等也没有用，这里不会有你干的活。”

尤吉斯疑惑不解地看着他：“怎么回事？我以前干得不好吗？”

那人冷冷地看着他：“我说了，这里不会有你干的活儿。”

尤吉斯怀疑这可能就是那件事的可怕后果。他转身离开，情绪低落。他来到考勤室外，加入到饥饿的人群中，在风雪中站着等待工作机会。他等了两个小时，也没吃早饭，直到警察挥舞着警棍驱散人群。这一天就这样结束了。

在屠场工作了多年，尤吉斯认识了不少人——酒馆的老板还信任他，赊给他一杯酒，一顿饭；原来工会的会员紧要关头也能借给他一毛钱。对他来说，生死不成问题。他一出去就是一天，结果是空手而归，然后第二天再出去，跟那些千千万万没有工作的人一样。他就这样一连找了几个星期的工作。与此同时，伊莎贝塔天天在海德公园地区挨家挨户地乞讨，孩子们也能拿回家一些钱付给艾尼尔房租。就这样，一家人总算还能活命。

突然有一天，经过一周的考勤室外的等待、寒风中的徘徊、酒馆儿里的厮混之后，尤吉斯终于撞到了一个机会。当时，在琼斯庞大的罐头厂的地下室里，他看到有一个监工正从门口经过，于是他就上前去问工作。

“推车行吗?”那人问，尤吉斯迫不及待，脱口而出，“行，先生!”

“你叫什么名字?”那人又问。

“尤吉斯·路德库斯。”

“以前在屠场干过吗?”

“干过。”

“在哪儿干过?”

“两个地方——布朗的宰杀台和达拉谟的肥料厂。”

“为什么离开了?”

“第一次是由于事故，第二次是由于坐了一个月的牢。”

“明白了。好吧，我可以让你来试一试。明天早点来，找托马斯先生。”

尤吉斯带着这个令人兴奋的消息急匆匆地跑回了家——他们就要走出困境了。当天晚上，一家人欢天喜地地庆祝了一番。第二天早晨，尤吉斯在工厂开门半个小时之前就等候在门口了。监工随后也到了，一看到尤吉斯，他就皱起了眉头。

“噢，”他说，“我答应过你让你来工作，是吧？”

“是的，先生。”尤吉斯答道。

“啊，真是对不起，我弄错了。我不能用你。”

尤吉斯吓了一跳，几乎说不出话来。“怎么回事？”他喘着气说。

“没什么，”那人说，“就是不能用你。”

接着，他看到了那人跟肥料厂的工头同样冷冰冰、充满敌意的眼神。他知道再问下去也没有用，于是转身离开。

酒馆儿里的人都知道这是怎么回事。他们用同情的眼神看着他——可怜虫，他被列入黑名单了！他干了什么？他们问——打了工头？天啊，他早就应该知道会有这样的下场！现在，他在罐头镇找工作无异于想要当芝加哥市长。还要浪费时间找工作吗？他们已经把他列入了这里大大小小办公室的黑名单。到现在，他的名字已经传到了圣路易斯、纽约、奥马哈、波士顿、堪萨斯城和圣约瑟夫。他们没有经过起诉、审判就判他死刑了。以后他再也不能在屠场干活了——在他们的势力范围内，甚至像清扫牛栏、赶车这样的活儿都没有他的份儿。不信他可以去试一试，像他这样人有几百个，结果无一例外。没有人会告诉他为什么，再问下去也不会有人给他一个比现在更满意的答案，到头来结果都是一样——没有人需要知道。改名换姓也没有用——每个公司都有自己的密探，他们专门负责调查员工的背景；即使被招进去，不出三天也肯定会被赶出来。这样的黑名单是屠场主们手中的法宝，他们可以借此威慑那些不安分的工人，作为用来镇压工会闹事和政治上不满情绪的工具。

尤吉斯回家了，把这些新消息带给了家庭议会。这真是一件极其残酷的事情。不管怎么讲，这里是他的家，这里是他熟悉的地方，这里有他认识的朋友——可是现在，每一扇就业的大门都向他关闭了。在罐头镇只有屠宰场，被这些屠宰场挡在门外无异于被赶出家门。

他和家里的两个女人商讨了一天半宿。现在，最可行的办法也许是搬到孩子们在市区买报纸的地方去住。可是，玛丽娅正在康复，说不定不久以后就能在屠场找到一份工作。虽然昔日的恋人由于她的不幸和家庭状况已经不再每月一次来看她了，但是她仍然没有铁下心离开他。另外，伊莎贝塔也听说在达拉谟的车间里有擦地板的工作机会，她正在每天等待着消息。最后，他们决定让尤吉斯一个人到市区去闯荡，等他找到了工作之后再做打算。在闹市区，他找不到任何借钱的地方，他也不敢乞讨，怕被警察抓住，所以他们决定让他每天去见一个孩子，从他们的收入里每天拿走一毛五分钱，以维持生计。就这样，他成了千万个无家可归的流浪汉中的一员，整天在大街上游荡，四处打探着工作机会，商店啊，仓库啊，工厂啊。晚上，他就躲在楼道里或者钻到卡车底下熬半宿，直到午夜。午夜过后，他就钻到某一个收容所里，在地上铺一些报纸，跟一群“叫花子”、乞丐躺在一起，烟气、酒气熏天，虱子、跳蚤遍地。

就这样，尤吉斯和绝望的魔鬼斗争了两个多星期。其间，有半天他去装卸卡车；有一次他给一个老太太提箱子挣了两毛五分钱。这样他就花钱在寄宿旅馆里住了几宿，否则的话他就有可能被冻死。早晨，他也偶尔能买一份报纸，在上面找寻各种可能的工作机会。在他读报纸的时候，身边总有几个竞争对手在窥视着，期待着他随手扔掉其中的一页。不过，能读到报纸也并不是一个多大的优势，因为报纸上的招聘广告只会让你浪费掉大量的宝贵时间，让你多跑许多冤枉路。这些广告有一半以上是虚假的，五花八门的公司发布这些广告就是为了欺骗那些无知的无业游民的。不过，那些广告也只能浪费掉尤吉斯一些时间，因为他实在是没有其他的东西可以浪费的。每当那些油嘴滑舌的代理人向他描述他们手头上的工作机会是如何如何的好，尤吉斯就会愁眉苦脸地摇着头说他交不起那一块钱的押金。也有人说给照片着色能发大财，尤吉斯的反应是等他有了两块钱之后再来买那套设备。

后来，他偶然遇到了以前工会里的一个老相识。那人在联合收割机托拉斯的一个大工厂里工作，当时他正在上班的路上。这位朋友叫尤吉斯跟他一起去，他说他和工头的关系不错，他可以为尤吉斯说句话。于是，尤吉斯就跟他跑了四五英里的路，在他的陪护下挤过一大群等候在工厂大门外面的无业游民，来到了他工作的地方。工头打量了尤吉斯一番，又问了他几个问题，然后告诉尤吉斯他会给他找个空缺。听了这话，尤吉斯几乎双膝跪倒。

这一次偶遇对尤吉斯的一生产生了重大影响，而这一点是他以后逐渐意识到的。他后来才发现这些收割机厂原来是慈善家和改革家们用以炫耀功绩的典型。他们体恤员工的疾苦；他们的车间宽敞明亮；他们的食堂以成本价卖给工人食物；他们甚至还配备了阅览室和让女工们休息的地方；他们的车间里没有在屠场常见的污秽和臭气——这些是尤吉斯做梦也没有想到的——这地方对他来说简直就是天堂。

这是一个庞大的企业，占地一百六十英亩，员工五千人，每年生产三十万台收割机——全国范围内所使用的收割机和割草机大部分都是他们生产的。当然，尤吉斯所看到的还只是整个公司的一小部分——这里所有的工序都是高度专业化的，就跟屠场一样。一台割草机数百个零部件的每一个都是独立制造的，涉及数百个人协作。在尤吉斯工作的地方有一台机器，连续不断地切割、压轧出一张张两英寸见方的钢板。钢板自动翻落在一个托盘上，人所要干的活就是把钢板整齐地堆成一摞，待一盘装满之后及时更换托盘。这个活由一个孩子干。他干起活来全神贯注，手动如飞。钢板互相拍击的声音就像是晚上躺在快车卧铺车厢里听到车轮撞击铁轨的声音，很有节奏感。很显然这是计件工作，不过那孩子根本也闲不下来，因为机器运转的速度已经达到了人手运动速度的极限。他每天要处理三万张这样的钢板，一年下来就是九百万到一千万张——他一生中要摆弄多少张钢板，只有神仙才算得过来。他旁边的工人们正俯身在飞旋的研磨机上磨着收割机的刀片，这是刀片制造的最后一道工序。只见他们用右手从一个篮子里把刀片取出来，先在磨石上磨磨刀片的一面，然后再磨磨另一面，最后用左手把刀片放进另一个篮子里。有一个工人告诉尤吉斯，他已经在这里干了十五年了，他每天要磨出三千个刀片来。在隔壁的车间里，那些神奇的机器正在慢慢地吞吃着钢筋，它们先把钢筋切成均匀的钢棍，然后固定住这些钢棍，在一端扎出铆来，经过打磨、抛光，最后车出螺纹。做好的螺钉被丢进一个筐里，准备着发挥把收割机的各部件铆合在一起的作用。另一台机器正在锻造着成千上万个和那些螺钉相吻合的螺母。在另外一些地方，这些部件被投进染料槽里，然后吊起来晾干，接着用传送带输送到另一个车间里。在这里，工人们把零部件漆成红红绿绿的颜色，以便在田野里看起来令人愉快。

尤吉斯的朋友在楼上的铸造车间工作，他的工种是制作某一铸件。他把黑色的沙子铲到铁槽里，然后捣实，放在一边让它变硬。沙模取出来之后再浇入熔化的铁水。他的工资也是按照他所做的沙模的数量来计算的——更确切地说是合格铸件，因为他所做的工作有一半以上是无用功。他和十几个同工种的工人一起就像魔鬼附体一样，永不知疲倦地劳作着。他的手臂就像是蒸汽机的驱动杆不停地挥舞着，他那长长的黑发疯狂地甩动着，他的眼球凸起，汗水就像一条条小河似的从脸上淌下来。他把铁模铲满沙子，然后去拿捣杵把它捣实，整个过程就像是一个在激流中划着独木舟的人，发现礁石之后急忙去抓一根柱子。他就这样一天到晚不停地、全神贯注地劳碌着，为的就是每小时能挣到两毛三分钱而不是两毛两分半。统计员会统计他的产品数量，而后那些神采飞扬的工业巨头们就会在宴会大厅里有了吹嘘的资本，说他们的生产效率比世界上任何国家都会高出一倍。如果说我们的国家是太阳底下最伟大的国家，那主要是因为我们有办法把工薪工人的生产热情刺激到疯狂的程度。当然，我们在其他的一些方面也很伟大，比如说在酒精消费方面。我们国家每年消费掉十二亿五千万美元的酒精，而且这个数字每隔十年就翻一番。

有一台机器轧钢板，另一台机器发出重重的一击，把钢板捣成半身美国农民的形状，然后装在推车上。尤吉斯的任务就是用车子把这些东西推到另一个车间，在那里收割机被组装完毕。对尤吉斯来说，这个工作简直是小菜一碟，而且每天能挣到一块七毛五分钱。周六，他付了艾尼尔每周七毛五分钱的阁楼租金，还赎回了在他蹲监狱期间伊莎贝塔当掉的那件大衣。

这件大衣对他来说可是一件宝贝。隆冬时节不穿大衣穿行在芝加哥街头可不是闹着玩的，准保会被冻坏，而尤吉斯上下班都要走上五六英里的路。这条路不在同一条电车线路上，所以他中途需要倒车。按照法律规定，中途倒车的乘客是无须另买票的。但是，电车公司通过另立公司名目——名义上是两个公司，实际上是归一个老板所有——钻了法律的空子。这样。每当他想坐车的时候，他都要花上一毛钱的车费，这超过了他一天收入的十分之一。为了压制住公众的不满和抗议，他们买通了市议会，因此得以我行我素。尽管晚上下班的时候他已经累得疲惫不堪了，尽管早晨上班的时候路上漆黑一片而且冷得彻骨，尤吉斯通常宁愿步行。每当上下班人流高峰的时候，电车垄断集团就会减少车次，致使车厢后面都挂满人，有人甚至会爬到车顶上去。当然，车门是永远也关不上的，所以车厢里跟外边一样冷。跟很多其他的人一样，尤吉斯觉得与其把钱花在车上还不如买一杯酒外加一顿免费的午餐，这样他就会有力气走路了。

对于一个从达拉谟肥料厂里逃出来的人来说，这些小困难都不值一提。尤吉斯重又振作起来了，又开始规划起生活来了。是的，他丢掉了那所房子，可是他也因此再不用支付那可怕的房费和利息了。等玛丽娅彻底康复了，他们可以从头再来，攒钱……在他工作的那个车间还有一个立陶宛人，人们一提到他无不啧啧称赞，因为他的确做了一些了不起的事。他整天坐在一台机器前车螺钉，晚上他还要跑到一所公立学校去学英语，读书。另外，因为家里有八个孩子，他的工资收入不足以维持一家人的开销，所以周六和周日的晚上他还要做夜间看守。晚上，每隔五分钟他就要跑到一幢楼的两侧各按一下按钮。这个过程需要两分钟，这样在他履行职责的间歇还有三分钟的时间用来学习。尤吉斯非常羡慕这个人，两三年以前他也有过同样的梦想。即使是现在，如果有机会，他也想学习——他要做一个引人注目的人，一个熟练工人或者工头，有些人就是这样成功的。如果玛丽娅能够在那个生产装订线的大工厂里找到工作，他们就可以搬到这个地区来住，这样他就有机会了。心中怀着这样的梦想，他的生活也就有了意义。能做一个被当成人看的人——他发誓！他一定要证明给世人看他做得到。他要坚守住这份工作，一想到这儿他就会在内心里笑出声来！

突然有一天下午，这是他来到这里上班的第九天，当他去拿大衣的时候，他发现有一群人围挤在门前，门上贴着一张通知。于是他走上前去问个究竟，他们告诉他从明天开始他工作的车间关门停产，复工日期另行通知！

第二十一章

这是他们的一贯做法！没有任何事先的通告——然后工厂突然关门！工人们说，这样的事情以前就发生过，而且以后还可能会发生。他们生产出了世界上所需要的所有的收割机，现在他们只能等着正在使用的机器报废！这不是任何人的错——这是生产方式所决定的。成千上万的男男女女在严酷的冬天被赶出工厂的大门，靠以前的积蓄过活，如果没有积蓄就得等死。在芝加哥城，无家可归，沿街讨工作的人千千万万，现在街上又多了几千个这样的人！

尤吉斯兜里揣着那点少得可怜的工资，垂头丧气地回家了。对这个世界，他有了更进一步的认识，他发现前方的路上又多了一个陷坑！当库存的收割机超过了这个世界的需求，当雇主们也无力给工人们提供工作了的时候，他们的慈善、人道又有什么用呢！真是令人诅咒的荒唐啊，工人们拼死拼活地生产收割机，可是到头来却因为他们工作得太出色而被赶出来饿死！

整整两天，他沉浸在伤痛和绝望之中。这次他没有喝酒，伊莎贝塔把他的钱都收起来了，不管他怎样凶巴巴地要，她也不害怕，就是不给，因为她太了解他了。他躺在阁楼里睡不着觉，郁闷至极——一个工作还没来得及掌握熟练就被辞退了，这样的工作再找下去又有什么用呢？可是，他们的钱又花光了，小安东纳斯在冰冷的阁楼里饿得整天哭。而且，豪坡特太太也在催着要钱。就这样，他又出去了。

在接下来的十几天时间里，他走大街串小巷，饥肠辘辘地乞讨工作。他去了无数家商店，进了无数间办公室；在餐馆、酒店、码头、铁路货场、仓库都能看到他的身影。总有一两次机会出现，可是又总有上百人一拥而上，怎么能轮到他呢！夜里，他就钻进工棚、地下室或者门道里——直到有一天，一阵迟到的寒流袭来，狂风肆虐，晚上气温降到零下五摄氏度，夜里还会继续下降。尤吉斯像一只野兽一样在一大群流民中奋力拼杀，最终挤进了哈里森大街的派出所，在走廊里跟其他的两个人挤在一个台阶上睡觉。

在那些日子里，他经常跟人打架，为的是争到工厂门口的一个位置。偶尔，他也会和一帮人在街上火拼。现在，像给火车旅客拎包这样的活都被垄断了——每当他想上前去试试运气的时候，都会有十几个大人、孩子一窝蜂地扑向他，他只得仓皇逃窜。这些人已经搞定了警察，所以他根本就别指望他们的保护。

尤吉斯竟然还没有饿死，这主要归功于他从孩子们那里偶尔要来的一点钱，而这点钱也没有保障。一方面，有的时候孩子们实在无法忍受寒冷；另一方面，孩子们也经常挨打、挨抢。此外，法律也禁止他们工作——菲利马斯已经十一岁了，可看上去就像是个七八岁的样子。有一天，一个看上去很严厉、戴着眼镜的老太太把他拦住了，告诉他小小年纪不能出来干活，如果他还继续卖报纸，她就找教育部门的学监来。还有一天晚上，一个怪人抓住小考曲娜的胳膊，推搡着要把她拉到一个黑暗的地下室通道里，她逃脱了。可是这次经历吓得她要死，几乎不敢出门了。

最后，在一个星期天，眼看着工作再找下去也不会有什么结果，尤吉斯就偷偷地钻进一辆电车回家了。回到家里他才知道家人已经等了他三天了——他有一个工作机会。

这事儿说来话长。在尤吉斯外出的十几天时间里，小约奥在帕斯饿得发疯，于是就跑到大街上去乞讨。约奥在帕斯只有一条腿，另一条腿小的时候被车轧断了，于是他找来一根扫帚把，拄在胳膊下当拐杖。他结识了一帮孩子，这群孩子一起走了三四个街区远的路，来到了麦克·斯库里的垃圾坑。每天，有数百辆垃圾车把垃圾从富人居住的湖滨区运到这里。孩子们在垃圾堆里扒拉出可吃的食物——有大块的面包、土豆皮、苹果核和骨头棒，这些东西都半冻着，还没腐烂。小约奥在帕斯自己狼吞虎咽地饱餐一顿之后，还带回家一纸包食物。她妈妈回来的时候看见他正在喂安东尼斯。伊莎贝塔吓坏了，她不敢相信垃圾堆里的食物能吃。可是到了第二天，两个孩子啥事儿没有。约奥在帕斯又饿得哭喊起来，于是她就听任了他再去垃圾堆里找食物。那天下午，他回来的时候讲述了他的经历。他说，在他正用棍子扒拉食物的时候，街上有一个女人叫住了他。一个漂亮的女人，小男孩说，一个美丽的女人。她想知道他的全部情况，问他捡垃圾是不是喂鸡，他为什么拄着扫帚把，奥娜是怎么死的，尤吉斯为何进了监狱，玛丽娅又是怎么回事儿，等等。最后，她问他在哪儿住，还说她要来看他，并给他买一根新拐杖。她的帽子上有一只小鸟，约奥在帕斯继续说，一条长长的、毛茸茸的蛇绕在她的脖子上。

第二天早晨，她真的来了。她顺着梯子爬上阁楼，站在那儿看了看四周，一看到奥娜躺过的那块楼板上血迹斑斑，她顿时吓得脸色苍白。她向伊莎贝塔解释说，她是一位“移民安置部门的工作人员”，住在阿什兰大街。伊莎贝塔知道她工作的地方，在一个饲料店的楼上。曾有人建议伊莎贝塔到那地方去想想办法，她没有理会，因为她想那地方肯定与教会有关，牧师不会允许她与那些奇怪的教会有任何瓜葛。在那儿住的都是富人，他们之所以住在那儿是因为他们想了解一下穷人的疾苦。可是了解了又有什么用，没有人能够想象到。伊莎贝塔心直口快地说着，那女人听了之后只是笑了笑，不知道如何回答。她站在那儿，环顾四周，回想起有人向她讲过的一句挖苦的话——她只是站在地狱的边上，仁慈地向下扔几个雪球，期望能降低一些那里的温度。

不管怎样，有人肯听她诉苦，伊莎贝塔还是很高兴的。她在那女人面前倒出了心中的全部苦水——奥娜的遭遇，尤吉斯的坐牢，房子的损失，玛丽娅的事故，奥娜的死，以及尤吉斯的失业。那漂亮的女人眼含热泪地听着，其间她更是忍不住地哭出声来，她把脸枕在伊莎贝塔的肩上，全然不顾她身上的那件脏兮兮的罩衣和阁楼里满地的虱子。对于他们一家凄惨的经历，伊莎贝塔有些羞于启齿，可是那女人乞求她讲下去。末了，那女人送给他们一篮子食物，并给尤吉斯留下一封信，让他带着这封信去南芝加哥的一个大钢铁厂找一位主管。“他会给尤吉斯安排工作的，”年轻女人说，然后又含泪微笑着补充了一句，“如果他不给尤吉斯工作就永远也别娶我。”

钢铁厂离家有十五英里远，坐车要经过一次换乘，跟其他的线路一样这也是经过电车公司精心规划的。远远望去，一排排高耸的烟囱喷着火焰，映红一大片天空——尤吉斯到达钢铁厂的时候天还没亮。庞大的建筑群本身就像一座城市，四面由围墙围起。有一百多号人已经在工厂的大门等候，随时准备应召。天刚刚亮，钟声响起，成千上万的人突然一下子从四面八方涌来，从酒吧里，从旅馆里，从电车上——在灰蒙蒙的清晨他们好像是一下子从地底下冒出来的。人流像潮水一样涌入工厂的大门——然后渐渐退去，最后只剩下几个迟到的工人风风火火地跑来，门卫在走来走去，门外那些饥寒交迫的失业工人冻得浑身发抖，不住地跺着脚。

尤吉斯递上那封宝贵的信。门卫一脸的骄横，接过信看了看，然后问了尤吉斯几个问题。不过，他还是不让尤吉斯进去，他一边把信重新封好一边说他只能把信交给收信人。送信的人回来说，那人叫尤吉斯先等一会儿。这样，门卫才肯放他进来，让他在门里等着。看着门外一双双贪婪的眼睛，尤吉斯觉得这已经是不错的待遇了。庞大的工厂开始运转起来——只听到一阵巨大的声响，隆隆的滚动声、嗡嗡的旋转声、当当的敲打声组合在一起。天渐渐亮起来，厂区的景物也随之变得越来越清晰：高耸的建筑鳞次栉比，车间、工棚星罗棋布，铁轨纵横交错，脚下煤渣铺路，头上浓烟滚滚。厂区的一侧有十几条铁道，另一侧有一个湖，湖面上驶来几艘汽船等待装货。

尤吉斯就站在那儿观望着、思索着，直到两个小时后有人来叫他。他走进一栋办公楼，计时员接待了他。主管正在忙着，但是他可以帮尤吉斯找个工作。以前尤吉斯从来没有在钢铁厂干过？什么工作都行？好吧，那他们出去看一看吧。

于是他们就在厂区里转了起来，每到一处尤吉斯都惊得目瞪口呆，他开始怀疑自己能不能适应这里的工作。震耳欲聋的噪声震得空气在发抖；刺耳的汽笛声从四面八方传来，刺激得他浑身发痒；各种微型的蒸汽机车向他冲过来；白热的铁水发出哧哧的响声在他身边奔流而过；熊熊的火焰噼啪作响，让他睁不开眼，烤得他脸生疼。工人们一个个满身煤烟，眼窝深陷，形容枯槁。他们个个埋头干活，手忙脚乱，绝无分心。就像一个受到惊吓的孩子依偎在保姆的怀里一样，尤吉斯紧紧地跟在向导后面。那人每遇到一个工头就会问一下他们需不需要一个非熟练工人，而尤吉斯这时候总是在东张西望，满脸惊恐。

他被带到生产钢锭的贝西默高炉车间——一座巨大的穹顶形建筑，就像一座大剧院。尤吉斯所站的地方就是剧院包厢所处的位置，对面舞台的旁边有三个大铁炉，大到可以用地狱里所有的魔鬼来煮肉汤，里面火花四溅，闪着耀眼的白光，如同火山喷发——那里的工人们说话都是在大喊大叫。铁炉里不断地有液体的火焰蹿出，落在地上就像炸弹炸开——工人们在一旁工作，对此毫不在意，而尤吉斯却吓得屏住呼吸。突然，哨声一响，一台机车从舞台幕布的位置开出来，他们把车里的东西倒进铁炉。又一声哨响，舞台旁边的一辆机车向后退去——巨大的铁炉开始倾斜，倒出一团翻滚的、嘶嘶作响的火焰。尤吉斯被吓得往后倒退了一步，他以为出事了。接着，火团化作一根火柱，炫目如正午的太阳，气势如森林中一棵倒下来的大树。整个建筑里顿时火花四溅，耀眼的火光照亮整个建筑，什么也看不见了。尤吉斯从手指缝里往外看，跳动着、奔涌着的火焰瀑布从铁炉里倾泻下来，闪耀着地球上见不到的白光，灼烧着人的眼球。瀑布上一道道彩虹闪烁，流光溢彩，蓝色、红色、金色。不过，火瀑本身一直是难以名状的白色。那火瀑分明是源自仙境，奔腾而下，化成生命之河。看到它，灵魂为之欢呼雀跃，高高地飞起，飞向那遥远的仙境，在那里，美丽和恐怖同在。倒空了的铁炉重又正过来，尤吉斯喘了一口气，幸亏没有人受伤。他转过身，跟着向导来到外面。

他们穿过一座座鼓风炉，走进一个个轧钢车间。他看到，一台台机器正在翻弄着、像切乳酪一样切割着一根根钢筋。机械臂在空中飞舞，巨大的轮子在转动，沉重的铁锤在击打，起重机的铁手在头上伸下，一把抓起钢铁猎物——置身其中，你仿佛站在地球的中心，这里时间机器在不停地旋转。

不久，他们就来到了生产钢轨的车间。刚一到这地方，他就听见身后一声哨响，他赶忙闪开身，一辆铁车从身后推过来，车上装着一块跟人体一样大小的钢锭。突然一声撞击，车子停下来，钢锭被倾倒在一个滚动的平台上，平台上的钢指和钢臂抓住钢锭，一阵锤打，然后送到轧辊下，之后从轧辊的另一侧出来。经过进一步的锤轧，出来的时候薄得就像烤架上的一张薄饼。接着，这张薄饼又被送到另一台轧辊下。就这样，这块钢锭在震耳欲聋的轰鸣声中被反复锤轧，变得越来越细、越来越直、越来越长。这块钢锭就像是一个有生命的东西，它根本就不愿意这样被折腾来折腾去的。可是没有办法，它已经被命运牢牢地抓在了手中，它被命运无情地摔打着、碾压着，它只能浑身颤抖着、尖叫着表示抗议。最后，一条红色的、细细的长蛇从炼狱中爬出来。当它从轧辊下爬出来的时候，它痛苦地翻腾着、蠕动着、战栗着。再一用力，它的尾部就可能被轧折。整个过程，它一直被无情地蹂躏着，直到最后冷却下来，变成黑色——然后再经过切割、拉直，它就可以用作路轨了。

尤吉斯就是在这铁轨锻造的最后一道工序结束后找到了机会。铁轨需要人用撬棍移开，而这里正缺一个人。于是，尤吉斯当即脱下大衣，开始动起手来。

每天上班，尤吉斯要在路上花费两个小时的时间，每周还要花掉一块两毛钱的路费。花这么多钱坐车，他连想都不敢想。于是，他从家里卷起铺盖，搬到工友给他介绍的一个波兰人开的寄宿旅馆里住了。在这里，他得到了老板的特别优惠，让他住在地板上，每晚收费一毛钱。平日里他在自助餐馆吃饭，周六晚上卷起铺盖回家，然后把大部分的钱交给家里。伊莎贝塔对这样的安排感到不是很称心，因为她担心尤吉斯习惯了在外面住后会把他们给忘了，而且这样他每周只能有一天的时间看到儿子。但是，他们也拿不出更好的办法。女人在钢铁厂根本找不到工作，而且玛丽娅也准备上班了，时刻盼望着能在屠场找到一份工作。

在铁轨厂工作了一周之后，尤吉斯就彻底克服了无助感和恐慌感。厂子里的路他都已经熟悉了，对那些惊险和恐怖的场景也都习以为常了，他工作的时候甚至已经听不到那隆隆的噪音了。他从无名的恐惧走向了另一个极端，跟其他的人一样，他对周围的一切开始变得无所顾忌、熟视无睹，在狂热的工作状态下开始忘掉了自我。令人们感到困惑不解的是，这些工人为什么能够如此热情高涨地工作呢——工厂又没有他们的股份——他们挣的又是小时工资，老板也不会因为你工作热情高就多给你发工资！而且他们也知道，一旦受伤，他们就会被立即扫地出门，没有人会怀念他们！工人们来去匆匆，有时为了尽快完成手头上的活不惜冒险抄近路，有时为了提高工作效率不惜冒险采用新的工作方法。上班的第四天，尤吉斯就看到有一个人在车子前面跑，不小心摔倒之后，脚被压碎了一只。不到三周的时候，他又亲眼见证了一起更可怕的事故。车间里有一排砖砌的熔炉，顺着砖缝能够看到里面铁水耀眼的光芒。有些砖炉正在膨胀，煞是危险，可是工人们就在这些熔炉前忙忙碌碌地工作着，戴着蓝色墨镜，一会儿打开这个熔炉的门，一会儿关上那个熔炉的门。一天早晨，尤吉斯正从那里经过，一个熔炉突然爆裂，液体火焰喷射出来，溅在了两个人的身上。两个人痛苦地在地上翻滚着、号叫着，尤吉斯冲过去救他们，结果手掌上的一大块皮被烫掉了。公司的医生给他包扎了伤口，但是他没有听到一句感谢的话，他因此在家里躺了八天，没有得到一分钱的报酬。

这期间，还算幸运的是，伊莎贝塔终于得到了盼望已久的工作机会，每天早晨五点钟去屠场的办公楼里擦地板。尤吉斯回到家里把毯子盖在身上保暖，整天除了睡觉就是跟小安东纳斯玩耍。约奥在帕斯大部分时间里仍然去垃圾堆里捡食物，伊莎贝塔和玛丽娅也在寻找着更多的活儿干。

安东纳斯现在已经一岁多了，是一个完美的讲话机器。他学说话学得很快，尤吉斯每天回到家里都会吃惊地发现他好像是另外一个孩子。尤吉斯一回到家，他就跑到爸爸跟前坐下，听爸爸讲话，看着爸爸的脸，嘴里边高兴地叫着：“爸爸！宝贝！”小家伙是尤吉斯在这个世界上唯一的快乐——他的希望，他的成就。感谢上帝，安东纳斯是个男孩！他长得像松树的树节子一样结实，食欲好得像一只小狼。他没有受到任何伤害，没有什么能伤害他。经历了那么多磨难，他仍然毫发未损——嗓音反而更加洪亮，生命力更加旺盛。安东纳斯是一个很难缠的孩子——父亲并不在意——他看着他，心里满是欢喜，甚是得意。越难斗越好——在以后的人生道路上，他需要战斗。

尤吉斯已经养成了一种习惯，每当有钱的时候，他都会买一份星期天报纸。花五分钱就能买到一份如此精彩的报纸，值！这些报纸都有很多版面，抱起来有一大抱，里面以醒目的标题报道着世界各地的新闻。尤吉斯能够慢慢地读出报纸的标题，遇到长一点的单词，他就找孩子们来帮忙。里面有战争，有谋杀，有突然的死亡——真是太精彩了，他们什么时候听说过如此有趣、如此刺激的故事！那些故事肯定是真实的，肯定没有人能够编造出那么美妙的故事来，另外，每个故事都配发了精美的图片，跟现实生活一模一样。其中有一份报纸几乎就像是一个马戏团，又像是一个狂欢节——这对于一个像他这样的工人来说实在是不可多得的享受。他终日里忙忙碌碌，对生活已经变得麻木不仁，没受过教育，工作环境枯燥、肮脏，从来没有看见过一片绿色的田野，从来没有享受过一个小时的娱乐，除了酒精没有什么能够刺激他的想象力。更重要的是，这些报纸里面都有很多连环漫画，这是小安东纳斯生命中的最大快乐。他把这些漫画当宝贝，他会把它们都挑出来，然后让爸爸讲给他听。漫画里有各种各样的动物，安东纳斯能一一叫出它们的名字来，这些漫画能让他安静地躺在楼板上，一躺就是几个小时，用他那圆滚滚的小手指头指指点点。每当有一篇故事简单到可以让尤吉斯复述出来的时候，安东纳斯就会嚷着让爸爸讲给他听，他会记住，然后把各种故事混在一起，嘴里不时地蹦出一些可笑的句子来，简直可爱得不行。他那古怪的发音同样逗得人发笑——还有从大人那里学来的一些话也让人忍俊不禁，有时让人意想不到！从小坏蛋的嘴里第一次冒出"他妈的"的时候，父亲笑得几乎从椅子上滚下来。可是后来他后悔了，因为不久以后安东纳斯逢人就说"他妈的"。

他的手伤痊愈之后，尤吉斯又卷起铺盖，回到了撬铁轨的工作岗位。现在已经是四月份了，雪不下了，取而代之的是冷雨，艾尼尔家门前的那条土路俨然成了运河。每次回家，尤吉斯都要蹚着水走过这段路，天黑的时候，一不小心就会掉进齐腰深的泥潭里。对此尤吉斯并不太在意——这预示着夏天就要到了。玛丽娅在一个小屠宰场里找到了一份剔牛骨的工作。尤吉斯告诫自己一定要记住这次受伤的教训，以后千万不要再出事了。就这样，他们熬了多年的苦日子终于有望结束了。他们又能攒下钱了，下一个冬天他们一定要找一个舒服的住处。孩子们要离开大街，重新回到学校去，让他们学会体面和善良。就这样，尤吉斯又开始规划起生活，又开始有了梦想。

又是一个周六的傍晚，尤吉斯跳下电车，朝家奔去。刚刚下了一场大雨，家门前的路现在已是洪水滔滔，天上的乌云已渐渐散去，落日的余晖从云后洒下来。天上升起一道彩虹，尤吉斯的心中也升起一道彩虹——三十六个小时的休息时间，还有聚在一起的家人。他已经看见了那房子，可是他突然发现家门口围着一帮人。他跨上台阶，从人群中挤过去，看到艾尼尔的厨房里还有一帮神情紧张的妇女。这场面使他想到了他从监狱里出来，回家发现奥娜死了的情景，尤吉斯的心一下子被提了起来，几乎停止了跳动。“出什么事了？”他惊恐地喊道。

屋子里面一片死寂，所有的人都在盯着他看。“出什么事了？”他又一次惊叫。

这时，从阁楼里传出一声哀号，是玛丽娅的声音。尤吉斯朝梯子奔去——艾尼尔一把拽住他的胳膊。“别！别！别上去！”

“到底出什么事了？”他喊道。

老太太哽咽着说：“是安东纳斯。他死了。他在街上淹死了！”

第二十二章

尤吉斯的反应很奇怪。他的脸顿时变得死一样的苍白，但是他挺住了。有半分钟的时间，他站在屋子的中央，拳头死死地攥着，牙咬得咯吱咯吱响。然后他猛然推开艾尼尔，冲向隔壁的房间，爬上梯子。

角落里有一张毯子，下面有什么东西鼓起，旁边躺着伊莎贝塔，她是在哭泣还是已经昏厥过去了，尤吉斯根本没有理会。玛丽娅在踱来踱去，搓着双手。他的手攥得更紧，说话语气冷硬。

“怎么回事?”他问道。

悲痛中的玛丽娅没有听见他在说话。他又问了一遍，语气更加严苛。“他从人行道上掉了下去。”她仍然哀号着。房子门前的人行道是用一些烂木板搭成的，比下沉的街面高出大约五英尺。

“他怎么跑到那里去了?”他追问。

“他跑……跑出去玩，”玛丽娅啜泣着，声音哽咽，“我们管不住他。他一定是陷在了泥里!”

“他真的死了吗?”他追问。

“唉！唉！死了，医生已经来过了，”

尤吉斯呆呆地站在那儿，有几分钟，身体摇晃着。他没有掉一滴眼泪。他又看了一眼那张毯子和毯子下面的小东西，然后猛地转过身，爬下梯子。他一来到楼下的房间，屋子里顿时又是鸦雀无声。他径直朝门奔去，冲出门，奔向大街。

妻子死了的时候，他跑到酒馆儿里喝得烂醉如泥。这次他没有，尽管兜里有一周的工资。他就一直往前走着，视街上的行人和建筑如无物，双脚蹚着泥水。不知道走了多长时间，后来他走到一处台阶前，坐下，双手抱头，一动不动，嘴里不时蹦出几个字："死了！死了！"

他站起身又继续往前走。太阳已经完全落下去了，他还在走着，直到天完全黑下来，然后他在一个铁道口前停了下来。路口横着栏杆，一列货车正隆隆驶来。他站在那儿看了一会儿。突然，埋藏在他内心很久、他从来没有说出口、自己也说不清楚的念头一下子涌动起来，一股难以抑制的冲动袭上他的心头。他钻过栏杆，奔向路轨，避开看守人的视线，一跃攀上一节车厢。

不久，火车又停了，尤吉斯一跃从车上跳下来，在车厢底下跑了一会儿，然后坐在一根路轨上躲起来。火车又开动了，他又爬上一节车厢，内心里在激烈地斗争着。他攥着手、咬着牙——没有哭泣，没有一滴眼泪！一切都过去了，一切都结束了——他要把过去的一切都抛在脑后，他要摆脱一切，就在今天晚上。他要走出那场黑暗的、可怕的噩梦，明天早晨他就要开始新的人生了。每当有过去的一点记忆袭上心头——一点温存、一道泪痕——他就会一跃而起，疯狂地诅咒它，奋力把它打倒。

他要为他的生命而战。他要咬紧牙关，战斗到底。以前他一直是个傻瓜，傻瓜！他浪费了自己的生命，他把自己给毁掉了，都因为那该死的懦弱。现在，他要彻底抛弃它——他要把它从身上拔掉，连根拔掉。他不再需要眼泪，不再需要温情。够了——是眼泪和温情把他变成了奴隶！现在，他要自由，他要砸烂铐住他手脚的枷锁，他要反抗，他要战斗。他很高兴一切都结束了，反正迟早要结束，现在结束得正是时候。这不是一个女人和孩子生存的世界，他们摆脱这个世界越早越好。在他去的那个世界里，安东纳斯无论再遭受怎样的苦难都不会比在这个世界上要遭受的苦难更多。让父亲最后一次想想儿子吧。以后，他只会想着自己的事，他要为自己去战斗，跟这个折磨着他、压迫着他的世界做斗争！

他在内心里继续斗争着，他拔掉了开在心田里的所有花朵，然后再把它们踏烂。车轮滚滚，震耳欲聋，一阵烟尘扑到他的脸上。一夜里，火车不时靠站，他就一直在那儿蹲着。他要一直坚守阵地，直到被赶下来。每离开罐头镇一步，他心头的重负就减少几斤。

不知过了多长时间。现在，火车每次停下来，一股暖风就扑面而来，带着田野的气息，带着忍冬和苜蓿的清香。他贪婪地呼吸着这新鲜的空气，他的心随之狂跳不止——他又来到了乡村！他要在这乡村永远地住下去！天渐渐亮了，一双贪婪的眼睛正在向外张望，他看见了草场、森林和河流。最后，他终于抵抗不住这诱惑了。当火车再一次停下来的时候，他从车厢里爬了出来。车厢顶上站着一个刹车手，看见尤吉斯跳下去，他挥舞着拳头大声咒骂起来。尤吉斯优雅地向他挥了挥手，然后向田野走去。

想一想，他一生都生活在乡下，而近三年来他没有看到一点乡村的景色，没有听到一点乡村的声音！只有在他离开监狱的时候，他走过一段乡路，而当时忧心忡忡的他对路两旁的景象几乎视而不见。有几次，他也曾在失业的期间跑到公园里去散心，而那都是在冬天，他连一棵树都没看见！此时，他感觉自己就像一只展翅高飞的小鸟。每看到一处奇异的景象，他就停下，出神地凝望一会儿——一群牛、一片长满雏菊的牧场、一段爬满野玫瑰的树篱、一群在林间鸣唱的小鸟。

眼前是一处农舍，他找到一根棍子当作自卫工具，然后走进。农夫正在谷仓前给车轴上油，尤吉斯走到他跟前。“请问，我能在这里吃一顿早饭吗?”他说。

“你想干农活吗?”农夫说。

“不，我不想。”尤吉斯说。

“那你就别指望从我这里得到什么。”农夫有些生气。

“我会付给你钱的。”尤吉斯说。

“噢，”农夫说，然后讥讽着补充道，“我们这里七点钟以后不提供早餐。”

“我饿坏了，”尤吉斯一脸真诚，“能卖给我一点食物吗?”

“去问一问女人吧。”农夫说，扭头朝门口的方向点了一下。女人更友善一些，于是他花了一毛钱买了两块厚厚的三明治，一张馅饼，还有两个苹果。他一边转身离开一边咬着馅饼，因为馅饼不方便随身携带。几分钟后，他看见一条小河，于是他爬过一道篱笆，穿过一片树林，来到河岸边。他找到一块舒服的地方坐下，然后开始狼吞虎咽地吃起刚买来的早餐，渴了就掬起一捧河水喝。吃饱了以后，他就在岸边躺下，尽情地享受着身边的风景，就这样一躺就是几个小时。这时，困意袭来，他找到一块阴凉的地方，倒头便睡。

等他醒来的时候，太阳正火辣辣地照在他的脸上。他坐起来，伸伸胳膊，然后开始凝望那静静流淌的河水。他发现眼下就是一处深潭，遮在树荫下，一片寂静，他突然产生一个美妙的想法。何不跳进河水里痛痛快快地洗个澡！这河水可是免费的，他可以把全身都泡进水里——全身！自从离开立陶宛以后这是尤吉斯第一次有机会把自己的身体完完全全地泡在水里！

刚来到屠场的时候，尤吉斯的身上不比任何工人脏。可是后来，由于伤病的困扰，由于长期生活在寒冷、饥饿、惆怅的境况之中，再加之污秽不堪的工作环境以及家里遍地的虱子，尤吉斯渐渐养成了冬天不洗脸的习惯，即使在夏天，他至多也只是在脸盆里洗一洗。在监狱里，他洗过一次淋浴，此后再也没有洗过澡——现在，他竟然可以游泳！

河水暖洋洋的，他就像一个天真的孩子一样在水里扑腾着。不知过了多长时间，他游到岸边的浅水处坐下，开始抓起沙子在身上擦——认认真真、不慌不忙，擦遍身体的每一个部位。既然洗了就要洗个彻底，看一看干净的感觉到底是什么样的。他甚至抓沙子在头上擦，他要把藏在他那一头乌黑长发里的“卑鄙小人”全部消灭掉。他把头浸在水里，看看能不能把那些家伙都淹死。太阳还是那么火热，他想起了岸上的衣服，于是他就把衣服都拎了过来，开始一件一件地搓洗。看到污垢、油渍顺着河水漂走，他满心欢喜，于是又继续搓起来，希望能把那肥料味也洗掉。

他把衣服挂起来晾晒，然后又躺在太阳底下睡了起来。等他睡醒的时候，衣服的外面被太阳晒得热烘烘的，而且像木板一样僵硬，可是里面还是潮乎乎的。他感觉到肚子饿得慌，于是他也顾不上衣服还没晾干就穿上了，然后继续赶路。他身上没带刀，他用手折断一根粗实的树棍，带着这个武器上路了。

不一会儿，他就看到了一处大宅院，他拐上小道走过来。现在正是吃晚饭的时候，农夫正在厨房的门口洗手。尤吉斯上前搭话："请问，能给我一些吃的吗？我给钱。"那农夫随口应道："我们不需要流民。走开！"

尤吉斯二话没说，转身离开。他绕过谷仓，看到一片地刚刚犁过，地里刚栽上桃树苗。他一边走，一边把树苗连根拔起，拔了一垄，足足有一百棵树苗。这就是他的回应，这就是他的心态。从现在起，他要战斗。如果有人打了他，他就要十倍地还以颜色。

离开果园，穿过一条林间小路和一片冬小麦田，他又踏上了一条大路。走了一会儿，他又看见一处农舍。这时，天阴了下来，他上前去借宿。农夫用怀疑的眼神看了看他，于是他又补充了一句："我愿意在谷仓里睡。"

"唔，我还不能答应你，"农夫说，"你抽烟吗？"

"有时抽，"尤吉斯说，"不过我会到外面去抽。"农夫点头表示同意，于是他又接着问道，"我要付给你多少钱？我可没有太多钱啊！"

"就收你两毛钱的晚饭钱吧，谷仓就不收你钱了。"农夫答道。

尤吉斯进了屋，来到餐桌前坐下，桌边还坐了农夫的妻子和五六个孩子。这是一顿丰盛的晚餐——烤豌豆、土豆泥、炖芦笋、一盘草莓、大片的面包、一大壶牛奶。尤吉斯从他的婚礼到现在，还没有享受过这样的美食，于是他开始放开量一顿狼吞虎咽，想把两毛钱的饭菜都吃回来。

一家人也都饿了，饭桌上听不到说话的声音。吃完饭以后，他们坐到台阶上抽烟，农夫开始讲话了。其间，尤吉斯谈到自己是一个从芝加哥来的工人，现在还不知道去哪里。农夫说："为什么不待在这儿，给我干活儿呢?"

"现在我还不想找活干。"尤吉斯答道。

"我会多给你工钱的，"对方说，用眼睛上下打量着他，"每天一块钱，包吃包住。这里实在缺人手。"

"冬、夏都有活儿吗?"尤吉斯马上问。

"不，不，"农夫说，"十一月过后，你就没活儿干了。我的农场不大，冬天不需要太多人手。"

"我明白了，"对方说，"我早就想到了这一点。秋天干完活儿以后，你就把马给赶到雪地里去，对吧?"（现在，尤吉斯已经学会为自己着想了。）

"这完全不是一回事儿，"农夫明白尤吉斯的意思，答道，"到了冬天，像你这样身强力壮的人总是能找到活儿干的，去城里，或者其他什么地方。"

"是啊，"尤吉斯说，"可是他们都这么想，他们一窝蜂地拥进城里。找不到工作，他们就去讨、就去偷。于是，人们就问他们为什么不到乡下去，乡下缺人手。"农夫陷入了沉思。

"钱花光了怎么办?"他最后问，"没钱花你就得去干活，不是吗?”

“没钱了再说吧。”尤吉斯说。

他在谷仓里足足睡了一夜，然后又吃了一顿丰盛的早餐，有咖啡，有面包，有麦片粥，还有蜜饯樱桃。可能是尤吉斯的一番话打动了农夫，这顿饭他只收了一毛五分钱。饭后，尤吉斯向一家人道别，然后又上路了。

就这样，尤吉斯开始了流浪生活。以后，他很少再得到像这家农民给他的待遇。慢慢地，尤吉斯养成了避开农舍、在农田里睡觉的习惯。如果下雨，他就找一间空屋子藏身；如果找不着，他就挨到天黑，然后偷偷摸摸地钻进一个谷仓，手里拎着棍子。通常，在狗闻到他的气味之前他就能钻到谷仓里，然后躲在草垛里舒舒服服地过一夜。如果被狗发现，他只能且战且退。他的身体虽不如从前那么强壮，但他的臂力还是够大。狗扑上来，一般只需一下，他就能把狗给打死。

不久以后，田野里长出了树莓，后来又有了黑莓。有了这些东西充饥，他省下了不少钱。果园里有苹果，田里有土豆——他白天踩点，天黑以后下手。有两次他甚至抓到了鸡，一次是在空谷仓里，另一次是在河边的一个僻静的地方，每次他都能美美地饱餐一顿。实在找不到吃的，他就花钱买，谨慎但不担心——因为他知道，只要自己肯干活，就会挣到更多的钱。为人家劈半个小时的木头就足以让他吃上一顿饱饭。看他干活的那股劲儿，农夫们甚至会多给他一些好处让他留下来。

尤吉斯就是不肯。他现在自由自在、无拘无束，就像是一个海盗。那种原始的旅行冒险精神已经渗透到了他的血液里，他要享受那种狂放的快乐、那种冒险的快乐、那种探寻的快乐。当然，他也会经历一些不快甚至不幸的事儿——但至少每一天他都会有新的经历。想想看，在辽阔的大地上畅游，每时每刻都能看见不同的风景，遇见不同的人，这对于一个多年以来一直被束缚在一个地方，除了破败的工棚和肮脏的厂房什么也看不见的人来说意味着什么！以前，他每天都在做着同一件事儿，直到累得筋疲力尽，回到家里倒头便睡，然后这一过程第二天再重复一遍；现在，他成了自己的主人，想干活就干活，不想干就不干，每时每刻都在探险！

他的健康也慢慢恢复了。他那青春的活力、激情和力量曾经丧失殆尽，他也曾为此感到悲哀，后来渐渐麻木，现在这一切又都回来了！而且回来得那么突然，让他困惑，令他震惊。他似乎一下子回到了久已逝去的童年，笑容又出现在了他的脸上，欢快的叫声不断地从他的喉咙里喊出！现在，吃得饱、空气新鲜，偶尔来了兴致还锻炼一下身体。一觉醒来，他发觉自己浑身都是力气，他伸展着手臂，笑着，唱着家乡的老歌。当然，偶尔他还能想起安东纳斯，他再也见不到他了，再也听不到他的声音了，每当这时他都要在心里做一番艰苦的斗争。有时，夜里他会梦到奥娜，他伸出双臂去拥抱她，泪水打湿地面。但是到了清晨，他又会一跃而起，抖一下身上的泥土，然后大踏步地上路，准备和整个世界进行战斗。

他从不问自己到了哪里，也不问自己要向何处去。他知道辽阔的大地足够他游荡，他从不担心会走到世界的尽头。当然，他要是问路，也总是有人会告诉他的——他无论走到哪里总是会遇到跟他一样流浪的人，他们也总是欢迎他加入到他们的行列。他是这个行当的新手，不过没有人因此而排斥他，他们还会传授给他一些窍门——什么样的城镇和乡村最好避开，怎样读懂篱笆上的暗号，什么时候去讨，什么时候去偷，什么时候既讨又偷。花钱买饭或者干活挣饭的想法着实可笑——因为他们既不用花钱也不用干活就能搞到所有想要的东西。有时，白天尤吉斯会和他们一起在林子里宿营，到了晚上，他们就一起到附近的村子里去劫粮草。过后，他们之中如果有谁赏识他，他们就会带他一起走，一走就是一个星期，其间彼此交流着行动的心得。

当然，在这些职业流浪者当中不乏一生流浪、干尽坏事的人。不过，大多数人也都曾经是工人，像尤吉斯一样也都经过苦苦的挣扎，最后以失败而告终。后来他又遇到了另一伙人，他们是随时流浪随时劳动的人，他们也是无家可归，四处游荡。但跟职业流浪者不同的是，他们一边流浪一边寻找工作——在收割的田野里寻找工作。他们的数量多得惊人，是整个社会的后备劳动力量。他们受着自然规律的严酷制约，做着一些短时的、不定期的零工。当然他们还无法理解这种生存状况，他们只知道自己在不断地找工作，知道他们的工作都是短暂的。初夏，他们都聚集到得克萨斯。随着季节的变化，庄稼由南向北逐渐成熟，他们也一路向北迁移，直到秋天他们来到马尼托巴。然后，他们就去寻找那些在冬季里伐木的伐木营队。找不到，他们就会飘向城市，靠此前攒下来的一点积蓄过活，偶尔做一些零工，比如装卸、挖沟、铲雪。如果劳动力供应超过了需求，有些人就会饿死、冻死，当然这也是自然界的一条严酷的定律。

六月下旬，尤吉斯流浪到了密苏里，此时正值这里的收割季节。农民们忙活了三四个月，一切都是为了这最后的收成，此时如果找不到帮手，帮他们干一两个星期的活，那么他们此前所有的劳动都将付诸东流。田里到处都能听到喊要劳工的声音——他们成立了代理组织；他们到城里去搜刮剩余劳动力；他们甚至用卡车运来一批一批的大学生；一些情急的农民甚至劫持火车，用暴力抢走劳工，成车成车地把他们运到自己的田里。他们找不到劳工不是因为他们不肯出钱——任何人只要干活都能得到每天两块钱的报酬，外加食宿，最棒的劳动力每天可以挣到两块五甚至三块钱。

收割的场面热火朝天，置身其中，任何人只要还有一点力气都会受到感染。尤吉斯也加入了一支收割队伍，从日出一直干到日落，每天十八个小时，连续两个星期没有片刻的停歇。他挣了一大笔钱，在过去那些悲惨的日子里他如果有这么多钱简直就是发大财了——而现在这笔钱他竟然不知道该怎么花！当然，存在银行里是个办法，幸运的话，需要的时候他还可以取出来。可是，现在他是一个没有家的流浪汉，天涯海角到处流浪，他怎么能懂得银行的业务、支票和信用证的使用呢？把这些钱带在身上，肯定会被抢走。所以，除了花掉还有别的办法吗？于是，在一个周六的晚上，他和一帮人逛进了城。这天正好下雨，没有别的地方可去，他们就拥进了酒吧。一帮人你请我、我请你地大吃大喝一通，其间又是笑又是唱，心情大好。后来，从酒吧的后面走出来一个姑娘，面颊红润，笑容甜美，她朝尤吉斯微笑着，他的心一下子跳到了嗓子眼儿。尤吉斯冲她点了点头，她走过来，坐到他身边，两个人又喝了一些酒，然后一起上楼走进一个房间，此时在他心中沉睡了很久的那头野兽再一次被唤醒，在丛林里发出最原始的嗥叫。可是过去的记忆和羞耻感在压抑着他的欲望，幸好其他人也挤进了这个房间，男男女女，于是他感到解脱。他们继续狂饮，他们疯狂作乐，放浪形骸，通宵达旦。在载运着剩余劳动力大军的车队后面跟随着另一支队伍，一队女兵，她们也在为生活而挣扎着，也受着自然规律的无情制约。只要有富人寻找快乐，只要她们还年轻，还有姿色，她们就会活得轻松自在，衣食无忧。直到有一天，她们被更年轻、更漂亮的女孩子们挤走，于是她们就会跑到劳工队伍的后面求生。这些女人有的是自己找上酒吧的，收入跟酒吧老板分成；有的是代理人安排的，就跟那些劳工一样。秋收的季节她们待在小镇里，冬天她们就住进伐木营地，等劳工拥进大城市的时候她们也随之而来。每当有什么地方部队扎营，或者修建铁路，或者开凿运河，或者举办盛大的博览会，总会有一大群女子蜂拥跟进，她们十人八人地挤在一起，挤在工棚里、酒吧里，或者寄宿在旅馆里。

到了早晨，尤吉斯已是身无分文了，于是他启程上路。他感到厌恶、恶心，但是一想到新的生活，他又压制住了自己的情绪。他做了一件非常愚蠢的事情，可是事已至此，后悔又有什么用呢——他所能做的就是保证这样的事情以后不再发生。他继续赶路，身体上的运动和新鲜空气逐渐驱走了他的头痛，他又变得精力充沛、神清气爽了。可是，他始终还是一个有着七情六欲的动物，因此这种事情以后又接连发生了，而且每次过后他都会为自己的放荡而后悔。毕竟，短时间内他还无法完全适应道上的人的生活，他们四处流浪，直到想要喝酒，想要找女人，然后带着这样的目的去工作，挣够了钱就去寻欢作乐。

尤吉斯跟他们不一样，尽管他也努力去尝试，但他始终无法摆脱良心上的痛苦。良心就像是一个无法降服的魔鬼，总是在不经意间现身，折磨他——逼得他想去喝酒。

一天夜里，天下起了暴雨，他躲进一个小镇附近的一所房子里避雨。这里住着一个工人家庭，跟他一样主人也是一个斯拉夫人，刚从白俄罗斯移民过来。他用家乡的语言热情欢迎尤吉斯，把他领到厨房的火炉旁让他把衣服烘干。家里没有空闲的床，但是阁楼里有稻草，他可以在那里睡。那人的妻子正在准备晚饭，孩子们正在地上玩耍。尤吉斯坐着和主人闲聊，他们谈到了家乡，谈到了各自到过的地方和干过的活儿。晚饭准备好了，他们开始吃饭。饭后，他们又坐下来开始抽烟、聊天，他们谈了更多关于美国的见闻以及当初他们来到美国的经历。正说着，尤吉斯突然停了下来，因为他看到那人的妻子端着一盆水走了过来，然后放下水盆开始给最小的孩子脱衣服。其他的孩子都爬进了睡觉的房间，那工人解释说他妻子要给孩子洗澡。原来，前些天夜晚突然冷了起来，初来乍到的母亲对美国的气候还不了解，于是她就给孩子的衣服缝在了身上，准备过冬，可是过了几天天气又暖和起来了，孩子的身上被焐出了皮疹。医生说每天晚上要给孩子洗澡，她这个愚蠢的女人竟然相信了医生说的话。

尤吉斯根本没有心思听那人的解释。他注视着那孩子。那孩子一岁左右，长得很结实，两条腿胖乎乎的，小肚子像个圆球，圆圆的眼睛黑得像煤球似的。身上的疹子似乎并没有影响到他，洗澡的时候他欢蹦乱跳的，高兴得手舞足蹈，嘴里咯咯笑，一会儿抓住妈妈的脸，一会儿抓住自己的小脚指头。他坐在水盆里，扑腾着溅了妈妈一身水，嘴里像个小猪一样咕咕叫着。小家伙嘴里讲着俄语，带着婴儿特有的奇怪口音，尤吉斯能听懂一些——每一个字都使尤吉斯回想起了从他自己的孩子嘴里冒出的话，每个字都像一把钢刀扎在他的心上。他坐在那儿一动不动，一声不吭，紧紧地攥着双手，胸中似乎刮起了一场风暴，眼泪像潮水一样在他的眼眶里翻涌。最后，他再也控制不住自己的情绪了，他低下头，双手掩面，失声痛哭，主人见状惊呆了。他既感到悲痛又感到羞愧，于是他夺门而出，冲进了大雨里。

他一路狂奔，来到一片漆黑的树林，躲在那里放声大哭，好像心要碎了。记忆的坟墓被突然打开，昔日的幽灵又跳出来用鞭子抽打他，那是怎样的痛苦和绝望！他又看到了过去，他又看到了那已经失去的一切——他看到奥娜、孩子，以及过去的自己正向他伸出双臂，隔着万丈深渊向他发出呼唤。这是怎样的恐怖！他知道，他们已经永远地离他而去了，而他自己则深陷在自责的泥潭里翻滚、挣扎！

第二十三章

初秋时节，尤吉斯动身返回芝加哥。当干草已经无法御寒了的时候，流浪生活也便失去了乐趣。跟成千上万其他的劳工一样，他也幻想着早点儿进城能够避开劳工潮。他身上揣了十五块钱，藏在一只鞋子里，这是他从酒吧那里省下来的钱，这倒不是出于良知，而是担心一冬天在城里找不到活儿干。

他跟其他几个人一起沿着铁路线走，晚上就攀上货车躲在车厢里，随时有可能被抛下来，不管车开得有多快。进了城之后，他甩开了其他人，因为他身上有钱，而其他人没有，他要在这场冬季战役中坚持到底，他要把一路上学到的本领都用在战场上，不管谁倒下，他都要挺住。天气好的时候，晚上他就睡在公园里，卡车上或者空桶、空箱子里。下雨或者天气冷的时候，他就花一毛钱住在寄宿旅馆里，或者花三分钱享受一下在出租房屋的过道里“蹲”一夜的特权。他要在自助餐馆里吃饭，每顿饭五分钱，多一分也不花——这样他至少可以维持两个月，这期间他肯定会找到工作的。当然，他要跟夏日的清洁告别了，因为他知道只要在旅馆里住上一晚，他的衣服上就会爬满虱子。在城里，他甚至连洗脸的地方都找不到，除非跑到湖滨区去——可是湖面很快就要结冰了。

他首先来到了钢铁厂和收割机厂，发现他的岗位上早已经有人了。他刻意避开屠场区——他告诫自己，他现在是个单身汉，而且要一直单身下去，找到工作以后也是为自己挣钱。于是，他开始了漫长的、烦躁的找工作之旅，他去了几乎所有的工厂和仓库，从天亮走到天黑，从城市的一头走到另一头，每到一处他都发现已经有几十人甚至上百人捷足先登了。他也浏览报纸　　但是他已经不再对那些油嘴滑舌的代理人感兴趣了。“在路上”的时候，同伴们给他讲过很多关于代理人的骗人伎俩。

最后，经过差不多一个月的苦苦寻觅，他终于在报纸上发现了一个工作机会。这次他们要招募一百名劳工，开始的时候他认定这又是一个“骗局”，但是既然那个地方离他所处的位置不远，于是他决定去试试运气。到了地方，他发现应召的人已经排起了长长的队伍，足有一个街区那么长。这时，正好有一辆卡车从小巷子里驶出来，从队伍中间开过去，他瞅准了机会，及时地插进了队伍断开的地方。后面的人威胁他要把他给揪出去，他破口大骂并引起一阵骚动，希望能引起警察的注意，人群顿时安静下来，因为他们知道如果警察真的来了，他们都会被轰走。

一两个小时之后，他走进了一个房间，看见一个大个子的爱尔兰人正坐在桌子的后面。

“以前在芝加哥工作过吗？”那人问道。可能是受到了天使的点化，也可能是他的大脑终于开了窍，他随口答道：“没有，先生。”

“从哪里来？”

“堪萨斯城，先生。”

“有介绍信吗?”

“没有，先生。我没什么技术，只有力气。”

“我要的就是干重活的人——是在地下，挖电话线隧道。这活儿你也许干不了。”

“我愿意干，先生。什么活都行。多少工钱?”

“一小时一毛五分钱。”

“行，我干，先生。”

“好吧。去那边，把名字留下来。”

就这样，半个小时以后他就上工了，干活的地方是城市街道的下面。这条隧道如果说是为了铺设电话线真是有些特别。它有八英尺高，平坦的底部也有八英尺宽。它有无数条支线——一张完美的地下蜘蛛网。尤吉斯跟着一帮人在隧道里走了有半英里远，最后来到了要干活的地方。更奇怪的是，隧道里有电灯照明，底部还铺设了一条双轨铁道!

尤吉斯不是来问问题的，对这事儿他连想都没想。一年以后，他才弄明白这其中的玄机。原来，市议会没有经过公示就批准了一项议案，允许企业在城市街道下面铺设电话管网。凭借这一法案，一家大公司在全芝加哥城地下开凿隧道，修建地下铁路货运系统。在芝加哥，有一个雇主联合组织，他们拥有数亿元资金，该组织成立的目的是瓦解工会组织，其中最令他们头疼的是卡车司机工会。地下铁路货运系统完成以后，所有大工厂和商店的地下仓库都通过该系统连接起来，这样他们就掐住了卡车司机工会的喉咙。市政委员会时常听到关于该系统的传言和抱怨，于是他们就派人去调查，而每次收了一笔贿赂之后，谣言就会平息下来。直到最后，系统竣工的消息传出，整个城市为之震惊。一时间丑闻满天飞，诸多犯罪行为被揭露出来，包括篡改城市建设档案。芝加哥的一些大资本家纷纷入狱——当然是象征性的。市政委员会宣称他们对此事毫不知情，尽管地下铁路货运系统的一个主要入口就在其中的一位委员家的客厅后面。

尤吉斯工作的地方刚刚开工，所以他知道整个冬天都会有活干了。于是他心情大好，当夜出去狂欢了一次，用剩余的钱在一家客舍里租了一个床位，和其他四个工人睡在一张宽大的自制草垫上。这张床位每周需要花费一块钱，在工地附近的一个寄宿公寓里吃饭，每周花费四块钱。这样一来，他每周还能剩下四块钱，真是令人难以想象。开始的时候，他要买挖掘工具，还要买一双厚重的靴子，因为他脚上穿的鞋已经破烂不堪了。他还要买一件法兰绒衬衫，一夏天都穿在身上的那件衬衫已经烂得不成样子了。他用了一周的时间思量是不是应该买一件大衣。有一个卖纽扣的希伯来商贩，死在了他隔壁的房间，女房东把他的大衣留了下来，充作了房租。最后，尤吉斯决定还是不买了，因为他整天工作在地下，晚上吃完饭就睡觉，穿不穿大衣也无关紧要。

然而这却是一个不幸的决定，因为没穿大衣，所以他泡吧的次数比以往更多了。尤吉斯每天从早晨七点一直工作到下午五点半，然后是半个小时的晚饭时间，这就意味着平时他根本看不到太阳。晚上，除了酒吧他没有别的地方可去。在酒吧里，有灯光，有炉火，有音乐，有人聊天。现在，他无家可归，他的生命里已经没有了亲情——在谈到这个话题的时候，一帮酒肉朋友往往是带着轻蔑的口吻。星期天，教堂当然会开门——但是，一个浑身散发着臭味儿、脖子上爬着虱子的工人走进教堂有人会欢迎吗？谁愿意看到自己一进门，别人就离你远远的，以一种讨厌的眼神瞪着你呢？当然，在那个还算封闭、不过没有取暖设备的客舍里有他栖身的一个角落。从房间的窗户望出去是一堵毫无风景的墙，离窗户有两英尺远。大街空空荡荡，冷风呼啸。酒吧是唯一招待人的地方——当然，你只有喝酒才能待在里面。只要不时地喝上几杯，你就可以随便在这里泡，赌骰子，玩纸牌，在昏暗的赌桌上赌钱，或者浏览一下洒上了啤酒的低俗“小报”，上面有凶杀犯和穿着暴露的女人的照片。尤吉斯把钱都花在了这样的消遣上。就这样，尤吉斯为芝加哥的商人们卖命了六个半星期，让他们摆脱卡车工人工会的钳制。

在这样的情况下工作，没有人会考虑工人的福利。挖掘隧道，平均每一天就有一个工人丧命，塌方事故更是接二连三地发生。然而，事故发生的消息很少泄露出去。所有的工作都是由新型的挖掘机器完成，尽量减少爆破的次数。坑道里的碎石经常滚落下来，支撑的柱子经常倒塌，炸药时常提前引爆——铁路建设能够遇到的所有危险在这里都发生了。一天晚上，尤吉斯正和一帮人从隧道里往外走，一列载满货物的机车突然从一个支线里开过来，机车撞到了尤吉斯的肩上，他一下子被抛在了水泥墙上，当场失去知觉。

当他再次睁开眼睛的时候，他听到了救护车上叮叮当当的铃声。他躺在车上，身上盖着一条毯子。救护车在节日购物人流中缓慢行驶。他们把他送进了县医院，一个年轻的医生给他的胳膊动了手术，然后护士又给他清洗了一番，把他送进一间病房。病房里还躺着一二十个其他的病人，缺胳膊的、断腿的。

圣诞节，尤吉斯是在医院里度过的，这是他来到美国以后过的最愉快的圣诞节。每一年，这家医院都会传出各种丑闻，也经常遭到调查。报界曾经报道，医院竟然允许医生在病人身上做各种新奇的实验。对于这些尤吉斯当然一无所知——他唯一的不满是医院给病人吃肉罐头，凡是在罐头镇工作过的人都不敢拿这罐头喂给狗吃。过去，尤吉斯常常想谁会吃屠场生产的腌牛肉罐头和烤牛肉罐头呢？现在，他终于知道了，人们所说的那些“腐败肉”都卖给了行政官员和工程承包商们，而吃肉的人都是一些士兵、水手、囚犯、医院病人、工棚里的工人和修建铁路的劳工等。

两周之后，尤吉斯出院了。尤吉斯的胳膊还没有康复到可以干活的程度，只是不再需要继续留院观察了。医院的床位紧张，他需要给更重的病人腾出床位。他就这样无依无靠地出院了，这叫他怎么过活啊！不过，这不是院方所关心的，也不是这个城市里任何人所关心的。

尤吉斯受伤的那一天是星期一，刚刚交过上周的伙食费和房租，剩下的工资几乎花光。他兜里只剩下了七毛五分钱，他受伤的那一天的工资还没有到手。他本应该起诉那家公司，要求伤残赔偿，可是他根本不懂这些，公司也没有责任告诉他。他去领回了那天的工资，从当铺里赎回了五毛钱当掉的工具。然后他又去找女房东，他的床位已经被租出去了，而且也没有床位再租给他了。接着，他又去找寄宿旅馆的老板娘，老板娘看了看他，问了他一些问题。很显然，几个月之内他是没有办法再干活了，而且他也只是在那里吃了六个星期的饭，于是老板娘很快决定不值得冒险赊给他伙食。

就这样，尤吉斯流浪在了街头上，陷入了一种极其可怕的境地。天冷得彻骨，风雪像刀子一样刮在他的脸上。他身上没有大衣，没有栖身之处，兜里只揣着两块六毛五分钱，几个月之内没有任何希望再挣到一分钱。大雪意味着他现在没有任何机会。他只能在街上走着，看着别人在热火朝天地铲雪，而自己的左臂却被束缚在身体的一侧！他现在都不敢指望自己找到像装车这样的零活儿，甚至不能卖报纸、拎包，因为像他现在的样子，他得任人欺辱。意识到自己的处境，那种恐惧的心理难以用语言来描述。他就像森林里一只受伤的野兽，他不得不跟敌人进行不公平的较量。没有人会因为他身处弱势而同情他——没有人有责任帮他走出困境，没有人有责任助他一臂之力。即使乞讨他也讨不过别人，其原因他很快就明白了。

最初，他一心想的只是躲避那可怕的寒冷。于是他就走进了一家酒吧，买了一杯酒，这地方他以前经常来买酒喝。他站在火炉旁，浑身抖动着，随时准备被赶出去。酒吧里有一条不成文的规矩，买一杯酒你就可以在这里泡一会儿，但是时间不能太长，如果还想继续待下去，你就得再买一杯，否则你就得离开。尤吉斯是一个老顾客，因此得以待了更长的时间。可是，他已经有两周没来过这里了，很显然他已经成了“流浪汉”。他乞求着，讲述着自己悲惨的命运，但是没有人会被他的故事所打动。如果有哪一位酒吧老板就这样动了恻隐之心，那在这样的天气里他的酒吧里很快就会挤满像尤吉斯这样的人，一直挤到门口。

于是，尤吉斯又来到了另一家酒吧，身上又少了一个五分镍币。现在，他已经饿坏了，再也抵挡不住那热乎乎的炖牛肉的诱惑了，一顿狼吞虎咽却大大缩短了他在酒吧停留的时间。又被赶出来之后，他朝着“码头”地区的一个经常发生暴力事件的酒吧奔去，以前他曾偶尔跟一个贼眉鼠眼的波希米亚工人去过那里，去找一个女人。尤吉斯指望着老板仍然能把他当成一个“托儿”对待。原来，天气寒冷的时候，在下层社会地区，酒吧老板经常把一两个无家可归的流浪汉叫进酒吧，让他们坐在火炉边，他们往往身上披着雪花或者全身被雨淋透，老板正是利用他们的这副可怜样来吸引顾客。一天的劳累过后，工人们就会兴冲冲地拥进酒吧来，当他们看到如此可怜的人就在眼皮底下，怎好意思自斟自饮呢。于是，他们就会喊道：“喂，鲍勃，怎么搞的？看上去遇到倒霉事儿了！”于是，他就会大倒苦水，然后对方就会说，“过来，喝一杯，也许喝杯酒会让你交上好运的。”于是，他们就会一起喝起来。如果他确实够可怜，或者舌功还不错，他们也许会再来一杯。如果他们碰巧来自同一个国家，或者在同一个城市住过，或者在同一行混过，说不定他们会坐到桌子旁，聊上一两个小时，在他们离开之前，酒吧老板在他们身上也许已经有了一块钱的进账。这种做法似乎有些缺德，不过这也怪不得酒吧老板。他的处境跟那些造假酒的一样，如果他不这样做，别人也会这样做，而且他很可能因欠下大酒厂太多的债务而濒于倒闭，除非他是个市议会的议员。

不幸的是，那天的“托儿”已经没有市场了，尤吉斯已经找不到当“托儿”的机会了。就这样，那可怕的一天尤吉斯为了给自己找躲避寒冷的地方一共花掉了六个镍币，而且天才刚刚黑下来，收容所直到午夜才会开门！不过，在他最后离开的那个地方，有一个酒吧服务员认识他，而且也还比较喜欢他，他让尤吉斯趴在一张桌子上睡了一会儿，直到老板回来。在他离开的时候，那个服务员给他出了个主意——在旁边的街区，有一个类似于宗教复兴布道会的地方，信徒们在那里听布道、唱圣诗，同时也总是有数百个流浪汉挤在那里取暖。

尤吉斯径直朝那儿走去，他看到会堂的门口挂了一个牌子，上面写着开门时间：七点半。时间尚早，他只得走开，或者说小跑着，他跑了一个街区，然后在一个门道里躲了一会儿，接着再跑，直到开门的时间到了。最后，他全身都快冻僵了，他和一群人一窝蜂似的冲了进去（冒着胳膊被再次折断的危险），并率先冲到了那个大炉子前。

到了八点钟，会堂里已经人满为患了，演讲人一定是颇感得意的。过道上也几乎站满了人，门口更是被挤得水泄不通。三位年长的先生穿着黑色的衣服站在台子上，一位年轻的女士在前面弹钢琴。首先，他们唱了一首赞美诗，然后三人之中的一个高高瘦瘦、面皮白净、戴着黑边眼镜的人开始讲话。尤吉斯听到了只言片语，因为他一直在努力着使自己保持清醒，担心一旦睡着了，打起了呼噜，人家就会把他给赶出去，这个时候被赶到街上无异于被判了死刑。

那位福音传道者正在讲“罪孽与赎罪”、上帝的无边恩惠和他对人类过失的宽容。讲道人表情真诚、感情真挚，而尤吉斯却听得反感。他对罪孽和苦难了解多少——穿着光鲜，衣领被熨得平平整整，冻不着，饿不着，兜里的钱揣得鼓鼓的——他有什么资格训诫那些为生活苦苦挣扎、由于饥饿和寒冷随时受到死亡威胁的人！很显然，这就是不平等。尤吉斯觉得这些人根本就没有接触过他们正在讨论的生活，他们也无力解决问题。见鬼去吧，这些人本身就是问题的一部分——他们本身就是摧残人、蹂躏人的社会秩序的一部分！他们是一些趾高气扬、傲慢无礼的占有者，他们占有这会堂、这火炉，他们衣食无忧，他们有钱无处花，所以他们才来训诫这些饥肠辘辘、卑微低下、对他们的话必须洗耳恭听的人！他们在试图拯救他们的灵魂——可是，除了傻子谁不明白他们灵魂里唯一的问题是他们找不到一个体面的栖身之地！

十一点钟布道会结束了，无限惆怅的听众鱼贯走进外面的雪地里，嘴里恶狠狠地骂着上台去忏悔的那几个叛徒。此时离收容所开门还有一个小时的时间，尤吉斯的身上没穿大衣，另外，由于长期患病他的身体也很虚弱。在这一个小时的时间里，他几乎被冻死。他必须来回不停地跑动才能使血液不至于凝固。最后，他又回到了收容所，发现一大群人挤在门前，堵住了门前的街道！时值一九〇四年一月，全国正陷入“艰难时期”，报纸上每天都在报道工厂倒闭的消息——据估计，春天来临之前，全国失业的工人将达到一百五十万人。因此，现在市里所有的避难所都人满为患，在尤吉斯来到的这个收容所门前人们就像野兽一样互相打斗着、撕咬着。收容所关门之后，仍有一半的人被关在外面，这其中就包括伤了一只胳膊的尤吉斯。现在，除了去寄宿旅馆再过一夜之外已别无选择。时间已经过了十二点半，他已经在会堂里和大街上浪费了半宿的时间，现在再去找寄宿旅馆真是令他心碎。一到第二天早晨七点钟，他就会被立即赶出旅馆——那里的床位是可折叠的架子，任何不按时起床的人都会被摔落在地上。

这是他流浪生活的第一天，而这次寒流持续了整整十四天。流浪了六天后，尤吉斯已身无分文了。此后，他不得不到大街上靠乞讨过活。

每天清晨，街上一开始繁忙起来，他就得走出去讨。他走出一家酒吧，环顾四周，确定没有警察之后，他就会走到街上去，每遇到一个看上去可能会发善心的人就凑上前去，讲述自己的悲惨经历，然后讨一个五分镍币或是一毛的硬币。得手之后，他就马上跑过街角，返回基地取暖。给他钱的人发现这一情况后就会嘴里发着誓走开，说以后再也不会给乞丐一分钱。可是他们从来不曾停下来问一问，生活在那样的境况下，尤吉斯不去酒吧还能去哪里呢——他可以去他们要去的地方吗？在酒吧里，尤吉斯不仅可以花同样的钱买到比任何餐馆都更多更好的食物，而且还可以以便宜的价格买一杯酒来暖暖身子。另外，他还可以舒舒服服地坐在火炉旁，和同伴聊聊天，直到身上暖和得像一块烤面包。在酒吧里，他感觉就像在家里。给乞丐提供家一样的环境和食物以换取他们讨来的钱，这正是酒吧老板生意经的一部分。整个城市里有任何人肯这么做吗？给钱的施主肯这么做吗？

可怜的尤吉斯本应该成为一个成功的乞丐。他刚刚从医院里出来，一脸病容，一只胳膊无助地吊在脖子上，没穿大衣，冻得浑身发抖，看了着实令人同情。可是，这又跟诚实的商人同病相怜，诚实的商人总会发现自己货真价实的商品被假货逼得走投无路。作为一个乞丐，尤吉斯绝对是业余水平，他怎能竞争过那些有组织、经过科学训练的专业乞丐！是的，他刚刚从医院里出来——可是这种故事已经老掉了牙，另外他有办法证明自己所说的话吗？他也的确有一只胳膊用绷带吊在了脖子上——这是专业乞丐的小孩子都会嗤之以鼻的雕虫小技。他脸色苍白、浑身颤抖——专业乞丐经过化妆的脸白得更令人不忍看，而且他们也学过牙齿打战的表演技术。他没穿大衣，可那些专业乞丐你要是看了肯定会以为他们只穿了一件破旧的单衣，一条棉布裤子——可是他们却巧妙地掩藏了好几层全毛内衣。这些专业乞丐很多都有自己舒服的家和过着丰衣足食生活的家人，他们在银行里有几千美元的存款。有些人讨到足够的钱之后就退休了，在幕后操纵他人行乞，或者向小孩们传授行业技术。还有些人把两个胳膊紧紧地绑在身体的两侧，在两只袖子里填上木桩子，雇一个病病怏怏的小孩子为他们端碗。有些人双腿皆无，上身趴在一个带轮子的平台上，双手推着自己前行。有些人双目失明，他们还算是比较幸运的，因为他们可以让可爱的小狗引路。有些更不幸的人只能自己把自己弄残，或者把自己烧伤，或者用化学药品在自己的身上弄出可怕的伤口。走在大街上，有时你会突然遇到一个人向你伸出一个烂糊糊的、上面生了蛆的手指头，或者从脏兮兮的绷带下面露出青紫色的伤口。这些穷途末路的乞丐是城市下水道里的粪渣，夜里他们只能栖身在破败不堪的出租公寓的地下室里，里面灌满了雨水，或者混在像“陈啤酒酒吧”、鸦片馆这样的地方，跟一些处在职业生涯暮年、已经无人问津的妓女混在一起——这些女人都曾经跟中国人姘居，后来被遗弃。每天，通过地毯式搜索，警察能够从大街上拖出上百个这样的女人。在拘留所的医务室里，这样的女人挤在一起，那场面就像是一个微型的阴曹地府，一个个面目狰狞、丑陋，身体浮肿，皮肤长癞，笑着、叫着、喊着，放浪的形态各不相同，有的像狗叫，有的像猴子叽叽喳喳，有的像精神错乱一样胡言乱语、抓挠撕咬。

第二十四章

就是在这样的困境下，为了晚上有一个住的地方，为了每隔一两个小时能喝上一杯酒，尤吉斯冒着被冻死的危险整天在街上乞讨。日复一日在极地般的寒冷中流浪，他的心中充满了仇恨和绝望。对于文明世界，他比以往任何时候都看得更清楚，那是一个弱肉强食的世界，强者制定游戏规则，弱者任人摆布。他就是后者，对于他，广阔天地、整个生活空间就像是一个巨大的监狱，他逡巡其中仿佛一头被关在铁笼里的老虎，铁栅栏上的每一根柱子都是那么坚固，不可撼动。在一场由于人性的贪婪而引发的残酷战争中，他败下阵来，而失败就意味着被消灭。整个社会都在密切地监视着他，以防他逃避掉失败者理应受到的惩罚。每到一处他碰到的都是钢筋、铁锁。人们那充满敌意的眼神紧盯着他；那些大腹便便、脑门发亮的警察只要扫他一眼，他就被吓得退避三舍；倘若他胆敢对视一下，他们手中的警棍就会握得更紧。还有那些酒吧老板，只要他待在里边，老板就一刻也没有停止过对他的监视，付了钱之后，他多待一会儿，老板都会恨得咬牙切齿。街上那熙熙攘攘的人群对他的乞求置若罔闻，似乎根本就没有看到他的存在——如果他斗着胆子走上前去，他们轻则对他冷言冷语，重则破口大骂。他们都有自己的事情要做，哪有闲心去管他的事。整个世界都没有他的位置——他环顾四周，看不到自己的栖身之所。极目望去，所有的大门都向他紧闭着：居民区高墙围绕，大门紧锁；地下室的窗子上着钢条；堆满货物的仓库铁门把守；银行里数十亿的财富都被藏在铜墙铁壁一样的密室和保险箱里。

然后有一天，尤吉斯无意中经历了人生中的一次奇遇。这一天夜已深，他还没有讨到住宿的钱。他已经在漫天飞雪的大街上逛了很久，身上落满了雪花，浑身冻得彻骨。后来他来到了剧院的入口处，在等待入场的人群中东奔西窜，就这样行乞有很大的可能被警察抓到，他甚至绝望到了希望被警察抓住的程度。当他看到一个穿着蓝色大衣的人向他走来的时候，他又一下子没了勇气，掉头跑进一条小巷，狂奔了几个街区。当他停下来的时候，看到有一个人正向他走来，于是他上前挡住了那人的去路。

“求求您，先生，”他以千篇一律的方式开口讲话，“能给我点儿钱，让我找个地方睡觉吗？您看我胳膊断了，干不了活儿，身上一分钱也没有。我是一个规规矩矩的工人，先生，以前从来没有乞讨过！我也没有办法，先生……”

通常情况下，尤吉斯会喋喋不休地讲下去，直到被打断，可是这次那人没有打断他的话，所以他就一直讲下去，最后讲到已经喘不过气来了。那人停住了脚步，尤吉斯突然注意到他有点站不稳。“你都说了些……什么？”那人突然口齿不清地问。

于是，尤吉斯又把那段话更慢、更清楚地重复了一遍。还没等他讲到一半，那人便伸出手，拍了拍尤吉斯的肩膀。“可怜的老兄，”他说，“遇到了倒霉事儿，对吧？”

然后，他摇摇晃晃地走近尤吉斯，放在尤吉斯肩上的那只手变成了一只胳膊，搂住了他的脖子。“我也正倒霉着呢，老兄，”他说，“这真是一个无情的世界。”

他们站的地方离路灯不远，灯光下尤吉斯瞥了他一眼。这是一个年轻人——可能还不到十八岁，长着一张英俊的娃娃脸。他戴着一顶丝绸帽子，穿着一件豪华、柔软的大衣，衣领是用裘皮做的。他微笑着看着尤吉斯，表情无限同情。“我也在倒霉，好朋友，”他说，“我父母太残忍了，否则我会帮你的。你到底怎么了？”

“我刚从医院出来。”

“医院！”年轻人惊呼，依然笑容可掬，“那太糟糕了！跟我姑妈波丽一样……嗝……我姑妈波丽也在医院……姑妈生了一对双胞胎！你怎么去医院了？”

“我胳膊断了……”尤吉斯说。

“是这样。”对方说，充满同情。“不要紧……很快会好的。我也希望有人把我的胳膊打断，老兄……可是没人！那样他们就会对我好一点……嗝……扶我一下，老兄！你要我怎么帮你？”

“我饿了，先生。”尤吉斯说。

“饿了！为什么不吃晚饭？”

“我没钱，先生。”

“没钱！哈哈，……真是好哥们儿，老兄……跟我一样！我也没有钱……都快要撑不下去了！为什么不回家呢，像我一样？”

“我没有家。”尤吉斯说。

“没有家！在这城里举目无亲，是吗？天啊，那可太惨了！

那还是跟我回家吧……对，好主意，跟我回家吃饭……嗝……跟我走！太孤独了……没人在家！老爸去了国外……巴比去度蜜月了……波丽生了双胞胎……该死的，都走了！闷死了……嗝……闷死了，闷得人只能去喝酒，是吧！老哈姆总是站在身边，端盘子端碗的……谁能吃得下去！他们总是让我去俱乐部，可是又不让我睡在那儿……这是老爸吩咐的……每天晚上都得回家！你听过这样的事吗？我求他，'我每天早晨回家还不行吗？''不行，每天晚上都得回来，否则不给你零花钱。'这就是我老爸……盯我盯得太紧，就像钉子一样！他还吩咐老哈姆监视我……仆人跟在后面盯梢……朋友，你看这是什么事儿？像我这样规规矩矩、心地善良的年轻人，老爸去了欧洲之后……嗝……竟然不能让他的儿子过几天自由自在的生活！真是耻辱啊？我每天晚上都得回家，没有任何快乐！这就是我的倒霉事儿……你看我这不就回来了！我离开了基蒂……嗝……她哭着不让我走……老兄，你看这是什么事儿啊？我只好说，'让我走吧，基蒂。我以后早点儿来，经常来……我不能不走……嗝……再见，再见，我的挚爱……再见，再见，我的……挚……爱！'"

最后的几句话是一首歌，这位少爷唱得悲伤、哀婉，而胳膊还一直搂着尤吉斯的脖子。尤吉斯吓得紧张地四处张望，生怕别人看见。幸亏街上除了他俩之外再无其他的人。

"我就这样走了，就这样，"年轻人显出一副不好惹的样子，"我……嗝……想怎么样就怎么样……我弗雷迪·琼斯真要是发起火来，爱谁谁！我对她说，'不用，用不着任何人送我回家……嘿，你看我怎么了？是不是以为我喝醉了？我知道你是这么想的！我并不比你醉得更厉害，基蒂。’然后她说，‘你说得对，亲爱的弗雷迪，’（她很聪明，我是说基蒂），‘可是我待在公寓里，而你却要出去，夜里外面太冷太冷！’我说，‘亲爱的基蒂，朗诵一首诗吧。’‘别开玩笑了，弗雷迪，我的宝贝。我给你叫一辆出租马车，听话。’我自己会叫车，别傻了……我知道自己在干什么，你说是吧！朋友，你说是不是……跟我回家吃晚饭行吗？像个明事理的人……别傲慢！你倒霉了，我也是，你能理解我。你是个好心肠的人……走啊，老兄，我们把屋子都点上灯，喝点酒，我们要闹他个天昏地暗，我们……大喊大叫！我自己在家里，想怎么样就怎么样……老爸的规矩，见鬼去吧！哈哈！”

他们走上大街，手挽着手，年轻人一路推着尤吉斯，晕头转向。尤吉斯心里发慌——他知道他不能跟这个年轻人从人多的地方经过，那样太惹眼了，肯定会被截住。幸亏雪下得很大，经过的人没有太留意。

尤吉斯突然停下脚步。“还要走很远吗？”他问道。

“不太远，”对方说，“你累了吧？你看，叫辆车怎么样……好！叫辆车！”

年轻人一只手紧紧地抓着尤吉斯，另一只手在兜里摸索着。“老兄，你去叫车，我拿钱，”他提议。“好！叫辆车！”

他不知道从哪里掏出一大摞钞票。尤吉斯一生之中从来没有看到过这么多钱，他看得目瞪口呆。

“看上去好像很多钱，是吧？”弗雷迪少爷说，手里掂量着那摞钱，“别傻了，老兄……都是些小钱！不出一周我肯定撑不下去了，肯定……决不开玩笑。老爸没发话之前……嗝……一分钱……嗝……也不会再多了！真是把人逼疯了。今天下午，我给他发了一封电报……这也是我要回家的另一个原因。我在电报上说，‘我要饿死了……为了家庭的体面……嗝……送些面包给我。饿急了我会去找你……弗雷迪。’在电报上我就是这么说的，而且我说到做到……如果他再不给我钱，我就不去上学，我发誓。”

那少爷就这样孩子气地抱怨着，而尤吉斯则兴奋得浑身发抖。他可以一把抢过那摞钱，然后在对方还没有缓过神儿来的时候逃之夭夭。该不该这样做？再等下去，还会有更好的结果吗？可是，尤吉斯一生中从来没有犯过罪，他只犹豫了半秒钟，不过这半秒钟就已经太迟了。弗雷迪抽出一张钞票，然后把剩下的钱又塞进了裤兜里。

“给，老兄，”他说，“你拿着。”他手里拿着一张钞票，上下扇动着。他们正经过一家酒吧，凭借从酒吧窗子里射出来的灯光尤吉斯看清那是一张一百元的钞票！“你拿着，”对方重复道，“交完车钱，零钱你收着……我没有……嗝……经商的头脑！老爸说我没有经商的头脑，他说得对……他有经商的头脑，的确！我告诉他，‘好吧，老爸。你来搭台唱戏，我收钱！’于是他就安排波丽姑妈来看着我……嗝……现在波丽去医院生双胞胎了，所以我就出来爽一下！喂，那边！嘿！叫他过来！”

一辆出租马车赶过来，尤吉斯跑过去招手，马车停在路边。弗雷迪少爷吃力地爬上车，尤吉斯正想跟着上车，车夫厉声喊道：“嗨，你给我滚开！”

尤吉斯迟疑着，不敢上车。那伙伴高声叫道：“怎么了？嘿，你怎么不上车？”

车夫不再嚣张，尤吉斯爬上车。弗雷迪告诉车夫湖滨大道的一个门牌号，马车又上路了。年轻人的身体向后靠去，差不多依偎在了尤吉斯的怀里，嘴里边心满意足地嘟囔着什么。半分钟后，年轻人就酣睡过去了，尤吉斯坐在那儿浑身颤抖，盘算着还能不能把那摞钱搞到手。可是，他不敢动手去掏年轻人的兜儿，另外他也担心车夫在监视他。那一百块钱已经稳稳地到手了，他应该知足了。

大约半个小时以后，马车停下了。湖滨区到了，他们感到一股冷风从东面冰冻的湖区吹来。“我们到了。”车夫提醒道，尤吉斯叫醒同伴。

弗雷迪少爷一下子被惊醒，坐了起来。

“喂!”他说，“这是哪儿啊？怎么回事儿？嘿，你是谁？噢，对了，差点把你给忘了……嗝……老兄！我们到家了，是吗？让我看看！哎呀，太冷了！对……过来……我们到家了……就这样……嗝……太不像样子了!”

在他们面前，一排宏大的建筑群若隐若现，庭院深深，占据了整个街区。凭着车道的灯光尤吉斯隐约看见了一座座塔式建筑，一面面巍峨的墙壁，俨然一座中世纪的城堡。他想，年轻人一定是搞错了——这地方就像是一座豪华酒店或者市政厅，怎么可能是个人家呢，难以置信。不过，他还是默不作声地跟着年轻人登上了高高的台阶，手挽着手。

“这儿有一个按钮，老兄,”弗雷迪少爷说，“扶着我点儿，我找一找！扶住了……噢，找到了，就在这儿！得救了!”

铃声响起，几秒钟之后，大门打开。一个穿着蓝色仆人装的人站在那儿，手把着大门，两眼直视前方，一言不发，活脱脱的一尊雕像。

他们原地站了一会儿，眨眨眼，适应了一下强烈的灯光。尤吉斯感觉到同伴拽了他一下，于是他抬腿迈进了门，蓝色机器人把门关上。尤吉斯的心狂跳不止，这是一个怎样的神秘所在啊！他竟然进来了，真够大胆！阿拉丁走进洞穴的时候也未必有这么刺激啊！

尤吉斯站在一个灯光幽暗的地方，但他还是能够看出来自己正置身于一个宏伟的大厅。一排高大的石柱直插入上方的黑暗之中，他看不清它们到底有多高，最远端的石柱后面是一段长长的、宽阔的楼梯。地上铺着大理石，光滑如镜。墙壁上刻着各种浮雕图案，若隐若现，宛如一幅幅高垂的帷幕，色彩厚重而和谐，各种彩绘在幽暗的灯光下发出神秘的气息。整个大厅金碧辉煌、流光溢彩，仿佛落日的余晖洒进暮霭中的森林里。

蓝衣仆人悄无声息地走到他们跟前。弗雷迪少爷摘下帽子，随手递给他，然后松开一直挎在尤吉斯胳膊上的那只手，开始脱大衣。他上下解开几个扣子，然后由蓝衣仆人服侍着把大衣脱下。这时，又一个高大魁梧的人走了过来，一脸庄严，就像是一个即将行刑的刽子手。他直接朝尤吉斯扑过来，尤吉斯紧张地往后退着，他一句话也没说，抓起尤吉斯的胳膊就往外面拖。这时，弗雷迪少爷突然开口说话了："汉密尔顿！我要和朋友待一会儿。"

那人停了下来，抓着尤吉斯的手松了一半。"过来，老兄。"少爷说，于是尤吉斯又朝他走过来。

"弗雷迪少爷!"那人惊呼。

"把车钱……嗝……付了。"年轻人回应。他又挽住了尤吉斯的胳膊。尤吉斯刚想说"我已经付了车钱",可是他想了一下又把话咽了下去。穿制服的壮汉朝另一个人示意了一下,那人出去付车钱,他自己则跟在少爷和尤吉斯的后面。

他们穿过大厅,然后又拐了一个弯儿,来到两扇大门前。

"汉密尔顿。"弗雷迪少爷说。

"是,少爷!"对方说。

"餐厅的门怎么了?"

"没怎么啊,少爷。"

"那为什么没打开呢?"

那人把门推开,黑暗中尤吉斯隐约看到了另一番景致。"开灯。"弗雷迪少爷吩咐道。管家摁了一下按钮,忽然间一片炫目的白光从头上方倾泻下来,尤吉斯几乎睁不开眼睛。他呆呆地凝视着,过了好一阵他才渐渐看清了整个餐厅的景象。原来,那灯光是从拱形的天花板上倾泻下来的。四面墙壁构成一幅巨大的油画——森林女神在撒满鲜花的林间空地上跳舞;狩猎女神领着猎犬和马踏过一条山间小溪;一群少女在林中的池塘里沐浴。画面上的人物栩栩如生,尤吉斯以为自己来到了仙境,又像是在梦游。这时,他的眼神落在了餐厅中央那条长长的餐桌上,桌面黑如乌木,桌上的金银餐具光彩夺目。桌面中央有一只巨大的玻璃盘,盘边儿镂刻着精美的图案,盘里插着凤尾竹和兰花,隐藏在盘中的一盏灯射出五颜六色的灯光,使得整个盘子看上去晶莹剔透。

“这是餐厅，”弗雷迪少爷说，“嘿，老兄，喜欢吗?”

每次说话，他总是等着尤吉斯回答。他向尤吉斯倾了一下身子，冲着他的脸微笑。尤吉斯回答说喜欢。

“可我总是一个人在这个地方吃饭，真讨厌，”弗雷迪如是说，“这里简直就像地狱！你说是吗?”他好像突然想到了什么，这次没等尤吉斯回答就继续说，“也许你以前从来没有看见过……嗝……这样的地方，是吧，老兄?”

“没有。”尤吉斯说。

“你也许是从乡下来的……是吗?”

“是的。”尤吉斯说。

“啊哈！我早料到了！很多乡下人都从来没有看见过这样的地方。老爸曾经带他们来过……免费参观……嗝……这里就是个马戏团！回去你可以跟他们讲。说你到过琼斯那老家伙的家里了……就是那个屠场主……牛肉托拉斯的老板。该死的老混蛋，用阉过的公猪肉做罐头。现在你们该知道你们的汗水都流到哪里去了……回扣，私人铁路公司……嗝……！不过，这地方倒是值得一看，老流氓的家！听说过屠场老板琼斯吗，老兄?”

尤吉斯不由得吓了一跳。对方的眼睛倒是非常尖，他的这一反应自然没有躲过去，于是他问道：“嘿，怎么了?听说过他吗?”

尤吉斯结结巴巴地说：“我在他的屠场里工作过。”

“什么！”弗雷迪少爷一声尖叫，“你！在屠场?哈哈！太好了！这可得握握手，老兄！老爸要是在家会很高兴见到你。他和工人们都是好朋友，他总是说……劳资双方，利益共同体……

嗝！这世界总是发生一些奇怪的事情，是不是，老兄？汉密尔顿，我给你介绍一下……这是咱们家的朋友……老爸的老朋友……在屠场工作。他今晚跟我来过夜……汉密尔顿……太高兴了。我的朋友……你叫什么名字，老兄？告诉我们你叫什么。”

“尤吉斯……尤吉斯·路德库斯。”

“汉密尔顿，这是我的朋友里德努斯先生……握握手。”

神情庄严的管家低下头，没吭声。突然，弗雷迪少爷抬手指向他。“我知道你在想什么，汉密尔顿……我敢打赌我知道你在想什么，堵一块钱！你以为……嗝……你以为我喝醉了！嘿，是不是？”

管家又把头低下。“是的，少爷。”他说。弗雷迪少爷紧紧地抱住尤吉斯的脖子，然后一阵狂笑。“汉密尔顿，你这个该死的老混蛋，”他怒吼着，“你太放肆了，我要把你打发掉，看我敢不敢！哈哈哈！我喝醉了！哈哈！”

另两个人一声不吭地等着他撒过这阵酒疯，看看接下来他还会怎样闹下去。“你想干点什么？”他突然问，“想看看这地方吗，老兄？让我像老爸那样……领着你转一转？那就说说客厅吧……路易……路易式的椅子，三千块钱一把。这是茶室，玛丽·昂多奈特风格……牧羊人跳舞的那幅画……雷斯达尔画的……两万三千美元！这是舞厅……那阳台上的柱子……嗝……从国外运来的……专船……六万八千块钱！天花板上的画罗马风格……那人叫什么名字，汉密尔顿……马塔托尼？马卡罗尼？这儿……那只银碗……本韦努托·切利尼雕刻的……该死的意大利人！那架风琴……三万元！先生……弹一下，汉密尔顿，让里德努斯先生听一听。算了……我忘得一干二净……他说他饿了，汉密尔顿……准备点晚饭吧。不过……嗝……我们不在这儿吃……上我屋里去吃，老兄……又自在又舒服。这边走……当心……别滑倒。汉密尔顿，给我们来点小菜，来点酒……一定要来点酒。来点一八三〇年的马德拉酒。听见了吗，先生?"

"是的，少爷，"管家说，"可是，弗雷德里克少爷，您父亲走的时候曾吩咐……"

弗雷德里克少爷猛然挺起身。"我父亲吩咐的是我……嗝……而不是你。"他说。然后，他又紧紧地搂住尤吉斯的脖子，趔趔趄趄地走出房间。这时，他又想起一件事儿，问道："有……嗝……有我的电报吗，汉密尔顿?"

"没有，少爷。"管家说。

"老爸肯定是在路上。双胞胎怎么样了，汉密尔顿?"

"他们很好，少爷。"

"那就好!"弗雷德里克少爷说，然后又很关切地补充道，"愿上帝保佑他们，两只小羊羔!"

他们登上了那段宏伟、巍峨的楼梯，一步一个台阶。顶部的楼梯口旁，朦胧中一尊仙女雕像蹲在喷泉边，浑身散发着迷人的光芒，美轮美奂，那雪白的肌肤闪耀着生命的光泽，散发出温暖的气息。这是一个宽敞的中庭，拱式屋顶，所有房间的门都通向这里。管家在下面停了几分钟，对其他人吩咐了几句，然后就跟了上来。他摁了一下按钮，整个大堂顿时灯火通明。他打开一扇门，又摁了一下按钮，尤吉斯和那少爷晃进了屋里。

房间布置得像个书房。正中央摆放着一张红木书桌，桌子上摞满了书，还放着抽烟用的东西。墙上挂着大学颁发的各种奖品和徽章，张贴着旗帜、海报、照片，以及其他的一些装饰画，另外还有网球拍、船桨、高尔夫球杆儿、马球棒。一个巨大的驼鹿头悬挂在一面墙上，两只鹿角足有六英尺宽，对面的墙上则挂一个水牛头。光滑的地板上铺着熊皮、虎皮。地面上靠墙的位置摆放着长条躺椅和沙发，窗前的沙发上铺着柔软的坐垫儿，上面绣着精美的图案。书房的一角装饰成波斯风格，一幅华丽的帷幔高高垂下，下面是一盏台灯，灯上镶嵌着各种五颜六色的宝石。往里走，一扇门通向卧室。再走过去是一个游泳池，铺着天然大理石，造价高达四万美元。

弗雷迪少爷站在那儿四下张望了一阵。这时，从旁边的房间里跑出来一条狗，一条体形硕大的牛头犬，尤吉斯觉得这是他有生以来看到过的最丑陋的东西。它打了个哈欠，大嘴一张就像龙口。它摇着尾巴走到年轻人跟前。“嘿，杜威！”主人打了声招呼。“又睡懒觉了吧，老伙计？喂，喂，干什么？”（那狗正朝尤吉斯吼着。）“干什么，杜威……这是我朋友，里德努斯先生，也是老爸的朋友！里德努斯先生，这是海军上将杜威，握握手……嗝。不错吧……在纽约狗展上得过蓝带奖呢……出场费每次八万五千美元！怎么样？”

主人坐进了一张宽大的扶手椅里，海军上将杜威则蹲在了他的跟前。它不再吼了，但是它的眼睛一刻也不离开尤吉斯。它昂着头，一脸威严，不愧为海军上将。

管家关上了门，站在旁边，眼睛死死地盯着尤吉斯。外面传来脚步声，管家打开门，进来一位蓝衣仆人，手里拎着一张折叠桌，后面还跟着两个人，手里端着托盘，上面盖着餐布。先进来的那个人把桌子打开，把托盘里的食物摆放在桌子上，另两个人则像雕像一样站在那儿。这些食物包括冷肉酱、薄肉片、小面包、去了皮的黄油三明治，一碗切成片浇了奶油的桃子（现在是一月份）、五颜六色的糕点、五六瓶冰镇的葡萄酒。

“这些都是为你准备的！”弗雷德里克少爷查看了一下餐桌上的食物，然后兴高采烈地说，“来吧，老兄，过来坐。”

他自己先来到桌边坐下，仆人拔掉一个酒瓶的木塞，他拿起酒瓶倒满一杯酒，一饮而下，就这样一口气儿连干三杯。然后，他长长地叹了一口气，再一次叫尤吉斯坐下。

管家站在餐桌的对面，手扶着一把椅子，尤吉斯以为管家不让他坐在上面。不过，最后他还是明白了管家是为他扶椅子。于是他坐了下来，小心翼翼，惶惑不安。弗雷迪少爷觉得有侍从在旁边，尤吉斯会感到尴尬，于是他点头朝那些人说了一句：“你们可以退下去了。”

他们都退了下去，只剩下管家。

“你也走吧，汉密尔顿，”他说。

“弗雷迪少爷……”那人说。

“滚开！”年轻人生气地喊道，“混账，难道你没有听见我说的话吗？”

那人出去了，随手关上了门。那人时刻对尤吉斯心存戒心，尤吉斯也一直在留意着他，所以他注意到那人出去的时候随手把钥匙从门锁上拔了下来，目的是在外面从钥匙孔里监视他。

弗雷迪少爷把头转过来。“好了，开始吧。”

尤吉斯还是惶惑不安地盯着他。“吃啊！随便吃，老兄。”

“你怎么不吃呢？”尤吉斯问。

“我不饿，”对方答道，“我就是渴。我和基蒂吃了一些糖果……你尽管吃吧。”

于是，尤吉斯不再寒暄，开始吃了起来。他的手就像两只大铲子，左手拿着叉子右手拿着刀子。一开始吃起来，他就再也控制不住那如狼似虎的饥饿感了。他一顿风卷残云，把桌子上的食物一扫而光，其间都没停下来喘口气儿。“哇！”对方在一旁看呆了。

接着他又把酒瓶子递给尤吉斯。“再让我看看你的酒量。”他说。尤吉斯接过酒瓶子，仰起头，一股妙不可言的液体顺着他的喉咙奔流而下，拨动着他身上的每一根神经，浑身上下涌动着兴奋的快感。他把一瓶酒一饮而尽不留一滴，然后发出一声长叹：“啊！”

“嘿，这酒不错吧？”弗雷迪似乎也体会到了尤吉斯的那股爽劲儿。他仰靠在椅背上，双手交叉放在脑后，盯着尤吉斯看。

尤吉斯也在看着他。他已经换上了一身洁白的晚装，看上去煞是英俊——一个帅气的大男孩儿，安提诺乌斯式的头形，一头金色的长发。他正微笑着盯着尤吉斯看，眼神充满了信任。稍后，他又开口讲话了，语气随意而舒缓。这次，他一口气讲了十分钟，把他的家事和盘托出。他的大哥爱上了在《堪察加的哈里发》中扮演“小明眸”的那个天真烂漫的女孩儿。他正打算和那女孩结婚，可是老爸却执意反对，说要取消他的继承人资格。后来，老爸给了他一大笔钱，这笔钱粉碎了他的梦想，也抹去了那女孩的所有优点。现在，查理已经向学校告假，开着车去寻找仅次于度蜜月的快乐去了。老爸也威胁说要取消姐姐格温的继承人资格，她嫁给了一个意大利侯爵，那人拥有一串世袭头衔和一系列决斗纪录。他们一直住在他的城堡里，直到有一天在早餐桌上他向她扔盘子。她拍电报向老爸求救，于是老爸就过去调解了。就这样，他们就把弗雷迪一个人留在了家里，给了他不到两千块钱。对此，弗雷迪大发雷霆，威胁说如果老爸不答应再多给他钱，他就让基蒂拍电报说要嫁给他，看老爸怎么办，他说到做到。就这样，电报真的拍过去了。

年轻人兴致勃勃地说个不停，直到累得筋疲力尽。他朝尤吉斯美滋滋地笑了笑，然后困得闭上了眼睛，旋即又睁开，又笑了笑，再次闭上，此后便忘记了睁开。

尤吉斯一动不动地坐了几分钟，静静地看着他，同时陶醉在香槟酒给他带来的奇妙感觉中。他一动，那条狗就朝他吼起来，于是他就又老老实实地坐回去，大气儿不敢出，直到门轻轻地被打开，管家进来了。

他蹑手蹑脚地走向尤吉斯，并对他吹胡子瞪眼睛；尤吉斯站起身，开始往后退，同时回敬着相同的表情。被逼到墙根儿的时候，管家手指着门，压低声音说："滚出去！"

尤吉斯犹豫着看了弗雷迪一眼，他正均匀地打着鼾声。"如果你敢叫他，你这狗杂……"管家嘘声说，"我就打扁你的脸！"

尤吉斯刚要往前迈步，他就看到"海军上将"从管家身后低吼着走了过来，以示声援。尤吉斯只得投降，乖乖地朝门口走去。

他们悄无声息地出了门，走下那段宏伟的楼梯，穿过昏暗的大厅，他们的脚步声在空旷中回响。出了大门，尤吉斯停了一下，管家几步跨到他跟前。

“把手举起来，”他吼叫着。尤吉斯往后退了一步，攥紧了那只未受伤的拳头。

“干什么?”他喊道，不过他马上明白了那人要搜他的身，于是他随口骂道，“你找死啊?”

“你是不是想坐牢啊?”那人恐吓道，“我叫警察……”

“叫吧!”尤吉斯不甘示弱地喊道，“不过警察来之前，你休想动我一根汗毛！我没动过那该死的房子里的任何东西，你也别想动我!”

管家害怕惊醒了少爷，于是他突然奔向院门，把门打开。“快给我滚出去!”他说。尤吉斯的身体刚一通过门缝，那人猛然抬脚朝尤吉斯踢去，尤吉斯被踢得连滚带爬地跌落下去，仰面朝天摔倒在台阶下面的雪地上。

第二十五章

盛怒之下，尤吉斯一跃从地上爬了起来，可是大门已经关上了，黑暗中的城堡铜墙铁壁一般不可侵犯。冷风像一把把钢刀向他的身上扎来，他赶紧转身跑开。

他一直跑上一条白天人多的大街才放慢脚步，他还怕引起别人的注意。尽管最后还是受到了侮辱，但是他的心中还是充满了胜利的喜悦，并且由于兴奋而狂跳不止。他毕竟占了一回大便宜！他不时地手摸裤兜，确保那张珍贵的一百块钱钞票还在。

然而，旋即他又陷入了一种尴尬境地——一种莫名的、可怕的尴尬。他身上除了这一百块钱的钞票之外再无分文！他得找个地方过夜，他得把这一百块钱破开！

尤吉斯一边走着心里一边想着这事儿，想了有半个小时。没有人帮他解决这个问题——他得全靠自己。去寄宿旅馆，拿着这张钞票付床位钱，让老板找零？那不是去找死吗？天亮之前那钱肯定会被抢走，他甚至会被谋杀。去酒店或者铁路仓库找人把那张钞票换成零钱？他们看到一个叫花子手里拿着一张百元钞票会怎么想？他们也许会叫来警察把他抓走，他怎么跟警察讲？到了天亮，弗雷迪·琼斯酒醒过来之后发现钱少了，肯定会派一帮人来抓他，那钱也就保不住了。没有办法，看来他只能用这张钞票买点东西，把钱破开了。

他沿着大街走着，一路上眼睛瞟着路过的酒吧。他看见一连好几个酒吧里都挤满了人——后来，他看见有一个酒吧里只坐着老板，于是攥紧了拳头，定了定神，走了进去。

“你能破开一百块钱吗?”他问道。

老板是一个块头大、声音嘶哑的家伙，长着一副获奖拳手的下巴，上边留着三个星期没刮的胡茬子。他睁大眼睛看着尤吉斯。“你说什么?”他问道。

“我说你能破开一张一百元的钞票吗?”

“你从哪里弄来的?”那人满脸狐疑地问。

“这你不用管。反正我有一张一百元的钞票，我想把它破开。如果你肯，我给你好处。”

那人的眼睛死死地盯着尤吉斯。“拿来我看看。”他说。

“你到底给不给我破?”尤吉斯追问，手在裤兜里紧紧地攥着钱。

“我他妈怎么知道你的钱是真的还是假的?”老板反问道，“你把我当傻子吗?”

尤吉斯慢慢地、十分警惕地走到他跟前。他掏出那张钞票，用手抖擞了两下，那人在柜台后面不怀好意地看着他。最后，尤吉斯把钱递给了他。

那人接过钱，开始认真地研究起来。他用手指把钱展平，拿起来放在灯光下，翻过来掉过去。这是一张崭新的百元钞票，那人看了之后还是不敢相信。尤吉斯在一旁一直像猫一样盯着。

“哼，”他最后说，上下打量着他——一个衣衫褴褛、浑身臭气、连大衣都没穿的流浪汉，还有一只胳膊缠着绷带吊在脖子上。他手里竟然拿着一张百元的钞票！“想买点什么吗？”那人又问道。

“嗯，”尤吉斯说，“来一杯啤酒。”

“好吧，”那人说，“那我就给你破开。”他把那张票子揣在兜里，然后给尤吉斯倒了一杯啤酒，放在吧台上。他走到收款台前，记录上五分钱的进账，然后开始从抽屉里找钱。最后，他来到尤吉斯跟前，把钱数给他——两枚一毛的硬币，一枚两毛五分的硬币，还有一个五毛的硬币。“给你。”他说。

尤吉斯等了一秒钟，以为那人还会转身去找钱。“还有九十九块钱。”他说。

“什么九十九块钱？”酒吧老板问。

“找给我的零钱啊！”他喊道，“我给了你一百块钱，你还得找给我啊！”

“滚开，”那人说，“你个精神病！”

尤吉斯怒目圆睁。有那么一会儿，他被惊呆了——他的心被一种黑暗的、令他浑身瘫软的恐怖紧紧抓住。接着，一股汹涌的愤怒的洪流涌上他的头，他顿时感到眼前一片漆黑——他大叫一声，抓起一只玻璃杯奋力砸向那人的头。那人把头一低，杯子从他的头上飞过，只差半英寸就击中了目标。尤吉斯一只手撑在吧台上，刚想跳进吧台去揍那人，而此时那人正从吧台后面站起身，他猛地一拳击中了尤吉斯的面部，他被击倒在地。他从地上爬起来，绕过吧台去追那人，那人拼命叫喊：“救命！救命！”

尤吉斯一边跑一边随手从吧台上抄起一个酒瓶子，那人正要跳过吧台，尤吉斯使出全身的力气把瓶子砸向他。瓶子擦着他的头皮飞过，砸在门上，瓶子被砸得粉碎。尤吉斯冲到屋子的中央，去追那人。杀红了眼的尤吉斯这次竟忘了拿瓶子，酒吧老板见他空手过来，还没等他冲到跟前就迎了上去，抡起拳头狠狠地击中了尤吉斯的面门。尤吉斯一跃从地上站了起来，已经发疯了的他嘴里冒着白沫，他正要把那只受伤的胳膊上的绷带解开。就在这时，门开了，两个人闯了进来。

“当心!”酒吧老板大喊，“他手上有刀!”看出来那两个人也想加入战斗，酒吧老板又扑向尤吉斯，尤吉斯哪里还招架得住，又被打翻在地。三个人围上来，一顿拳打脚踢。

旋即，一个警察冲了进来，酒吧老板又喊了一声：“当心，他有刀!”尤吉斯刚要挣扎着站起身，警察一步跨到他跟前，抡起警棍朝他的面部劈去。尽管一警棍把他打得踉踉跄跄，已经愤怒得像一头野兽一样的尤吉斯还是挣扎着站住了，还想往前冲。这时警棍又劈了下来，重重地劈在了他的脑袋上，于是他就像一根圆木一样直直地倒了下去。

警察蹲下来，手里紧紧攥着警棍，等他再站起来。这时，酒吧老板站起身，手摸着脑袋。“天啊！我以为这次完蛋了。我脑袋破了没有?”

“没看到有什么伤，杰克，”警察说，“他是怎么回事?”

“喝醉了发飙，”对方说，“还是一只跛脚的鸭子——可是他差点儿把我打死在吧台里面。你最好叫一辆警车来，比利。”

“没必要了，”警察说，“我想他已经没那个力气了，另外这儿离拘留所只有一个街区远。”他揪住尤吉斯的衣领子，“你给我站起来！”他喝道。

尤吉斯一动不动。酒吧老板走到吧台后面，把那一百元钞票藏好，然后端了一杯水出来，泼在尤吉斯的脸上。尤吉斯微微哼了一声，警察把他揪起来，拖了出去。拘留所就在街角，几分钟后尤吉斯就被投进了囚房。

前半宿他就在那里躺着，不省人事，到了后半夜，他开始痛苦地呻吟起来，头疼得像裂开了一样，口渴得要命。他偶尔喊一声要水喝，可是没有人理他。拘留所里还关着很多其他人，他们也都在喊头疼，有的高烧说胡话。在这个伟大的城市里，像他这样的人有成百上千，在这个伟大的国家，这样的人更是数以万计，没有任何人能听见他们的声音。

到了早晨，有人给尤吉斯送来一杯水和一片面包，然后被塞进一辆警车，被送到最近的警察局。他和二十几个其他的犯人坐在禁闭室里等待审讯。

那位远近闻名的拳手酒吧老板被传了过来。他宣了誓，开始讲述案发经过。前一天晚上午夜过后，犯人走进他的酒吧，开始趁着酒劲儿闹事。他先要了一杯啤酒，然后拿出一张一块钱的票子付账。他找给他九毛五分钱，可是他还要九十九块钱。还没等原告反应过来，他就把酒杯砸向他，然后又朝他砸啤酒瓶子，酒吧几乎被砸烂了。

接着，囚犯被要求宣誓——形容枯槁，蓬头垢面，一只胳膊缠着脏兮兮的绷带，吊在脖子上，脑袋上、面颊上的伤口滴着血，一只眼睛呈青紫色，肿得睁不开。“你有什么要说的吗？”治安官问。

"阁下，"尤吉斯说，"我去他的酒吧问他能不能给我破开一张一百元的钞票。他说如果我买一杯酒他就给我破。我把钞票给了他，可是他不给我找钱。"

治安官一脸迷惑地看着他。"你给了他一张百元钞票！"他问道。

"是的，阁下。"尤吉斯说。

"你从哪儿弄来的那张钞票？"

"一个人给我的，阁下。"

"一个人？谁？他为什么要给你钱？"

"我在街上遇到的一个年轻人，阁下。当时我正在乞讨。"

庭上的人发出一阵窃笑。押解尤吉斯的那个警察也抬起一只手捂住嘴，法官更是毫不掩饰地笑出声来。"我说的是真的，阁下！"尤吉斯急切地喊道。

"昨天晚上你喝了酒去乞讨，是吗？"法官问。 "不，阁下……"尤吉斯抗辩道，"我……"

"你没喝酒？"

"不，阁下，我喝了……"

"你喝了什么？"

"我喝了一瓶……我不知道那是什么酒……挺烈的……"

庭上一片笑声，笑声过后法官抬头看了看尤吉斯，皱起了眉头。"你以前有没有被逮捕过？"他突然问。

尤吉斯的心为之一震。"我……我……"他结结巴巴地说。

"快说，说实话！"对方厉声喝道。

"是，阁下，我被逮捕过。"尤吉斯说。

“有几次？”

“只有一次，阁下。”

“为什么被逮捕了？”

“因为我打了工头，阁下。当时我在屠场干活。工头……”

“我明白了，”那位阁下说，“可能就是这样了。如果你管不住自己，最好别喝酒。十天监禁，附带诉讼费用。下一个案子。”

尤吉斯惊叫一声，那个警察一把揪着他的衣领子，叫声戛然而止。他被推进一个房间，房间里还有几个已经被宣判的犯人。他坐下，像个受了委屈的孩子一样哭起来。这太不公平了！警察和法官似乎根本不相信他说的话，他们只听酒吧老板的一面之词。可怜的尤吉斯哪里知道，为了获得星期天营业的特权以及平时的关照，酒吧老板每周都要给那位警察五块钱的贿赂。他更不知道的是，那位打手酒吧老板是当地民主党领导人手下的一名得力干将。几个月前，就在法官受到温和派改革人士的攻击时，该酒吧老板帮他拉到了创纪录数量的选票，以示对他的忠诚。

尤吉斯又一次被关进了劳教所。在与酒吧老板的格斗中，他又伤了那只胳膊，活干不了了，而且劳教所还不得不给他找来医生。医生给他包扎了头和眼睛上的伤口，这让他成了劳教所里一个十分惹眼的人物。第二天，当他在院子里放风的时候，他又见到了杰克·杜安！

那个年轻人一看到尤吉斯就高兴得尖叫起来，差一点儿给他来个拥抱。“天啊，这不是臭鬼吗！你怎么又来了，是从香肠机里爬出来的吗？”

“没有，”尤吉斯说，“我在修铁路的时候遭了事故，后来又跟人打架了。”其他的囚犯也都围了过来，听他讲述那离奇的经历，他们半信半疑，不过杜安知道尤吉斯从来不会编造那样的故事。

“真够倒霉的，老家伙，”杜安私下里对尤吉斯说，“不过，你可能学到了一个教训。”

“自从上次见到你，我的确学到了一些教训。”尤吉斯悲哀地说。接着他讲起了去年夏天的经历，也就是人们常说的“流浪”。最后，尤吉斯问道：“你是怎么过的，你就一直待在这儿吗?”

“怎么会呢，没有!”对方说，“我前天刚进来。这是他们第二次给我捏造罪名——算我倒霉，我也没有钱打点他们。尤吉斯，跟我一起离开芝加哥吧?”

“我没有地方可去啊。”尤吉斯悲哀地说。

“我也不知道去哪儿，”对方笑着答道，“等出去再说吧。”

在劳教所里，尤吉斯没见到几个他上次见到的人，不过这次他倒认识了几十个新人，老老少少的，跟以前那些人也没有什么太大的差别。就像海岸上的波涛，海水已经不是以前的海水了，可是波涛依旧。他在劳教所里四处闲逛，逢人便聊上几句。那些高大威猛的讲述着自己的传奇经历，而那些弱小的、初出茅庐的年轻人则在一旁默不作声地听着，眼神充满敬佩。上次，尤吉斯一心只想着家人。现在，时过境迁，他已经是个自由人了，他认真地听着他们讲述各自的故事，感觉到自己就是他们当中的一员。他们的观点就是他的观点，他们的生存之道就是他以后的人生方向。

就这样，从监狱里出来、身无分文的尤吉斯直接投奔杰克·

杜安去了。他的心中充满了谦卑和感激，因为杜安是个绅士，一个有职业的人，人家竟然愿意跟一个卑微的工人——更确切地说是一个乞丐、一个流浪汉为伍。尤吉斯想象不到自己能给杜安帮上什么忙，这是因为他还没有看清自己是一个什么样的人——只要善待他，他就会报以忠诚——这种品质在罪犯中间，甚至在任何社会阶层都是难得一见的。

杜安给尤吉斯留下的住址是犹太人聚居区的一个阁楼，那是一个漂亮的法国女孩的家，她是杜安的情妇，整天靠缝纫为生，偶尔做妓女以填补收入的不足。那姑娘告诉尤吉斯，杜安此刻不在她这儿，他躲到别的地方去了，怕被警察发现。那姑娘告诉了尤吉斯一个新地址，是一个地下酒馆儿。店主先是说从来没有听说过杜安这个人，不过经过仔细的盘问之后那人指了指酒馆后面的一段楼梯。他顺着楼梯来到一家当铺的后室，这里是专门窝赃的地方。尤吉斯发现这里有几个密室，杜安就藏在其中的一个密室里面。

看到尤吉斯来了，杜安喜出望外。他对尤吉斯说，他身上已经没有一分钱了，他正等着尤吉斯来帮他去弄些钱来。他向尤吉斯详细讲解了这次行动计划——事实上，一整天他都在向尤吉斯介绍这个城市的犯罪圈子，告诉他如何在这个圈子里立足。由于胳膊受伤，加之警察活动频繁，对尤吉斯来说这可是个难熬的冬天。不过，尤吉斯并不是在警方那里出了名的惯犯，所以只要他小心行事，还是很安全的。汉森“老爸”（他们都这样称呼那位酒馆儿老板）这里可以放心，尤吉斯尽可以在这里落脚，因为汉森“老爸”是一个“可靠”的人——只要给他钱，他就会守口如瓶，如果警察来搜捕，他就会提前一个小时来通风报信。另外，那位当铺老板罗森斯泰格会以三分之一的价格买下所有的赃物，而且保证一年之内不出手。

他们从房间的壁橱里取出一个煤油炉，做了一些晚饭。夜里十一点左右，他们从一个后门出去了，杜安手里拎了一把铁锤。他们来到一个居民区，杜安爬上一根路灯柱，把灯打碎，然后两个人就埋伏到一段台阶的下面。

很快，一个人走了过来，是一个工人——他们放过了他。又过了很长时间，一阵沉稳的脚步声由远及近，他们看清那是一个警察，于是他们屏住呼吸，直到警察走远。他们又等了整整一刻钟，全身都快要冻僵了——突然，他们又听到了脚步声，轻快的脚步声。杜安示意了一下尤吉斯，等那人一走近，他俩就一跃而起。杜安就像影子一样神不知鬼不觉地跟上那人，接着尤吉斯听到砰的一声，然后是一声闷叫。他就跟在后面几英尺远的地方，听到叫声他一个箭步冲上去堵住了那人的嘴，杜安紧紧地扳住了那人的胳膊，这一系列动作都是经过两个人精心策划的。那人浑身瘫软，摇摇欲坠，尤吉斯揪住他的衣领子，杜安熟练地用手指搜着他的衣兜——先撕开大衣，然后是上衣，最后是背心，里里外外搜刮一遍，把衣兜里所有的东西都掏了出来，然后塞进自己的兜里。最后，杜安摸了摸那人的手指和领结，然后低声说："行了！"他们把那人拖到一个黑暗的角落，把他丢在那儿。然后，两个人分头快步离开现场。

杜安先回到了据点。尤吉斯回来的时候发现他正在清点"战利品"：一块金表，装在表盒里，拴了一条链子；一支银笔、一盒火柴、一把零钱，还有一个名片夹。杜安兴奋地打开那个名片夹——里边有几封信、几张支票、两张戏票，在最低下有一沓钞票。他们数了数，有一张二十块钱的，五张十块钱的，四张五块钱的，还有三张一块钱的。杜安长长地出了一口气。“咱们有活路了!”他说。

对所有物品又清查了一遍之后，他们把名片夹、里边的信件和表盒里的一张姑娘照片统统烧掉，只留下钞票。杜安把金表和其他的一些小物件拿到楼下，换回十六块钱。“那老混蛋说表盒是包金的，”他说，“他那是糊弄人，知道我需要钱。”

他们把赃款分掉，尤吉斯分到五十五块钱，还有一些几分的硬币。他不肯要那么多，对方坚持说要平分。他说，这次收获不错，比平时要好。

第二天早晨一觉醒来，杜安要尤吉斯出去买一份报纸，干这种事的一大快乐就是事后读一读报纸上的相关报道。“我有一个哥们儿就有这个习惯，”杜安说道，“直到有一次他在报纸上读到他漏掉了猎物背心里面的一个兜，原来那兜里还有三千块钱！此后他就把这个习惯改掉了。”

报纸上专门辟了一个板块，报道各种抢劫案。其中有一则报道说，最近在那一地区有一抢劫团伙疯狂作案，这已经是一周之内的第三次了，警方对此束手无策。这次的受害者是一位保险公司代理人，他被抢了一百一十块钱，而那钱根本就不是他的。幸好那人在衬衫上绣上了自己的名字，否则受害者的身份难以辨认。他被击中了头部，造成脑震荡，被发现的时候，他几乎被冻死，经抢救命算是保住了，不过右手的三个手指要被切掉。那位敬业的记者还把案情透露给了受害者的家人，报纸上也报道了家人的反应。

这是尤吉斯第一次作案，报纸上的报道细节显然让他感到亏心。不过，杜安则是冷冷地一笑——这就是游戏规则，内疚于事无补。不久以后，尤吉斯就会习以为常的，打伤个人不会比在屠场里杀头牛更会让他记在心上。“这个世界，不是我们倒霉就是别人倒霉。我希望每次倒霉的都是别人。”他说道。

“可是，”尤吉斯若有所思地说，“他从来没有伤害过我们。”

“但是他肯定不遗余力地害过别人。”他的朋友说。

杜安曾向尤吉斯解释过，像他们这种道上的人一旦在警方那里挂上了号就得不停地向他们上贡，永远无法满足他们的胃口。所以，尤吉斯最好还是躲起来，别在公开场合跟兄弟们混在一起。可是尤吉斯很快就厌烦了这种昼伏夜出的生活。过了几个星期，他的身体恢复了，胳膊也听使唤了，于是他再也忍受不了这种生活了。此时杜安也不在身边，尤吉斯不知道他一个人单枪匹马干什么去了，只知道现在他和警方处于休战期。不过他把那个法国女孩玛丽交给了尤吉斯，让他享用。这也没让尤吉斯快活太久，最后杜安不再和尤吉斯争执，他决定带尤吉斯到江洋大盗、黑社会老大们经常出没的酒吧、赌场里见见世面。

就这样，尤吉斯得以一睹芝加哥罪恶势力上层的真面目。整个城市名义上由人民管理，实际上由大商人利益集团所掌控。一支贿选大军负责把权力从人民的手中买出来。在每两年一次的春季和秋季选举期间，那些大商人把数百万美元的资金提供给那支贿选大军。他们聚众集会，聘请名嘴演讲，请乐队演唱，燃放烟花，散发传单，免费赠送饮料，用现金购买选票。当然，这支贿选大军需要常年维持，他们之中各行各业的上层人士、领袖、组织者由大商人们直接豢养——大商人们通过贿赂收买议员和立法者，通过提供竞选资金拥立政党领袖，用工资来聘请律师和院外游说人士，靠订单拉拢供应商，靠津贴收买工会领袖，通过投放广告费左右报社老板和编辑。他们把下层官兵安插到政府的各个部门，或者让他们直接去搜刮百姓。这些部门包括警察局、消防部门、供水部门等，这些人的职位低到普通职员，高到某一部门的长官。那些没有任何职位的人包括各类不法之徒，大商人们也为他们直接或间接地提供了谋生之道：他们能够领到欺骗、敲诈、抢劫、掠夺的执照。法律禁止星期天卖酒，这就把酒吧老板交到了警察手里，这样他们就结成了联盟；法律禁止卖淫，这样他们就把“老鸨”们拉进了阵营；同样还有屠场老板以及其他的不法之徒，男男女女只要能够得到好处，他们就会在选举中尽一份力，造假币的、拦路抢劫的、扒手、盗贼、窝赃的、卖掺水牛奶的、卖烂苹果的、卖病死畜肉的、卫生不合格的旅馆老板、江湖游医、放高利贷的、乞丐、街头小贩、职业打手、赛马场上的骗子、拉皮条的、妓女经纪人、职业勾引女孩子的。所有这些干肮脏勾当的人都和警察、政客结成兄弟同盟。很多时候，他们就是一个人。警察局局长自己可能就是个妓院老板，还装模作样地去清剿；政客们的聚众场所可能就设在自己的酒吧里。“辛丁克酒吧”“约翰浴池”这些芝加哥下等休闲娱乐场所的老板都是市议会里的“灰狼”，正是他们把一条条大街卖给了商人。经常光顾这些地方的人都是一些赌徒、打手、盗贼和抢劫犯，他们蔑视法律，他们制造恐慌。到了选举日，所有这些恶势力都汇成一股力量。他们能够预知选举结果，误差在百分之一以内，只要给他们一小时的时间，他们就能改变选举结果。

一个月以前，尤吉斯几乎饿死在大街上。可是现在，突然之间他进入了一个花钱如流水，整天过着花天酒地的生活的世界，好像一下子被施了魔法。杜安给他介绍了一个名叫海罗兰的爱尔兰人，绰号“雄鹿”，是一个谙熟政治的政治“工人”。那人跟他闲聊了一会儿之后，告诉他像他这样工人模样的人可以轻轻松松地弄到钱。这可是个顶机密的事儿，千万不能泄露出去。尤吉斯当然能够做到这一点，于是当天（星期六）下午那人就领着尤吉斯来到了一个给市政工人发工资的地方。发工资的人坐在一个临时搭建的棚子里，他前面放着一摞信封，两个警察站在旁边。按照那人的指示，尤吉斯走了进去，报上自己的名字“麦克尔·奥弗莱赫蒂”，然后拿到了一个信封，他拿着信封走开，拐过一个街角，走进一个酒吧，把信封交给等在那里的海罗兰。接着他又来到了领工资的地方，这次他的名字叫“约翰·舒密特”；第三次，他又叫“赛吉·雷米尼茨基”了。海罗兰给他起了一串凭空想象出来的名字，每次他都能拿着一个信封回来。凭着这个差事，尤吉斯收入了五块钱，而且那人告诉他，只要保密，每周都有这样的好事儿。由于尤吉斯本就不是一个多嘴多舌的人，所以他很快就赢得了“雄鹿”海罗兰的信任，而且他还把尤吉斯介绍给了其他人做得力助手。

结交了这个人之后，尤吉斯又得到了另一个好处。他很快就明白了“后台”的意思，也明白了当初康纳以及后来的拳击手酒吧老板为什么能够轻易把他送进监狱。一天晚上，克拉克大街上的一个“上等人”光顾的娱乐场所举办了一场舞会，有一个叫“独眼拉里”的瘸子小提琴手在这里义演，他是码头地区有名的小丑，非常受欢迎。舞会在一个宽敞的舞厅举行，这是本城酒色名流们寻欢作乐的地方。这一次尤吉斯也混到这里来了，他喝得酩酊大醉，并且为了一个姑娘跟人吵了起来。此时的尤吉斯已经完全恢复了体力，于是他把舞会搅了个天昏地暗，结果被送进了警察局，关在了囚房里。囚房里关满了犯人，一直挤到门口，整个房间充斥着叫花子身上散发出来的臭气。现在的尤吉斯可不愿意待在这地方醒酒，于是他就派人去找海罗兰。海罗兰给那个地区的官员打了个电话，那个官员又给警方打了个电话，于是凌晨四点尤吉斯就被保释出来了。同一天上午，法庭传讯了尤吉斯，在此之前那位官员就已经和法庭的一位法官通了气，说尤吉斯·路德库斯是一个守法良民，头一天晚上的行为只是一时的冲动。就这样，尤吉斯被判罚了十块钱的罚金，而且是缓期执行——意思是如果没有人追究他就不用交那笔钱，以后也不用交。

在尤吉斯现在接触的人当中，钱的价值衡量标准跟罐头镇上的人们完全不一样。可是令人感到不可思议的是，现在尤吉斯喝酒喝得比以前少多了。他已经不再像以前那样整天累得筋疲力尽、生活茫然无望了，他现在有了奋斗目标。他意识到，只要自己时刻保持清醒的头脑，总是有新的机会出现。他生来就是一个积极向上的人，他不仅自己时刻保持冷静，他也经常提醒他的朋友保持克制，当然他的朋友远比他更好酒色。

接着又发生了一件事。有一天深夜，尤吉斯和杜安正坐在他跟“雄鹿”海罗兰初次见面的那个酒吧里，这时有一个“乡巴佬顾客”（一个外地商人的采购员）走进了酒吧，一看就知道他已经喝得半醉了。当时，酒吧里除了老板之外再没有其他人了。那人出去之后，尤吉斯和杜安也跟了出去。他拐过街角，走进一个被高架铁路和一幢无人居住的建筑遮挡住的黑暗地带，尤吉斯一个箭步冲上前去，举起一把左轮手枪顶在了那人的鼻子下面，而杜安则用帽子遮住脸，用他那麻利的手指迅速搜遍了他身上所有的兜，他们搜出了一块手表和一沓钱。还没等那人喊出声来，他们就已经闪过了街角，溜进了刚才的那个酒吧里。酒吧老板刚才就已经得到了他们的暗示，等他们一进来就打开了地下室的门。他们进了这扇门，走过一段暗道，通过一个秘密入口来到了隔壁的妓院。妓院的屋顶还有三个暗道，如果遇到警察突击搜查，嫖客和妓女可以通过这些暗道瞬间逃之夭夭。成千上万的姑娘们看到招聘仆人和女工的广告之后纷纷拥进芝加哥城，可是到了这里之后她们才发现广告上的那些招工单位根本就是骗人的，最后她们都陷进了妓院这个魔窟。通常，姑娘们只要被剥光了衣服，她们就乖乖地听话了。有的要被灌麻醉药，然后再被关上几个星期。父母得不到女儿的音信就会给警察局拍电报，如果再得不到答复他们就会跑到芝加哥来探个究竟。碰到穷追不舍的父母，警方只好带他们去搜查。

由于出手相助，酒吧老板得到了一百三十块钱赃款中的百分之二十分成。此事过后，三个人自然也就成了朋友。几天后，酒吧老板给他们介绍了一个名叫戈德伯格的犹太人，是尤吉斯和杜安藏身的那家赌场里一个通风报信的。几杯酒下肚之后，那人犹豫了片刻，随即开始讲起自己为了一个心爱的姑娘跟一个专门用扑克牌行骗的家伙发生争吵并被打了下巴的经历。此人在芝加哥人生地不熟，如果哪一天晚上他的脑袋被开了瓢，没有人会太过关注。现在的尤吉斯恨不得把芝加哥所有赌徒的脑袋都开了瓢。他问那人接下来还会有什么好机会，犹太人神秘兮兮地告诉尤吉斯他弄到了关于新奥尔良赛马的内部情报。他说那情报是他直接从当地的一个警官那里得来的，他曾帮过那位警官的大忙，该警官跟一个马主辛迪加有瓜葛。杜安一听到这个消息便产生了浓厚的兴趣，而尤吉斯只有在了解了赛马场上的全部情况之后才意识到这个机会的重要性。

原来，赛马界有一个全国性的赛马托拉斯。该托拉斯旗下的赛马场遍及各州，他们也因此掌控了各州的立法机构。他们甚至拥有几家大的报社，左右舆论导向，事实上除了弹子球托拉斯之外，赌博业没有人能与之抗衡。他们在全国各地建有豪华赛马场，以巨额奖金为诱饵吸引人参赌。他们每年组织一次大规模的骗赌赛马，借此他们可以骗走数亿美元的不义之财。赛马曾经是一项运动，现在却成了一种商业行为。他们在参赛的马匹身上做手脚，给马注射麻醉剂，用医学手段调节马的生理状态，对马训练不足或者过度训练，随时让马跌倒，用鞭子抽打以打乱马的步法——观众还以为骑手是在扬鞭催马呢。这样的欺骗手段五花八门，有的手段是马主使出来，有的是骑手和训练师联手搞的鬼，有的是局外人出钱贿赂马主或者骑手的结果——不过大多数欺骗手段都是由赛马托拉斯的巨头们策划的。就以这次在新奥尔良举行的冬季赛马会为例，他们事先把每一场比赛的名次排好，再派代理到各个城市的弹子房去推销奖券，然后赌资就从各地的弹子房流向赛马托拉斯巨头们的手中。每场比赛之前，掌握内幕的人就会通过长途电话把消息通过暗号送出来。得到了这样的消息就意味着发大财了。那个犹太人说，如果不相信，尤吉斯可以去试一试——第二天早晨他们在某个地方会面，试着下一次赌注。尤吉斯和杜安表示同意，于是第二天他们就来到了一个高级弹子房，这里是经纪人、商人们赌博的地方（社交名媛们在独立的房间参赌）。尤吉斯和杜安各下了十块钱的赌注，他们赌的那匹马叫“黑婆”，赔率是一赔六，结果他们赢了。有这样可靠的内幕消息，他们本可以大大地赚上一把，可是第二天戈德伯格说那个庄家得知消息泄露已经逃出了城。

干这一行总会有赔有赚，实在混不下去，监狱里也可以苟活。四月初，芝加哥市的选举日到了，这意味着那支贿选大军的日子又好过了。整天混迹于酒馆儿、赌场、妓院的尤吉斯跟两大党派的很多追随者都混了个脸熟，交谈中尤吉斯了解到了关于选举的层层黑幕，也听到了很多可以一显身手的机会。“雄鹿”海罗兰是个民主党人士，这样尤吉斯自然也就成了民主党的支持者。不过，尤吉斯并不是一个激进派——在他看来，共和党的人也不错，他们肯定会在这次选举中大掏腰包的。在上次选举中，投一张共和党的票能得到四块钱，而民主党只给三块钱。有一天晚上，“雄鹿”海罗兰和尤吉斯还有另外一个人在一起玩牌，那人给尤吉斯讲述了他和海罗兰一起去买选票的经历。当时，有三十七个意大利人刚刚取得美国公民身份，海罗兰被民主党委以重任去买这些人的选票。那人遇到了一个共和党的贿选工作者，他也在追逐那伙人。于是，三个人开始坐下来谈判，结果是那伙意大利人有一半把票投给了民主党，另一半投给了共和党，他们得到的报酬是每人一杯啤酒，而其余的贿选资金被三个人瓜分了！

不久以后，尤吉斯就厌倦了冒险生活和那些五花八门的犯罪活动。他想金盆洗手，从此做一个政客。就在这时，警察和罪犯之间的联盟发生了剧烈的动荡，因为大商人利益集团意识到，他们不能从罪犯那里获得直接利益，罪犯们的贿赂都被警察直接拿走了，那是他们的一份“灰色收入”。合法赌博和卖淫可以繁荣城市的商业，而抢劫和盗窃却无益于商业的发展。一天晚上，杰克·杜安正在撬一家服装店的保险箱，结果被夜间值班人当场抓到，然后移交给警察。那个警察碰巧非常熟悉杜安，于是他就把杜安放了。此事被见诸报端，在社会上引起轩然大波，警方不得不决定牺牲掉杜安，幸亏杜安及时逃出了城。这时，经人介绍尤吉斯认识了一个叫哈珀的人，此人是布朗公司的夜间值班门卫，尤吉斯来到屠场的第一年就是他帮尤吉斯办理了美国公民身份。对于这次会面，那人倒是很感兴趣，只是记不得尤吉斯这个人了——他说经他手办理公民身份的人实在是太多了。他和尤吉斯以及海罗兰在一个舞厅里一直坐到第二天深夜一两点钟，彼此交流着各自的经历。他讲到他跟部门主管发生了争吵，后来就成了一个普通工人，不过在工会里他却是个有口皆碑的好人。几个月之后，尤吉斯才明白原来那次所谓的争吵是场方刻意安排的，目的是让他接近工会，了解工会的秘密活动，然后向场方汇报，哈珀因此每周从屠场老板那里领到二十块钱的报酬。那人以工会会员的口气说，当前屠场里一片沸腾，群情激昂。罐头镇上的人们已经受够了，看样子罢工随时可能发生。

讲完这段话之后，那人又了解了尤吉斯的一些情况。过了几天，他又来找尤吉斯，并提出了一个很有意思的建议。他说，如果尤吉斯肯回到罐头镇，听他的安排，并且守口如瓶，他也许能帮尤吉斯弄到一份固定的收入，但也不是十分肯定。哈珀——人们都叫他“矮树丛”哈珀——是屠场区民主党大佬麦克·斯库里的一个亲信。在这次选举中，出现了一个特殊的情况。有人建议斯库里提名住在屠场区郊外的一个酿酒业富豪为市议员候选人，此人对议员身上所佩戴的那枚徽章以及议员的荣誉称号早已羡慕不已。该富豪是一个犹太人，虽然没什么头脑，但也没做过什么坏事，而且还可以拿出一大笔竞选经费。斯库里接受了这个建议，然后去找共和党人士，并提出了另一个建议。斯库里担心那个犹太人一旦当选恐怕日后难以驾驭，因此他不敢冒这个险。于是，他建议共和党提名自己的一个关系密切、但外界并不了解内情的朋友为候选人。斯库里的这位朋友在阿什兰大街的一个酒吧里开地下保龄球馆，斯库里会拿着犹太人的钱为朋友助选，共和党当然乐于接受这个建议，因为他们得到了名誉，这是他们求之不得的。作为回报，共和党同意下次选举他们将不提名候选人，届时斯库里本人将竞选。对此，共和党当即表示同意。可是，共和党人全他妈是一些白痴，哈珀这样评价。当然，在斯库里一统天下的屠场区，只有白痴才会加入共和党。给了他们这样好的一个机会，他们竟然不知道如何竞选，民主党麾下高贵的“战地杀声同盟”当然不能公开支持共和党。即便这样，事情本来也不会太难。可是，最近两三年屠场区的政治舞台上偏偏又发生了一些变化，不知道从哪里跳出来一个新的政党——社会党，简直是一群魔鬼，“矮树丛”哈珀这样说。一提到“社会主义者”，尤吉斯马上想起了塔莫休斯·库斯列卡，他自称是个社会主义者，经常在周六的晚上跟一伙人拎着肥皂箱子跑出去，跑到街角上，站在肥皂箱子上声嘶力竭地大喊大叫。塔莫休斯曾跟尤吉斯讲过该政党的一些事情，可是尤吉斯从来就不是一个想象力丰富的人，所以当时他听得云里雾里。现在，听了哈珀的解释之后，他终于明白了社会主义者原来是美国社会制度的死敌——他们不会被收买，不会跟其他政党有任何往来，也不会做任何交易。麦克·斯库里担心他的朋友能否以共和党的身份赢得竞选。一旦竞选失败，那个富有的犹太资本家就会当选。一想到这一点，民主党人士就气得发疯。如果能换人，他们宁可换一个社会党的纵火犯。“矮树丛”哈珀说，眼下正是尤吉斯大显身手的绝好机会。尤吉斯曾经是工会会员，而且以前在屠场就是一个工人，他一定有很多认识的人，以前他也从来没有跟人谈起过政治，所以现在他以一个共和党人的身份出现在屠场绝不会引起任何人的怀疑。只要能把事情办好，钱就会成桶成桶地来，这一点尤吉斯尽可以相信斯库里，他从来不对朋友食言。尤吉斯一脸茫然地问，他能做什么呢？于是对方给他做了详细的解释。首先，他得回到屠场去工作，尽管他可能不乐意回去。他可以得到正常的工资，另外还有额外的收入。他要在工会里重新活跃起来，争取获得个职位，就像哈珀他自己一样。他要跟朋友大讲特讲共和党提名人道尔的优点以及民主党提名的那个犹太人的种种缺点。斯库里会给他提供一个集会场所，让他发起成立一个组织，名字可以叫“共和党青年联合会”或者类似的名字，集会上免费提供那位酿酒大亨生产的上等啤酒，燃放烟花，请人演讲，就像“战地杀声同盟”所搞的那样。在尤吉斯所认识的人当中，找几百个凑热闹的人肯定没问题。共和党领导人会出席集会，共和党的工作人员也会帮忙。这样，到了选举日那天，共和党肯定会赢得大多数选票。

听完了这一番解释之后，尤吉斯问道：“可是我怎么样才能在罐头镇找到工作呢？我可是上了黑名单的人啊。”

“矮树丛”哈珀笑着说：“这事就包在我身上好了。”

最后，尤吉斯斩钉截铁地说，“就这么定了，我是你的人了。”就这样，尤吉斯又回到了屠场，被引荐给了该地区的政界大佬、芝加哥市长的后台老板斯库里。拥有那些砖厂、那个垃圾堆还有那个冰湖的人正是斯库里——这一点尤吉斯并不知晓；还记得尤吉斯的孩子淹死在大街上了吗？那条没有铺设沥青路面的街道也正是由斯库里负责的；第一次把尤吉斯送进监狱的那位法官是由斯库里一手安排进法院的；卖给尤吉斯那幢破烂房子、然后又把他给轰出去的那个公司的大股东也是斯库里。对于这些，尤吉斯一概不知——他也不知道斯库里只是屠场老板们的一个工具和傀儡。对于他来说，斯库里是一个神通广大的人，是他所见过的“最大”的人物。

没想到，尤吉斯见到的这个大人物竟是一个瘦小枯干、双手不停抖动的爱尔兰人。他跟这位来访者简单聊了几句，又用他那双老鼠眼睛上下打量了他一番，然后点了点头。接着，他递给尤吉斯一封信，信写给一个叫哈蒙的人，此人是达拉谟公司的一位高级经理。

“持信人尤吉斯·路德库斯是我的一位特殊朋友。出于重要原因，希望你给他安排一个合适的岗位。他曾有过鲁莽的行为，不过这一点你尽可忽略不计。”

哈蒙先生读完信之后用疑惑的眼神看了看尤吉斯。“信上说的‘鲁莽的行为’是什么意思？”那人问。

“我上了黑名单，先生。”尤吉斯答道。

听了这话，那人皱了皱眉头。“黑名单？什么黑名单？”那人又问。尤吉斯尴尬得脸都红了。

尤吉斯忘了，所谓的黑名单其实根本就不曾存在过。“我……我是说……很难找到工作。”他结结巴巴地说。

“为什么？”

“我跟工头吵过架……不是我的工头，先生……我还打了他。”

“明白了。”那人说，然后沉思了片刻，“你想干什么活儿？”他接着问。

“什么活儿都行，先生，”尤吉斯说，“只是这个冬天我的胳膊骨折了，所以我干活儿得小心一点儿。”

“你看夜间值班门卫合适吗？”

“这个不行，先生。夜间我得跟工人们在一起。”

“我明白了……搞政治。好吧，去剔猪骨头行不行？”

“行，先生。”尤吉斯说。

哈蒙先生叫来一位计时员，吩咐道：“领着这个人去见帕特·墨菲，要他无论如何给这个人安排个工作。”

尤吉斯大踏步地走进了生猪宰杀车间，这里他以前曾来讨过工作。现在已时过境迁，他一路趾高气扬，脸上露出得意的微笑。计时员对工头说：“哈蒙先生说给这个人安排个工作。”尤吉斯看见那人皱了皱眉。多一个人就会使这个部门出现冗员，并且会破坏工头正在努力创造的生产纪录。可是他还是二话没说就答应了下来，“好吧。”

就这样，尤吉斯又成了一名工人。他很快找到了过去的老朋友，加入了工会，开始为“苏格兰佬”道尔摇旗呐喊。他宣扬，道尔曾经帮过他一个大忙，一个十足的大好人，而且是工人出身，肯定会代表工人的利益——为什么要投那个犹太富翁的票呢？斯库里给过他们什么好处非得总是支持他提出的候选人呢？不久，斯库里又交给尤吉斯一封信，让他拿着信去找该地区的共和党领导人。他去了，跟那些即将共事的共和党竞选工作人员见了面。他们用酿酒商的钱租了演讲大厅，每天晚上拉来几个人加入“共和党道尔竞选协会”。很快，他们就组织了一次盛大的露天晚会，请来一支铜管乐队沿街游行，演讲大厅前张灯结彩，礼花齐放，人山人海，那个浑身吓得哆哆嗦嗦、脸色苍白的候选人不得不把斯库里手下人写的、他背了一个月的几句演讲词对着三拨人讲了三遍。高潮部分是，口才绝佳的著名参议员、总统候选人斯巴汉克斯坐着汽车来到会场，大谈美国公民的神圣权利、工人福利的保障和改善。第二天各主要晨报大篇幅报道了总统候选人的激情演讲，并断言市议员共和党候选人道尔的意外走红已经令民主党芝加哥市委员会主席斯库里深感焦虑。

更令民主党主席感到担忧的是，“共和党道尔竞选协会”还成功组织了晚间街头火炬游行，协会会员一律身穿红斗篷，头戴红帽，向该地区选民免费分发啤酒——选民们称赞这是他们在历次政治运动中享受到的最好的免费啤酒。在这次游行以及后来的无数次街头集会中，尤吉斯都表现得格外卖力。当然，他没有发表过演讲——那是律师和专业人士的事，他的职责是组织会场、散发传单、张贴海报、召集听众。集会进行中，他还要组织人燃放烟花、分发啤酒。这样一来，他手中就掌握了大把大把的钞票，当然那都是犹太酿酒商的钱。尤吉斯仔仔细细地管理着那笔钱，表现出了对主子的令人感动的忠心。不过，后来他才意识到他也因此得罪了其他的“兄弟”，因为他们的表现相比之下要逊色不少，而且也得不到什么油水。于是，尤吉斯开始想尽一切办法让他们开心，弥补自己的过失，直到他发现手中的经费出现了亏空。

他自然也讨得了斯库里的欢心。选举日那天，他凌晨四点钟就出去“收获选票”了。他赶着一辆由两匹马拉着的马车，挨家挨户接朋友上车，然后浩浩荡荡地把他们送到各投票站。他自己投了五六次，朋友们也都投了好几回。他领着一批一批的新移民去投票，这其中有立陶宛人、波兰人、波希米亚人、斯洛伐克人。在一个投票站投完票之后，尤吉斯就把他们交给另一个人，那人再带着他们到别的投票站去投票。早晨从住所出发的时候，尤吉斯就从竞选运动总指挥那里得到了一百块钱，一天之中他又三次拿到了一百块钱。他把这些钱的百分之二十五揣在了自己的腰包里，其余的全部用来买选票了。在这个民主党土崩瓦解的日子里，以前设赌的“苏格兰佬”道尔以多出对手一千张选票的优势当选芝加哥市议员。从那天下午五点到半夜三点，尤吉斯一直在狂欢痛饮。罐头镇上所有的人也都跟尤吉斯一样在欢庆胜利，普天同庆这一深受民众欢迎的政府的胜利，人民的力量终于战胜了目空一切的资本家。

第二十六章

选举结束之后，尤吉斯继续留在了罐头镇，仍旧做着原来的工作。社会上，铲除警方与犯罪分子相互勾结这一社会毒瘤的舆论仍然尘嚣甚上。因此，对尤吉斯来说，目前最好的选择还是安于现状。他在银行里有将近三百块钱的存款，他本可以让自己享受一下惬意的度假生活。不过一想到这份轻松的工作，他就打消了这个念头。另外，关于自己的前途问题，他也咨询过麦克·斯库里，斯库里答应他“出头之日”很快到来。

尤吉斯和一帮志趣相投的朋友住在一家寄宿公寓里。他打听过艾尼尔的情况，得知伊莎贝塔和她的一家人已经搬到市区了，这样尤吉斯的心里也就彻底没了牵挂。于是，他整天和一伙年轻的单身汉混在一起，吃喝玩乐。他早已经脱下了那身肥料装，自从开始参与政治他就穿起了亚麻领的衣服，扎起了深红色的领带。现在，尤吉斯自然有理由讲究一下穿着，因为他每周能挣到十一块钱，他可以把工资的三分之二都用在享乐上，根本不用动他的存款。

有时，他会跟一帮朋友乘车到市区熟悉的剧院、音乐厅或者其他娱乐场所潇洒一把。罐头镇的很多酒吧里都有弹子球球台，有些酒吧还有保龄球球道，多数时候他就在这些地方打发晚上的时间，赌些小钱。除此之外，他也会打打牌、掷掷骰子。有一个周六的晚上，他先是赢了一大笔钱，不过他毕竟是个性情中人，赢了钱之后他赌兴大发，接着就一直赌了下去，一直赌到星期天的下午，结果输了二十多块钱。星期六晚上，罐头镇经常举办各种舞会。前来跳舞的男士都自带“姑娘”，花五毛钱买一张门票，再花几块钱买些饮料，他们一直跳到半夜三四点钟，除非中途有人打架，把舞会搅散。整个晚上，舞伴固定不变，一对对男女在舞池中搂搂抱抱，被酒精和情欲刺激得神魂颠倒。

不久以后，尤吉斯意识到斯库里所说的“出头之日”到了。五月份，屠场主和工会之间所签署的协议到期了，他们要续签一份新的协议。双方正在谈判，屠场里人们到处都在谈论着罢工的话题。原有协议只涉及了熟练工人的工资，而在肉类食品工业工会中有三分之二会员是非熟练工人。在芝加哥，大部分非熟练工人的工资是每小时一毛八分五，工会希望明年把工人的工资标准统一定在这个水平。这个标准其实并不算高——在谈判过程中，工会干部查阅了考勤表上的工人工资发放情况，一共统计了总额一万元的工资，他们发现工资最高的工人每周挣十四块钱，最低的只挣两块零五分，平均六块六毛五分钱。六块六毛五分钱很难养活一个家庭。考虑到过去五年里生肉的价格几乎上涨了百分之五十，而生牛的价格却下降了同样的幅度，屠场主们理应接受这样的工资标准，可是他们偏偏不接受，拒绝了工会的请求。不仅如此，协议到期一两周之后，他们还把一千多名工人的工资降到了每小时一毛六分五。据说，琼斯那老家伙扬言还要把这个数字降低到一毛五。全国有一百五十万人在找工作，在芝加哥就有十万人。屠场主会容忍工会的干部闯进办公室，用一纸协议来约束他们，让他们眼睁睁地看着屠场每天损失几千美元，而且要损失一年吗？绝不可能！

至此，时间已经到了六月份。各工会开始就工人的工资问题展开公投，公投的结果是罢工。这一行动迅速席卷全国屠宰业，一时间人心惶惶，报纸和公众开始对无肉可吃的日子担忧。各方面呼吁屠宰行业劳资双方重新坐下来谈判，但是屠场主们强硬到底，而且变本加厉地继续减薪，同时把成批的牲畜挡在屠场的大门之外，并往场区运进一车一车的折叠床和床垫。工人们群情激奋，一天夜里，各工会总部向全国各大屠宰中心发去了电报，包括圣保罗、南奥马哈、苏城、圣约瑟夫、堪萨斯城、东圣路易斯、纽约。第二天中午，全国五六万工人脱下工装，冲出工厂，拥向大街，一场声势浩大的“牛肉大罢工”开始了。

尤吉斯没有加入到游行的队伍中，他出了工厂的大门就直接去吃午饭了，饭后他步行着去见麦克·斯库里。斯库里住在一所豪宅里，门前的街道特别为他铺设了路面，安装了街灯。他现在处于一种半退休状态，看上去神情紧张、内心焦虑。一见到尤吉斯，他开口就问：“你来干什么？”

“我来看看，罢工期间你能不能给我安排一个地方。”尤吉斯答道。

斯库里皱着眉头，眯缝着眼睛看着他。当天早上，尤吉斯在报纸上读到了斯库里写的一篇文章，文章对屠场主们进行了猛烈的抨击，并声称如果他们不提高工人的待遇，市政当局将考虑拆掉他们的工厂。可是现在，斯库里突然问：“路德库斯，你为什么不坚守岗位呢?”尤吉斯顿感惊愕。

“什么?让我去当工贼?”他喊道。

“为什么不呢?”对方劝告,“那有什么关系呢?”

“可是……可是……”尤吉斯急得说不出话来。他觉得他理所当然地应该跟工会一起行动。“屠场主现在需要听话的人,非常需要,”对方解释,“他们不会亏待跟他们站在一起的人。为什么不抓住机会站稳脚跟呢?”

“可是,”尤吉斯说,“以后我还能在政治上为您效劳吗?”

“无论如何也不可能了。”斯库里断然回答。

“为什么不可能?”尤吉斯问。

“嘿,我说你这个人!”对方开始吼了起来,“难道你不知道自己是个共和党人吗?难道你以为我会永远支持共和党吗?我的那位酿酒商候选人已经意识到被我们耍了,这事还有麻烦呢。”

尤吉斯无言以对。他以前从来没有想过这方面的事。“我可以加入民主党。”他说。

“当然可以,”对方说,“但不是现在。一个人在政治上不能总是摇摆不定。另外,我也不需要你了——我这里不会有你要做的事了。现在离下次选举还远着呢,这期间你能干什么?”

“我以为我能指望上你呢。”尤吉斯说。

“可以啊,”对方回应,“当然可以——我从来不失信于朋友。可是你放着我给你找好的工作不干,又来找我要工作,这说得过去吗?今天已经有一百个人来找过我了,我有什么办法?一周以来,我已经安排十七个人进入市财政编制做清洁工了,你以为我能一直这样安排下去吗?换了别人,我不会跟他讲这些话的。你是圈里人，你应该明事理。参加罢工对你有什么好处?”

“我没想过太多。”尤吉斯说。

“我看你也没考虑清楚，”斯库里说，“所以你还是回去好好想一想。记住我说的话，罢工几天之内就会结束，参加罢工的人注定要遭殃。这期间，你能得到什么好处就看你自己的表现了。明白吗?”

尤吉斯听懂了斯库里的话。于是他又回到了屠场，回到了车间。工人们留下了一大溜停在各道工序上的猪肉，工头正在指挥着二三十个办公室文员、速记员、办事员收拾残局，把猪肉切割好送进冷库里。尤吉斯直接走到工头面前，大声喊道：“我回来干活了，墨菲先生。”

一看见尤吉斯，工头顿时喜笑颜开。“好样的！干活吧！”他说道。

“等一下，”尤吉斯说，他想考验一下工头的诚意，“我想我应该多拿些工资。”

“当然，”对方爽快应允，“你想要多少?”

回来的路上，尤吉斯一直在心里合计这事。可是到了此时，他仍然紧张得几乎瘫倒，不过他还是强咬牙关。“我想我应该每天挣三块钱。”他说。

“行，”对方当即答应。可是，一天快要到头的时候，我们的朋友才发现那些文员、速记员、办事员每天能挣到五块钱，他后悔得想踢死自己！

就这样，尤吉斯成了新时代的“美国英雄”，他的英雄事迹可以和莱克星敦及福吉谷的革命烈士相媲美。当然，他们又不可同日而语，尤吉斯拿着高薪，吃得饱，穿得暖，睡得舒服，工作轻松自在，受不到任何皮肉之苦，更没有生命危险——除了冒险走出屠场的大门去喝啤酒。即使是在享受这一特权的时候，他也会受到保护。本来正在疲于应对工人罢工的芝加哥警方突然抽调一大部分警力来保护他。警方与罢工工人已经达成一致，不使用暴力。可是还有一个利益相关方，他们的想法与此正好相反，那就是新闻界。当工贼的第一天，尤吉斯早早就收工了，他装出一副无所畏惧的样子向三个熟人叫号，问他们敢不敢到外面去喝酒。那三个人接受了挑战，他们一起走出面对霍斯泰德大街的屠场大门，门外有几个警察正在把守，不远处有几个工会的纠察队员正在密切地监视着进出屠场大门的人员。尤吉斯和三个同伴来到街上，经过一家旅馆，突然有五六个人从街对面向他们扑过来，跟他们理论做工贼的可耻行为。双方态度蛮横，进而剑拔弩张。有一个人突然扯掉尤吉斯一伙人当中一个人的帽子，然后扔过路障。那人跑过去捡帽子，有人高喊一声“工贼”，忽然一下子从附近的酒吧里、门道里冲出来十几个人。尤吉斯一伙中的另一个人被吓坏了，也跟着捡帽子的那个人跑了。尤吉斯和留下来的同伴跟那伙人一阵混战，然后不得不败下阵来，逃到酒馆的后身儿，然后溜回屠场。与此同时，警察纷纷赶到，工人也越聚越多，警察向局里汇报说发生了骚乱，尤吉斯当然没有看到这一场面。他跑回“屠场街”，在“中央考勤室”前他看到有一个同伴正在上气不接下气地向越聚越多的人群讲述着他们四个人被一伙呼号喊叫的暴徒围攻、差一点被撕碎的经过。尤吉斯站在一旁，一边听着一边发出几声嘲笑，与此同时，有几个衣冠楚楚的年轻人正手里拿着笔在本子上记着什么。不到两个小时，尤吉斯就看到几个报童抱着大抱的报纸在他跟前晃动，他瞥见报纸上用六英寸的红黑字体醒目地印着这样的标题：

屠场发生暴力骚乱！罢工破坏者遭到疯狂围攻！

如果他能够买到第二天在美国出版的所有报纸，他就会发现全国有大约四千万人在关注着他这次的买啤酒冒险记，并且全国有半数以上的严肃报纸为此配发了社论文章。

类似的事件尤吉斯后来又经历了几次。当晚，他再也不敢出去逛了，只能免费乘坐从屠场到市区的直达电车去城里，或者整晚待在安放了一排排折叠床的屠场宿舍里。他选择了后者，但是令他感到后悔的是，一整晚宿舍里不断有一帮一帮的罢工破坏者拥进来。这些人很少有像样的工人，这些新时代的“美国英雄”榜样大多是城里的罪犯和流民，此外还有一些黑人和处于社会底层的外国人，包括希腊人、罗马尼亚人、西西里岛人和斯洛伐克人。他们来这里不是为了挣高工资，而是为了趁机捣乱。他们整夜里狂呼乱叫，直到快要起床上工的时间才肯躺下睡觉。

第二天早晨，尤吉斯还没有吃完早饭，帕特·墨菲就吩咐他去找部门主管。主管询问了一下他在宰杀车间的工作经历。他的心当即狂跳不止，因为他意识到机会终于来了——他要当上工头了！

有些工头加入了工会，这个时候他们自然要跟工人们站在一起，很多没有加入工会的工头也跟他们一起出去罢工了。现在，最令屠场主们感到头疼的是宰杀车间，宰杀车间停工是他们最承受不了的。熏肉、腌肉、罐头食品及其他的副产品暂时可以停产，但是鲜肉不能停止供应，餐馆、酒店以及上流社会的家庭不能不消费鲜肉，否则“公众舆论”会把矛头都集中在屠场主们身上。

一个人一生中不可能再遇到这样的好机会，尤吉斯必须抓住它。是的，他非常熟悉宰杀车间的工作——全部的工作，而且他也能够教会其他人怎样干活。不过，如果他接手了这个职位，而且工作出色，等罢工结束之后他能不能保住这个位子？到时候他会不会被撤掉？主管答复他，他完全可以相信达拉谟公司，他们这次要好好教训一下工会，教训一下背叛公司的工头。主管还答应他，罢工期间，尤吉斯的工资是每天五块钱，罢工结束之后每周二十五块钱。

就这样，尤吉斯领了一双宰杀车间专用的靴子和一身牛仔工装，然后就兴冲冲地上岗了。于是，宰杀车间呈现出一片怪异的景象——一群愚蠢的黑人、外国人听不懂一句话；脸色苍白、胸无点肉的簿记员、文员被酷热和鲜血的臭味折磨得半死；他们在一起手忙脚乱地肢解着二十几头牛。可是就在二十四小时之前，原来的那些宰杀工人还在这里拼命地抢进度，用他们那无比精准的刀法每小时宰杀四百头牛！

那些黑人和码头上的地痞流氓根本就不想干活，每隔几分钟就有人嚷着要停下来休息。两天后，达拉谟公司的车间里安上了电风扇，甚至还放上了长条躺椅。他们还可以出去找一个阴凉的地方小睡一会儿，因为没有人限制他们到什么地方去休息，也没有任何的规章制度去约束他们，所以工头很难找到他们。至于那些可怜的办公室职员，他们要在威逼之下才肯卖力，第一天上午就有三十个人由于不肯干活而被辞掉，同时被赶出屠场大门的还有一大批不肯打下手的女文秘、女打字员。

尤吉斯所管理的就是这样一群乌合之众。他使出了浑身解数，满场飞奔，给他们排成排，手把手地教他们如何下刀。一生中，他从来没有对别人发号施令过，不过他却听惯了别人对他颐指气使，所以对他来说要想学会工头的那副做派也不是一件难事。他开始学会了大喊大叫，暴跳如雷，俨然一位资深的工头。可是，他手下的人也绝非等闲之辈。“嘿，头儿，”一个大个子黑“雄鹿”叫嚣道，“如果你不喜欢我干活的样子，你可以另请高明啊。”这时，其他人也围了过来，嘴里边嘀咕着一些威胁的话。吃过第一顿饭之后，车间里几乎所有的钢刀都不见了，而现在几乎每个黑鬼的靴子里都藏了一把磨得锋利无比的钢刀。

尤吉斯很快发现，管理这样的一群乌合之众，根本谈不上什么秩序。于是，他只好顺其自然——为什么非得整天大喊大叫，累得筋疲力尽呢！如果发现牛皮或者肠子被刀割坏、派不上任何用场了，他根本找不着是谁干的。如果有谁出去放赖、忘了回来了，他也抽不开身去找，因为他一离开，其他人马上就会停下手中的活儿。罢工期间，不管怎样干活，工贼们的工资都照开不误。不久以后，尤吉斯发现“出去休息一下”的惯用放赖手段使一些头脑灵活的人想到了一个在不同的车间里登记的聪明办法，这样他们一天的收入就不止五块钱了。有一次，尤吉斯就抓到了一个这样的人，他决定要“开掉”他，可是这事恰好发生在一个背人的地方，那人塞给他十块钱，并狡黠地向他眨了眨眼，尤吉斯收下了那钱。不久，这种现象开始变得普遍起来，尤吉斯也因此多了一笔不小的收入。

处于这样的困境，屠场主们如果能够把在运输途中受伤的牛和得病的猪全都杀掉，那已经是非常幸运的了。在炎热的天气里，经过两三天的长途运输，再加上缺水，有些猪会患上霍乱，并在途中死掉。在没有停止蹬腿之前，其他的猪会群起攻之，等到了目的地，车门打开的时候，那头猪就剩下了一堆骨头了。这样，这一整车猪必须马上杀掉，否则的话它们就会因为染上了这种可怕的疾病而很快死掉，到那时它们就只能被炼成猪油了。牛也一样，那些身上瘀血、奄奄一息的牛，还有那些因骨折而瘸了腿的牛也必须立刻杀掉——就连经纪人、采购员和部门主管也不得不甩掉外衣帮忙尽快把这些牛赶进宰杀车间杀掉、剥皮。与此同时，屠场主们派出的代理人正在大南方的农村地区招募黑人劳工，答应给他们每天五块钱的工资，外加食宿，当然绝口不提罢工的事。眼下，已经有若干趟满载着黑人劳工的列车在路上了，铁路方面给予他们特别的票价优惠，所有其他车辆一律让路。很多城市抓住这个机遇清空所有的监狱和劳教所——在底特律，犯人只要承诺在二十四小时之内离开该市，他们就会被释放出狱，屠场主派来的代理当即把他们运走。一列一列的火车把生活供给送到屠场，满足他们的食宿需求，包括啤酒、威士忌，让他们安心在屠场里干活儿。场方又从辛辛那提招来三十名年轻的女孩“包装水果”，可是到了以后她们就被安排去做腌牛肉罐头，而且她们的床还被安放在了一条公共走廊里，她们就在那里睡觉，男人们就在他们的床边走来走去。一批批工人在警察的护送下拥进屠场，晚上他们就挤在废弃的车间、仓库和车棚里睡觉，床挨着床。有的吃、睡在同一个地方，白天在桌子上吃饭，晚上他们就把床抬到桌子上，避开成群的老鼠。

屠场主们想尽了各种办法，最后无计可施了。工人走掉了百分之九十，他们必须彻底重建劳动力系统；肉价上涨百分之十，老百姓怨声载道，场方承受着越来越重的压力，这场劳资纠纷到了非解决不可的程度。于是，场方提议把这一问题交由仲裁委员会解决，十天之后工会接受了这一解决方案，罢工宣布结束。仲裁结果是，四十五天之内，所有参与罢工的工人都必须重新安置，“工会会员不能受到歧视”。

这一时期，尤吉斯可谓忧心忡忡。如果所有的工人都一视同仁地回来了，那他的位置就不保了。他找到了主官，主管冷笑了一声，然后答复他说：“等着瞧吧。”历史上，罢工结束后，达拉谟公司的工贼几乎没有离开的。

“解决纠纷”究竟是场方为了赢得时间而要的一个花招，还是他们真的希望结束罢工，并通过这一手段粉碎工会组织，这一点无从知晓。实际上，当晚从达拉谟公司的办公室里果真发出了一封电报，发往全国各屠宰中心，电报的内容是“不雇用工会领袖”。第二天早晨，两万名工人拥进屠场，他们手里拎着午餐饭桶，穿着工装。尤吉斯站在罢工前他工作的剔骨车间的门口，看见一大群眼神急切的工人，旁边有三四十个警察在维持秩序。有一位主管在这群人面前走来走去，一个一个地往出挑选他中意的人。可是站在最前面的几个人无一被选中，他们都是一些工会干事、代表，还有几个曾在集会上发表演讲的人。当然，每挑走一个工人，人群中就爆发出更大的抱怨声，他们脸上的表情也更加愤怒。在宰牛工等待被挑选的地方，尤吉斯听到有人在愤怒地高喊，看到一群人围拢在一起，于是他就跑过去看热闹。有一个大个子屠宰工五次都没有被选中，原来他是屠场工会委员会的主席，人们群情激奋。他们选派了一个三人代表去向主管请愿，他们去了三次，结果每次都被警察的棍棒挡在了主管办公室的门外。于是他们继续叫嚷，最后主管不得不出面。“要复工都复工，否则谁也不复工！”众人异口同声。主管挥舞着拳头，冲他们断喝道：“当初你们离开屠场的时候一个个都像牲畜一样，现在你们回来了也要做牲畜！”

突然，那位大个子屠宰工（工会委员会主席）一跃跳上一堆石头，高声喊道：“别跟他们扯了，兄弟们。我们不干了！”于是，宰牛工当场宣布再次罢工。他们召集了其他工厂的工会会员——他们也受到了同样的耍弄，浩浩荡荡地拥上屠场街。屠场街人头攒动，群情激昂。已经上了宰杀台开始干活的工人丢下手中的工具，也跑了出来，加入到罢工的队伍，有人骑着马在街上飞奔，高喊着罢工的消息。不到半个小时，整个罐头镇又成了一片愤怒的海洋，罢工又开始了。

从此，罐头镇上的气氛大变——成了一口激情沸腾的大锅，“工贼”胆敢露面，必遭厄运。事实上，每天都有一两起这样的事件发生，报纸极尽渲染，而且把罪责都扣在工会的头上。不过，十年前罐头镇上也发生过一次罢工事件，可是那时还没有工会组织呢。当时，政府不得不派军队前来平息事态，并引发了军队和工人之间的一场夜战，双方在货车耀眼的灯光下交上了火。历史上，罐头镇一直是一个暴力中心。“威士忌角”有一百家酒吧，还有一个胶水厂，这里几乎每天都会发生斗殴事件，而且越是到了天气炎热的时候，斗殴事件越是频繁。可是，任何感兴趣的人只要向当地警方了解一下，他就会发现这一年夏天该地区的暴力事件比以往任何一年同时期都要少——要知道，这是在两万工人失业、整天无事可做、人人满腹冤屈的情况下！没有人能够想象到，工会领袖们是在做着怎样艰苦卓绝的斗争——组织一支两万工人大军，没让他们掉队，没让他们去烧杀抢掠，让操着十余种不同语言、忍受着六个星期饥饿、沮丧和绝望的十万家人欢欣鼓舞！

在此期间，屠场主们无疑把主要精力放在了劳动力的重建上。每天晚上都有一两千名罢工破坏者被运到屠场，然后被投放在各工厂、各车间。这些人有些是有经验的工人，有些是屠场所属肉店的屠夫、销售人员、经理，还有的是来自其他城市的工会人员，不过绝大多数都是来自大南方棉产区的黑人移民，他们像羊一样成群地被赶进屠场。关于集体宿舍，法律上有规定，辟作宿舍的建筑必须经过有关部门许可，要有窗户、楼梯和消防通道。可是在这里，一个被临时辟作宿舍的涂料车间只有一个进料口，一个门，没有一扇窗户，一百个人就睡在铺在地上的床垫上。在琼斯生猪宰杀场的三楼有一个仓库，没有窗户，这里挤了三百人，晚上就睡在没有任何铺垫的钢丝床上，而且白天还有另一批人睡在这里。在公众舆论的重压下，政府部门不得不进行调查，市长也下令要求场方依照法律进行整改，可是屠场主们让法官发布了一条禁令，禁止市长干预此类事件。

一方面市长吹嘘着他已经彻底消灭了像赌博和有奖拳击比赛

这样的丑恶现象；另一方面一伙职业赌棍和警方相互勾结榨取罢工破坏者身上的钱财。一到晚上，在布朗公司大门前的一大片空地上，人们就可以看到那些赤裸上身、体格健壮的黑人为了钱而互相搏杀。三四千名看热闹的男男女女嗷嗷叫着从四面八方拥来，乡下来的白种女孩和靴子里插着刀的高大黑人摩肩接踵地挤在一起，从附近工厂的窗子里也探出一排一排的卷毛脑袋。这些黑人的祖先都是生活在非洲的野蛮人，他们被贩运到美洲做了奴隶，后来虽然奴隶制废除了，但是在有着奴隶制传统的地区，他们仍然受到压制。现在，他们有生以来第一次获得了自由，他们自由地发泄激情、自由地互相残杀。他们被屠场主们运进来的目的是破坏罢工，罢工一结束他们就会被运走，以后这里再也不会出现他们的身影。于是，成车的威士忌和女人被运进来满足他们的需求，屠场被辟作了人间地狱。每天晚上，这里都会发生动刀动枪的暴力事件，据说屠场主们手里都拿着盖了公章的空白许可证，他们可以不再通过市政当局的调查直接把尸体运出城。在生活区，男男女女都被安排在同一楼层，一到晚上这里就成了肉欲横流的魔窟——以前在美国还从来没有人见识过这样的景象。这里的女人都是被芝加哥各家妓院淘汰的破烂货，男人大多是从乡下来的无知黑人，于是各种无名的疾病很快在这里传播开来，而这里竟是生产供文明世界享用的食品的地方。

当然，“联合屠场区”向来就不是一个让人产生美好联想的地方，可是现在这里已经不仅仅代表着一座座臭气熏天的宰杀场，这里还是数万头类人野兽的栖息地。仲夏的炎炎烈日烘烤着这一平方英里的人间地狱——数万头牲畜挤在臭气熏天、传染病肆虐的畜栏里；被烤得滚烫的路轨上散落着煤渣；一大片破败的厂房拥挤不堪，置身其中感觉不到一丝清新的空气；地面上热血成河，来来往往的卡车满载着湿漉漉的生肉；炼油桶、肥皂锅、熬胶炉、肥料罐散发出的臭味儿就像是从地狱里喷出来的毒气；一堆堆的垃圾在太阳底下发酵、蒸腾；工人们油腻腻的衣服挂在外面晾晒；餐厅里食物胡乱堆放，上面落满了黑压压的苍蝇；厕所直接围在阴沟上。

一到晚上，这群野兽就疯狂地拥向大街——斗殴、赌博、喝酒、谩骂、嗥叫、弹琴、群魔乱舞！他们一周连着干七天活，所以即使是星期天晚上，有奖拳击比赛和掷骰子赌博也照常进行。在一个较僻静的角落，有一堆篝火在熊熊燃烧，一个头发灰白、瘦骨嶙峋的黑人老妪发疯地甩着头发，目光如炬，嘴里喋喋不休地念叨着“毁灭之火”和“羔羊的鲜血”。一群男女躺在地上，在恐惧和懊悔中呻吟、尖叫。

这就是罢工期间屠场的真实景象。工会陷入了绝望的沉默，全国上下一片哀求之声，仿佛贪嘴的孩子在央求食物，而屠场主们则依然我行我素，冷酷到底。每天他们都会运进一批新的工人，对原有的工人变本加厉地苛刻——工人们都是做计件工，跟不上进度就会被踢开。这期间，尤吉斯就成了屠场主们的一条忠实走狗，他每天都能感觉到自己在变化，就像一台已经慢慢启动了的机器，一旦运转起来就难以停下。他已经习惯了做主子，可是闷热和恶臭的工作环境，以及自己是个工贼的事实又使他瞧不起自己，他的脾气也因此变得越来越暴躁。他开始嗜酒成性，整天对手下人呵斥、咒骂，逼得他们个个求死不得。

八月底的一天，一个主管慌慌张张地跑进来，大喊着让尤吉斯和他手下人放下手中的活儿跟他走。他们跟着主管跑了出去，看见一大群人正围着几辆马车和两辆满载警察的警车。尤吉斯和他的手下人跳上一辆马车，车夫高喊一声叫人群让开，然后马车开始飞奔起来。原来，有几头公牛逃出了屠场，被罢工的工人们抓住了。看来，一场混战在所难免了！

他们冲出对着阿什兰大街的屠场大门，朝“垃圾堆”方向赶去。他们刚一露面，有人便高喊了一声，于是人们蜂拥着从四面八方的民房里、酒吧里跑过来。不过，车上毕竟坐了十几个警察，人们也没敢轻举妄动。马车继续往前飞奔，直到前方的路被一大群人挡住。车上的人高喊着向人群发出警告，人们开始四处逃窜，车上的人看到一头牛躺在血泊中。可以想象，宰牛工们现在都在屠场外面闲荡，饿着肚子的孩子们在家嗷嗷待哺，看见一头公牛怎能不叫他们红眼。有人把牛一锤子打倒在地，几分钟之后一头牛就被肢解完毕，能煎能烤的牛肉已经被抢夺一空。这还了得，警察纷纷从车上跳下来，见脑袋就砸。人群中顿时发出一片鬼哭狼嚎之声，他们仓皇逃窜，逃进民房，逃进商店，在大街上慌不择路。尤吉斯和他的手下人也加入到了追杀的行列，每个人都选择了一个追杀的对象，把他们逼到绝路，然后一顿拳打脚踢。如果有人逃到民房里，他们就一脚踹开房门，跟着猎物追上楼梯，胆敢有人挡道便会遭到一顿老拳。最后，他们会把惊恐万分的猎物从床底下或者壁橱里拖出来。

尤吉斯和两个警察把几个人追到了一家酒吧里。其中一个人逃到了吧台后面，一个警察把他堵在里面，对着他的后背、肩膀一顿拳打脚踢，那人被打得倒在地上，露出了脑袋，于是他的脑袋又被踢了几脚。其他人跳过酒吧后面的一堵矮墙跑掉了，跟在后面的另一个警察体形肥胖，也难怪他追不上。当他怒骂着返回来的时候，酒吧的老板娘，一个体形硕大的波兰女人，正尖叫着闯进来，于是被那个警察一脚踢中了肚子，胖女人当场倒地不起。这时候，讲究实惠的尤吉斯正自顾自地在吧台旁喝啤酒，而那位把猎物收拾老实了的警察也走了过来，抓起几瓶啤酒塞在兜里，又抓起几瓶拎在手里，然后开始朝外走，一边走一边用警棍把剩下的啤酒一扫而光。啤酒瓶爆裂的声音惊得波兰胖女人又站起身，可是这时候又进来一个警察，他用膝盖抵住女人的腰，用手捂住女人的眼睛，然后大声招呼同伴回来。于是，他们把吧台后面的现金抽屉砸碎，把钱揣进了兜里。尤吉斯和两个警察往外走，最后的那个警察把女人用力一推，然后也跟着冲了出去。一伙人已经把剩下的牛体抬到了车上，众人飞身上车，一溜烟跑回屠场，人们跟在车后面叫骂，看不见的敌人向他们投来阵雨般的砖头、石块。这些砖头、石块可以被当成骚乱的证据提供给报社，一两个小时以后几千份报纸会不约而同对此进行大肆渲染。当然，关于警察砸碎酒吧现金抽屉的那一章节就被省略了，日后公众只有在讲述关于罐头镇的令人心酸的传奇故事的时候才会提到这一细节。

他们回到屠场的时候已是傍晚，他们把几头牛身上剩余的残肉割下来之后就收工了。尤吉斯和三个朋友去市区吃晚饭，一路上交流着彼此的英勇表现。吃完饭之后，他们又顺路进了一家轮盘赌赌场，手气一向不好的尤吉斯这次又输了十五块钱。赌场失意的他不免又是一顿豪饮，一直喝到深夜两点。然而，祸不单行，回屠场的路上他遇到了更倒霉的事。

当时，他正喝得醉醺醺地走在返回住地的路上，一个脸上涂着厚厚脂粉、身上穿着脏兮兮的睡衣的女人拦腰抱住了他。于是，两个人就拐进了一个黑暗的房间——他们刚一进门，身后的门随之又被打开了，一个男人提着一盏灯闯了进来。“谁在屋里?”来人厉声问道。尤吉斯刚要开口说话，那人就举起了灯，灯光照在那人的脸上，尤吉斯猛然一怔。他被惊得目瞪口呆，他的心一阵狂跳。那人竟然是康纳!

康纳，装卸工的工头！那个诱奸了他的妻子、把他送进监狱、毁了他的家庭、害了他一生的康纳！尤吉斯站在那儿，两眼露出凶光，咄咄逼人。

自从回到屠场以后，尤吉斯也会时常想起这个人，不过那记忆已经渐渐模糊了，不会在他的心中掀起太大的波澜。可是，这一刻，那头在他心中已经沉睡了多时的野兽猛然间苏醒了过来——他胸中的怒火腾的一下再次熊熊燃烧起来，他的整个身心被狂怒所主宰。他一下子冲到那人面前，抡起拳头狠狠地砸向那人的眉眼之间——那人当即被打倒在地，尤吉斯扑上去紧紧地掐住他的喉咙，揪起他的脑袋死命地往石头上磕。

那女人吓得尖叫，人们闻声拥进来。那盏灯早已经被踢翻、熄灭了，屋里一片漆黑，看不见人在哪里，进来的人只能听见尤吉斯的喘气声和那人的脑袋磕在石头上发出的咚咚声。人们终于揪住了尤吉斯，用力把他拽开。于是，跟上次一样，尤吉斯的嘴里又叼了敌人的一块脸皮。最后，警察赶到了，尤吉斯被打昏了过去。

那天晚上剩下的时间，尤吉斯就待在了屠场区的看守所里。不过，这次他兜里有钱，苏醒过来以后他就买了些水喝，而且还设法找人把自己惹上官司的消息捎给了“矮树丛”哈珀，可是哈珀一直没露面。于是，筋疲力尽的尤吉斯被拖上了法庭，被判缴纳五百块钱保释金候审，等受害者的受伤结果出来以后再择期宣判。尤吉斯心急如焚，因为这次的法官刚好换了一个人，而且他说自己以前从来没有被逮捕过，这次也是别人先打了他——如果有人为他说一句好话，说不定他就可能被当庭释放。

哈珀终于来了，他说他去了市区，没有及时得到消息。“出什么事了?”他问道。

“我打人了，”尤吉斯回答，“我得交五百块钱保释金。”

“这事交给我来安排，”对方说，“不过你得花上点儿钱。为什么打人?”

“那人曾经暗中害过我。”尤吉斯回答。

“谁?”

“布朗公司的一个工头，现在也许不是了。他叫康纳。”

对方一怔。“康纳!”他喊道，“不是吧!”

“就是他，”尤吉斯说，“就是那家伙，怎么了?”

“天啊!”对方惊叫道，“你可倒霉了，老兄！这次我可救不了你了!”

“救不了我！为什么?”

“他可是斯库里手下的一员得力干将啊——他是‘战地杀声同盟’的成员，他们正考虑把他送进议会里去呢！菲尔·康纳!

天啊！”

尤吉斯坐在那儿一脸的沮丧，哑口无言。

“你怎么会得罪他呢，他可以把你送到乔里叶（Joliet，芝加哥以南三十五英里城市，美国伊利诺伊州监狱所在地——译者注）监狱去，只要他想这么干！”对方说。

“能不能在斯库里了解这件事之前让他把我弄出来呢？”尤吉斯最后问。

“可是斯库里现在不在城里啊，”对方答道，“我甚至不知道现在他在哪儿——他是躲避罢工去了。”

现在，他真的遇到了麻烦。可怜的尤吉斯坐在那儿，大脑一片空白。他的“后台”遇上了更大的“后台”，这回他彻底完蛋了！“那我该怎么办呢？”他有气无力地问。

“我怎么知道？”对方说，“我甚至不敢为你保释——弄不好我的一生也毁了！”

一阵沉默。“你不敢保我了？你就装作不知道我打了谁，不行吗？”

“可是我把你保出来又有什么用呢？开庭的时候，你还是逃不过牢狱之灾。”哈珀说。他坐在那儿沉思了一会儿。“真是没有办法——除非这样，”他说，“我想办法让你少交点保释金，交了钱之后你就逃跑。”

“得交多少？”尤吉斯听了哈珀的详细解释后问道。

“我也说不好，”对方说。“你有多少钱？”

“差不多三百块钱，”尤吉斯答道。

“好吧，”哈珀答复，“我不敢肯定用这些钱能把你保出来，但我会尽力。看在咱俩之间情意的分上，我去冒一把险——我怎么忍心看着你在州监狱里被关上一两年呢。”

就这样，尤吉斯撕开了缝在裤子里的一个兜，取出一张存折，然后在“矮树丛”哈珀写好的一张代理书上签了名，授权哈珀把存折上的钱全部取出。把钱取出来之后，哈珀匆匆赶到法庭，向法官解释尤吉斯本是一个守法良民，又是斯库里的朋友，他是受到了工贼的攻击之后才还手打人的。就这样，保释金减到了三百元，随后的一切程序都由他一个人来应对，不过他并没有把这些告诉给尤吉斯——他也没告诉尤吉斯到开庭的时候他能够轻松地免交保释金。就这样，哈珀把那三百块钱揣进了自己的腰包，作为他冒险得罪斯库里而应得的回报！他只告诉尤吉斯自由是暂时的，一走了之为上策。于是，如释重负的尤吉斯对哈珀感恩不尽，然后把从银行里取出来的一块一毛四分钱零钱和身上剩下的两块两毛五分钱放在一起揣进兜里，登上一辆电车，朝芝加哥城的另一端仓皇逃去。

第二十七章

可怜的尤吉斯又一次成了社会的弃儿、流民。他现在已经成了一个废人——一头失去了利爪或者被剥掉了披甲的野兽。他的手中本来拥有一件神秘的武器，凭着这件武器他可以过上轻松自在的日子，凭着这件武器他可以为所欲为而不受到惩罚，可是现在这件神秘武器一下子被夺走了。现在，他再也不能随便地要一份工作了，再也不能偷窃之后逍遥法外了——他必须跟其他的野兽一样苦苦求生。不，他还不如其他的野兽，他不敢跟他们混在一起——他必须东躲西藏地逃生，因为他的身上已经烙上了被消灭的标记。为了保全自己，原来的那些同伴会出卖他。一旦被抓住，他不仅要为自己所犯的罪而受到惩罚，别人的罪责也会扣到他的头上，就像一定会有一个可怜虫为他和杜安袭击那个“乡下顾客”的案子买单。

现在，在尤吉斯求生的道路上还有一大障碍。他已经适应了一种新的生活方式，让他重新过上流离失所、朝不保夕的生活很难。以前失业的时候，晚上睡门道里、雨天躲在卡车底下、弄到一毛五分钱到酒吧里吃顿饭，他就已经满足了。可是现在，他想要的东西太多了，得不到他就会痛苦。他得偶尔喝上一杯，不仅仅为了那免费的午餐，更是为了酒。在这种强烈欲望的驱使下，他已经顾不上其他了，身上哪怕只剩下一个镍币他也要去买酒喝，没饭吃就饿着。

尤吉斯又成了工厂大门前的常客。他发现，自打第一天来到芝加哥，找工作从来没有像现在这么难。一方面，此时正值经济危机，春天和夏天失业的人还没有完全就业。另一方面，全国又发生了大罢工，全国有七万人在待工，而且已经持续了好几个月——在芝加哥就有两万人，其中很多人在城里到处找工作。几天之后罢工结束了，一半的罢工者复工了，可是尤吉斯所面临的困境仍然没有好转。每有一个工人复工，就会有一个工贼失业。现在，有一万到一万五千黑人、外国人、罪犯被赶出屠场，在街上流浪。每到一处，尤吉斯都会遇见这样的人，而他也总是把心提到嗓子眼儿，因为他怕有人认出他是个通缉犯。他想到了离开芝加哥，可是当他把手伸进衣兜的时候他才意识到他已经身无分文了，这样到乡下去流浪太危险了。他宁可蹲监狱也不愿意在冬季跑到乡下去。

他就这样流浪了十几天，此时他发现身上只剩下几毛钱了。工作还是没有找到——甚至连一天的零活也没有，哪怕是为人拎包的机会都找不到。他又一次陷入了当初离开医院时的境地，面对饥饿这一死神，束手无策。一种原始的、赤裸的恐惧感占据了他整个身心，逼得他时时发疯，这种恐惧感比饥饿本身更快地消耗着他的体力。他就快要饿死了！死神正伸出他那长满鳞片的利爪——已经够到了他的身体，他已经感觉到了死神鼻息。他时常被吓得尖叫，半夜里经常被惊醒，浑身颤抖，衣服被汗水浸透，然后爬起来仓皇逃走。他四处讨活，形容枯槁，迷离的眼神左顾右盼，虽然累得筋疲力尽，但仍不敢有半刻的停歇。他走遍了芝加哥的大街小巷，每到一处他都能看到几百个跟他一样的人，每到一处那些丰衣足食的人都会向他挥手把他赶开。世界上有这样一种监狱，人被锁在牢笼里面，而外面有他想要的一切；世界上还有另一种监狱，人在外面，而他想要的一切都被严严地锁起来。

最后，他身上只剩下两毛五分钱了。这时，尤吉斯听说，每天夜里面包店老板关门之前都会把剩下的面包以半价处理掉。于是，他花了五分钱买了两块发霉的面包，然后他把面包掰成几块，塞进兜里，时不时拿出一块狼吞虎咽地吃下去。除了买面包，他再也不敢花一分钱。又过了两三天，他连面包都得省着点吃了。每遇到一个垃圾桶，他就会停下来在里边翻弄一通，偶尔能找到一点可吃的东西，他把上面的尘土掸掉，心里盘算着这点东西还能让他坚持多久。

就这样他又逛了几天，饥肠辘辘，身体日渐虚弱。突然有一天早晨发生了一件让他恨之入骨的事情，他的心都快要碎了。当时，他正走在一条两边店铺林立的大街上，有一个老板给了他一个工作机会，可是他刚干了一会儿就被赶了出来，原因是力气不够。他眼睁睁地看着另一个人取代了他的位置，他捡起外衣，转身走开了，坚持着让自己挺住，不过他还是哭了，哭得像个孩子。他已经走投无路了！他注定要饿死！他已经没有任何希望了！突然，他的恐惧一下子变成了愤怒。他开始诅咒起来，天黑以后他还要回到那地方，他要让那个混蛋看一看他究竟是不是一无是处！

他嘴里一直在恶毒地咒骂着。突然，他看见街角处有一个蔬菜商店，商店门前摞了一堆白菜。他迅速环顾一下四周，弯腰抓起最大的一颗白菜，飞快地绕过街角，然后沿着大街跑去。这时，随着一声喊叫，二十几个大人、孩子朝他追来。他拐进一条小巷，然后又闪进一条胡同，出来的时候是另一条大街，他走上人行道，把白菜夹在外衣下面，钻进人群里，那些人再也找不着他了。走了一会儿，他估摸着应该安全了，于是他就坐下来开始啃那棵白菜。他狼吞虎咽地啃掉半棵白菜，把剩下的塞进兜里，留着第二天享用。

这段时期，芝加哥一个关注“平民”疾苦的报社为失业工人开设了一处“免费粥棚”。有人说报社这么做的目的是为自己打广告，也有人说他们害怕所有的读者都饿死。不管报社是出于什么动机，反正粥棚里的粥是又稠又热，而且人人有份，通宵服务。尤吉斯是从一个流浪汉那里听到这个消息的，他暗自发誓他要在天亮之前喝上五六碗。可是，去了之后他才发现，能够喝上一碗就已经够幸运的了，因为粥棚前的长队排了两个街区那么远。而且，到粥棚关门的时候，那条长队也丝毫没有变短。

粥棚设在码头地区，这地方对尤吉斯来说很危险，因为这里的人们都认得他。但他还是冒险去了，他已经豁出去了，大不了再一次被关进劳教所，那地方倒不失为逃难的一个好去处。近来天气还算不错，他每天晚上都睡在一块空地上。可是现在，冬天的阴影突然笼罩开来，一阵冷风从北方吹来，接着就是一场暴雨。那天，为了避雨尤吉斯在酒吧里买了两杯酒，晚上他又在“陈啤酒酒馆”里花掉了身上最后的几分钱。这是一个黑人开的酒馆，他把各家酒吧外面空酒桶里的残余倒出来，掺进一些化学物质，让它起泡，然后两分钱一杯卖掉。买一杯这样的啤酒可以享受在这里过夜的特权，和一帮男男女女的社会渣滓睡在地面上。

此时的境遇让他更加痛苦，因为面对这些苦难他总是能想到自己失去的机遇。比如说，现在又到了竞选的时候——再过五六周选民们就要选举总统了。他听到那些跟他混在一起的倒霉鬼在谈论这个话题，他看到大街上到处张贴着海报，悬挂着旗帜——现在可以用什么样的语言来描述他心中的痛苦和绝望呢?

有一天，为了活命他沿街乞讨，结果一整天也没有一个人理会他。到了夜晚，他看见一个老太太正在下电车，于是他就走上前去扶她下车，帮她拎包，讲述自己的悲惨命运。老太太半信半疑地问了他几个问题，然后把他领到一家餐馆，花两毛五分钱给他买了一顿饭。这顿饭可谓丰盛，有汤、面包、牛肉炖土豆、馅饼、咖啡。从餐馆出来的时候，他的肚子圆得像个皮球。他来到大街上，透过层层雨雾和茫茫夜色，他看见远处红灯闪烁，听到锣鼓喧天。他的心猛然一震，拔腿朝那地方跑去——不用问他就知道，那是一个政治集会。

到目前为止，报界对今年选举运动的描述是“公众缺乏热情”。出于某种原因，选民对政治斗争已经失去了兴趣，很难再把他们召集起来，即使来了他们也不会发出任何声音。在芝加哥举行的集会最后都以失败而告终，形势令人沮丧。当晚，演讲人可是一位大名鼎鼎的副总统候选人，集会召集人忧心忡忡。不过，老天有眼，竟然下了一场冷雨——这样一来，他们只需燃放几支烟花，敲一阵锣鼓，方圆几英里以内的流浪汉就会拥进演讲大厅来！第二天，报纸就会报道演讲大获成功，听众反响热烈，而且听众并非达官贵人，这就明显说明那位杰出候选人所提出的高关税政治主张深受工薪阶层的欢迎。

尤吉斯走进一个宏大的会议厅，厅内彩旗飘飘。主席做了一段简短的开场白，接着演讲人在鼓乐声中登上讲台——尤吉斯猛然发现那人竟是赫赫有名的演说家、参议员斯巴汉克斯，就是在屠场“道尔共和党竞选协会”集会上发表演讲、帮助麦克·斯库里的那位赌场老板朋友当上芝加哥市议会议员的那个人！想象一下尤吉斯当时的心情吧！

看到这位参议员，尤吉斯几乎流下了眼泪。回首那段黄金岁月、那段大树底下乘凉的生活，这是怎样的痛苦啊！他也曾经是一个参与政治的人呢，他也曾参与过国家的管理呢——竞选资金里也曾有他的一份呢！又到了竞选的时候，这次共和党资金雄厚，如果不是因为那次可恨的经历，他本可以分得一杯羹，无论如何也不会落到今天这般天地！

这位雄辩的参议员解释了一套工人利益保护制度。这是一个天才的创举，其要点是让制造业提高产品价格，目的是提高工人的工资。也就是说，企业一只手把钱从工人的腰包里掏出来，另一只手再把其中的一部分钱放回去。在参议员看来，这一创举体现了宇宙的至高真理。正是凭借这一创举，美国才成为浩瀚海洋中的一块瑰宝；美国未来的繁荣、在国际社会中的威望和地位也仰仗人民对这一制度的拥护和忠诚。同时，这一制度也需要劳动人民用辛勤的劳动去保障。提出这一英明体制的政党正是“伟大的元老党”……

讲到这儿，乐队插进了一段间奏，尤吉斯猛然坐直了身体。令人感到有些不可思议的是，尤吉斯拼命想理解参议员所讲的话——想了解一下美国社会究竟有多么繁荣，美国的商业规模到底有多大，共和国在太平洋以及南美洲的未来有多么光明，世界上其他国家受压迫的人民是怎样在痛苦中呻吟。尤吉斯想听懂这些话的目的是让自己保持清醒。他知道，如果任凭自己睡去，他很快就会打起震天的鼾声。所以，他必须认真倾听——他必须让自己对参议员所讲的话感兴趣！可是，他吃得太饱了，也太累了，会场里又是如此的温暖，座椅如此的舒服！随着一串一串的进出口数字从参议员的嘴里吐出，他那高挑的身形在尤吉斯的眼前变得越来越模糊，并不时地上蹿下跳。这时，邻座的人猛地捅了一下他的肋骨，他一下子坐得笔直，装出一副若无其事的样子。可是过了一会儿他又故技重演，人们用愤怒的眼神盯着他看，并对他大声呵斥起来。最后，有人叫来了警察，警察走过来，揪住他的脖领子，把他拎起来，尤吉斯被吓得魂飞魄散。观众纷纷回过头来看热闹，参议员斯巴汉克斯讲不下去了。突然有一个声音高喊：“我们在驱赶一个叫花子！请继续讲下去，老伙计！”观众一阵哄笑，参议员的脸上也露出了亲切的笑容，然后继续讲话。几秒钟之后，尤吉斯发现自己又站在了雨中，被踢了一脚，挨了一顿臭骂。

他溜进一个门道里躲了起来，经过这么一折腾他已经睡意全无。他没有受伤，也没有被逮捕，这令他大感意外。他骂了自己几句，诅咒了一通自己的命运，然后又想到了现实问题。他身无分文，找不到睡觉的地方，只能再去乞讨。

他走出了门道，双肩紧缩，在凄风苦雨中冻得浑身瑟瑟发抖。这时，一个衣着光鲜的女士朝他走过来，手里擎着一把雨伞。他掉过头跟在她身边。“求求您，太太，能借给我点钱，让我找个地方住一宿吗？我是一个穷工人……”

忽然，他停住了脚步。凭着街灯的灯光，他看清了女士的脸。他竟然认识她。

她是阿莲娜·雅瑟提特，就是尤吉斯婚宴上的那位美女！当时的阿莲娜·雅瑟提特美若天仙，和车夫尤塞斯·拉克修斯在一起翩翩起舞，高雅如皇后！婚礼过后，尤吉斯只见到过她一两次，因为尤塞斯后来把她给甩了，另寻新欢了。再后来，阿莲娜就离开了罐头镇，没有人知道她去了哪里。现在，尤吉斯竟然在这里和她不期而遇！

两个人不约而同地大吃一惊。“尤吉斯·路德库斯！”她张口结舌地问，“你这是怎么了？”

“我……我倒了大霉了，”他结结巴巴地说，“我现在没有工作，没有家，没有钱。你呢，阿莲娜……你结婚了吗？”

“没有，”她答道，“我还没结婚，不过我有个好工作。”

接下来是一阵沉默，他们就站在大街上彼此凝视着。最后，还是阿莲娜打破了沉默。“尤吉斯，”她说，“说真的，如果能帮你的话我肯定会帮你，可是不巧的是我出来的时候没带钱，身上一分钱也没有。不过，我能帮你一个更大的忙——我能告诉你上哪儿去求助。我知道玛丽娅在哪儿。”

尤吉斯一愣。“玛丽娅！”他惊呼。

“是的，”阿莲娜说，“她会帮你的。她现在有一份工作，干得很不错。她会很高兴见到你的。”

尤吉斯离家出走已经有一年多的时间了，当时那个家对他来说就像是座监狱，他所逃避的也正是玛丽娅和伊莎贝塔。可是现在，一提到她们尤吉斯顿时心花怒放。他想见她们，他要回家！她们会帮助他的——她们会善待他的。一瞬间，他的大脑高速运转，他还有脸回去吗？没关系，他可以为自己的离家出走找一个很好的借口——儿子的死使他伤透了心。至于一年没回家，他也可以找到理由——他离开了罐头镇。“好吧，”他说，“我去找她。”

于是，阿莲娜给了尤吉斯科拉克大街上的一个门牌号，并补充道，“我就不用告诉你我的住址了，玛丽娅知道。”尤吉斯转身走开，没再多说什么。他找到了阿莲娜告诉他的那个地方，一座高大的红砖建筑，气宇轩昂。他摁了一下地下室的门铃，一个年轻的黑人姑娘把门开了一条缝，眼神疑惑地上下打量着尤吉斯。

“你有事吗？”那姑娘语气生硬地问道。

“玛丽娅·波琴兹卡住在这吗？”他问。

“我不知道，”那姑娘说，“你找她干什么？”

“我想见她，”他说，“她是我亲戚。”

姑娘犹豫了片刻，然后打开门，说：“进来吧。”尤吉斯进了门，站在门厅里。那姑娘接着说：“我去给你看一看。你叫什么名字？”

“告诉她就说尤吉斯来了，”尤吉斯答道，姑娘转身上楼去了。一两分钟之后，姑娘下来了，说：“这里没有叫玛丽娅的人。”

尤吉斯的心一下子沉到了他穿的靴子里。“有人告诉我她就住在这里啊！”他喊道。姑娘摇了摇头，“太太说我们这儿没有这个人。”

尤吉斯又站在那儿犹豫了一会儿，心情茫然而沮丧。然后，他转身朝门口走去。就在这时，外边有人敲门，姑娘前去开门。尤吉斯听到门外响起一阵急促的脚步声，姑娘嗷地叫了一声，掉过头就跑，她从尤吉斯身边跑过去，眼神恐怖，她登上楼梯，拼命地叫喊：“警察！警察！门堵住了！”

尤吉斯愣了有一秒钟。一群穿着蓝色制服的人拥了进来，他拔腿跟着黑人姑娘往楼上跑。她的喊声引起楼上一阵骚乱，尤吉斯跑上走廊，发现人们正四处逃窜，一个个鬼哭狼嚎，男男女女衣冠不整。走廊的一侧是一个大的房间，房间里摆放着几把椅子，上面罩着长毛绒椅套，还有几张桌子，上面摆放着杯子、盘子。地面上到处散落着纸牌，有一张桌子被掀了个底朝天，酒瓶子在地上滚来滚去，瓶子里的酒淌在了地毯上。有一个小姑娘已经昏死过去，两个男的正搀扶着她，十几个人正朝门口挤去。

突然，外面有人咣咣砸门，于是那些人又掉头往回跑。这时，一个肥胖的女人从楼梯上跑下来，脸上涂着厚厚的脂粉，带着钻石耳坠，一边跑一边气喘吁吁地喊：“到后面去！快点儿！”

她把众人领上后门楼梯，尤吉斯也跟着跑了上去。上面是一间厨房，胖女人摁了摁一个弹簧装置，一个壁橱的门被打开，里面竟然是一个暗道。“进去！”她向众人喊道。此时已经有二三十人了，他们开始顺着暗道往里爬。后面的人还没有进去，前面的人就开始惊叫起来，“里边也有警察，我们被包围了！”于是，惊慌失措的人们又开始往回挤。

“再往楼上跑！”胖女人喊，于是男男女女的又向楼上跑去，一边跑一边叫骂着，你争我夺地往前挤。他们爬了一段楼梯又一段楼梯，最后爬上了顶楼，有一把梯子倚在墙上。一群人拥到梯子底下，一个人先爬了上去，想打开屋顶的天窗。可是不管他怎样用力，天窗纹丝不动，胖女人叫喊着让那人拨开挂钩，那人答道：“挂钩已经拨开了。有人坐在了天窗上！”

这时，楼下有人高声断喝：“你们都放老实点。这次我们可不是跟你们开玩笑的。”

于是，人群安静了下来。过了一会儿，警察上来了，一双双贼溜溜的眼睛扫视着人群，不怀好意地逐个打量着猎物。男人们惊慌失措，局促不安；女人们则表现出一副无所畏惧的样子，似乎见惯了这样的场面——不过，她们的脸上都擦着厚厚的脂粉，表情很难让人看得清。有一个眼睛黑黑的年轻姑娘正坐在栏杆上，脚上趿拉着一双拖鞋，不停地踢弄着警察的头盔，有一个警察一把抓住她的脚踝，把她从栏杆上拽了下来。大厅里有四五个姑娘坐在箱子上，冲着从她们面前列队经过的警察嘻嘻哈哈。这几个姑娘显然是喝过酒，一个个叽叽喳喳。其中有一个穿着大红睡衣的姑娘大声喊叫着，她的声音盖过了大厅里的嘈杂声——尤吉斯朝她望去，一看见那姑娘，他不由得惊叫一声：“玛丽娅！”

她听见了，环顾四周。突然，她身子往后一仰，腾的一下站了起来。“尤吉斯！”她尖叫。

有一两秒钟的工夫，他们彼此直勾勾地盯着对方。“你怎么到这里来了?”玛丽娅惊呼。

“我是来找你的。”他答道。

“你是什么时候来的?”

“刚才。”

“你怎么知道我在这儿……谁告诉你的?”

“阿莲娜·雅瑟提特。我在街上遇到了她。”

一阵沉默，彼此盯着对方，其他的人也在盯着他俩看。玛丽娅走到尤吉斯跟前。“你怎么样?”尤吉斯问，“你就住在这儿吗?”

“是啊，”玛丽娅说，“我就住在这儿。”这时，楼下有人大声吆喝了一句：“穿上衣服，你们，下来。最好快点下来，否则你们会后悔的——外面下雨了。”

“哦!”有人哆哆嗦嗦喊了一声，女人们纷纷站起身，朝着过道两边的房间走去。

“过来。”玛丽娅说，她把尤吉斯领进了她的房间。这是一个长约八英尺、宽约六英尺的小房间，一张折叠床，一把椅子，一个梳妆台，门后挂了一些衣服。还有一些衣服凌乱地散落在地上，整个房间乱得下不去脚——梳妆台上横七竖八地放着几盒口红、几瓶香水、几顶帽子、几只脏盘子；椅子上有一双拖鞋、一个闹钟、一瓶威士忌。

玛丽娅身上只穿了一件睡衣，脚上套了一双长筒袜。她就在尤吉斯的面前换起了衣服，甚至懒得去关门。尤吉斯已经猜到这是一个什么样的地方了，自从离家出走到现在他也算是见过世面了，不会动辄大惊小怪的——可是一想到玛丽娅竟然待在这样的地方，他的心还是受到了极大的震动。在家的时候他们可都是正派人，他原想过去的记忆也许会约束她的行为。可是，转念一想他又开始嘲笑起自己来了，嘲笑自己是个傻瓜。他自己又是个什么样的人呢？假正经！

“你在这儿住了多长时间了？”他问。

“快一年了。”她答道。

“为什么到这儿来？”

“我得活命，”她说，“另外我也不能眼睁睁地看着孩子们都饿死。”

他沉吟了片刻，默默地看着她。“你失业了？”他最后问。

“我生病了，”她答道，“病好了之后，我已经身无分文了。后来，斯坦尼斯洛伐斯又死了……”

“斯坦尼斯洛伐斯死了！”

“是啊，”玛丽娅说，“我忘了，你根本不知道这件事。”

“他怎么死的？”

“老鼠咬死的，”她答道。

尤吉斯倒吸了一口凉气。“老鼠咬死的？”

“对，”对方说，她弯下腰，一边系鞋带一边说话，“他在一家炼油厂里干活——至少能给工人买啤酒。他用一根棍子把啤酒从外面挑回来，路上他偷着从每个啤酒罐里都喝一点，有一次他喝多了，在一个墙角里睡着了，于是他就在那儿躺了一晚上。第二天当人们发现他的时候，他已经快被老鼠啃光了。”

尤吉斯坐在那里，吓呆了。玛丽娅继续系鞋带。两人沉默无语。

这时，一个大个子警察来到门口。“快点。”他说。

“我这不正抓紧呢嘛！”玛丽娅说。她直起身，开始忙乱地穿胸衣。

“家里其他人还活着吗？”尤吉斯问。

“都活着。”她说。

“他们现在在哪儿？”

“他们住得离这儿不远。他们现在还好。”

“他们在干活吗？”

“伊莎贝塔干活，”玛丽娅说，“只要有活她就干。不过，他们主要是靠我的收入生活——现在我能挣到足够的钱养活一家人。”

又是一阵沉默。“他们知道你住在这儿吗？知道你在干什么吗？”尤吉斯问。

“伊莎贝塔知道，”玛丽娅回答，“我不能向她说谎。孩子们现在可能也知道了。这没有什么可丢人的——我们没有别的办法。”

“塔莫休斯呢？”他问，“他知道你在这儿吗？”

玛丽娅耸了耸肩。“我怎么知道？”她说，“我已经有一年多时间没有见过他了。他由于受伤而血液中毒，掉了一根手指头，拉不了小提琴了，后来他就走了。”

玛丽娅站在镜子前整理衣服。尤吉斯坐在那儿盯着她看。他几乎不敢相信眼前的这个女人就是以前的玛丽娅。她现在竟然变得如此沉静、如此淡定！他的内心甚至感到了一丝恐惧。

她突然转过身瞥了他一眼。“看上去你自己也一直不好过。”

她说。

“是，”尤吉斯回答。“我现在兜里一分钱也没有，也找不着活儿干。”

“一年多你都去哪儿了？”

“我什么地方都去过了，到处流浪。后来我又回到了罐头镇——就在罢工前。”他停了一会儿，有些犹豫。“我去找你们了，可是发现你们已经离开那个地方了，没有人知道你们去了哪里。你们是不是觉得我太卑鄙了，撇下你们不管，玛丽娅……”

“不，”她答道，“这不怪你。我们谁都没有怪过你。你已经尽力了——我们都承受得太多了。”她停了一下，然后继续说，“我们都太天真了——问题就出在这儿。我们本来是有机会的，可是我们没有抓住。如果当时我有现在这样的见识，我们不会输的。”

“你是说你本可以早点到这儿来？”尤吉斯说。

“对，”她答道，“不过，我想说的还不仅仅是我。我是说你——当初你本可以不必用那样的态度对待奥娜。”

尤吉斯沉默无语。他从来没有这么想过。

“当你都快要饿死了的时候，”对方继续说，“你还能有什么值钱的东西呢？能卖就卖呗。我估计你现在应该意识到这一点了，可是已经晚了。本来，奥娜可以养活我们大家的。”说话的时候，玛丽娅面无表情，好像在谈论着生意。

“我……我想你说的是对的。”尤吉斯吞吞吐吐地应答。他并没有把自己第二次暴打菲尔·康纳、损失了三百块钱、丢了工头的工作这件事讲出来。

警察又一次来到门口。“快走吧，快点儿。”他命令。

“好。”玛丽娅说，伸手去拿帽子，那顶帽子大得好像是乐队指挥戴的，上边插满了鸵鸟毛。她下楼朝门厅走去，尤吉斯跟在她身后，那个警察还在床下、门后搜索着。

“这会有什么后果?”尤吉斯一边下楼一边问。

“你是指这次突然袭击吗?噢，没事儿——他们时常会来这么一次。太太正跟警方谈着呢，我不知道他们谈得怎么样，不过到不了明天早晨，他们就会谈妥的。他们也不会把你怎么样。他们总是把男人们给放了。”

“也许是这样，”他回应，“可是他们不会放我的——恐怕我又要被抓进去了。”

“为什么这么说呢?”

“警方正通缉我呢，”他说，尽管他俩讲的是立陶宛语，可是他还是压低了声音，“恐怕他们要把我关上一两年。”

“该死!”玛丽娅说，“那可就太糟糕了。我去看看能不能让他们把你放了。”

楼下，大部分俘虏都被集合到了门厅里。玛丽娅找到那位戴钻石耳环的肥胖太太，耳语了几句。太太走到负责此次突袭的警察队长跟前，然后指着尤吉斯说：“比利，那人是来看他妹妹的。你们敲门的时候，他刚进来。你们不想抓流浪汉吧?”

队长看了看尤吉斯，然后大笑着说：“对不起，我接到的命令是除了仆人一个也不放。”

于是，尤吉斯就被赶进了男人堆里，一个个像羊见到了狼一样东躲西藏。这堆男人之中有老有少，有大学生，也有胡子灰白的老爷爷。有些人只穿着睡衣——除了尤吉斯之外，没有人看起来像穷人。

人群集结完毕之后，门被打开了，人群被赶了出去。路边有三辆警车停在那里，街坊四邻都跑出来看热闹。围观的人们都伸长了脖子，不时发出讥笑声。姑娘们一个个趾高气扬，一边走一边说笑着、打闹着；男人们都低垂着头，用帽子遮住脸。他们挤上了警车，在围观人群的一片欢呼声中扬长而去。在拘留所里，尤吉斯报了一个波兰人假名，然后和五六个人一起被关进一间囚房。其他人坐在一起小声嘀咕着，尤吉斯跑到墙角里躺下，开始想心事。

在这个社会的万丈深渊里，尤吉斯见识过各种不堪入目的罪恶。然而，在这个人性丑恶、卑劣的社会里，尤吉斯总是认为自己曾经深爱着的那个家庭与那些罪恶无关。可是现在，他突然发现玛丽娅成了妓女，伊莎贝塔和孩子们都靠着她的耻辱过活！尽管在内心深处，尤吉斯在为他们做着种种辩解，而且他也知道自己可能还不如他们，可是当他发现这一现实之后，他的心灵还是受到了极大的震动，他不能不为之感到痛苦。他心乱如麻，他以为早已经死去的记忆重又躁动不安起来。往事又重新浮现在他的眼前——他的希望，他的向往，他的尊严，他的自强！他又看见了奥娜，他听到奥娜在向他发出哀婉的乞求。他看见了小安东纳斯，他本想把他抚养成人。他看见了浑身颤抖的老父亲，他在用深沉的父爱为他们祈福。那可怕的一天的景象历历在目——他发现奥娜受到了屈辱，他当时的痛苦，他当时的疯狂！太可怕了！可是今天，听了玛丽娅的一番话之后，他真的有些相信了自己是一个傻瓜！是啊——他本应该卖掉妻子的尊严，他本可以靠此过活！还有斯坦尼斯洛伐斯那可怕的命运——讲述这事的时候，玛丽娅是那么的平静、那么的漠然！可怜的孩子，手指被冻伤了，被雪吓怕了——他那哀号声在尤吉斯的耳畔回响，仿佛就从他的身边传来，他被吓得出了一身冷汗。一闭上眼睛，他就看见小斯坦尼斯洛伐斯被锁在一个空旷的房子里，成群的老鼠一点一点地啃光他身上的肉！太恐怖了，他浑身不寒而栗。

这种情绪对尤吉斯来说已经很陌生了。他已经很久没有受到这种情绪的困扰了，他本以为这种心境再也不会出现了。想想他现在的处境吧，孤立无助，身陷囹圄，想这些对他有什么用呢？为什么非得用这样的心境来折磨自己呢？他现在不是在极力压制着这种情绪吗？他不是想把它从他的心中彻底粉碎、彻底清除掉吗？他不是要保护自己一生免受它的折磨吗？可是现在，这种情绪又像幽灵一样出其不意地出现在了他的面前，他无法抵挡。他听到了发自灵魂深处那久远的声音，那些蛰伏了很久的魔鬼又向他发出了呼喊，向他伸出利爪！不过，它们离他是那么的遥远，看上去是那么的模糊，隔着一道无底的深渊。它们会渐渐褪去，消隐在过去的迷雾中。它们的声音会慢慢远去，他永远也不会再听到了——他灵魂深处最后一点男人的光辉即将消遁。

第二十八章

早饭过后，尤吉斯被带到了法庭上，法庭里已经挤满了妓女、嫖客和前来看热闹的人，还有一些心术不正的人前来看一看有没有认识的嫖客，想借此机会敲诈一把。法官先审问嫖客，嫖客们集体接受审问，然后就被释放了。由于尤吉斯看起来与众不同，所以他被单独审问，这令他感到恐慌。他曾在这个法庭上接受过审判，就是被判缓刑那次。法官还是那个法官，书记员也还是那个人。书记员一直盯着尤吉斯看，看样子好像还记得尤吉斯，不过法官已经完全不记得他了。此时，法官正想着警察队长的一个朋友给他打过的电话，要他如何处理关于“波丽”辛普森——妓院的老板娘——的这起案子。他一边想着这事儿一边听着尤吉斯讲述着自己去妓院找妹妹的经过。于是法官就说了一些无关痛痒的话，无非是让尤吉斯劝玛丽娅离开那地方，然后就把他给放了。接着，法官判罚了每个妓女五块钱，波丽太太从长筒袜里取出一沓钞票，姑娘们拿过钱一一交了上去。

尤吉斯先在外面等着，玛丽娅出来之后他们就又回妓院去了。警察已经撤了，嫖客们开始陆续到来。到了晚上，这里又会是一派生意兴隆的景象，就像什么事也没有发生过一样。玛丽娅把尤吉斯领到楼上自己的房间，坐下来开始谈话。凭借着白天充足的光线，尤吉斯发现玛丽娅面颊的颜色已经不再是以前的那种自然、健康的红润了。她脸色发黄，就像是羊皮纸，眼圈儿发黑。

“你生病了吗？”尤吉斯问。

“生病？”她说，“见鬼！”（玛丽娅已经学会了像码头工人或者赶骡子的人那样满嘴脏话了。）“像我这样的生活还能不生病？”

她沉默了片刻，眼睛迷茫地凝视着前方。“是吗啡，”她接着说，“我好像越吸越多了。”

“为什么要吸那东西？”他问。

“这里的人都这样，我也不知道为什么。不吸就得喝酒。不喝酒，姑娘们谁也挺不住。每个人刚来的时候，太太都会给她吗啡吸，渐渐地她就会上瘾。有个头疼脑热的，那东西也管用，久而久之就养成了习惯。我知道我已经上瘾了。我曾想戒掉，不过只要待在这里，我就永远也戒不掉。”

“你还要在这里待多久？”他问。

“我也不知道，”她说，“我想我得一直待下去了。除了这个，我还能干什么呢？”

“你攒下钱了吗？”

“攒钱？”玛丽娅说，“天啊，还能攒下钱！我倒是挣了不少钱，可是都花光了。老板娘收每个客人两块五毛钱，我得一半儿。每天晚上我能挣二十五到三十块钱。你可能会想那还攒不下钱！可是你知道，我得交房间费、饭费——而这里的价格你可能从来都没听说过。另外有还有一些额外的开销，酒啊什么的，自己吃的、喝的、用的都得自己掏钱，有时候掏钱并不是花在了自己身上。光洗衣服的钱每周就得二十来块——想想吧！我有什么办法？要么忍受，要么离开这里，不过哪里都一样。我每周只能省下十五块钱，还得交给伊莎贝塔，这样孩子们才能上学。”

玛丽娅坐在那儿沉思了片刻。看见尤吉斯听得出神，她接着说：“他们就这样把姑娘们都拴住了——他们让姑娘们都欠下一大笔债，这样她们就难以脱身了。有一个外国来的姑娘，听不懂一句英语，在这里待了一段时间之后想离开。老板娘给她看了几百块钱的欠账，然后把她所有的衣服都扣下，并威胁她如果不老老实实待在这儿，她就叫警察把她抓起来。于是，她只得留下来，可是待的时间越长，欠债就越多。通常，刚来的时候她们还以为是来做家务的，根本不知道这里的阴谋。在法庭上，你注意到站在我旁边的那个黄头发法国姑娘了吗？”

尤吉斯表示肯定。

“她是大约一年以前来到美国的。以前在法国，她是个商店店员，后来被一个男人雇下，说是要被送到美国的工厂里工作。她们一共来了六个人，到了美国之后，她们被安顿在这条街上离这儿不远的一个地方住下。这个姑娘被安排在一个单间里，他们在她的饭里下了药，等她醒来的时候，她发现自己被糟蹋了。她发疯地大哭大叫，胡乱揪头发。可是她身上几乎被剥光了衣服，只剩下了一件内衣，跑也跑不掉，他们整天给她灌麻醉药，最后她放弃了挣扎。她在那里一待就是十个月，从来没有出过门。后来，他们把她给放了，因为她真的不适合干这个。我想，在这里她也待不长，由于喝了太多的苦艾酒，她时常疯疯癫癫的。跟她一起来到美国的六个姑娘，只有一个逃了出去。有一天晚上，那个姑娘从二楼的窗户跳了下去。当时，这件事在社会上掀起了一场巨大风波，你也许听说了。”

“我听说了，”尤吉斯说，“我是后来才听说的。”（那件事发生在他和杜安洗劫了那个“乡下顾客”之后藏身的地方。姑娘疯了，这对警察来说倒是一件幸事。）

“诱拐女人进妓院可以挣很多钱，”玛丽娅说，“每拐进一个姑娘他们就会得到四十块钱，所以他们就到处去拐骗妇女。我们这里有十七个姑娘，来自九个不同的国家。有的地方，你会发现姑娘们来自更多不同的国家。我们这里有五六个法国姑娘——可能是因为我们的太太讲法语。法国姑娘也坏，除了日本姑娘就数她们坏了。隔壁一家妓院全是日本人，我才不会跟她们住在一起呢。”

玛丽娅听了一会儿，然后接着说：“这里边大多数女人都是很正派的——你可能不相信。过去，我以为她们做这个是因为她们心甘情愿。可是你想想，有哪个女人会心甘情愿地把自己的身体卖给随便什么样的男人，老的少的，黑人白人！”

“有些女人说她们愿意干这个。”尤吉斯说。

“我知道，”她说，“她们什么话都能说。她们既然来到了这里，就再也出不去了。可是开始的时候，她们并不情愿——多痛苦啊！曾经有一个犹太女孩，为一个卖帽子的商人沿街兜售帽子。后来女孩生病了，丢了工作。她在大街上流浪了四天，找不到一口饭吃。再后来，她就去了街角的一家妓院。她主动提出要出卖自己的身体，她还没吃上一口饭就被扒掉了衣服！”

尤吉斯陷入了沉思。过了一两分钟，玛丽娅突然问尤吉斯：

“讲讲你自己吧，你去哪里了？”

于是，尤吉斯讲起了他离家出走后的种种冒险——乡下流浪的经历、地下铁路隧道的工作、那次被撞伤胳膊的事故、跟杜安在一起的合伙抢劫、在屠场的政治活动、后来的败落，以及最终的贫困潦倒。玛丽娅深表同情，一看他的脸就知道他所讲的关于自己最后挨饿的话是真的。“幸亏你及时找到了我，”她说，“我会帮你的，直到你找到工作。”

“我不想让你……”他说。

“为什么？就因为我干这个吗？”

“不，不是。可是我离开了你们，让你们……”

“胡说！”玛丽娅说，“别这么想。我从来没有怪过你。”

过了一两分钟，她说：“你一定是饿了吧，在我这里吃饭吧——我叫人送些吃的上来。”

她摁了一下按钮，一个黑人姑娘来到门口，玛丽娅吩咐了她一番。“有人伺候的感觉真好。”她说着倒在了床上。

他是在监狱里吃的早饭，当然不能放开量吃，所以现在他还真是饿了，于是两个人美美地享受了一顿盛宴，一边吃一边聊，聊到了伊莎贝塔，聊到了孩子们，聊到了过去的日子。快要吃完的时候，又一个黑人姑娘走进了房间，说太太叫玛丽娅过去——在这里，人们都叫她“立陶宛玛丽”。

“看来你得走了。”她对尤吉斯说。

他站起身，玛丽娅把家里的新住址给了他，那是犹太人居住区里的一个棚屋。“你去吧，”她说，“他们见到你会很高兴的。”

尤吉斯站在那儿犹豫着。

“我……我不想去，”他说，“玛丽娅，干脆你给我点钱算了，让我先找工作。”

“你要钱干什么?”玛丽娅问，“现在你最需要的是找个吃饭和睡觉的地方，不是吗?”

“那倒是，”他说，“可是当初我抛开你们不管，现在我没有脸再回去了。而且我也没活干，而你……你……”

“快走吧!”玛丽娅推了尤吉斯一把，“你在说什么呢? 我不会给你钱的，”她一边说着一边把尤吉斯送到门口，“我给你钱你就会去买酒喝，这对你没好处。这有两毛五分钱，你拿去吧。看见你回来他们会很高兴的，你根本不用感到内疚。再见!”

尤吉斯出了门，来到街上，一边走一边想事情，他决定先去找工作。于是，在这一天剩下的时间里，他就在街上游荡，进了一家又一家工厂和商店，结果都是两手空空。天快要黑了的时候，他决定回家。可是他刚一动身就鬼使神差地拐进了一家酒馆儿，花掉了那两毛五分钱，吃了一顿饭。当他出来的时候，他又改变了主意——晚上天气很暖和，何不找个地方就睡在外面，明天再接着找工作，这样就多了一个机会。于是，他又开始在街上逛了起来。他正四处张望，忽然意识到自己正走在昨天晚上走过的那条路上，又看见了他听演讲的那个会堂。今天晚上，会堂外面没有放烟花，也没有乐队演奏，只贴了一张告示，说这里将有一场集会。他看见人们正蜂拥着拥进大门，于是他决定去里边看一看。他在马路边儿上坐下来，一边歇脚一边思量着怎样才能进去。最后，他毅然朝门入口走出，没有人向他要票，所以他肯定这又是一个免费的集会。

他进了会场。大厅没有任何装饰，过道上挤满了人，观众席上也几乎没有一个空座。他在最后排找到了一个空座，坐下来，不过他根本没有心思去留意周围的一切。伊莎贝塔会不会想他回来是为了白吃白喝，她能相信自己想找工作自食其力吗？如果能先找到工作然后再回去就好了——如果前两天那个老板能让他再试一试就好了！

这时，尤吉斯抬起了头，因为他听到挤在会场入口处的人群中突然发出一阵欢呼声。会场里的男男女女都站了起来，手中挥舞着手绢，嘴里高声喊叫。很显然，演讲人到了。真是一群傻瓜！他们这样热情是为了什么——他们与选举、执政有什么关系？要知道，尤吉斯可是做过选举的幕后工作的！

于是，他又想起了自己的心事，不过要想出去已经不可能了，会场里挤满了人，一直堵到门口，集会散场之后再回家又太晚了，所以今晚他只能在外面过夜了。明天早晨再回去也许更好，孩子们都上学了，他可以慢慢向伊莎贝塔解释。她一直是一个通情达理的人，而且自己也的确想悔改。他会极力说服她相信自己的真诚——另外，玛丽娅愿意让他回去，是玛丽娅在养活一家人。万一伊莎贝塔不讲情面，他就干脆把事情挑明。

尤吉斯就这样胡思乱想着。一两个小时过去了，昨天晚上发生的那可怜的一幕似乎又要重演。台上的人一直在讲着，台下的观众不断地鼓掌、欢呼，群情激昂。可是尤吉斯耳畔的嘈杂声却在渐渐地消隐，思绪开始乱作一团，脑袋不时地下沉。像往常一样，他在极力地控制着自己，让自己保持清醒。可是会场是那么的闷热，他又走了一天的路，另外他还刚刚吃了一顿饱饭——最后，他的脑袋终于沉了下去，没有再抬起来。

不知过了多长时间，又有人捅了他一下。他吓得猛然坐直了身体！他知道，自己肯定又打鼾了！怎么办？他马上两眼直视前方，盯着台上看，一副十分专注的样子，好像这个世界上还从来没有发生过这样令他感兴趣的事，一生中都没有过。他想象着人们在向他怒吼，向他投来愤怒的目光；他想象着警察向他奔来——来抓他的脖领子。这次他还能那么幸运吗？警察能不能再一次放过他呢？他坐在那儿，浑身颤抖地等待着……

可是，耳畔突然传来一个声音，一个女子的声音，温柔而甜美："同志，也许你应该听一听，也许你会感兴趣的。"

听了这话，尤吉斯感到无比震惊，甚至比被警察揪住脖领子更令他心惊肉跳。他的两只眼睛仍然死死地盯着前方，目不转睛，但是他的心却狂跳不止。同志！是谁在叫他"同志"？

他坐在那儿一动不动，等待着什么事情发生。可是，他不知道等了多长时间，仍然没有动静。于是，当他确信没有人再看他了之后，他用眼角的余光瞥了一眼坐在他旁边的那个女人。那是一个年轻、漂亮的女子，穿着考究，是人们所说的"女士"。她竟然叫他"同志"！

他小心翼翼地侧过头，想更仔细地看一看对方。他刚一看清对方的全貌，就被惊呆了。她正全神贯注地听着讲台上的人讲话，丝毫没留意周围的一切。尤吉斯只是模模糊糊地听到了讲话人的声音，他把注意力全都集中在了那女人的脸上。他盯着她看，心里一阵惊慌。这感觉令他心惊肉跳。这是一个什么样的人啊？她怎能有如此大的魔力，让一个人如此着魔？她坐在那里就像一尊雕像，双手放在大腿上，紧紧地攥在一起，他能够看到她手腕上暴突的青筋。她脸上的表情兴奋而激动，那样子像是在搏斗，或者看着别人在搏斗。他甚至能够感觉到从她鼻孔里呼出的气息在震颤，他看见她偶尔兴奋地舔一下嘴唇。她的胸脯随着呼吸剧烈地上下起伏，她那股兴奋劲儿似乎正在攀越一座高峰，然后又直落下来，就像一艘船在波涛汹涌的海面上跌宕。这到底是为什么？出什么事了？肯定是因为讲台上的那个人在说着什么。那人是谁？他到底在讲什么？尤吉斯猛地把头转了回来，把目光转向台上的人。

突然，他看到了自然界中最狂野的一幕——那是狂风暴雨下的一片森林，巨浪滔天的海面上的一艘船。他的心中突然产生一种不安、困惑、迷乱的感觉，一种莫名的野性骚动。演讲人个头瘦高，面容枯槁，那样子与台下的他并无两样。那人的半张脸被浓密的胡须遮住，眼窝深陷，就像两个黑洞。他嘴唇飞动，表情兴奋，手势猛烈——一边讲话一边在台上来回走动，时而伸出长长的手臂，就像要抓住台下的每一位听众。他的声音雄浑如风琴。当然，过了很长时间尤吉斯才注意到那人的声音——他的注意力都用在了眼睛上，他根本无暇去想那人在讲什么。突然，尤吉斯感到那人在直指着他，好像把他单独挑出来作为评论的对象。就这样，尤吉斯终于注意到了他的声音。那声音是颤抖的、激动的、痛苦的、渴望的，那声音有一种说不出的沉重感，难以用语言描述。他一下子被那声音所捕获，他的整个灵魂一下子被穿透，他一下子失去了自我。

“听了这些，”那人讲道，“你可能会说，‘是的，你说的是事实，可是事情一直就是这个样子的。’你也会说，‘你说的那种社会也许会到来，不过我是见不到了——所以这对我来说没有意义。’于是，你又回去继续做牛做马了，让这个世界庞大的经济机器榨干你身上的最后一滴油！为了别人的利益，你日夜劳作；你家里的房子污秽遍地、破烂不堪，干活的地方乌烟瘴气、险象环生；你整日里在贫穷和饥饿中挣扎，随时可能遭遇事故、染上疾病甚至面临死神。这挣扎每一天都让你更痛苦、更拼命，而你越是挣扎那些苦难压得你越紧；每一天你都要更加卖力地干活，而你越是卖力那台机器就越是加快运行的节奏。几个月，甚至几年之后，你也许还会来到这个地方，那时我还会在这里向你呼吁，我会问你贫穷和苦难是否已经饶过了你，压迫和虐待是否已经令你睁开了双眼？我只能等待——除此之外我别无选择。在这个世界上，我找不到可以逃避的荒野，也没有让我安歇的港湾。即使跑到天涯海角，我看到的仍然是这可咒的社会制度——我看到人类正义和高尚的追求、诗人的梦想、殉道者的牺牲都被戴上了无情的枷锁，被那些训练有素的、贪婪的魔兽所奴役！我怎能停下来休息！我怎能保持沉默！我必须抛弃安逸和幸福，我必须牺牲健康和名誉——我要向世人喊出我精神上的痛苦！我不能保持沉默，贫穷和疾病压不垮我，敌视和诽谤不能让我低头，我蔑视恐吓和嘲笑，我直面囚禁和迫害，无论是天上的还是地上的力量都征服不了我，这世界上还没有能够征服我的力量，现在没有，以后永远也不会有。如果我今天失败了，明天我还会再来。因为我知道，失败一定是我自己的过错造成的；因为我知道，只要我能够向世人描绘出我心中的理想，只要世人能够感受到这理想破灭的痛苦，那么哪怕是最坚固的偏见壁垒也能被打碎，哪怕是最愚钝的灵魂也能够唤醒！最尖酸刻薄的人也会因此而哑口无言，最自私的人也会感到恐惧，嘲笑的声音将会消隐，欺骗和谎言将仓皇逃遁，在这个世界上只有真理傲然屹立！我的声音代表着千千万万不敢开口说话的人的心声！他们正忍受压迫，他们的心灵得不到一丝的安慰！他们被剥夺了生活的权利，他们得不到解脱、得不到拯救，世界对他们来说就是一座人间地狱，一座受苦受难的监牢，一座漆黑的坟墓！我的声音代表那位正坐在阁楼里借着昏暗的灯光缝补衣物的母亲，她拖着疲惫的身躯，眼含热泪，她的身旁躺着饿得已经无力哭泣的婴儿，她的心被压得粉碎！我的声音代表那位正躺在病榻上的男人，他正在和病魔做着最后的斗争，他将抛下心爱的家人离开这个世界！我的声音代表那位年轻的姑娘，她正走在这个可怕城市的大街上，饥肠辘辘，衣不蔽体，她正在妓院和湖水之间做着抉择！我的声音代表所有那些被辗在讫里什那（印度教主神之一，世界主宰——译者注）车轮下的人们，不管他是谁，也不管他在哪里！这声音呼唤博爱，呼唤解放！让人类的灵魂得到永远的解脱，让它从尘土中升腾，冲破牢笼，粉碎压迫和无知的枷锁，向着光明升腾！”

演讲人停了停。会场鸦雀无声，人们都屏住了呼吸。突然，一千人几乎是同时发出了一声震天的呐喊。整个过程中，尤吉斯坐在那儿一动不动，身体僵硬，目视前方，他被这场面惊呆了。

这时，演讲人举了举手，观众安静下来，演讲继续。

“我向你们呼吁，”他说，“不管你是谁，只要你还向往真理。但这里我主要是向那些工人们呼吁，因为对他们来说，我所描述的那些罪恶并不是引发他们同情的传说，也不是供他们消遣、过后忘得一干二净的故事，那些罪恶就是发生在他们身上残酷而无情的现实，就是绑住他们手脚的锁链，就是抽打在他们脊背上的皮鞭，就是被烙在他们心头上的伤疤。我向你们呼吁，工人兄弟们！就是你们，整日里劳碌的人们，是你们建设了这个国家，可是在议会里根本听不到你们的声音！就是你们，你们耕种土地，可是到头来收获的却是别人。你们劳动了，你们服从了，可是你们得到的报酬还比不上一头骡子，你们吃的、住的只能让你们勉强活命。我来的目的就是给你们带来拯救的信息，向你们呼吁。我知道我要求你们的太多——我知道，因为我也曾处于你们的境遇，我也曾过过你们的生活，今天晚上在座的各位没有人比我更了解这一切苦难。我也曾体会过到处流浪、给人擦皮鞋、吃面包渣、睡地窖的滋味。我也曾有过冒险的经历，我也曾品尝过梦想破灭的痛苦——我眼睁睁地看着开满心田的花朵被野蛮的铁蹄踏成烂泥。我知道一个工人要想获得知识得付出怎样的代价——我为此废寝忘食，我为此忍受了肉体和精神上的痛苦，我为此牺牲了健康，几乎牺牲了生命。所以，当我来到这里给你们讲述希望和自由、描绘新世界的美好画面的时候，我对你们的抵触、怀疑、瞻前顾后、只顾眼前的心态并不感到惊讶。但是，我不会感到失望，因为我知道你们正在受到一些罪恶力量的驱使——我知道饥饿的皮鞭正在抽打着你们的后背，自贱的钢针正刺痛你们的心灵，奴气正麻木着你们的灵魂。不过，我确信，今天晚上在座的各位不管有多少人听了我的话之后仍然无动于衷，也不管有多少人仅仅是出于好奇来凑热闹或者来嘲笑我的，肯定有人已经被苦难折磨得没了活路，肯定有人因突然看到了自己所处的不公和恐怖的境遇而感到震惊。对于那些仍然在黑暗中挣扎的人们，我的话就像是一道闪电，给他们照亮了前方的道路，让他们看清了脚下的危险和障碍，解开了他们心中一个又一个的谜团，让他们能够预见到即将遇到的困难！遮住他们双眼的迷雾将被驱散，锁住他们手脚的铁链将被砸碎——他们会一跃而起，嘴里高喊着感谢的话，从此他们就成了一个勇往直前的自由人！他们逃脱了自己创造的奴隶制！他们再也不会掉入陷阱，他们再也不会被蝇头小利所诱惑，他们再也不会被任何威胁所吓倒，从今天晚上开始，他们将义无反顾地往前走，决不后退，他们将握紧手中的钢枪，跟同志们、兄弟们并肩战斗。他们将把这好消息传递给更多的人，就像我把这消息传给了他们——这是带给人自由和光明的礼物，它是无价之宝，这不是我给他们礼物，这是人类灵魂的遗产！工人们，工人同志们！睁开你们的双眼，看一看你们周围的世界吧！你们已经在繁重的劳动和无情的压迫下生活得太久了，你们已经失去了理性，你们的心已经麻木了。不过我还是要请你们睁开眼睛看一看自己所生活的这个世界，就这一次——扯掉蒙住你们双眼的那块世俗和传统的破布吧，直面现实，看一看它丑陋的真面目！正视现实吧，正视现实吧！看一看就在今天晚上满洲平原上正在发生着什么——两支大军正在混战。我们坐在这里，可是此时世界上有一百万人正在疯狂地互相厮杀！人类社会已经发展到了二十世纪，那位和平王子（指耶稣——译者注）已经诞生了一千九百年！在这漫长的一千九百年里，人们把他的话当成神谕，可是现在两支人类大军还在像森林里的野兽一样互相残杀！哲人们已经做出了理性的分析，预言家们已经进行了公开的批判，诗人们在哭泣、呼吁——可是这个丑陋的怪兽仍在肆无忌惮地残害着劳动人民！我们开办学校，我们修建大学，我们出版报纸，我们发行书籍，我们上知天文下知地理，我们测量、研究、分析——我们就是用这些知识来作为彼此互相残杀的武器吗？我们把这个称为战争。算了，别再用这些陈词滥调来敷衍我——跟我来，跟我来看看这个世界！看看那些被子弹射穿、被炸弹炸得血肉模糊的尸体；听一听那痛苦的呻吟和哀号，看看那一张张因痛苦、仇恨而扭曲的脸！摸一摸那块被炸掉的肉，它还在散发着余温，它还在抖动，就在刚才它还是某个人身体上的一部分！看那汩汩流淌着的鲜血，那是从人的心脏里流出来的！万能的上帝啊！而这一切还在继续，有系统、有组织、有预谋地继续！我们听说了，我们读过了，我们不以为然。报纸在报道，可是报社在照常工作；教堂听说了，可是它们没有关上大门；人们看见了，可是他们并没有起来革命！

“对你们来说，也许满洲太遥远了——那就跟我回到国内吧，回到芝加哥。就在今晚，这个城市里有一万名妇女被囚禁在污秽不堪的牢笼里，在饥饿的驱使下被迫出卖自己的身体。我们了解她们的命运，我们对她们的行为冷嘲热讽。这些女人长得就像你们的母亲，也许她们就是你们的姐妹、你们的女儿。今天晚上你们把她们留在家里，明天早晨她们对你们笑脸相迎——可是那可怕的命运也许正等待着她们呢！就在今晚，这个城市里有一万个无家可归、衣衫褴褛的男人正在大街上流浪，到处乞求着工作机会，他们正饥肠辘辘地面对着可怕的寒冬！就在今晚，这个城市里有十万个儿童正拖着瘦小的身躯、为挣得一口面包而透支着生命！这个城市里有十万个母亲正在贫穷和苦难中挣扎，她们为了养活襁褓中的婴儿做牛做马！这个城市里有十万个老人正在病榻上无助地呻吟着，在痛苦中等待着死神的来临！这个城市里有一百万的男女老少正在工资奴隶制的铁蹄下哀号着；只要身体还能站起来、眼睛还能睁开，他们就不能放下手中的工作；他们注定要无休止地忍受着单调、烦躁、饥饿、高温、寒冷、污秽、疾病，他们注定要在无知和恶习中走完生命的旅程！现在请跟我翻过这一页，看看另一幅画面。这个城市里还有另外一种人，有一千人，也许有一万人——他们是这些奴隶的主人，他们占有奴隶们的劳动。他们不用流一滴汗就得到了他们想要的一切，他们甚至无须张口去要——一切都是那样自然而然地流到了他们的身边，他们想的只是如何消费掉这一切。他们住在宫殿里，他们肆意挥霍着取之不尽、用之不竭的财富——他们的生活无法用语言描述，他们的奢华令那些想象力最丰富的人感到头晕，令那些心灵最麻木的人感到痛心。他们会花上几百块钱买一双鞋、一块手绢或者一副吊袜带；他们会花上数百万美元买马、买汽车、建宫殿、设酒宴、买那些镶在身体上的亮晶晶的石头。他们互相比拼着奢侈和阔绰，肆意挥霍他们同类用劳动和生命创造的财富，尽情挥洒着人类的汗水、眼泪和鲜血！这个世界上的一切都属于他们——所有的财富都流进了他们的腰包，就像泉水流入小溪，小溪流入江河，江河流入大海——那么的自然，那么的势不可当。农民耕种土地，矿工挖掘矿石，纺织工人纺纱织布，石瓦匠雕琢石头；能者发明机器，智者管理企业，学者传授知识，灵者谱写音乐——所有这些用智慧和体力创造的劳动成果都源源不断地流进了他们的腰包里！整个社会被他们玩弄于股掌之中，世界上的劳动人民任凭他们摆布——他们像豺狼、似秃鹰，凶猛地撕扯、吞噬着口中的肥肉！他们掌控着人类所有的权力，这权力世代相传，不容侵犯——人类不管怎样奋斗，不管创造了什么，一切都是为了他们，为他们而生，为他们而死！他们不仅拥有社会的劳动力，他们更收买了政府；他们用抢来的、偷来的权力不断地巩固着自己的势力，拓宽、加深那条财富之河！而你们，工人们，工人兄弟们！你们生来就接受了这样的命运，像一头头负重的牲畜艰难地跋涉，心里只想着这苦难的日子——可是你们有谁认为这吃人的社会制度会一直持续下去吗？今天晚上坐在台下的观众中有谁会麻木、愚钝到敢于在我面前站起来斩钉截铁地说这制度会永远持续下去，这个社会的劳动成果、人类的生产资料永远属于那些懒人和寄生虫，任凭他们肆意挥霍以满足他们的虚荣和贪欲？你们会认为人民大众所创造的劳动成果无论如何也不能归人民所有，为人民所享用，由人民的意志去支配吗？如果这种境况能够彻底转变过来，该怎样转变——什么样的力量能够扭转乾坤？你们的主人能这样做吗？你们认为他们可能为你们写下自由宪章吗？他们能够为你们打造拯救之剑，给你们军队，让你们带着这支军队去争取自我解放吗？他们的财富会为你们服务——他们会为你们建造大学和教堂让你们受教育，为你们出版报纸宣传你们的进步，为你们组织政党领导你们去斗争吗？难道你们不认为这些都是你们自己的使命吗？你们的梦想、决心、行动难道不是要靠你们自己吗？当然，当你们行动起来的时候，你们会面对由财富和权势构筑的层层壁垒——你们会遭到嘲笑、诽谤、憎恨、迫害、镇压和囚禁！你们要用赤裸的胸膛抵挡敌人的棍棒！你们的行动全凭着从不知缘由、残酷无情的痛苦中获得的教化去引导！凭着未开化的心智去痛苦地探索，凭着那颤抖的、天真的声音去呐喊！凭着贫瘠而虚弱的精神去支撑！凭着探索、奋斗、憧憬、悲痛、绝望、痛苦和血汗！你们的行动要靠着勒紧肚皮省下来的钱，要靠着彻夜不眠而学到的知识，要靠着从绞刑架的阴影下传递来的思想！这是一场从远古时代就开始了的运动，这是一种可能招致嘲笑、蔑视、鄙夷的行动，甚至带有报复和仇视这样不高尚的色彩——可是这场运动正在向你们，你们这些工人，你们这些挣工资的奴隶发出召唤——它的声音是那么的迫切、那么的执着，这声音你无论躲到哪里都无法逃避！这声音喊出了你们的冤屈，喊出了你们的梦想，喊出了你们的责任，喊出了你们的希望——喊出了在这个世界上你们应该得到的一切！这是穷人所发出的喊声，他们要消灭贫穷！这是受压迫的人发出的喊声，他们要推翻压在他们身上的大山！这声音是那样的雄浑，因为它发自心底的痛苦，因为它带着坚定的决心，因为它抛弃了懦弱，因为它带着从绝望的深渊里挣脱出来所获得的快乐和勇气！这是劳动者的声音，它遭到蔑视和呵斥！可这是一个沉睡了太久的巨人的声音，现在他终于站起来了，巍然屹立，不过他的眼睛还被蒙着，他的手脚还被捆绑着，他还没有意识到自己的力量。他终于想到了反抗，带着恐惧的反抗。直到有一天，他猛然挣脱那枷锁，一股电流涌遍他的全身，于是他振臂一呼，‘我要行动起来了！’他站起来了，挣脱了身上的所有束缚，抖落身上的所有重负——他巍然屹立，他大声呼喊……”

演讲人的声音突然停了下来，情感的洪流将他彻底淹没。他站在那儿，手臂高高地举过头顶，想象的翅膀带着他的灵魂飞向了天空。所有的观众都一下子站了起来，手臂挥舞，激情的喊声惊天动地。尤吉斯已经喊破了喉咙，他无法自持，他无法抑制那压抑了已久的情感。令他内心激情澎湃的不仅仅是因为演讲人讲话的内容，更因为他那滔滔不绝的语流。他的存在让他感到震撼，他的声音在他的心房里激荡、回响。那声音就像伸出了一只强悍的大手紧紧地抓住了他的心，这声音似乎释放出一种世上没有的神秘力量，让他敬畏，令他恐惧！有一幅画面从他面前向远方无限延伸，他脚下的大地突然隐去，他开始升腾，翻滚着升腾。他感觉到自己已经不再是血肉之躯——他感觉到身体内部有一种难以言喻的力量在左冲右突，势不可当。他坐下来，一种既痛苦又快乐的奇怪情感攫住了他，令他呼吸急促。演讲人的话就像一声惊雷在尤吉斯的心中炸响，他内心情感的闸门被再一次打开——过去的希望、梦想、痛苦、愤怒、绝望猛然间喷涌而出。他生命中那些已经蛰伏了很久的感受似乎一下子又醒过来了，而且一种新的、难以用语言描述的情感也随之产生。他曾经遭受了怎样的苦难啊！可是他竟然被那些苦难击垮、打败，他竟然屈服了、遗忘了，回首过去他竟然能心平气和——这真是难以启齿的悲哀，这是人类灵魂不能忍受的耻辱，这真是太恐怖、太疯狂了！那位预言家问：“跟谋害了你们灵魂的凶手相比，杀害你们肉体的凶手又算得了什么呢?”而尤吉斯就是一个灵魂被谋杀了的人，他已经丢掉了梦想，丧失了斗争的勇气——他已经甘于堕落，彻底绝望了。可是现在，突然间他的灵魂深处感受到一阵可怕的悸动，他终于看清了那黑暗、丑陋的现实！支撑他那暗无天日的内心世界的根根梁柱顷刻间土崩瓦解，他头顶上的那片天空豁然裂开。他站在那儿，他那紧紧攥住的双拳高举在空中，他的眼睛血红，他的脸上青筋暴凸，他的喉咙里发出野兽一般狂野的嗥叫。他喊累了，他喘着粗气，他喃喃自语："天啊！天啊！天啊！"

第二十九章

那人回到了座位上，尤吉斯知道他已经讲完了。掌声持续了几分钟之后，有人带头唱起歌来，众人随声附和，整个会场顿时歌声震天。尤吉斯从来没有听过这首歌，也听不懂歌词，但他还是被会场里狂热的气氛所感染——实际上人们唱的是《马赛曲》。雷鸣般的歌声一节一节地唱下去，而尤吉斯的双手则攥得越来越紧，他身上的每一根神经都在随着音乐的节拍跳动。一生中，他从来没有如此激动过——他的内心好像有一股奇异的力量在涌动。他已经失去了思考的能力，感觉自己的身体好像在汹涌的海面上被抛上抛下。他感觉到，他的内心正洪流涌动，在这场浩大的洪流中，一个新的自我诞生了。好像有一股巨大的力量把他从毁灭之神的那张血盆大口中拉了出来，那套绝望的枷锁已经被砸烂。整个世界都因他而改变了——他自由了，他自由了！尽管他还要继续遭受苦难，还要乞讨、挨饿，但是他现在的精神已经完全变了，他能够理解也能够承受这一切。他再也不会任凭命运的摆布了，他要做一个堂堂正正的人，有意志、有理想的人。从此，他的人生有了奋斗的目标，为了这个目标他可以牺牲自己的生命！这里的人会引导他、帮助他；他会有朋友、有同志；在正义的阳光之下，他将和他们手挽手、肩并肩，步伐坚定地朝着目标迈进。

这时，听众安静了下来，尤吉斯又坐下了。大会主席走到台前开始讲话。跟刚才那人相比，他的声音显得尖细而柔弱。在尤吉斯看来，这声音简直是对会议精神的亵渎。在那位神奇人物讲完之后，为什么还要有人讲话呢？大家为什么不静静地坐着呢？主席说大家要捐点款以支付会议的开销，同时也是为了筹措党的活动经费。尤吉斯听见了他的话，可是他身上没有一分钱，于是他的注意力又转移到了别处。

尤吉斯的眼睛紧紧地盯着那位演说家，此时他正坐在一把扶手椅里，用手撑着头，看样子他已经累得筋疲力尽了。可是他突然又站了起来，尤吉斯听见大会主席说演讲人愿意回答听众提出的任何问题。演讲人走到台前，有一个人站了起来，是一位妇女，她想了解一下演讲人对托尔斯泰的看法。尤吉斯从来没有听说过托尔斯泰这个人，他对这个话题也毫不关心。那样精彩的演讲过后，为什么会有人问这样的问题呢？接下来要做的不是说话而是行动。他们要唤醒人们的勇气，激发人们的斗志，把人们组织起来，准备战斗！可是，演讲人还是回答了那个问题，语气轻松而平和。这期间，尤吉斯的思绪又回到了现实世界。就在几分钟以前，他还激动得想抓起身边那个女人的手亲吻；他想用胳膊抱住坐在他另一侧的那个男人的脖子。可是此时，他突然又记起自己是一个“流浪汉”，衣衫褴褛、蓬头垢面、浑身臭气，晚上连睡觉的地方都没有！

最后，集会解散了。听众陆续离开了会场，可怜的尤吉斯突然感到一片茫然。他没想过要离开——他本以为那美好的理想会在现实中一直持续下去，他终于找到了同志、找到了兄弟。可是现在，残酷的现实又摆在了他的面前，他必须离开这个会场，那美好的画面正渐渐远去，他再也看不到它了！他坐在座位上迟迟不肯离开，心中充满了恐慌和疑惑。可是坐在同一排的听众要出去，所以他不得不站起来往出走。他被人群推到过道上，看看这个、望望那个，眼神充满了渴望。人们都在兴奋地谈论着刚才的演讲，可是没有人跟他搭话。他站的地方离门口不远，他感觉到了黑夜的寒冷，于是他的心又被绝望紧紧地攫住了。他对演讲的内容根本不理解，他甚至不知道演讲人的名字，他就这样离开了！不，不，这太荒唐了，他一定要找个人谈一谈，他一定要找到那个演讲人，面对面地跟他谈一谈。演讲人不会看不起他的，虽然他是个流浪汉！

想到这里，他别进一个空排，四处张望。会场里的听众已经变得稀稀落落的了，于是他开始往讲台上张望。演讲人已经离开了讲台，可是讲堂上的一个旁门仍然开着，人们正从那里进进出出，没有人监视。尤吉斯鼓起勇气，走进了那道门。他穿过一段过道，走到另一扇门前，他发现门里边挤满了人。没有人注意到他，于是他也挤了进去，他发现他要找的那个人正坐在房间的一个角落里。演讲人坐在一把椅子里，双肩蜷缩，眼睛微闭，面如死灰，更确切地说是青绿色，一只胳膊无力地耷拉在身体的一侧。一个戴眼镜的高个子男人站在他身边，不住地往后推拥进来的听众，同时说道："请往后站一站，没看见这位同志已经累坏了吗？"

尤吉斯就站在那儿看着演讲人，看了大约有五到十分钟。演讲人偶尔抬起头，跟身边的人说上几句话。最后，那人注意到了尤吉斯。他的眼神里似乎有一丝探寻，于是一股冲动驱使尤吉斯走上前去。

“我想谢谢您，先生!”尤吉斯上气不接下气地说，“听了您的演讲，我太……太激动了。在我离开这里之前，我必须把我的心情告诉您。不过，我……我一点也听不懂……”

那位戴眼镜的高个子男子正在往外走，可是听了尤吉斯的一番话之后，他又转身回来了。“这位同志太累了，不要再打扰他了……”他说。可是演讲人却抬起手，示意他不要阻止尤吉斯。

“等一下，”他说，“他有话要跟我说。”接着他把头转过来，看着尤吉斯的脸问，“你想对社会主义有更多的了解吗?”

“我……我……”他结结巴巴地说，“您讲的是关于社会主义的内容吗?我刚才没听懂。所以现在我想知道您都讲些了什么——也许我能帮上点忙。您所讲的那些现实中发生的可怕的事情我都经历过。”

“你住在哪儿?”对方问。

“我没有家，”尤吉斯回答，“我也没有工作。”

“你是一个外国人吧?”

“我是立陶宛人，先生。”

那人低头沉思了片刻，然后转过头去对他的朋友说：“谁在那儿，沃尔特斯?奥斯金斯基在吧……可是他是一个波兰人……”

“不过奥斯金斯基讲波兰语。”对方说。

“好吧，你去看他走了没有，行吗?”

高个子男子走开了，演讲人又掉过头来，看着尤吉斯。他长着一双黑色的大眼睛，眼窝深陷，面相和善但深藏着痛苦。“真的很抱歉，同志，”他说，“我真是太累了——一个月来我每天都在演讲。不过我会给你介绍一个人，他也同样能够帮助你……”

那位使者只走到门口就返回来了，还领了一个人过来，他向尤吉斯介绍说这位是“奥斯金斯基先生”。奥斯金斯基先生个头矮小，还没有尤吉斯的肩高，面黄肌瘦，满脸褶皱，可以说长相非常丑陋，而且还有点瘸。他穿着一件后摆长长的黑色大衣，接缝和扣眼磨褪了色。他的眼睛肯定是近视，因为他戴了一副绿色的眼镜，看起来甚是怪异。不过，他握起手来倒是非常真诚，而且他讲的是立陶宛语，这让尤吉斯感到温暖。

“你想了解社会主义吗?”他问，“肯定是。我们出去走一走，一边走一边慢慢谈。”

于是，尤吉斯向那位魔法师告了别，然后跟着奥斯金斯基出去了。奥斯金斯基问尤吉斯住在哪儿，并提议他们可以沿着尤吉斯回家的路走，尤吉斯不得不再解释一遍他没有家。对方问他怎么回事，于是开始讲起自己的经历——他是如何来到美国的，在屠场都遭遇了哪些不幸，他是如何家破人亡的，以及为什么成了流浪汉。听了这些之后，奥斯金斯基紧紧地抓住他的胳膊，说:“你已经经历了那些磨难，同志！我们要把你培养成一个斗士!”

接着，奥斯金斯基讲述了自己的情况。最后他说他本应该把尤吉斯领到他自己家里——可是他家里只有两个房间，而且也没有多余的床。本来他也可以把自己的床让给尤吉斯，可是他的妻子正在生病。当他被告知夜里尤吉斯只能睡在门道里的时候，他还是要坚持把尤吉斯领回家，让他睡在厨房的地面上，尤吉斯高兴得简直不敢接受这样的好意。“明天我们也许会给你找个更好的地方，”奥斯金斯基说，“我们会想尽一切办法不让同志挨饿的。”

奥斯金斯基的家在犹太人居住区，是一幢公寓楼的地下室，有两个房间。他们走进家门的时候，一个婴儿正在啼哭，于是奥斯金斯基把卧室的门关上了。他解释说，他有三个大一点的孩子，还有一个刚出生的婴儿。他拽来两把椅子，放在厨房的火炉旁，然后说屋子里太乱了，让尤吉斯千万别见怪，这个时候也无心再收拾了。厨房的一半被一张工作台占据着，上面堆着衣服，奥斯金斯基解释说自己平时就干这缝裤脚、钉纽扣之类的活儿。他把附近裁缝店里的衣服拿回家，他和妻子完成最后一道工序。他就靠这个生活，可是这个活儿干起来越来越难了，因为他的视力越来越坏。不干这个，他也不知道自己还能干什么。他们没有积蓄——一个男人一天工作十二到十四个小时还几乎养活不了一家人。这个活儿不需要什么技术，谁都能学会，所以工钱越来越少。这就是竞争工资制度，如果尤吉斯想了解社会主义，最好从这一点开始深入。工人们靠工作生存，所以他们竞相降低自己的工资要求以争取到工作，只要有人能够接受最低的工资标准，其他的人就别想得到更高的报酬。这样，广大的劳动人民就总是在跟贫穷做着你死我活的斗争。这就是挣工资的人所必须面对的“竞争”，他们没有别的资源，只能出卖自己的劳动。至于那些高高在上的剥削者，他们的情况就大不相同了，因为他们人数很少，他们联合起来就占了统治地位，他们的势力不可打破。这样，全世界就形成了两大对立的阶级，中间有一条不可逾越的鸿沟——拥有大量财富的资产阶级和戴着枷锁、被无情奴役的无产阶级。在数量上，后者是前者的一千倍，但是他们无知又无助，他们只有组织起来、只有意识到阶级的对立才能够砸碎剥削阶级套在他们身上的枷锁。这将是一个漫长而艰苦的过程。不过，无产阶级革命的火种一旦播下了，它就会越烧越旺，直至形成燎原之势。只要每一个社会主义者心中都怀着对美好未来的憧憬，只要每个人都行动起来，积极行使自己的民主选举权利，最终他们就一定能够夺取政权，从而推翻生产资料私人占有的社会制度。一个人不管有多穷，不管他遭受过多少不幸，只要他对未来抱有信心，他就永远不会感到生活的痛苦。尽管他自己可能看不到革命胜利的那一天，但是他的孩子会看到。对于一个社会主义者来说，整个无产阶级的胜利就是他自己的胜利。革命运动每取得一点成绩，他都会感到欢欣鼓舞。在芝加哥，无产阶级革命运动正大踏步地向前发展。芝加哥是美国的工业中心，全国任何其他地方都没有像芝加哥这样强大的工会组织。可是工会组织并没有给工人争取到多少权益，因为雇主们也都联合了起来，罢工基本上都是以失败而告终。工会一解散，工人们就会加入社会党。

奥斯金斯基进而解释了社会党到底是一个怎样的组织。他说，社会党是无产阶级自我教育的机器。每一个大的市镇都有党的地方组织，而且在更小的地方社会党也正如雨后春笋般地发展壮大着。各个地方党支部的规模不等，少到六名党员，多到一千名党员。全国共有一千四百个地方党支部，党员大约有两万五千人。党员定期交纳党费以支持党支部开展各种活动。库克县地方党支部——芝加哥地方党支部的名称——下辖八十个下级支部，他们一年的活动经费高达数千美元。他们出版了一份英文周刊、一份波希米亚语周刊和一份德语周刊。另外，他们在芝加哥还出版一份月刊。同时，他们还拥有一家联合出版社，每年发行一百五十万册关于社会主义的图书和宣传资料。这一切都是最近几年发展起来的——奥斯金斯基刚来到芝加哥的时候，什么也没有。

奥斯金斯基是一个波兰人，五十岁左右。来到美国以前，他生活在西里西亚，由于种族原因而受到歧视和迫害。19 世纪 70 年代初，俾斯麦征服了法兰西之后，他开始对"第一国际"实行铁血政策，就在这时奥斯金斯基毅然投身于无产阶级运动。他曾两次入狱，不过那时他还年轻，根本不把牢狱生活当回事儿。随着社会主义挣脱了枷锁，成为帝国政治舞台上一股强大的力量，奥斯金斯基在革命斗争中所扮演的角色也越来越重要。就这样，他被派到美国开展社会主义运动。当初，人们只要听到社会主义这个词就会大加讥讽——在美国，人人自由平等。政治上的自由似乎使得工资奴隶制变得更容易让人忍受！奥斯金斯基如是说。

个头矮小的裁缝坐在一把餐椅子里，上身仰靠在硬硬的椅背上，双脚搭在没生火的炉盖上。他说话的时候压低了声音，生怕吵醒卧室里的家人。在尤吉斯看来，奥斯金斯基和集会上的那个演讲人同样令人惊羡。他很穷，处于社会底层的底层，食不果腹，生活悲惨——然而他竟然如此见多识广、英勇无畏、成就非凡，他是一个多么了不起的英雄啊！他们的队伍里还有很多像他一样的人——数以千计，而且都是工人！就是这些人缔造了那个神奇的进步组织，这简直令人难以置信。

可是现实的情况就是这样，奥斯金斯基说。一个人刚接受社会主义信仰的时候，他会变得十分狂热——他不能理解其他人为什么看不清社会主义，他希望一周之内转变所有人的思想。可是，过了一段时间之后，他就会意识到这是一项多么艰巨的工作。所幸的是，总是有新人不断地加入到他们的队伍里，这就给了他继续奋斗下去的动力。尤吉斯现在有很多机会可以释放自己的激情，因为现在正值总统大选时期，人人都在谈论政治。奥斯金斯基答应尤吉斯，下次地方党支部开会的时候他要把他带过去，他要介绍他入党。党费每周五分钱，不过任何党员如果没有钱都可以免交。社会党是一个真正讲民主的政治组织——一切都由党员自己管理，没有老板。奥斯金斯基把这一切都清清楚楚地讲给了尤吉斯，他也讲到了党的纲领。可以说，社会党只有一个纲领——那就是“不妥协”，这是全世界无产阶级运动的精髓。如果某一个社会党人被选为议员，他必须尽可能地争取和其他党派的议员一起为工人阶级谋福利。但是，他也必须记住，他所做出的任何让步都是为了党的最高宗旨——组织工人阶级起来革命。目前，党组织的发展现状是每个老党员每两年发展一个新党员。按照这个发展速度，到一九一二年社会党就会夺取全国政权。当然，并不是每个人都抱着这样的乐观态度。

社会主义者在全世界每一个文明的国家都有组织，这是一个国际性的政党，也是人类历史上最伟大的政党，奥斯金斯基如是说。在全世界范围内，他有三千万的追随者，能够争取到八百万张选票。在日本，第一份社会主义报纸诞生；在阿根廷，第一位社会党人被选为国会议员；在法国，社会党人进了内阁；在意大利和澳大利亚，社会党的政治力量举足轻重，并有几位社会党人担任政府部长职务；在德国，社会党拥有全国三分之一以上的选票，所有其他的政党和各种政治势力联合起来对付它。奥斯金斯基说，无产阶级仅仅在一个国家取得胜利还不够，因为所有其他国家的军事力量会联合起来把那个国家的无产阶级政权推翻。所以说，社会主义运动是国际运动，全世界无产者必须团结起来为建立一个自由、大同的世界而共同奋斗。这是人类的一个新宗教——也可以说这是那个古老宗教信仰的实现，因为它最真实地体现了基督精神。

尤吉斯跟这位新朋友一直谈到下半夜。对尤吉斯来说，这是一次不同寻常的经历——他感觉到自己并非置身于现实之中。他感觉到自己好像遇到了一个来自四维空间的居民，这个人似乎完全不受自身的束缚。四年来，尤吉斯一直在无边无际的荒野中绝望地徘徊。此时，突然有一把大手向他伸过来，拽住了他，把他高高地托起，拖到了山巅之上。站在山巅向下俯瞰，下面的世界一览无余——他看清了自己徘徊的道路，他看见了一片片使他深陷其中的沼泽，他发现了那些曾经攻击过他的野兽藏身的巢穴。比如说他在罐头镇的经历——罐头镇上所发生的一切奥斯金斯基都能够解释得清清楚楚！在尤吉斯看来，工人们的命运就掌握在屠场主的手里，可是奥斯金斯基说真正主宰工人命运的是牛肉托拉斯。他们是一个庞大的资本联合体，他们能够粉碎任何反抗力量，他们肆意践踏这个国家的法律，无情地蹂躏他们铁蹄下的人民。尤吉斯回忆起刚到罐头镇时的情景——在他参观杀猪过程的时候，他在想那是多么的残忍和野蛮，离开的时候他还庆幸自己不是一头猪。他的新朋友向他挑明，他后来在屠场的命运跟猪并无两样——屠场主猪群里的一头猪。就像他们要在猪身上获取一切可以得到的利润一样，他们也要榨干尤吉斯身上的全部油脂，这也是他们要在工人们身上得到的，这也是他们要在劳动人民身上得到的。他们根本不理会猪的感受、猪的痛苦；他们同样不理会劳动人民的福祉和消费者的利益。这是全世界普遍存在的事实，罐头镇更是模范先锋；屠宰业本身就代表着冷酷和残忍——屠场主们的经营理念是为了一分钱的利润他们不惜牺牲一百个人的生命。等尤吉斯读了有关社会主义的书籍之后——他很快就会读到——他就从各个角度看清牛肉托拉斯的狰狞面目，他就会发现这个行业到处都是一样毫无知觉的、冷酷无情的贪婪。它是一头长着千张血盆大口、千只铁蹄的怪兽，肆意吞噬和践踏着人们的肉体和灵魂。它的名字叫巨无霸屠夫——它的灵魂依附在资本这一肉身之上。它像一艘庞大的海盗船横行于商海之上，船上升起黑色的海盗旗，向文明宣战，贿赂和腐败是船上的武器弹药。芝加哥政府只是它的一个办事处；它明目张胆地盗取城市的水源；它对法院发号施令，通过法律对闹事的罢工者进行镇压；它逼迫市长不执行损害它利益的建设法。联邦政府里有它的势力集团，因此它能够阻止政府有关部门依法对其产品进行检验检疫，它也能够肆意篡改政府部门的检验报告，它视反回扣法如无物。如果检查不可避免，它就销毁各种书面证据，把那些为虎作伥的人秘密送到海外去。在商业世界，他就是一部把一切辗在车轮之下的讫里什那神车，每年它把数千家企业逼到绝路，把成千上万的人逼得发疯、自杀。它恶意压低活牛的收购价格，因此使整个牲畜饲养业陷入困境，进而严重地阻碍了国家的经济发展。成千上万拒绝经营它的肉类产品的屠宰户被它逼得破产；它把全国划分成若干个区，在各区销售的肉类产品都由它来定价；它垄断了全国所有的冷藏车，借此从经营家禽、蛋类、蔬菜、水果等产品的商人身上揩油。每周有数百万美元的利润涌进它的腰包，它凭着这巨大的财力控制着铁路、公路、石油、电力等行业，同时它直接拥有全国的皮革和谷物产业。对于这种贪婪和野蛮的鲸吞，人们深感愤怒，却又束手无策。社会党的责任就在于此，它会教育人们，把人们组织起来，让他们做好战斗的准备，让他们把牛肉托拉斯这个庞大的机器抢过来，掌握在自己的手里，让它为人民生产食品，绝不能再让它为一群海盗创造财富。等尤吉斯躺下来的时候，时间早已过了午夜。不过，他还是久久不能入睡，一幅幅罐头镇上的人们占领联合屠场的激动人心的画面在他眼前掠过！

第三十章

尤吉斯和奥斯金斯基以及他的家人一起吃了早饭，然后他就回家去找伊莎贝塔了。他已经没有了愧疚感——进了家门之后，他没有向伊莎贝塔讲那些事先想好的话，他向她讲起了革命！开始，伊莎贝塔以为他精神不正常了。过了几个小时之后，她才敢肯定他还是个正常人。除了政治，其他的话题他谈的思路都还正常，这样伊莎贝塔感到放心了。尤吉斯早有预料，伊莎贝塔的头脑好像被包上了一层铁甲，社会主义思想断难渗透。她的心早已经被苦难磨炼得坚如磐石，绝难撼动。对她来说，生活就意味着一日三餐，所有的思想活动都是围绕着这个中心。现在，她唯一感兴趣的是这个令她的女婿着魔的新念头能否使他更沉稳、更勤奋。当她发现他想找工作、想为这个家出一份力的时候，她放弃了思想上全部的抵触情绪，甘愿接受他的开导和教化。伊莎贝塔是一个绝顶聪明的女人，脑筋快得就像一只被追赶的兔子。不到半个小时的时间，她就彻底接受了社会主义思想，把它作为自己一生的政治态度。只要他肯交自己的一份生活费，她同意一切都听他的。她甚至同意偶尔跟尤吉斯一起去参加集会，当然她虽然身处革命风暴中，脑子里想的还是第二天餐桌上的食物。

在尤吉斯成为一名社会主义战士一周之后，他开始出去找工作。他整天在外面转悠，四处打探工作机会。突然有一天，天降奇缘。当时，他正走在芝加哥的大街上，街道两侧遍布着数不清的小旅馆。他来到一家旅馆的门口，犹豫了一会儿，然后走了进去。一个看上去像是老板的人正站在前厅里，于是尤吉斯走到他跟前，问他能不能给他一个工作机会。

“你能干什么?”那人问。

“我什么都能干，先生，”尤吉斯回答，然后又补充道，“我已经失业很长时间了，先生。我是一个很诚实的人，身体强壮，而且我愿意……”

那人眯缝着眼睛仔细地打量着他。“你喝酒吗?”他接着问。

“我不喝酒，先生。”尤吉斯答道。

“好吧，我这里雇了一个行李工，可是他经常喝酒，我已经赶了他七次了，我实在是无法忍受了。你能干这个工作吗?”

“行，先生。”尤吉斯应答。

“这活可不好干。你得擦地、冲痰盂、上灯油、帮客人搬箱子……”

“我能干，先生。”

“那好吧。我每个月给你开三十块钱的工资，外加伙食。如果没问题，现在你就可以开始干活了。你就穿那个人的工作服吧。”

尤吉斯立即动起了手，并且一直干到晚上，就像一个永不知疲倦的特洛伊人。他回到家里，把这一好消息告诉给了伊莎贝塔，而且尽管天已经很晚了，他还是去了奥斯金斯基的家，向他讲述了自己的好运气。当他讲到旅馆所处的位置的时候，对方的脸上露出惊喜的表情。他突然打断了尤吉斯的话："该不是辛德斯旅馆吧！"

"正是，"尤吉斯说，"就是这个名字。"

听到这话，对方激动地说："你可是遇到了全芝加哥市最好的老板——他是我们党州委员会的组织委员，也是一位杰出的演说家！"

第二天早晨上班的时候，尤吉斯向老板讲了自己刚刚加入社会党的情况。老板抓起他的手，用力地摇晃着。"天啊！"他兴奋得大喊大叫，"昨天夜里我梦到自己解雇了一位社会党的好同志，半夜醒来就再也睡不着了。这下好了，我用不着自责了！"

从此以后，老板就叫他尤吉斯同志。反过来，他也希望尤吉斯叫他辛德斯同志。汤米·辛德斯——亲近的人都这样叫他——个头不高、身材敦实、肩膀宽厚、满面红光，留着两撇灰色的胡须。他是这个世界上心地最善良、性格最活泼的人——永远满腔热忱，不分白天和黑夜总是把社会主义挂在嘴边。只要有他在，人群里就少不了欢乐；只要有他在，会场上就少不了热烈的气氛。只要他那股激情迸发出来，他的话就会像尼亚加拉河的河水一样滔滔不绝。

刚进入社会的时候，辛德斯给一个铁匠打下手。内战打响之后，他从家里逃了出来，加入了北方联军，正是在这一时期他开始明白了什么是"腐败"——枪支粗制滥造，军毯质量低劣。他唯一的兄弟就是因为在关键时刻枪卡了壳而死在了战场上，他多年的病痛都怪那既不防寒又不防潮的军毯。每到下雨阴天的时候，他浑身的关节就会感到酸痛，这时他会眉头紧锁，嘴里咒骂："资本主义，见鬼，资本主义！真是人类的耻辱，让它见鬼去吧！"他能够为这世界上的种种罪恶开出一剂灵丹妙药，每见到一个人他就忙不迭地开始推销自己的药方。不管你有什么样的问题——事业受挫、消化不良、丈母娘蛮横无理，他听了之后都会两眼放光，迫不及待地对你说："你知道应该怎么办——去投社会党人的票吧！"

内战一结束，汤米·辛德斯就开始四面出击，向资本主义的各种恶势力宣战。他首先进入了商界，可是他发现在商业战场上与其交锋的竟然是那些在战争期间靠投机发了财的大财阀。市政府掌握在他们的手中，铁路部门跟他们结成同盟，靠正道经营的商人们被逼到绝路。于是，辛德斯把所有的积蓄投入到了芝加哥的地产上，然后一个人单枪匹马地去跟腐败势力做斗争。他先后成为市议会的改革派议员、国民党党员、工会联盟成员、人民党党员、卫理公会教徒——经历了三十年的奋斗，到了一八九六年，他终于认识到财富集中所形成的合力是永远也无法规制的，只能将其彻底摧毁。他为此发表了一本宣传手册，并开始筹建自己的政党。后来，他偶然读到了一份社会党的宣传单，他这才意识到自己已经落在了别人的后面。时至今日，他已经为社会党奋斗了八年。无论何时何地，只要有聚会的场合——荣军联谊会、酒店业主大会、非裔美国商人宴会、《圣经》协会会员野餐，他就会争取与会做关于社会主义的演讲。这样周游了几年之后，他独自一个人去旅行了，旅行的终点是位于纽约和奥尔良之间的什么地方。从那儿回来以后，他开始到各个地方为党筹建地方支部。最后，他退休回家休息了——在芝加哥宣讲社会主义。辛德斯的旅馆就是一个社会主义宣传站，所有员工都是社会党党员，刚来工作的时候他们也许对社会主义还一无所知，不过在他们离开之前，每个人都肯定会成为社会主义的忠实信徒。每当老板在前厅跟什么人讨论有关社会主义的话题的时候，他们身边很快会聚过来一群人，直到店里的每个人都挤过来，于是一场严肃的辩论会就开场了。这样的场面每天晚上都会发生——如果汤米·辛德斯不在场，他的办事员会接替他的角色；如果办事员也出去参加党的活动了，他的助手就会上阵，这样，酒店管理的工作就落在了辛德斯太太的头上。办事员是老板的忠实追随者，个子细高，体形消瘦，手脚笨拙，面露菜色，一张嘴大得不成比例，下颌留了一捋胡须，典型的草原牧民形象。是的，他一生中从来没离开过畜牧业——在堪萨斯，他跟铁路部门斗争了五十年；曾是一位牧民协进会会员、牧民联盟会员、人民党“中间派”党员。后来，汤米·辛德斯开导他要利用好这些组织对他的信任，千万不要毁掉它。就这样，他卖掉牧场，来到了芝加哥。

这是办事员阿莫斯·斯特卢弗。那位助手名叫哈里·亚当斯，皮肤白嫩，一副学者模样，来自马萨诸塞州，清教徒移民后代。他曾在伏尔河上做过纺织工人，纺织业持续的萧条使得他和一家人穷困潦倒。后来，他就移民到了南卡罗来纳州。在马萨诸塞州，白人的文盲比例是百分之零点八；在南卡罗来纳州，这一比例高达百分之十三点六。而且，在南卡罗来纳州，选民资格有财产数额限制——由于这些原因，这里的童工现象非常普遍，所以这里的棉纺企业远比马萨诸塞州的同业企业更有竞争力。当然，这一点亚当斯并不了解。他只知道这里的工厂还在运转，而马萨诸塞州的棉纺厂都纷纷倒闭了。可是来了之后，他才发现这里的日子也并不好过，要想活命，他和家人不得不每天从晚上六点一直工作到早晨六点。工作之后，他又开始像在马萨诸塞州那样组织纺织工人搞运动，结果没几天就被解雇了。不过，后来他又找到了别的工作，并坚持一直干了下去。再后来，工人们为了争取缩短工时而举行了罢工。罢工期间，哈里·亚当斯在街头集会上发表过演讲，这让他倒了大霉。在南部边区各州，法院对罪犯的判罚一般是把他们送到企业主手里去劳动。审判亚当斯的法官恰好是他得罪了的那位工厂主的本家，于是法官就把他又送回了原来的工厂。他差点在劳动改造期间丧命，不过他还是默默地挺过去了。刑期一满，他就和家人离开了南卡罗来纳州——他把它称为“地狱后院”。他没有钱坐车，不过当时正值秋收季节，于是他们一家人就徒步往北走，一边走一边帮人干农活。最后，亚当斯来到了芝加哥，并加入了社会党。他是一个勤奋好学、性格内敛、不善言谈的人，不过在他酒店的办公桌下面总是有一摞书，他写的文章很快就引起了党报的注意。

你可能想象不到，老板以及员工们的政治热情并没有影响到旅馆的生意。大批的激进主义者蜂拥而至，旅行途中在此下榻的商业人士也对他们的政治主张产生了兴趣。最近，这里又成了西部养牛人在芝加哥的理想落脚点。原来，牛肉托拉斯要了个花招，他们提高了牛的收购价格，等到大批生牛被运过来的时候，他们又突然杀价，这样他们就可以赚得盆满钵满，而养牛人被害得可能连运费都付不起。晚上他们只能住在廉价旅馆里，至于旅馆前厅里有人高谈阔论，这对他们也无妨。对于汤米·辛德斯来说，这些来自于西部的养牛人就是送上门来的思想改造对象——他把十几个养牛人召集到身边，给他们分析现行的社会制度。尤吉斯刚工作一周，可是当汤米听了他的经历之后就再也不肯让他离开了。每当他跟这些养牛人谈论起屠场里的罪恶的时候，他就会说："你们知道吗，我们这里就有一位员工，他亲眼看见了那些罪恶勾当！"而这时，不管尤吉斯正在干什么，他都会放下手中的活儿，走到老板身边。老板接着说："尤吉斯同志，给这些先生们讲一讲你在宰杀台上所看到的一切。"开始的时候，老板的要求会揭开他内心的伤疤，让他感到无比痛苦，就像拔掉他的牙然后逼他说话一样。渐渐地，他知道自己应该讲什么了。到后来，他学会了从容，于是他就充满激情地、一遍一遍地讲述自己的经历。老板总会坐在旁边，不住地点头、惊呼，为他打气。尤吉斯讲到了"酱火腿"的制作程序，讲到了公猪被制成猪油、销往外州的过程。在一旁听着的汤米·辛德斯会突然拍一下大腿，高声喊叫："你们认为有谁能够凭空编造出这些故事来吗？"

接着，旅店老板就会继续分析社会主义如何能够消灭这些罪恶，社会主义如何跟牛肉托拉斯做真刀真枪的斗争。然后，这些牛肉托拉斯的受害者就会说，现在全国上下群情激愤，报纸上也是一片谴责之声，政府也正在采取行动。汤米·辛德斯斩钉截铁地说："是的，的确如此——可是你们想到了吗？报界以及政府这样做仅仅是为了摆个姿态！你们真的天真到以为它们是在为公众的利益着想吗？全国其他的托拉斯也都跟牛肉托拉斯一样为所欲为、利欲熏心：煤炭托拉斯让穷人冻死在冬天；钢铁托拉斯让你鞋钉的价格涨了一倍；石油托拉斯让你在夜里点不起油灯，无法看书。你怎么知道报纸和政府的反应是针对牛肉托拉斯的？”牛肉托拉斯的受害者回答说，社会上对石油托拉斯已经早有谴责了。对方接着说：“十年前，亨利·D. 劳埃德写了一本书，书名叫《财富与联邦》。他在书中揭露了标准石油公司的种种罪行。该书出版以后很快就成了禁书，所以你可能都没听说过。现在，终于又有两本杂志敢于触及标准石油公司的神经了。结果怎么样？报纸对杂志上的文章大加嘲讽，教会大力维护犯罪分子，政府坐视不管。可是现在，报纸和政府对牛肉托拉斯的态度为什么跟其他的托拉斯大不一样了呢？”

这时，养牛人表示大惑不解，而汤米·辛德斯则激动地睁大双眼，解释说：“如果你是一个社会主义者，你就会明白管理美国的权力是真正掌握在铁路托拉斯的手中的。是铁路托拉斯在主宰着你们那个州的州政府，是铁路托拉斯在统治着美国参议院。刚才我提到的那些托拉斯都与铁路部门有关——除了牛肉托拉斯！牛肉托拉斯一直跟铁路托拉斯对着干——他们利用私人铁路运输系统与铁路托拉斯相抗衡。公众舆论愤怒，报界声讨，政府宣战！可是你们这些可怜的普通人还跟着叫好，以为他们是在维护你们的利益，你们从来没有想到这是一场旷日持久的商战，现在只不过是到了战争最激烈的时候——这是牛肉托拉斯和标准石油公司之间最后的决战，胜者将夺取对美利坚合众国的控制权！”

尤吉斯就是在这样的一个新的大家庭里生活和工作着，他在这里得到了彻底的社会主义教育。你可能会想，他在这里没干多少活儿，不过你错了。他可以为汤米·辛德斯两肋插刀，把旅店收拾得漂漂亮亮是他生活中的一大快乐。满脑子的社会主义思想并没有妨碍他工作。相反，他把痰盂清洗得干干净净，把栏杆擦得一尘不染，因为干活的时候他想象着自己是在跟敌人做斗争。如果他能戒掉酒瘾以及其他的一些坏习惯，那自然是锦上添花的好事。可是，这不可能是事实。革命者并非天使，他们也是人，从社会的泥潭里爬上来的人，因此他身上也不可避免地挂上了一些污泥浊水。他们也会喝酒，骂人，用刀子叉馅饼。他们和其他的民众只有一个区别，那就是他们都怀揣着梦想和希望，有为之奋斗的事业。有时，尤吉斯会觉得那目标太过遥远、渺茫，相比之下一杯啤酒更显实在。不过，如果他喝了一杯，还想喝第二杯，以至于到最后控制不住自己，他的内心就会产生一种深深的负罪感，第二天他就会更加坚定决心。他深刻地认识到，把钱花在酒精上无疑是一种罪恶，工人阶级正在黑暗中挣扎，等待拯救。一杯啤酒能换来五十份传单，把这些传单发给那些还看不清人生目标的人，那意义该有多大啊！那种成就感该有多幸福啊！这就是革命运动的方针，只有坚持这一方针，革命运动才能够向前发展。仅仅理解社会主义还不够，人们必须为此奋斗——不是为少数人奋斗，而是为了全体受压迫的人们！可是，竟然有人拒绝接受这一新的、伟大的信仰，这令尤吉斯有时感到苦闷。本来是相识的人，可是他的教化没起作用，这样再见面的时候他就会感到尴尬。他见了几个邻居，他们跟伊莎贝塔都是朋友，他想把他们集体拉进社会主义阵营，可是他差点和他们大打出手。

在尤吉斯看来，社会主义思想简直就是不言而喻的真理！可是竟然有人看不清，真是不可思议！这个国家的一切——土地、土地上的所有建筑、铁路、矿上、工厂、商店——都掌握在少数个人——资本家的手里。劳动人民为了活命不得不为他们工作。除了那点少得可怜的工资，他们全部的剩余劳动都变成了资本家腰包里的财富。劳动人民的肚子越来越瘪，而资本家的腰包却越来越鼓，他们过着难以想象的奢侈的生活！如果资本家只拿走属于他们自己的那一份，那么工人们所得到的就应该比现在的多得多，这难道不是再明显不过的道理吗？这道理简单得就像一加一等于二，就这么简单，可是有人就是看不懂，他们还要去争论世界上的其他问题！他们还争辩说，政府不可能像个人那样高效率地管理经济。他们一遍一遍地重复着这样的论调，以为自己讲的是什么真正的理论！他们就是看不清那些资本家们的所谓"高效管理"无非就是把他们压迫得喘不过气来，让他们得到少得可怜的工资！他们就是挣工资的奴隶，任凭资本家的奴役，任凭资本家在他们身上榨出一滴一滴的油水。可悲的是，他们竟然以一种旁观者的角度饶有兴致地审视着这一切，他们生怕自己身上的油还没有被榨干！遇到这样的情况，听到这样的言论，你会有怎样的心情呢？

然而，这还不是最令人气愤的。你可能会遇到这样一位倒霉鬼，他可能在某一工厂里工作了三十年，到头来没攒下一分钱。他每天早晨六点钟离开家，整天看护一台机器，晚上回来的时候累得连脱衣服的力气都没有了。一生中，他从来没有享受过一个星期的假期，从来没有出去旅行过，从来没有过任何冒险的经历，从来没有学过什么东西，脑子里也从来也没有过任何非分的想法。当你跟他谈起社会主义的时候，他会不屑一顾地对你说："我对这个不感兴趣——我是一个个人主义者！"接着他还会告诉你，社会主义实行的是“家长式管理”，如果走社会主义道路，社会就不可能进步。听到这样的话，驴子都可能被气笑了，可是你无论如何也是笑不出来的，因为像他这样已经丢掉了灵魂的人太多太多。资本主义不仅榨干了他们的肉体，也掏空了他们的灵魂，他们已经不知道什么是自由了！他真的以为，成千上万的人被圈在一起、听命于一个铁石心肠的魔王、为他一个人创造亿万财富、让他给他们建一座图书馆，这就是“个人主义”；相反，如果他们自己管理企业、按照他们自己的意愿去经营、建造自己的图书馆，那这一定就是“家长式管理”了！

这样的交谈实在令人头疼，有几次尤吉斯气得几乎崩溃。可是，你没有办法，你只能在无知和偏见这座大山的脚下一锹一锹地挖。跟这样的可怜虫讲话，你要耐住性子，抓住时机把社会主义思想一点一滴地渗透进他们的大脑里。平时，你必须不断地丰富你的武器库——对于他们的质疑，你必须事先做好心理准备，积极应对，用活生生的事实说话，让他们逐渐认识到自身思想上的谬误。

就这样，尤吉斯养成了读书的习惯。他的兜里随时装着一本借来的书或者小册子，一有空闲他就会读上一段，干活的时候他就在心里思考问题。他也读报纸，并经常就报纸上的问题向人讨教。辛德斯旅馆里还有一位行李工，是一个聪明的小个子爱尔兰人，他对尤吉斯提出的问题无所不知。在一起干活的时候，他会向尤吉斯讲解美国地理、历史、宪法和法律。他也会跟尤吉斯谈论美国的商业体制、铁路系统、公司经营、企业主、工会、罢工、罢工领袖等话题。晚上，如果有时间出去，他就去参加各种社会主义集会。社会主义宣传运动不靠街头演讲，因为天气和演讲者的素质都无法保证。每天晚上，你都能在会场里找到这样的集会，而演讲人也都是全国闻名的。在这样的集会上，人们会从各个角度讨论社会制度。令尤吉斯感到苦恼的是，那些演讲人所打开的一座座思想宝库令他垂涎欲滴，可是他就是不能把那些宝贝一下子都拿走。

党内有一个外号叫“小巨人”精英人士。上帝在创造他的时候把太多的材料用在了他的脑袋上，结果腿上的材料不够用了。只要他在演讲台上一走，他那两撇小黑胡一抖，资本主义大厦的擎天柱就会剧烈晃动。他写过一本书，可以说是关于社会制度的一部百科全书，那本书厚得简直跟他的人一般高。还有一位年轻的作家，来自加利福尼亚。他捕过大马哈鱼，偷过牡蛎，在码头当过装卸工，做过水手，游遍全国，蹲过监狱，住过白教堂贫民窟，在克朗代克河上淘过金。所有这些经历在他的书里都有描写。他是个天才的演说家，全世界的人都为他的口才所倾倒。现在，他成了名人，可是他仍然在为穷人四处奔波、传道解惑。还有一个被称为“百万富翁社会主义者”的人。他早年在生意上发了财，后来他把钱全都拿出来办了一本杂志，可是杂志出版后遭到了邮政部门的打压，结果他不得不逃到加拿大。他平时少言寡语，从外表上看你绝对不可能想象到他竟然是一个社会主义运动的鼓动家。他的演讲朴实、随意——他不能理解有些人为什么会对关于社会制度的话题大惊小怪。他说，某种社会制度的建立是社会经济进化的必然结果。接着，他又会阐述社会制度的产生原理和运行规律。生命过程就是一场生存斗争，强者战胜弱者，而强者又会被更强者所战胜。在斗争中失败就意味着被消灭，不过失败的个体往往会联合起来，形成合力——合力是一种新的、更强大的力量。这就是为什么群居动物会战胜单枪匹马的肉食动物。人类历史也同样是这样的进化过程——人民战胜了君主。每个工人都是工业社会的个体公民，社会主义运动是他们生存意志的体现。革命不可避免，其理由是工人阶级只有两条出路：要么联合起来，要么灭亡。这是严酷无情的现实，不以人的意志为转移，这是经济社会发展规律的必然结果。关于这一点，这位编辑曾做过无比精准而详尽的论述。

后来在社会主义运动的一次重大集会上，尤吉斯见到了党的两位旗手。十年前，在芝加哥曾发生过一次十五万铁路工人大罢工。当时，铁路部门雇用流氓、杀手对罢工进行暴力镇压，美国总统更是动用了军队。工会领袖们没有经过审讯就被投进了监狱。从监狱里出来的时候，工会主席几乎成了一个残疾人，不过思想上却成了一个坚定的社会主义者。他在全国各地游历了十年，深入草根阶层，面对面地向人们宣扬正义。他有着极强的感召力，瘦高的个子，由于受尽磨难而形容消损，脸上带着因人格受到屈辱而产生的愤怒——说起话来就像是一个受了委屈、眼含热泪的孩子在祈求。他在讲台上走来走去，步态敏捷，表情热切，就像是一只豹子。他身体前倾，向观众伸出热情的双手，他那坚定的手指直接指向人们的灵魂。由于不停地讲话，他的嗓音有些嘶哑，但是偌大的会场竟是鸦雀无声，每个人都听得那么入神。

从会场里出来的时候，有人递给尤吉斯一份报纸，他一边走一边读。就这样，他开始接触到了《呼唤理性》这份报纸。大约十二年以前，一位科罗拉多州的房地产商认识到在人们的生活必需品上去做投机买卖是不道德的，于是他毅然决然地放弃了自己的房地产生意，开始创办这份社会主义周报。开始的时候，他不得不自己排版，但是他坚持下来了，并最终取得了成功。现在，他的报社已经发展到了相当的规模。他每周要用掉一整车厢的新闻纸，邮车在堪萨斯州的那个小城要停留好几个小时装载他的报纸。这是一份有四个版面的周报，每份的价格还不到半美分，固定订户达二十五万，被投递到全美国各城市交叉路口的邮局。

《呼唤》是一份宣传报。它独具特色——笔触辛辣，充满西部俚语，基调喧嚣。它把美国富豪阶级的生活画面呈现给"疲于奔命的美国骡子"，让他们长长见识。它开辟了两个对比鲜明的专栏，一边报道的是价值百万美元的钻石、社交名媛的狮子狗，另一边则描述了墨菲太太饿死在旧金山街头的悲惨命运、刚刚从医院里出来的整天在纽约街头流浪的约翰·罗宾逊。它收集各家报纸所报道的关于腐败、犯罪的事件，然后加以无情的挞伐。"南达科他州彭镇三家银行倒闭，又一大批工人的储蓄被吞噬!""俄克拉荷马州沙溪市市长携十万美元潜逃。这就是你们选出的老党派管理者!""佛罗里达飞机制造公司总裁因犯重婚罪而入狱。他是社会主义的坚决反对者，他说社会主义将使家庭解体!"《呼唤》拥有自己的"军队"，大约三万人的忠实拥趸。报社不断鼓舞"军队"的士气，有时通过有奖比赛的方式激励他们去战斗，奖品可能是一块金表、一艘私人游艇或者八英亩土地。士兵们给编辑部的工作人员都起了有趣的外号——"墨水艾克""秃顶男人”“红发女”“牛头犬”“办公羊”“一匹马”。

当然，有时《呼唤》也会变得十分严肃。报社向科罗拉多派了一位通信员，然后连篇累牍地报道了该州推翻美国现行社会制度的新闻。在某个城市的电报托拉斯总部，报社安插了四十多名自己的“士兵”，通过电报发送的任何关于社会主义的重要消息都会通过这些士兵传到《呼唤》报社。在选举期间，报社印发大量传单。尤吉斯就收到一份发给罢工工人的宣言书，该宣言书印刷了一百万份，在全国各个出台了“公开招工”政策以破坏罢工的工业中心城市都有散发。传单的标题是“罢工失败了！现在该怎么办”。这是一个极具煽动性的呼吁——文章是由一个铁杆社会主义者撰写的。传单一经付梓印刷，屠场区就收到了两万份，藏在一家小香烟店的后室。每到周日晚上，屠场区党支部成员就会把这些传单一抱一抱地抱到大街上去散发，或者挨家挨户递送。罐头镇人民的罢工失败了，可以说这是全体罐头镇人民的罢工，因此当他们读到这份传单的时候无不欢欣鼓舞，两万份传单根本不够发。尤吉斯曾发过誓，他以后再也不会回到那个曾让他受尽苦难的地方了。可是当他听说了党在那儿散发传单的事之后，他就再也按捺不住自己急迫的心情了。于是，他连续一周晚上都会乘上电车，赶回屠场去，去弥补自己去年在帮助斯库里手下的那个赌场老板当上市议员的时候所犯下的过错。

时间仅仅过去了十二个月，可是罐头镇却发生了翻天覆地的变化——人们的眼睛睁开了！社会党人扫清了挡在他们选举道路上的所有障碍，斯库里及库克县的原有政治势力黔驴技穷。选举快要结束的时候，他们想到了去年黑人是如何破坏罢工的。于是，他们从南卡罗来纳州请来一位“救火队员”，就是那位“干草叉议员”。他脱下外衣，嘴里骂骂咧咧地对工人们大嚷大叫。这次集会民主党做足了广告，不过社会党人也不甘落后——那天晚上有一千多社会党人出现在集会上。在长达一个小时的演讲期间，“干草叉议员”遭到了社会党人的狂轰滥炸，到后来只能灰溜溜地下台回家。就这样，这次集会成了社会党人的集会。尤吉斯也坚持出席了那次集会，那是他一生中最快乐的一个晚上。他兴奋得手舞足蹈——集会气氛达到高潮的时候，他挣脱了朋友们的劝阻，冲到过道上，开始了自己的激情演说！那位参议员否认民主党腐败，他说收买选票的总是共和党人。尤吉斯愤怒地高喊：“谎言！谎言！”接着，他讲述了自己所知道的真相——他当然知道真相，因为他自己就曾经替他们买过选票！如果不是哈里·亚当斯和另外一个朋友抓住他的脖领子，把他摁倒在座位上，他要把自己的全部经历都讲给那位“干草叉议员”听。

第三十一章

找到工作之后，尤吉斯做的第一件事就是去见玛丽娅。她下到妓院的地下室里去见尤吉斯，他站在门口，手里拿着帽子，说：“我已经找到工作了，你可以离开这里了。”

玛丽娅摇了摇头。她说，她别的工作什么也做不了，也没有人会雇用她。自己过去的经历是瞒不住别人的——有些姑娘尝试过，可是她们总是能被人认出来。来过妓院的男人成千上万，在外面迟早会遇到这个那个的。“另外，”玛丽娅继续说，“我什么也做不了。我已经是个废人了——我吸毒。你想让我干什么？”

“你不能戒掉毒瘾吗？”尤吉斯大喊。

“戒不掉，”她答道，“永远也戒不掉。说这个有什么用——恐怕我会在这儿一直待到死。我只能干这个了。”事已至此，再劝下去也没用。他告诉玛丽娅他不会再让伊莎贝塔花她的钱了，玛丽娅黯然答道：“那我就在这里挥霍掉吧，只能这样。”她垂下眼皮，面色阴沉。他看出来，玛丽娅生气了，她想赶他走。于是，他失望而悲伤地离开了。

在家里，尤吉斯过得并不快乐。伊莎贝塔经常生病，孩子们越来越难以管教，大街上的流浪生活使他们养成了很多坏毛病。尽管如此，他仍然离不开这个家，因为家人常常令他想起过去的美好时光。烦闷的时候，他就全身心地投入到社会主义运动中去，这会令他忘掉一切烦恼。他已经被卷入到了这场声势浩大的洪流中，过去让他视之如命的东西现在已经变得不那么重要了。他的心不在家里，他的心已经飞到了一个理想的国度。他外在的自我并没有发生什么变化，他只是一个酒店行李搬运工，他也期待着有生之年一直做这个工作。可是在他的精神世界里，他的生活充满了冒险。他有太多的东西需要了解——有太多的奇迹需要去发现！他一生中永远也不会忘掉选举前的那一天，那一天哈里·亚当斯接到了朋友的一个电话，要他带尤吉斯去见他，尤吉斯去了，于是他见到了一位运动领袖。

向尤吉斯发出邀请的那位运动领袖名叫费舍尔，他是芝加哥的一位百万富翁。他毕生致力于贫民安置工作，住在贫民窟的一所小房子里。他并没有加入社会党，不过他同情社会党的事业。他对尤吉斯说，那天晚上有一个来自东部大杂志社的编辑要来他家做客，该编辑写了一些反对社会主义的文章，可是他对社会主义根本就不了解。于是，百万富翁决定让亚当斯把尤吉斯领来，让尤吉斯给那位编辑讲一讲“纯净食品”的话题——编辑对此颇感兴趣。

年轻的费舍尔住在一幢两层的砖房里，外面破败不堪，里面则温馨舒适。房间里摆放着一个大书架，上面放满了书，墙上挂着油画，在柔和的灯光下依稀可见画面上的景物。这是一个寒冷的雨夜，室内壁炉里的火焰噼啪作响。亚当斯和尤吉斯进来的时候，屋里边已经有了七八个人，围坐在壁炉旁。尤吉斯发现这些人当中有三位女士，这令他有些惊慌，他可从来没有跟这样的人交谈过，于是他感到有些尴尬。他站在门口，双手紧紧地抓着帽子，有人给他做了介绍，他一一向众人鞠躬。他落了座，坐在一个幽暗的墙角里，屁股搭在椅子边上，不住地用袖子揩额头上的汗水。他心里惴惴不安，害怕有人让他讲话。

主人个头高挑，身体健硕，穿着晚装。那位名叫梅纳德的编辑看上去一副营养不良的样子。主人年轻的妻子弱不禁风。一位老太太，她在移民安置点里教幼儿园。一位年轻的大学生，那是一个漂亮的姑娘，表情严肃而认真。一晚上她只说了一两句话，其余的时间她就坐在房间中央的一张桌子旁，手拄着下颌，一边听别人讲话一边喝着饮料。还有两个人，费舍尔给尤吉斯做了介绍，一个是卢卡斯先生，一个是舒里曼先生。尤吉斯听到他们都把亚当斯称为“同志”，于是他知道那些人都是社会主义者。

卢卡斯是一位性情和善、个头矮小的先生，长着一副神父般慈祥的面孔，原是福音教派的一个巡回传教士。他发现了黎明前的一线曙光，于是就成了这一“新教派”的预言家。他游遍了整个美国，就像耶稣的一个使徒，靠人们的布施度日，没有会堂就在大街上传道。当尤吉斯和亚当斯进来的时候，另一位叫舒里曼的先生正在和编辑交谈，短暂的中断之后，主人建议他们继续谈下去。尤吉斯坐在那儿，很快就被他们谈话的内容给吸引住了。他想，那人肯定是这个世界上最奇怪的人。

尼古拉斯·舒里曼是一个瑞典人，个子高高的，面容清瘦，手上毛茸茸的，棕黄色的胡须根根直立。他本来在大学里工作，是一位哲学教授，后来他发现教书对他来说是在浪费时间，出卖自己的个性。后来，他就来到了美国，住在贫民窟的一间阁楼里。房间里没有火炉，他就靠自己火山喷发般的热情温暖自己。他能够分析出食物的营养成分，他能够准确地计算出自己的身体所需要的蛋白质和碳水化合物。他说，通过科学地咀嚼，他可以使食物的营养价值提高三倍，所以他每天只需要一毛一分钱的开销。大约在七月初他就要离开芝加哥去徒步旅行度假了。途经乡村的时候，他会参加当地的秋收，每天挣两块五毛钱，这样在回到芝加哥之前他就已经攒够了下一年的生活费——一百二十五块钱。他解释说，在资本主义社会里，这是一个人争取独立的最简单的方法。他说，他不会结婚，任何一个精神正常的人都不会允许自己去恋爱，直到革命胜利。

舒里曼坐在一把宽大的扶手椅里，跷着腿，头部照在阴影之下，所以人们只看到他那两只如炬的眼睛，映射着壁炉里的熊熊火光。他说的话朴实无华，丝毫显露不出个人情感，就像一位老师在向学生们讲授着几何学定理，可是他所阐述的命题每个普通人听了都会头发直竖。每当有哪一位听众表现出不甚理解的时候，他就会进而阐述一个全新的、更加令人惊骇的命题。在尤吉斯看来，舒里曼博士所讲的话就像震天的惊雷、撼地的地震。乍听起来似乎令人摸不着头脑，可是尤吉斯又觉得那人所说阐述的问题之间似乎存在着某种微妙的联系，所以他就一直跟着那人的逻辑听下去。他任凭自己被那人的思想所牵引，跟随着那人的逻辑四处遨游，就像是一个马泽帕（出自拜伦名诗《马泽帕》。马泽帕为乌克兰民族英雄，此人年轻的时候在波兰国王的宫廷中担任侍卫，后来与一位贵族夫人发生了不寻常的关系而遭嫉恨，被剥光衣服绑在马上，任其狂奔——译者注）骑在一匹野马上，在想象的王国里自由驰骋。

尼古拉斯·舒里曼看透了宇宙间的万事万物，对于人类——这个世界很小的一部分——他更是体察入微。他理解这里的各种社会制度，他把它们当成一个个肥皂泡在眼前吹来吹去。一个人的大脑里竟然能装得下如此巨大的毁灭力量，真是不可思议。这是什么样的政府？这种政府的存在就是为了保护有钱人的财产权，永远施展着传统镇压和现代欺骗的手段。这是什么样的婚姻？这种婚姻和卖淫只不过是一把盾牌的正反两面，都是为了满足男人贪婪的情欲。两者之间只存在着阶级的差别。如果女人有钱，她就能够获得独立、平等、终生的婚约、对孩子的合法拥有权。如果没有钱，她就是一个无产者，她就不得不为生存而出卖自己。还有那鬼宗教，那只不过是魔王的拿手武器。政府压迫着工资奴隶们的肉体，而宗教则奴化着他们的精神，从根源上毒化着他们欲求进步的思想。由于受了宗教的毒化，工人们把希望寄托在来世，可是他们的衣兜在现世里被掏得精光。他们从小就受到这样的教化：要节俭、要谦卑、要服从。一句话，他们要养成资本主义所宣扬的所有虚伪的美德。人类文明的命运将最终在红色国际和黑色国际之间、社会主义和罗马天主教之间的殊死搏斗中找到方向。在美国，“正处于慢慢黑夜中的美国福音教派……”

这时，那位前传教士插了进来。于是两个人进行了一番激烈的辩论。卢卡斯“同志”并不是一个受过很高教育的人，他只读过《圣经》，不过他是从自己的亲身经验讲解《圣经》的。他问道，为什么曲解宗教的意义呢？是的，很明显现在教会掌握在商人们的手里，可是我们已经看到了人们反抗的迹象。如果舒里曼同志能够回过头去看一看过去，回想一下几年前……

“噢，是啊，”对方说，“当然，我毫不怀疑一百年以后梵蒂冈会否认它曾经反对过社会主义，就像现在它否认曾经迫害过伽利略一样。”

“我并不是在维护梵蒂冈，”卢卡斯激动地高喊，“我是在维护上帝所说的话——那是从受压迫的人们灵魂深处发出的一声长长的呐喊。就以《约伯书》第二十四章为例吧，我习惯在我的演讲中引用这一章，我把它称为‘关于牛肉托拉斯的《圣经》’。还有《以赛亚书》里的话，或者耶稣自己说过的话！耶稣并不是一个放荡、下流的艺术王子，也不是像现在教堂里的那些偶像们那样满身的珠宝——耶稣的生存环境是可怕的，他遭受着苦难，他被世俗所遗弃，受到人们的轻视，他甚至找不到一块躺下来睡觉的地方……”

“我承认你说的耶稣。”对方打断他的话。

“那么，”卢卡斯喊道，“耶稣会和他的教会毫无关系吗——为什么他的话以及他的生活经历在承认崇拜他的人中间没有威信？我说的这个耶稣是世界上的第一个革命者，社会主义运动真正的奠基人。他的生命就像一团烈火，他仇恨财富，他仇恨财富所代表的一切，他仇恨财富的高傲，他仇恨财富的奢侈，他仇恨财富的暴敛。他自己就是一个乞丐，一个流浪汉，广大穷苦人民中的一员。他一次又一次用明确的语言正告财富和财富拥有者：‘不要在人世间为自己敛财！’……‘卖掉你们的财富去施舍吧！’……‘穷人有福了，天国的大门为你们打开！’……‘富人有祸了，因为你们已经得到了安慰！’……‘我可以对你们讲实话，富人很难进入天国！’他无情地谴责了他那个时代的剥削者：‘你们有祸了，那些法学家、法利赛人、伪君子！’……‘你们有祸了，那些律师们！’……‘你们这些毒蛇、你们这蛇蝎一代，你们怎能逃过地狱的惩罚？’他用鞭子把商人和掮客从教堂里赶出去！想一想吧，他为一个纵火犯、一个社会秩序的破坏者而受难！而这个人竟然被富人们当成了他们财产和虚荣的保护神，被现代文明的恐怖和丑恶拥立为替他们遮羞的傀儡！他的塑像上被镶嵌了珠宝，贪于情色的牧师在他面前烧香，现代的工业强盗们用他们从妇孺身上榨取的血汗钱为他修筑庙堂，他们坐在铺了舒适软垫的椅子上听着那些卑鄙神学博士们讲解教义……”

“讲得好！”舒里曼大笑着赞道。对方根本没有理会这一夸赞，仍然按照原来的语速滔滔不绝地讲着——这一话题他每天都在讲，已经讲了五年，从来没有被打断过。“拿撒勒的耶稣！”他高喊，“这个有阶级觉悟的工人！曾参加了工会的木匠！这个鼓动家、违法者、纵火犯、无政府主义者！他是那个把人的肉体和灵魂碾成金钱的世界的真正的君王和主人——如果他来到今天的这个世界，看到人们以他的名义在做的那些事情，他的灵魂是不是会感到恐惧呢？看到这一切，他这个仁慈和博爱的王子难道不会发疯吗！在那个可怕的晚上，当他躺在客西马尼花园里遭受苦难直至身上流淌出汗血的时候，他所看到一切难道比今天晚上在满洲大平原上他所能够看到的景象更令他痛苦和悲愤吗？——在那里，人们举着他满身珠宝的塑像列队前进，为了淫乱和残酷这两位暴君的利益要进行一场大规模的屠杀！现在，如果他置身圣彼得堡，他又会拿出当年那条用来抽打庙堂里的银行家的皮鞭……”

讲到这儿，他停下来喘口气儿。“不会，同志，”另一个人语气平静地说，“耶稣是一个很讲究实际的人。他不会再用鞭子了，他会拿起一些正运往俄罗斯的那些小小的‘人造柠檬’，那东西便于揣在兜里，而且威力极大，足以把整座庙堂炸得无影无踪。”

人们哄堂大笑，卢卡斯等了一会儿，然后继续讲道：“好吧，同志们，那就让我们从实用政治学的角度来看一看这个问题吧。耶稣是一位人人敬仰和爱戴的历史人物，有些人更把他视为神明。他就是我们当中的一员——他过着跟我们一样的生活，宣扬着跟我们一样的学说。现在，我们能眼睁睁地看着他任凭敌人的摆布吗？我们岂能容忍他们肆意践踏、破坏他在我们心中的形象？我们知道他说过的话，这一点没有人可以否认。难道我们不应该把他的话再讲给世人听，让他们知道他所说的、所想的、所做的吗？应该，应该，一千个应该！我们应该利用他的权威把那些流氓、无赖从他的精神领地里驱赶出去，我们应该发动群众，让他们行动起来！……”

卢卡斯又停了停，另外那位先生伸手在桌子上拾起一张报纸。“看看这个，同志，”他笑着说，“你可以讲讲这上面的内容。一位主教的妻子刚刚被抢走了价值五万美元的钻石！一位老奸巨猾的主教！一位声誉卓著、具有学者风范的主教！一位慈善家、劳动人民的朋友——他只不过是市民联盟挂出来的、用来麻痹劳动人民的一面幌子！”

在这一阵唇枪舌剑的辩论过程中，其他的人都静静地听着。这时，那位叫梅纳德的编辑终于有机会发表了一下自己相当天真的评论。他说，他一直以为社会主义者对人类未来的文明社会早已经有了一套既定的方针和纲领。令他没有想到的是，在他看来，这里的两位社会党党员的观点竟然毫无共同之处。为了让他这位门外汉对社会主义多一些了解，两位能否阐明一下他们的共同之处，两位为何同属一个政党。一番讨论之后，他们得出了这样两条经过字斟句酌的结论：第一，社会主义者信奉公有制，主张民主管理生产生活必需品所需要的生产资料。第二，社会主义者相信，这一目标必须通过由工人所掌控的、有阶级意识的政治组织来实现。他们的共同之处就在于此，再无其他。在宗教信仰狂热的卢卡斯看来，合作联盟就是新的耶路撒冷，是人们心中的天堂。另一位认为，社会主义只不过是人类社会迈向更高目标必经的一步，这一步所带来的阵痛我们必须耐心地忍受。舒里曼先生把自己称为“贤明的无政府主义者”。他解释说，无政府主义者认为人类存在的终极目标是个性自由发展，除了个人的价值观，不受任何法律的约束。既然同一根火柴可以点亮任何人的火把，同一块面包可以填饱任何人的肚皮，那么把工业交给多数人民主管理的理念应该是完全可行的。地球只有一个，地球上的物质资源是有限的。不过，人类的智慧和精神是没有疆界的。一个人的占有不会损害别人的利益。因此，“物质生产的共产主义，精神活动的无政府主义”是现代无产阶级的指导思想。随着共产主义制度这一新生婴儿的诞生，分娩的阵痛过去，社会肌体上的创伤愈合，每个人都可以各尽所能、按需分配。生产、交换、消费的过程自动进行，无须任何形式的组织，就像我们意识不到心脏的跳动一样。舒里曼继续解释道，社会将结成若干个独立的、自治的、由志同道合的人组成团体，类似于现在的俱乐部、教会和政党。革命成功以后，人们的知识活动、艺术活动、精神活动都由这些“自由联盟”来组织。浪漫小说家由喜欢浪漫小说的读者来供养；印象派画家由欣赏印象派作品的人来供养；传教士、科学家、编辑、演员、音乐家也都以同样的方式生活。如果任何人想工作、想画画、想祈祷，但是找不到任何人来供养他，那他可以工作一段时间来供养自己。实际上，目前的情况就是这样，唯一的区别是竞争工资制度驱使人们不停地工作，只有这样才能活命。在消灭了特权和剥削之后，每个人每天只需工作一个小时就可以养活自己。现在，欣赏艺术的观众、听众还只是一小部分人，这些人大多品质恶劣、品位低俗，因为在商战中的摸爬滚打使他们逐渐堕落了。当人类从竞争中解放出来以后，思想和艺术活动将呈现出怎样的局面，我们现在难以想象。

接下来，那位编辑想知道舒里曼博士凭什么敢断言，每个人只要每天工作一个小时这个社会就可以存在下去。对方回答：“如果目前的科学资源都得到充分利用，社会的生产能力将达到什么样的程度，这一点我们无法确知。不过，我们可以相信，它肯定会超过习惯了横征暴敛的资本主义思维方式的头脑所能想象的程度。全世界的无产阶级革命取得胜利以后，战争将不会在人们的意识中存在。谁能够计算出人类为战争所付出的代价？——战争的代价不仅仅包括它消灭的生命和物质财富；战争的代价也不仅仅意味着几百万无所事事的军人的供给和军备。战争所引发的恐慌、暴力、无知、放荡、淫乱、犯罪，以及工业的萧条和道德的沦丧会榨干社会的精力。你能想象到吗？全社会全体成员每天两个小时的劳动成果都喂给了战争那头红魔！你会认为这么说有点夸张吗？”

接着，舒里曼又简单扼要地介绍了一下竞争所造成的浪费：商业竞争的损失；无休止的贸易纷争和摩擦；竞争所引发的各种社会恶习——比如酗酒，随着经济竞争的加剧，酒精的年消费量在过去的二十年里几乎翻了一番；社会上那些无所事事、不创造任何价值的人，轻狂的富人，以及食不果腹的穷人；各种镇压劳动人民的法律和机器；由于讲社交排场所造成的浪费——制帽商、裁缝、美发师、舞蹈老师、厨师，以及仆人。“你们都能理解，”他说，“在一个由商业竞争所主宰的社会里，金钱是地位的象征，浪费是权力的衡量标准。目前，在我们的社会里有百分之三十的人在生产着一些无用的东西，而有百分之一的人在挥霍这些东西。还有，社会上那些寄生虫的仆人和掮客也都是寄生虫，那些制帽商、珠宝商、侍从也都是由社会上那些有用的成员在供养着。还要记住，这种可怕的浪费疾病不仅仅是生在那些闲人和仆役的身上，它也在侵害着整个社会的肌体。在十万精英妇女阶层的下面是一百万可悲的中产阶级妇女，她们并不是精英，但是她们在公众场合也极力想表现得像精英一样；在她们下面还有五百万只能阅读‘时尚报纸’，戴无边女帽的农民妻子、商店的店员，以及为了戴上廉价珠宝首饰、穿上仿制裘皮而把自己卖到妓院的女仆。另外，在这场炫耀、卖弄和虚荣的比拼的同时也在进行着一系列如火上浇油般的销售竞争！生产商设计出数万种垃圾商品，商店竞相为其展示，报纸和杂志上的广告竞相为其吹捧！”

“别忘了还有造假的浪费。”年轻的费舍尔插了一句。

“谈到超现代化的广告业，”舒里曼回应说，“就是那种劝说人们去购买他们根本用不上的东西的行当，我们就来到了恐怖的资本主义破坏力的停尸房中心。面对这其中的种种罪恶，我们简直不知道从哪一样说起。那就让我们先看一看某一类商品那成千上万种不同的花样吧，它们消耗了人类大量的时间和精力，可是它们所起的作用都是一样的，实际上一类商品只生产一种款式就足够了！如此多的花样无非是为了满足人们的虚荣心和摆阔心理。再想想为了欺骗那些无知的人所生产的质量低劣的便宜货所造成的浪费；还有掺假、造假的浪费——假冒伪劣服装、棉制的毯子、摇摇晃晃的公寓、软木粉末做的救生设备、掺假的牛奶、添加了苯胺的苏打水、用淀粉做的香肠……”

“还有道德问题。”那位前传教士也插了一句。

“千真万确，”舒里曼说，“竞争的资本主义带来数不清的道德问题：卑鄙的流氓行为、残忍的暴力行为、釜底抽薪、阳奉阴违、贪污受贿、自吹自擂、威逼利诱、自私自利，以及无休止的紧张和慌乱。造假、掺假是竞争的本质——说白了就是‘贱买贵卖’。一位政府官员曾经公开说，全国每年由于食品掺假所造成的浪费高达十二亿五千万美元，这一数字当然不仅仅是指那些本来可以派上其他用场的原料，还包括那些本来健康、由于吃了不洁食品而生病的人的医疗费，还有那些本来可以多活十年、二十年的人的丧葬费。再想一想销售环节所浪费的时间和精力，人们本来在一家商店里就可以买到所有的生活必需品，而现实的情况是街上到处都是商店。全国有一两百万个贸易公司，而从事这一行业的员工数量更是这一数字的五到十倍。还有货物的运输、装卸、清点以及围绕这些环节进行的筹划、核算。还有这一切所引发的法律纠纷。还有陈列着一卷卷巨著的图书馆、诠释巨著内涵的法庭和陪审团、专门研究如何钻空子的律师，诡辩与狡辩、仇恨与谎言！想想看，商品的盲目与随意生产所产生的浪费——工厂停产倒闭、工人无所事事、库存商品发霉变质，再想想看，股票操纵者的各种勾当、整个工业的瘫痪，还有为了投机而进行的过度刺激；转让与银行倒闭、危机与恐慌、人去楼空的城镇，还有饥肠辘辘的人群！再想想看，在开拓市场中浪费的大量精力、一蹶不振的贸易活动，例如旅行推销员、推销员、海报张贴员、广告代理。再想想看，大量人口涌入城市造成的浪费，而这种浪费是竞争与垄断的铁路运费必不可少的一环。再想想看，在贫民窟中，恶臭的气味、疾病和生命力的浪费。再想想看，在办公楼中，一层层堆砌而成的摩天大厦浪费的时间与材料，还有那洞穴般的地下室！整个保险业务以及堆积如山的行政与文书工作，所有这些都纯属浪费……”

“这让我想不明白。”编辑说。

“合作联盟是面向全体成员的一家综合保险公司和储蓄银行。资本就是大家的全部资产，而资产损失应由大家共担并共同予以赔偿。银行为通用的政府信用账户，分类账中每个人的收支保持平衡。还有通用的政府公告栏，其中张贴并准确描述了联盟计划出售的各类商品。由于没人能从销售中获利，自然没了刺激奢侈浪费的外因，也不会有颠倒黑白、坑蒙拐骗、掺假或造假，也不会有行贿受贿或贪污受贿。”

“每件商品怎样定价呢？”

“价格就是生产并运送商品所耗费的劳动，按基本的算术原则加以确定。在国内的麦田中，成千上万的工人每人已工作了一百天，劳动的产品总计十亿蒲式耳，因此，一蒲式耳小麦的价值就相当于在农场劳动一天的十分之一。如果我们任意使用一个符号，比如说，对农场劳动一天支付五美元，那么一蒲式耳小麦的成本就是五十美分。”

“你说的是农场上的劳动，”梅纳德先生说，“那么不同劳动的价格是不是不一样呢？”

“毕竟有些劳动轻松，有些劳动辛苦。我们应该有数百万的乡村邮递员，还应有煤矿工人。当然，工资应该一样，而工时有所不同。根据某个具体行业所需工人人数的增加和减少，工作或工时必须不断调整。实际上现在的劳动安排就是这样的，不过现在工人的工作调动仍然是盲目且不完备的，经常受到谣言和广告的影响，还未根据通用的政府告示栏做到及时、全面。”

“有些职业很难计算工时，那么这些职业的情况怎样呢？一本书的劳动成本是多少？”

“显然，这包括纸张、印刷和装订的劳动成本，大约是现在成本的五分之一。”

“那作者的劳动怎么计算呢？”

“我说过，国家无法控制知识生产。国家会说，完成某本书用了一年，而作者会说，完成这本书用了三十年。歌德说，他的每句妙语价值一袋黄金。我在此勾画的是一项全国性的满足人们物质需要的制度，而不是国际性制度。因为人存在知识需要，因此他会延长工作时间、增加工作收入，并按个人品位和个性化的方式来满足他们的知识需要。与大多数人一样，我也生活在地球上。我和他们穿着一样的鞋、睡在一样的床上，但是我的想法却与众不同，我不愿为大多数人选择的思想家付费。我希望，像现在一样，这样的精神产品由个人自行决定价值。如果人们想听某个牧师布道，那么他们聚在一起，按照自己的意愿给教堂付钱，支持牧师，然后倾听他布道。由于我不愿听他布道，我会走开，这样就不会花一分钱。同样，有些杂志讲的是埃及硬币、天主教圣徒、会飞的机器，还有体育纪录，而我对这些可是一窍不通。另一方面，要是废除了工资奴役制，那么我就不必受剥削人的资本家的盘剥，还能另外赚些钱。还会有杂志诠释并宣扬进步思想的预言家弗里德里希·尼采的思想、清洁饮食这项伟大科学的缔造者豪瑞斯·弗莱彻的思想，说不定还会劝人们不要穿长裙，以科学的方法培养出有教养的男人和女人，以及在双方同意的情况下确定离婚。”

舒里曼博士略作停顿。“关于这方面的话题，我可以做一次长长的讲座，”他笑着说，“我刚才讲的只是一个开头！”

“还有什么要讲的？”梅纳德问道。

“我指出了竞争带来的消极浪费现象，”对方回答道，“至于合作对经济产生的积极影响，我还没有深入说明。假设一家有五口人，这个国家会有一千五百万个家庭，其中至少有一千万个家庭分开生活，而烦琐乏味的家务活儿要么由妻子做，要么花钱请人做。现在，咱们暂且不考虑利用气动设备清洁房屋这种现代做法，也不考虑合作烹饪的经济实惠。咱们只看一看洗碗碟这件事。诚然，要说一个五口之家洗碗碟每天要用上半个小时，这样说倒也不为过。要是每天的工作时间为十个小时，那么要五十万个身强体健的人才能洗完整个国家的碗碟，其中大部分为女性。别忘了，这可是一件污秽不堪、令人麻木，甚至残酷无情的工作，常会造成贫血、神经紧张、衣衫污秽、脾气暴躁、卖淫、自杀，以及发疯；酗酒的丈夫和堕落的儿女——对于所有这一切，社会自然都要买单。现在想想看，在我每个小的自由社会中都会有一台机器洗碗碟并将其烘干。这样做不仅赏心悦目，手感极佳，而且从科学意义上讲，能达到消毒作用，从而省去了一切单调乏味的苦差事，还节省了十分之九的时间！这些你都会在吉尔曼夫人的书中读到，然后，你可以读一下克鲁泡特金的《田地、工厂和车间》这部著作，了解一下过去十年间建立起来的农业新科学。正是得益于这种新科学，通过人工土壤和集约型培育，园艺师可以在一个季度内种植十次或二十次庄稼，而一英亩的土地竟然能种出二百吨的蔬菜。那样的话，仅靠现在美国的耕地就足以养活全球的人口了！目前，由于分散耕作的人口缺乏相应的知识且生活贫困，因此这种方法还无法付诸实施。但是，试想一下，一旦科学家能系统、合理地掌握这个方法，那么我们国家的粮食供应问题不就迎刃而解了吗！所有贫瘠、岩石重生的土地专门用作国家禁伐林区。在这里，孩子们可以玩耍嬉戏、年轻人可以打猎、诗人可以居住！选择出每种产品最适宜的气候和土壤；已知社会的准确要求，计算出的相应英亩数；在通晓农业专业知识的化学家指导下使用最先进的机械！我在农场长大，深知农活的艰辛不易。我希望在革命结束后将其真实的情况描绘给大家。绘制出由四匹马拉或一台电动机驱动的大型土豆种植机，犁出犁沟、切割、投下并覆盖土豆、这样每天可种植二十英亩！绘制出电动大型土豆挖掘机，可穿越上千英亩的田地，挖出泥土和土豆，然后将土豆扔进袋子里！对于所有其他按这种方法处理的蔬菜和水果来说——苹果和橘子由机器采摘、采用电动方式为牛挤奶——我们都清楚，我们已经这样做了。绘制出未来丰收的田野，每年夏天会有数以百万计的男男女女乘坐专列，高高兴兴地拥向这块土地，来此休闲度假，正是每个地方需要的准确数字！与此形成鲜明对比的是，我们现在独立经营的小型农场那令人痛苦的体制——一位身材矮壮、面容枯槁、愚昧无知的人，身旁是一位面黄肌瘦、眼神忧伤的苦工，他们从凌晨四点一直劳作到晚上九点。孩子们刚学会走路就不得不参加田地劳作，用原始的工具疏松土壤，远离着各种知识与希望、科学与发明带来的诸多裨益，还有种种精神上的快乐——劳作中的竞争使得他们只能一门心思想着生存，还不停地炫耀着自己的自由——那是因为他对自己身上的锁链全然不觉罢了！”

舒里曼博士停顿片刻，“那么，”他接着说，“除了粮食供应不受限制之外，心理学家的最新发现表明，人类身体上的各种疾病大都缘于饮食过量！而且，事实已证明，肉不应成为一种食物。与蔬菜类食品相比，肉显然更难生产、加工和处理过程更令人难受、更易于受到污染。难道我们为的就是更好地满足自己的味觉吗？”

“社会主义能改变这一切吗？”那位女学生突然插了一句。这是她第一次讲话。

“在工资奴隶制度下，”舒里曼回答道，“一项工作不管有多么卑贱，多么令人作呕，总是有人愿意干。要找到愿意干这项工作的人是件很容易的事。但是，一旦劳动力获得解放，那么这类工作的价格自然会上涨。结果呢，那些破落、肮脏、缺乏卫生设施的工厂会一家家倒闭，毕竟建起新工厂更节省开支；蒸汽轮船上会装上捣炉机、那些危险的行业也变得安全起来，或是它们产品的替代品也会出现。同样，随着我们工业化共和国国民的素质不断提高，屠宰场生产产品的成本也会逐年上涨，直到那些想吃肉的人最终不得不亲自动手屠宰了。这样一来，有吃肉习惯的人的数量就会渐渐减少，直至彻底消失。再说一说另一件事，与资本主义民主相伴的政治腐败！由那些愚昧无知、阴险恶毒的政客们操纵的行政管理的一大恶果是，有将近一半的人口会因那些本可预防的疾病而丧命。即使允许使用科学，但科学的作用微乎其微，因为大部分人不能称得上是真正意义上的人，他们只不过是为其他人创造财富的机器罢了。他们被关在肮脏的房间里，让他们在痛苦中腐烂、煎熬。他们的生活条件使他们更易于患病，其速度远超过世界上所有医生的医治能力。当然，他们一直是传染源，毒害着我们大家的生命，使最自私的人也无法体会到快乐。正因为这一点，我坚持认为，等到被剥夺了地球上的生存权的人们获得了做人的权利的时候，将来科学在医学方面还会有什么样的成就就无关紧要了，现有的知识足够用了。”

此时，医生再次陷入沉默。尤吉斯发现，那位年轻漂亮的女孩坐在屋内中央的餐桌旁，正在认真倾听他们的谈话。她脸上的表情与尤吉斯第一次接触到社会主义时脸上的表情很相像。尤吉斯本想和她聊几句，而且他确信她当时也看出了自己的想法。在那天晚上的晚些时候，当大伙散了之后，他听见费舍尔太太低声对她说：“我不知道以后梅纳德先生还会不会继续写一些诋毁社会主义的文章了。”对此，她答道：“我不清楚，但是，如果他还继续那样写的话，我们就应该清楚他到底是个什么样的人了——恶棍！”

这件事过后几个小时就到了大选日——经过了冗长的竞选活动之后，整个国家似乎都静静地站在那里屏住呼吸，等待着大选结果的公布。尤吉斯和辛德斯旅馆的其他员工没等吃完晚饭，就迫不及待地奔向了大礼堂——社会党为那天晚上临时租用的大礼堂。

等他们走进礼堂的时候，里面已经挤满了人，讲台上的电报机已经开始滴答作响，各地的选举结果正在传来。最后，统计结果出来了，社会党人的得票数超过了四十万张，在短短四年间增加了百分之三百五十。这可真是令人振奋的表现啊！不过，要知道这些还只是从那些地方支部传过来的统计数字，那些最成功的地方支部当然最急于通报他们所属地区的结果。因此，那天晚上，礼堂中的所有人都认为社会党的得票应达到六十万、七十万，或者甚至于八十万。而且，这一令人难以置信的结果还仅限于芝加哥。在伊利诺伊州，社会党在城市的得票数在1900年时是六千七百张，可现在达到了四万七千张；伊利诺伊全州的得票数在1900年时是九千六百张，可现在达到了六万九千张！随着夜色越来越浓，涌入大礼堂的人越来越多，大伙都想亲眼见证一下这一历史时刻。有人在读公告栏上的内容，有人在用嘶哑的声音叫喊，有人在发表演讲，有人在大声喊叫。片刻的安静过后，又有更多的消息传来。相邻各州的党部不时传来消息，公布他们的成就。印第安那州社会党的得票数从 2300 张增加到 12，000 张；威斯康星州从 7000 张增加到 28，000 张；俄亥俄州从 4800 张增加到 36000 张！同时，中央党部也收到了无数来自小城镇的热情选民们拍来的电报。这些电报的数量在短短一年时间内出现了惊人的、史无前例的增长。堪萨斯州本尼迪克特的电报从 26 增加到 260；肯塔基州亨德森的电报从 19 增加到 111；密歇根州荷兰的电报从 14 增加到 208；俄克拉荷马州克里奥的电报从 0 增加到 104；俄亥俄州马丁渡口的电报从 0 增加到 296——等等。发来电报的城镇共有数百个，有五六个城镇几乎是同时发来的电报。一些老社会党党员当众宣布来自全国各地的选举结果，并配以简短而精彩的评论：伊利诺伊州昆西市的电报从 189 增加到 831，而就在那里，市长曾逮捕了一位社会党演说家！堪萨斯州克劳福县的电报从 285 增加到 1975，那里可是《呼唤理性》的所在地！密歇根州的巴特克里的电报从 4261 增加到 10，184，那无疑是国民联盟运动的功劳！

接着，芝加哥的各个区也传来了最后的结果。无论是在厂房林立的工业区，还是在是在灯红酒绿的商业区，社会党得票率的增长幅度同样惊人。但是，最令党的领袖们感吃惊的是，从屠场区也涌来了大量的选票。罐头镇下辖市内的三个区，1903 年社会党的得票数为 500，可在当年秋季就达到了 1600。现在，仅仅过去了一年，得票数超过了 6300，而民主党的得票数也只有 8800！在有些地区，社会党的得票数甚至超过了民主党。在两个区，选民们已经选出了新一届州议会的议员。社会党在芝加哥的得票数目前在国内排在第一，这为其他城市树立了榜样，并为工人阶级指明了前进的道路！

台上有位演说家在热情激昂地发表演讲，台下两千双眼睛都盯在他身上，两千位听众为他的每句话欢呼喝彩。这位演说家曾是设在屠场区城市救援局的负责人，直到有一天，他发现自己对眼前的苦难和腐败已是深恶痛绝。这个年轻人有一副渴望的表情和一双燃烧着火焰的目光。他挥动着自己长长的双臂，激励着人群。在尤吉斯的眼中，他俨然就代表着革命精神。“组织起来！组织起来！组织起来！”他不停地呐喊着。他被这样的选举结果所震惊，毕竟社会党人事先并没有预料到，也没有取胜的经历。“在投社会党人票的那些选民中很多并不是社会党人！”他喊道，“这次大选会过去的，选民的热情会消失的，人们会忘掉这一切的。如果我们社会党人自己也忘记了这一切，如果我们身子向后一仰，躺在成功的船桨上，那么我们就会失掉今天的选民，而我们的敌人会嘲笑我们的无能！现在由你们来做出最终的决定——现在，在成功的喜悦中，让我们找出那些投票支持我们的人，邀请他们来参加我们的会议，并将他们组织起来，使他们的命运与我们休戚相关！整个竞选活动不会像我们想象的那样简单。今晚，在国内的每个地方，那些老牌政客们都在研究这次投票活动并据此来采取行动。没有哪里的政客会像我们这座城市的政客那样动作迅速、奸诈狡猾。在芝加哥，社会党人虽然得到了五十万张选票，可是明年春天执政的仍是民主党！而且，他们会再次愚弄选民，而掌权者会再次上演掠夺和腐败的丑剧！但是，不论他们掌权后会有怎样的表现，他们有一件事情是不会做的，那就是他们绝不会兑现竞选时所做出的承诺！他们不会让我们城市的人民掌握市政大权——他们根本没有那样想过，也根本不会那样做。他们只能给芝加哥的社会党更大的发言权而已！我们要让那些冒牌改革家自食其果、自我审判；我们要让那些民主党的谎言大白于天下，无法掩盖真相！然后，我们将开始一场轰轰烈烈的运动、形成无法逆转的潮流，直到形成滚滚洪流——声势浩大、来势凶猛的洪流——将芝加哥所有愤怒的工人阶级团结起来，为我们的目标而斗争！我们要将他们组织起来，我们要他们一起指导，我们会团结在一起，为争取胜利而斗争！我们会打垮敌人，我们会扫清前面道路上的一切障碍——芝加哥将属于我们！芝加哥将属于我们！”